SAM J. MILLER

La Cité de l'orque

ROMAN TRADUIT DE L'ANGLAIS (ÉTATS-UNIS)
PAR ANNE-SYLVIE HOMASSEL

ALBIN MICHEL

Titre original :

BLACKFISH CITY
Publié chez Ecco Press, New York, 2018.

ISBN : 978-2-253-10343-1 – 1re publication LGF

« Il n'y a rien de rassurant dans la noirceur de cette ville, ni dans sa puanteur. Mais voilà : en venant ici, j'ai renoncé à toute prétention à la sécurité. Mieux vaut en parler comme d'un choix, histoire de maintenir le voile de la raison sur cette vision horrible. Qui le soulèvera ? »

Samuel R. DELANY, *Dhalgren*.

Ce qui se disait

Ce qui se disait : elle était venue à Qaanaaq dans une embarcation que tirait une orque harnachée à la manière d'un cheval. Dans ces récits qui, dans les jours et les semaines qui suivirent son arrivée, se firent de plus en plus riches d'incroyables détails, l'ours blanc cheminait à son côté sur le pont du bateau éclaboussé de sang. Le visage de la femme était tendu, furieux. Elle portait une armure de combat constituée d'épaisses feuilles de plastique de récupération.

À ses pieds s'entassaient des armes et des outils étranges nés des cerveaux fertiles des réfugiés des camps et fabriqués avec les débris des naufrages de Manhattan ou de Mumbai. Les doigts de la femme se déplaçaient, nerveux, agiles, le long de la hampe de sa lance sculptée dans une défense de morse. Venue à Qaanaaq pour accomplir un effroyable crime, elle brûlait de passer à l'acte.

Tu as entendu les récits. Tu as peut-être même contribué à la rumeur. Ici, les mots comptent. Ils sont ce que nous avons apporté en ce lieu ; ils sont ce qui ne peut pas nous être arraché.

Son arrivée dut, en réalité, être moins théâtrale,

c'est certain. Son vaisseau n'était qu'un esquif des plus ordinaires, avec une voile, des rames et un moteur à essence dont elle se servit d'ailleurs pour les derniers kilomètres de son voyage vers la ville flottante. L'orque nageait à son côté. L'ours polaire était enchaîné, la tête coiffée d'une cage de fer, deux cages plus petites enserrant ses pattes antérieures. La femme était sobrement vêtue de peaux et de fourrures, accoutrement favori de ceux qui avaient fui vers le nord lorsque les villes du Sud avaient été livrées à l'incendie ou à la submersion. La femme n'arpentait pas le pont. Ses armes gisaient à ses pieds. Elle n'apportait que cela : ses armes. Quelles que soient ses intentions envers Qaanaaq, l'expression de son visage ne permettait pas de deviner si ses desseins étaient funestes, ou magnifiques, ou les deux.

Fill

Après avoir pleuré, après avoir vomi, après avoir passé en revue tous ses contacts et s'être rendu compte qu'il ne pouvait se confier à aucun d'eux, après avoir rédigé puis supprimé cinq longs messages trop explicites destinés auxdits contacts dans leur ensemble, après avoir décidé de se tuer, après y avoir renoncé, Fill alla se promener.

Le grand pare-vent de Qaanaaq avait été orienté vers le nord, si bien que lorsque Fill se retrouva dans le Bras Un, il dut affronter le vent subarctique dans toute sa puissance. Rien n'en protégeait son visage, et cette souffrance lui fit du bien. Il resta face au vent cinq minutes, davantage peut-être. À respirer. Les yeux fermés, d'abord, puis bien ouverts. Respirant le méthane des lampadaires, à la discrète puanteur ; claquant des dents par réflexe dans le froid inexorable, éternel de la ville. Embrassant du regard ces paysages qu'il connaissait depuis toujours.

Je vais mourir, songea-t-il.

Je vais mourir dans les jours qui viennent.

Le froid le détournait des douleurs intenses qui lui serraient l'estomac. L'estomac et la gorge, aussi : à force de vomir – une bonne demi-heure –, il avait dû, il en était certain, se déchirer quelque chose. Un haut-parleur bourdonnait dans une devanture de magasin. Les nouvelles du jour : le gouvernement américain avait été dissous, il n'y en aurait plus d'autre, prédiction des commentateurs ; la flottille avait été démantelée après le dernier bombardement en date. Fill s'en fichait, car quelle raison avait-il, oui, quelle raison avait-il de se soucier désormais du monde ?

Des gens lui passaient devant. Richement emmitouflés. Trimbalant des cages de Polyglass dans lesquelles des otaries ou des bébés pandas roux tournaient en rond – pitoyables et chanceux, ces animaux sauvés de l'extinction par l'élite de Qaanaaq. Tous ces gens absorbés par la tâche de se rendre quelque part, de faire quelque chose : c'était la parade fiévreuse et coutumière du très riche Bras Un. Posture que Fill méprisait un jour sur deux. Le reste du temps, il la faisait sienne. Sourds, ces gens, à la mer qui déferlait juste sous leurs pieds et s'étendait, infinie, de part et d'autre des Bras de Qaanaaq, étroites langues de métal. Fill naguère était si fier de son indolente existence, de sa capacité à se camper au coin d'une rue sans raison précise. Ce jour-là, il ne les haïssait pas, ces gens qui lui passaient sous le nez. Il n'avait pas pitié d'eux.

Combien en sont atteints ? se demanda-t-il.

Une gamine lui donna un petit coup sur la hanche.

— M'sieur, une orque.

Une petite colporteuse d'images qui vendait des photos floues de la Dame à l'orque et de son ours polaire. Un obscur mélange d'ennui et de compassion poussa Fill à lui en acheter une. Mais pas seulement. Une lueur née d'un désir revigorant aussi. Joie remémorée, fascination de l'enfant Fill pour ces gens qui, grâce à de minuscules machines circulant dans leur système sanguin, opéraient une fusion psychologique avec des animaux. L'enfant Fill qui collectionnait les articles d'encyclopédie en ligne, les figurines plastimprimées… et les froncements de sourcils de son grand-père. Lequel n'avait que mépris pour le nanolien, mythe selon lui naïf, imbécile. Jusqu'à la disparition, un matin, de ses figurines. Grand-père, cet homme doux et gentil, n'avait pourtant aucune affection pour ce qui n'avait pas d'utilité.

D'une certaine manière, le diagnostic n'avait pas surpris Fill. Bien sûr, il avait les failles. Qui, dans les villes flottantes, aurait pu baiser autant que lui et se protéger aussi peu sans finir par être contaminé ? Dire qu'il avait si longtemps vécu dans la peur. Qu'il avait passé tant de temps à se représenter son horrible fin. Si bien que le caractère viscéral de sa réaction le choquait.

— Diffuse-moi *Ville sans plan*, dossier six, murmura-t-il en tapotant son implant maxillaire.

Une voix féminine lui emplit les tympans, âgée, singulière, consolante. À entendre les intonations chantantes et précises de son suédois, elle devait vivre à Qaanaaq depuis des dizaines d'années :

Tu viens d'arriver ici. Tu es submergé, effaré. N'aie pas peur.

Ferme les yeux. Je suis là.

Pince-toi bien le nez. L'odeur d'ici n'est pas celle de ta ville. Tends l'oreille, en revanche : toutes les villes produisent ce chaos sonore. Avec un peu de patience, tu finiras même par entendre ta langue.

Il n'y a pas de plan ici. Tu n'as pas besoin de plan. Tu n'as pas besoin de mode d'emploi. Seulement de récits. Raison de ma présence.

Fill fut alors saisi d'une autre sorte d'épouvante. L'horreur née de la joie, du bonheur extrême, de l'union avec quelque chose de plus grand, de plus splendide qu'il ne pourrait jamais espérer l'être.

Ces émissions mystérieuses l'obsédaient depuis des mois. Guides elliptiques, erratiques, destinés aux nouveaux arrivants, ils se transmettaient d'oreille à oreille, atteignant des dizaines de milliers de personnes. Fill passa au dossier suivant : la voix était celle d'un adolescent s'exprimant dans un anglais teinté d'accent slave :

Qaanaaq est un astérisque à huit Bras. À l'est du Groenland, au nord de l'Islande. Construite par un conglomérat indiscipliné d'entreprises et d'agences gouvernementales thaïlandaises, chinoises et suédoises, elle fait partie de la deuxième vague de villes flottantes ; elle a de ce fait bénéficié des leçons tirées des échecs retentissants d'essais précédents. Elle tient lieu de foyer à près d'un million de personnes, dont bon nombre, cependant, sont des travailleurs migrants qui passent l'essentiel de leur temps en mer, sur des navires, à exploiter les glaciers pour en tirer de la glace d'eau douce – une industrie qui s'étiole à cause de la chute du prix des cristaux de désalinisation –, ou sur des plates-formes pétrolières russes, dans l'Arctique lointain. Le Bras Un est orienté plein sud, le Huit plein nord, le Quatre à l'ouest, le Cinq à l'est. Les Bras Deux et Trois sont au sud-ouest et au sud-est, les Six et Sept au nord-ouest et au nord-est. L'Échangeur central est bâti sur une faille géothermique en eaux profondes, c'est là que la ville puise la majeure partie de son chauffage et de son énergie.

Les ordures de Qaanaaq sont recyclées dans des citernes sous-marines, aussi vastes qu'un pâté de maisons dans une ville du vieux monde. Le méthane ainsi produit éclaire les huit Bras la nuit. À intervalles régulés, le méthane et l'ammoniac sont relâchés dans les airs et tracent dans les cieux des paraboles de flammes vert vif. Telles des jambes variqueuses, les immeubles de Qaanaaq sont tous veinés de tuyaux multicolores : chrome écarlate pour le chauffage, olive foncé pour l'eau potable, noir laqué pour les eaux usées. Puis les raccordements clandestins : les rouges pâlis du chauffage piraté, les plastiques verts de l'eau volée.

Des communautés entières de fans de *Ville sans plan* avaient surgi de nulle part. Des groupes, des factions, des cellules schismatiques. L'Auteur, pensaient certains, était une machine, un bot, l'un de ces programmes viciés qui hantaient l'internet de Qaanaaq. Ces programmes avaient acquis, dans les années d'avant les Guerres systémiques, une incroyable complexité. Des bots poètes fabriquaient des sonnets en vers libres qui bernaient les critiques et faisaient sangloter les écrivains primés. Des bots escrocs composaient des argumentaires détaillés, séduisants, destinés à recueillir des fonds. Il n'était pas difficile d'imaginer un barde binaire et solitaire cheminant dans l'éternelle pénombre des étranges paysages digitaux de Qaanaaq, arraché malgré lui, qui sait, à un logiciel de synthèse vocale, source permanente de combinaisons nouvelles agençant âges, sexes, langages et tics vocaux associés à des origines sociales, ethniques ou nationales. Son acharnement à proposer une description physique n'était pas déplacé : ces présences vocales avaient été codées de manière à convaincre leur audience de leur réalité physique – princes nigérians, parents en exil, amis piégés en terre étrangère et qu'il fallait maintenant secourir.

D'autres théoriciens évoquaient un collectif secret, un groupe d'écrivains pour lesquels les émissions constituaient à la fois des canaux de recrutement et des lieux d'expression. Peut-être était-ce un parti interdit fomentant en toute clandestinité le dessein maléfique de rassembler les hordes crasseuses des Bras supérieurs et de massacrer les innocents plus fortunés qui gouvernaient Qaanaaq.

Sur les Bras Un, Deux et Trois, des tunnels de verre raccordent des tours de vingt étages. Des voies vertes surmontent des arcades. De gigantesques jardins posés sur des monte-charge hydrauliques emmènent au ciel les invités ravis de ces garden-parties mobiles. Des cabines sphériques montées sur pylônes descendent dans les profondeurs de l'océan, en toute intimité sous-marine, ou s'élèvent dans les cieux, ce qui permet de considérer les foules de haut.

Rien d'aussi impressionnant sur le plan architectural dans les autres Bras. Bâtisses flottantes serrées les unes contre les autres. Navires chargés de conteneurs. Les Bras supérieurs défient l'imagination : préfabriqués empilés les uns sur les autres, caissons surpeuplés maintenus en équilibre en toute illégalité par des étais d'acier. Les bidonvilles tiennent toujours du miracle : manière dont le désespoir, chez l'homme, déjoue les lois mêmes de la physique.

Fill adhérait à la théorie de l'auteur unique. *Ville sans plan* était l'œuvre d'une seule personne – un être humain de chair et d'os. Il traversait des phases, des moments pendant lesquels il était convaincu que l'Auteur était un homme, et des périodes pendant lesquelles il la savait femme – vieille, jeune, la peau sombre, la peau claire, pauvre, riche… Quel qu'il soit, l'Auteur avait bénéficié de la collaboration de centaines de personnes dans l'élaboration de ces modes d'emploi auditifs, somptueux, elliptiques, guidant les auditeurs dans les dédales inextricables de Qaanaaq.

Sans leur apprendre, cependant, comment y survivre. De ce combat l'Auteur n'avait cure. Ceux pour qui il ou elle écrivait, ceux à qui il ou elle parlait – ils savaient s'y prendre. Ils avaient tant souffert avant d'arriver à Qaanaaq. L'Auteur souhaitait avant tout qu'ils puissent trouver le bonheur, la joie, l'extase, la communion. L'amour de l'Auteur pour ses auditeurs était manifeste, magnifique ; il irradiait du moindre mot. Lorsque Fill écoutait *Ville sans plan*, il se sentait aimé, bien que n'appartenant pas au public visé par l'Auteur. Il se sentait partie d'un tout.

Les nations s'embrasèrent et les gens vinrent à Qaanaaq. La fonte de l'Arctique ouvrit l'arrière-pays à l'exploitation des ressources, les gens arrivèrent. Parfois il fallut nous forcer. Parfois non.

Qaanaaq n'était pas une table rase. Les gens y amenèrent leurs fantômes. Humus, histoires, pierres sauvées de terres natales englouties par la mer. Ressentiments ancestraux. Superstitions incompatibles.

Fill essuya ses larmes. Les mots en avaient fait naître une partie, prononcés qu'ils étaient par la voix avide, pleine d'espoir du dernier Lecteur. Pour le reste, c'était encore le coup de poignard du diagnostic. Bon Dieu, quel idiot il faisait. La neige tombait, lourde, humide. Des projecteurs dissimulés sous la Plaque qu'il arpentait projetaient dans les flocons dansants de superbes volutes fractales. Un enfant sauta, frappa la neige du plat de la main, éclata de rire en voyant un oiseau ou un poisson imploser pour renaître aussitôt dans les nouveaux flocons.

Réaction surprenante, incontrôlable : Fill se mit à pouffer de rire. Les projections de neige avaient encore cette capacité à gonfler son cœur d'un émerveillement enfantin. Il tendit le bras, transperçant une raie manta qui passait, imposante, sous ses yeux.

Et soudain – la douleur disparut. Sa gorge, son ventre. Son cœur. La peur et les visions cauchemardesques de corps suppliciés étendus sur des lits d'hôpital, dans les camps de réfugiés ; le souvenir des faillis errant, l'âme brisée, dans les rues des Bras supérieurs – leurs chansons, leurs hurlements, les mutilations qu'ils s'infligeaient à la main ou au couteau, sans rien sentir. À chaque homme rencontré dans un recoin obscur, ou dans un luxueux appartement, ou, à genoux, dans les immondes toilettes publiques, Bras Huit, c'était la lame de glace qui lui écorchait le cœur. Sa douleur et sa crainte.

Il eut un nouveau gloussement.

Quand le pire vous tombe dessus, vous constatez bien vite que vous n'avez plus peur de rien.

Ankit

Lorsqu'ils arrivaient dans les Bras supérieurs de Qaanaaq, les nouveaux venus ne voyaient que la misère. Ils prenaient les photos auxquelles on pouvait s'attendre : enchevêtrements de tuyaux et de câbles, saris malpropres dissimulant les embrasures ou pendant aux étais des immeubles, marchands ambulants vendant les tristes fruits des serres clandestines. Migrantes se regroupant pour entonner les chants de leurs patries englouties.

Sous le regard d'Ankit, le couple, depuis son esquif, photographiait un petit garçon. Son visage et ses bras étaient noirs de suie ; ses mains étaient gantées d'une ignoble matière cartilagineuse. Assis sur le bord de la Plaque, jambes ballantes, il touillait un amoncellement de déchets de houle qui flottait sur les vagues, un mètre en contrebas. De la viande de contrebande – l'un des moyens les plus inoffensifs de se faire un peu d'argent au noir dans les Bras supérieurs. Le gamin se rembrunit et le cliquetis des appareils photo se fit plus rapide.

Elle détestait ces gens. Leur aveuglement, leurs épaisses fourrures, leur fausseté. Son implant maxillaire localisa leur élocution : membres de la classe aisée, post-Budapest, originaires d'un de ces villages de montagne que les citadins fortunés avaient pu construire pour s'y réfugier lorsque la ville avait sombré. Elle n'actionna pas la fonction Traduire. Elle n'avait aucun besoin de comprendre ce qu'ils disaient. Ils ne savaient rien de ce qu'ils avaient sous les yeux. Leurs photographies ne refléteraient que ce qui confirmait leurs préjugés.

Les gens ici n'étaient pas tristes. Ils ne vivaient pas dans la misère. Lorsqu'ils regardaient ceux de Qaanaaq, les touristes du Monde Englouti ne voyaient que ce que ces gens avaient perdu, jamais ce qu'ils possédaient. La liberté d'ici, la joie qu'ils y avaient trouvée. Les paris des combats de lutte sur poutre, l'alcool, les danses, les chants. Leur famille, leurs enfants qui jour après jour rentraient de l'école riches de connaissances nouvelles et stupéfiantes, et qui poursuivraient des carrières remarquables dans des professions encore à inventer.

Nous sommes l'avenir, songea Ankit en toisant ces touristes joufflus, joviaux, les défiant de lui rendre son regard, ce à quoi ils se refusèrent, *et vous êtes le passé*.

Depuis la rue, elle scruta longuement 7-313. Un grossier entassement de domiciles, des appartements-conteneurs empilés les uns sur les autres sur huit niveaux, un fragile escalier externe. Ces bicoques au moins étaient pourvues de fenêtres à l'avant et à l'arrière, qui laissaient passer la lumière et offraient une vue sur l'océan – ainsi que la possibilité de surveiller les allées et venues sur le Bras. Et puis cet autre détail : les hiéroglyphes griffonnés par des grimpeurs. Les meilleures prises de pied. Les conteneurs pourvus de pièges pour les coureurs de toit.

Cela faisait des années qu'elle ne grimpait plus. Elle n'en était plus capable. Elle en avait trop sur le dos, tant au propre qu'au figuré. Pour bien grimper, il faut être libre de tout fardeau.

Les touristes ne la prirent pas en photo. Ils la regardèrent et ne surent voir d'où elle venait ni ce qu'elle avait été. Ils n'appréhendèrent que son état présent. Sa tranquillité, son aisance. Pas trace de désespoir ni de colère : par conséquent, aucun intérêt. Le gamin avait filé. Les touristes reportèrent leur attention sur les femmes qui chantaient, assises en cercle.

Ankit arrêta de monter l'escalier pour écouter les voix rudes et indistinctes des chanteuses, leur chant cependant débordait d'une telle joie, de tels rires, qu'elle en eut le frisson.

— Salut, dit l'homme qui ouvrit la porte de l'unité d'habitation du troisième étage.

Il parlait tamoul : une langue dont elle connaissait cinq mots tout au plus. Ça, c'était une idée de Fyodorovna : ces gens seraient sûrement mis en confiance par la réconfortante diversité culturelle d'Ankit, qui avait grandi dans une famille d'accueil tamoule. Une idée stupide, comme la plupart de celles qui naissaient sous le crâne de Fyodorovna.

— Je m'appelle Ankit Bahawalanzai. Apparemment, vous avez déposé une réclamation auprès de la régie du Bras ?

L'homme s'inclina et fit un pas de côté pour

lui permettre d'entrer. Visage buriné, usé. Déjà vieilli, malgré sa jeunesse. Qu'avait-il subi dans son pays natal ? Et à quel prix avait-il pu faire venir les siens ? La diaspora tamoule avait atteint une telle ampleur géographique et les Guerres de l'eau avaient eu des effets si contrastés en Asie du Sud... Ankit prit place sur le coussin qu'il lui proposait, à même le sol, où deux enfants jouaient. L'homme alla à la fenêtre, cria quelque chose. Lui apporta une tasse de thé. Elle posa son écran sur le sol et ouvrit son logiciel de traduction, lequel se positionna automatiquement sur l'option suédois-tamoul.

— Vous disiez que votre propriétaire...

— S'il vous plaît, l'interrompit-il avec dans les yeux une infime lueur d'effarement. Attendre ? Ma femme.

— Bien sûr.

Cette dernière apparut bientôt, les joues encore rosies par la joie et le froid. C'était l'une des chanteuses. Une belle femme, majestueuse, au maintien si souverain qu'Ankit se prit à plaindre ceux qui osaient se mettre en travers de son chemin.

— Bonjour !

Et de reprendre son discours d'introduction :

— Je travaille à la régie du Bras, auprès de la responsable Fyodorovna. Vous avez déposé une réclamation auprès de nos services ?

Des plaintes, ils en recevaient une centaine par jour. Les voisins qui perçaient les tuyaux de géothermie. Les bruits étranges derrière les murs de plastique. Des demandes d'aide pour résoudre les mystères de l'inscription. Les propriétaires qui ne voulaient pas payer telle ou telle réparation. Ceux qui menaçaient les locataires de mort. Les propriétaires, les propriétaires, les propriétaires.

La plupart du temps, le problème était géré par le logiciel. Qui émettait des réponses automatiques, l'essentiel des requêtes excédant le champ d'action très limité de Fyodorovna (*Non, nous ne pouvons pas régulariser votre statut si vous êtes venu ici alors que vous n'étiez pas inscrit. Non, nous ne pouvons pas vous accorder un bon pour un logement d'urgence*). D'autres, sorties du lot, avaient droit au traitement par un agent humain. Un subalterne décrochait son téléphone ou envoyait un message sans équivoque.

Les Bashir, eux, avaient eu droit à une visite personnelle de la cheffe de cabinet de Fyodorovna. Leur immeuble était surpeuplé – de nombreuses familles de réfugiés américains et sud-asiatiques. Il faisait partie d'un district politiquement décisif, et on était en pleine année électorale. Le bruit courrait bientôt qu'Ankit s'était déplacée, que Fyodorovna ne les oubliait pas.

Ankit n'était pas là pour aider mais pour porter la bonne parole.

— Notre propriétaire a augmenté le loyer, reprit Mme Bashir.

Elle attendit que l'écran traduise. Même s'ils ne pouvaient s'offrir ni implants maxillaires ni écrans personnels, les migrants, aussi pauvres soient-ils, se servaient de ces technologies avec dextérité. Des écrans, ils en avaient manipulé plus d'un lors de leur long périple vers Qaanaaq. D'ailleurs, la voix de Mme Bashir exprimait le raffinement, l'élégance. Avant que son monde se fût embrasé, elle pouvait avoir eu toutes sortes de vies.

— Nous n'habitons ici que depuis trois mois. Je pensais qu'ils n'en avaient pas le droit.

Ankit eut un sourire navré et se lança dans son discours habituel : à Qaanaaq, les propriétaires font à peu près ce qu'ils veulent mais, rassurez-vous, la priorité des priorités pour Fyodorovna, c'est de mettre les propriétaires indélicats devant leurs responsabilités et la régisseuse du Bras va appeler le propriétaire en personne pour lui en parler, et si vous, Mme Bashir, ou l'un ou l'autre de vos voisins avez le moindre problème, contactez-nous sans tarder…

Puis Ankit s'interrompit et changea de sujet :

— Qu'est-ce que c'est ?

La question s'adressait à un enfant qui dessinait sur une imagique. Taksa, indiquait le dossier des Bashir. Six ans, sexe féminin. Elle coloriait maladroitement une forme ovale et noire.

— Une orque, répondit-elle.

— Ah, c'est donc que tu as entendu les rumeurs, reprit Ankit avec un sourire. La Femme à l'orque, c'est ça ?

Taksa hocha la tête, les yeux écarquillés, un grand sourire aux lèvres. La Femme à l'orque était déjà entrée dans la légende. Nombreuses photos de son arrivée, mais aucune nouvelle depuis. Comment peut-on disparaître dans une ville aussi densément peuplée, surtout lorsqu'on voyage en compagnie d'un ours blanc et d'une orque ?

— Pourquoi est-elle venue, à ton avis ?

Taksa haussa les épaules.

— Personne n'est d'accord là-dessus.

— Elle est venue tuer des gens ! s'écria le frère aîné de Taksa, Jagajeet.

— Chut, l'interrompit la mère. C'est une migrante, comme nous. Tout ce qu'elle veut, c'est être en sécurité.

Mais son sourire semblait indiquer qu'elle avait sur la Femme à l'orque des idées moins banales.

Les enfants se disputèrent avec affection. Évidente fraternité qui provoqua chez Ankit un pincement nostalgique, envieux, qu'elle chassa rapidement. Il n'y avait qu'un pas du souvenir de son frère à celui de sa mère. Non.

Taksa posa sa craie par terre et ferma les yeux. Puis les rouvrit et sembla considérer ce qui l'entourait avec stupéfaction. Après quoi, elle prononça quelques paroles qui laissèrent ses parents bouche bée. L'écran se figea ; le logiciel de traduction se mit à mouliner, cherchant à identifier cette langue inattendue. « Russe », finit par indiquer l'écran, et la voix de synthèse, d'ordinaire si rassurante, s'exprima en tamoul puis en suédois :

— Qui sont ces gens ?

Il se passa trois secondes avant que quiconque puisse réagir. Taksa cligna des yeux, secoua la tête et se mit à pleurer.

— Bon Dieu, qu'est-ce que c'est que ça ? demanda Ankit, tandis que Mme Bashir emmenait la petite dans la salle de bains.

M. Bashir baissa la tête. Le grand frère, solennel, reprit le dessin là où sa sœur l'avait laissé.

— Ça s'est déjà produit ?

L'homme hocha la tête.

Ankit sentit son cœur se serrer.

— Les failles ?

— C'est ce que nous craignons, répondit-il.

— Pourquoi ne pas appeler un médecin ? Essayer de faire en sorte de...

— Ne dites pas de bêtises, répliqua M. Bashir, dont l'amertume ébranlait enfin la réserve. Vous savez bien pourquoi. Vous savez ce qu'ils font aux enfants malades. Ce qu'ils font à ces familles.

— Mais les failles se tr...

Elle ne put finir sa phrase et s'en voulut terriblement de l'avoir commencée.

— ... se transmettent sexuellement ? Oui, compléta le père. Mais ce n'est pas la seule voie. Vous n'imaginez pas les conditions de vie dans le camp de transit. La nourriture. L'hygiène. Les lits serrés les uns contre les autres. Un soir, la femme qui dormait sur le lit à côté de celui de ma fille s'est mise à vomir. Il y en avait partout et...

Il s'interrompit, ce dont Ankit lui fut reconnaissante. Son cœur battait bien trop fort. En un mois, c'était le sixième cas qu'elle rencontrait.

— Nous vous fournirons toute l'assistance nécessaire.

— Vous savez qu'il n'y a rien à faire, répliqua le père. On est comme vous, on lit les chaînes. Qu'est-ce que vous croyez, qu'on ne se tient pas au courant ? Si, tous les jours. On n'attend pas vos précieux robots pour se décider. Et depuis trois ans maintenant, chaque fois qu'on en entend parler – et ce n'est pas fréquent –, c'est toujours la même chose : *Les logiciels de nombreuses administrations, y compris Santé, Hygiène et Enregistrement, continuent de recueillir des informations et de mener des tests de manière à pouvoir établir de nouveaux protocoles permettant la gestion et le traitement des personnes enregistrées par nos services et souffrant de cette pathologie ainsi que d'autres maladies récemment identifiées*. Et pendant ce temps-là, les gens crèvent dans la rue.

— Mais cela va bien se passer pour vous et les vôtres. Nous n'avons pas l'intention de…

— Vous êtes jeune, la coupa le père, les traits tendus. Vous ne pensez pas à mal, j'en suis certain. C'est juste que vous ne comprenez rien à cette ville.

J'y ai vécu toute ma vie et vous y habitez depuis six mois, s'interdit-elle de lui répondre.

Parce que je ne veux pas le blesser, songea-t-elle. Ou plutôt, parce qu'elle n'était pas certaine qu'il ait entièrement tort.

La porte de la salle de bains s'ouvrit, livrant passage à Taksa. Tout sourire, ses larmes séchées. La maladie était mortelle et invisible. Elle courut vers son frère, lui arracha l'imagique des mains. Pris d'un fou rire, ils s'en disputèrent la possession.

— Je peux ?

Ankit avait brandi l'écran avec cette posture qui signifie dans le monde entier qu'on veut prendre une photo. La mère répondit d'un hochement de tête perplexe. Ankit aurait pu prendre des dizaines de clichés. Ils étaient beaux, ces enfants. Leur bonheur lui donnait le vertige. Elle se contenta d'une image : le visage de la fillette n'était plus qu'un flou souriant ; les mains de son frère reposaient, aimantes et fortes, sur ses épaules.

Kaev

Il n'avait plus qu'une certitude : la poutre sur laquelle il se dressait.

Le gong résonna et Kaev ouvrit les yeux. Les lumières s'allumèrent progressivement. La configuration de la salle ne sortait pas de l'ordinaire pour ce combat : des rangées de colonnes stables, des poutres suspendues à intervalles irréguliers, des mâts assez épais pour qu'on puisse y poser le pied. Trois plates-formes de taille à accueillir deux combattants enlacés. Kaev posa les pieds bien à plat sur le bois nu et inspira. Le rayon d'un projecteur tira son adversaire de l'obscurité : c'était un Chinois, petit, très jeune, dont il entendait parler depuis des semaines. Un gosse dont la célébrité ne cessait de croître. La foule invisible se mit à hurler, à rugir, à taper des pieds, à brailler par des haut-parleurs nasillards. Dix mille âmes de Qaanaaq, autant de paires d'yeux braquées sur lui. Ou du moins sur son adversaire. Cent mille autres regardant le match chez eux, dans des bars ou amassés au coin d'une rue, écoutant la retransmission sur des radios bon marché. Il les voyait, tous. Il les voyait très bien.

Impossible de se débarrasser de la ville. L'esprit de Kaev palpitait à son rythme, sous la douleur infligée par cet excès de vie. Excès de choses effroyables. Excès de choses désirables. Il pinça les lèvres, de peur de se mettre à hurler.

Go le regardait, quelque part dans la foule. Un œil sur son écran, c'est probable, mais l'autre sur lui. Elle souriait – de le voir s'avancer, d'assister à la réalisation de son scénario.

Kaev bondit sur la poutre suivante. Son adversaire ne broncha pas, attendant la venue de Kaev. Insolent. Inconscient. Pauvre idiot, qui se croyait assez malin pour imaginer ce qui allait se produire. Où était Go ? Il n'en avait aucune idée, il ne savait pas davantage quelle dépense d'énergie et d'argent avait exigée la mise en scène du combat.

L'Amérique est par terre et moi-même je ne me sens pas très bien.

Ces nouvelles l'avaient affecté d'une manière peu habituelle. Car que représentait l'Amérique pour Kaev ? Un des pays qui auraient pu être sa terre natale. Tous les orphelins de Qaanaaq avaient la tête farcie de filiations, de pays qu'on avait dû fuir, de parents riches et puissants, de conspirations aux ramifications infinies qui avaient abouti à leur bannissement. Kaev avait trente-trois ans : il était trop âgé pour le jeu des possibles. Il savait ce qu'il possédait, et c'était vraiment très peu. Il courut le long de la poutre suspendue, les mains en arrière, le dos bien droit, les épaules basses, s'efforçant de penser à autre chose.

La brume se leva tandis qu'il approchait du jeune Chinois. Le vacarme se fit moins fort. La lutte se déroulait là où les morceaux se rassemblaient. Le gamin se propulsa d'un bond à l'autre bout de la poutre. Rugissements dans la foule. Kaev n'entendait pas le discours du commentateur radio, mais il en connaissait précisément la teneur :

Ce gamin n'a vraiment pas froid aux yeux ! Son bond l'a fait atterrir sous les yeux de son adversaire ; il s'est réceptionné dans une impeccable position du cavalier. Il ne sera pas facile de balancer le môme à l'eau...

Kaev écoutait toujours ses combats après les avoir menés, un jour ou deux plus tard, une fois l'agitation retombée. Quand il entendait Shiro décrire ses propres efforts, même si c'était sur le ton alerte et creux des commentateurs sportifs, il était envahi d'une certaine sérénité. Cousine futile, mineure, de la joie de combattre.

Quelques secondes avant la confrontation avec son adversaire, Kaev bondit dans les airs en faisant pivoter ses hanches. Le gamin, rictus ironique aux lèvres, s'agenouilla brutalement, et la frappe de Kaev lui passa bien au-dessus de la tête. Pourtant, il ne s'était pas retourné assez vite. Dès qu'il eut reposé pied à terre, Kaev se mit à jouer des poings et finit par frapper le garçon du coude. Rien de bien assuré, ni de très équilibré, ni de susceptible de blesser : le gosse pourtant vacilla quelques secondes et recula d'un pas hésitant.

Rugissement d'une autre tonalité dans la foule, celle du respect réticent. Kaev n'était pas leur favori, mais il avait bien joué, il fallait le reconnaître. Commentaire de son Shiro imaginaire : *Et maintenant, les gars, Hao va devoir faire un peu plus gaffe.*

Le gamin s'était mis à le poursuivre vers les confins de l'arène. Kaev se retourna, parvenu au ring externe, et lui donna un coup de pied que Hao esquiva sans difficulté. Alors même que l'élan du coup de pied s'épuisait, Hao se pencha vers la jambe de Kaev et rompit son équilibre. En n'importe quel autre lieu, ç'aurait été la fin, là, les poteaux du ring étaient assez rapprochés pour que Kaev puisse se replier d'un pas incertain vers le suivant.

Oui. Oui. Exactement !

Il se mit à beugler. Il était un animal, un monstre, mi-ours blanc. Rien ne pouvait l'arrêter.

En rêve, parfois, il était un ours blanc, des pieds à la tête. Rêve devenu plus fréquent ces derniers temps. La veille, il avait passé six heures à errer dans les Bras à la recherche de cette femme dont on disait qu'elle était venue à Qaanaaq en compagnie d'une orque et d'un ours blanc – en vain.

Il respira, la tête remplie des informations phéromoniques que fournissait son adversaire, puis chargea.

Une danse. Un rituel religieux. Quelle qu'en soit la raison, Kaev était libre tant qu'il se battait. Il ne pensait pas aux contractions, de plus en plus fortes, qui l'empêchaient d'articuler une phrase complète. Il ne s'inquiétait pas des rentrées d'argent trop chiches – il lui faudrait sans doute quitter bientôt son conteneur du Bras Sept pour s'installer dans un immeuble à capsules du Bras Huit, ou pire encore. Il ne songeait pas à Go, à la haine qu'elle lui inspirait, lui qui avait été assez stupide pour l'aimer de toute son âme.

Il ne faisait qu'un avec l'adversaire et la concentration de la foule. Et avec le murmure de l'eau froide et salée, dix mètres en contrebas.

Ils luttèrent au corps à corps jusqu'au coup de gong puis ils se séparèrent. Après tout, ces combats n'étaient pas des bagarres de sauvages. La lutte sur poutre de l'arène Yi He Tuan était le sport le plus apprécié, le plus caractéristique de Qaanaaq. Leurs champions l'emportaient grâce à leur agilité, à leur sens de l'équilibre, à leurs coups alertes, efficaces : rien à voir avec la frénésie brutale d'un pugilat de rue. Kaev était plus puissant et ses réflexes plus aiguisés, mais le gamin avait pour lui la grâce et la célérité. Kaev comprenait l'affection de la foule pour Hao, les raisons pour lesquelles on le destinait à devenir une star.

Les stars gagnent de l'argent, lui avait dit Go cinq ans plus tôt. *Les gens paient pour voir quelqu'un qu'ils peuvent reconnaître, quelqu'un qu'ils puissent encourager. Et tu ne fais pas de gagnant sans des tonnes de perdants.*

C'était cela qui avait lancé la carrière de Kaev, second couteau. Le type que les autres lutteurs affrontaient quand ils devaient apprendre leur métier tout en se ménageant un parcours sans défaite. Il y avait pire. Les seconds couteaux avaient une date de péremption bien plus tardive que les stars, qui perdaient vite de leur attrait. Cela dit, ces dernières, une fois mises au rancart, pouvaient compter sur des économies plus substantielles. Les seconds couteaux les plus fortunés avaient un mois de loyer tout au plus sous le matelas.

Kaev se fichait de perdre. Il aimait la lutte. Il aimait la manière dont son adversaire l'aidait à sortir de lui-même. Il aimait le moment de décharge quasi orgasmique que procurait la chute dans les eaux glaciales.

Ce qui au contraire importait à Kaev : la faim, la colère, la sensation de vacuité. Ce qui lui importait, ce qu'il ne pardonnerait jamais ni à Go, ni aux foules, ni à Qaanaaq, cette ville de merde : l'absence de choix.

Hao était en train de s'épuiser, il le sentait. Le gosse était trop tendre, pas assez dégrossi. Kaev passa en mode endurance, feignant d'être sur la défensive tout en exhibant ses techniques de préservation de ses forces et de son souffle. Hao l'imita. Se rendait-il compte de ce qu'il faisait ? Peu probable. C'était juste un truc qu'il venait d'apprendre. Dans des moments comme celui-là, Kaev était fier de lui. C'était un art difficile et rare que celui de faire gagner quelqu'un sans que la foule le sache. Les coups de Hao entrèrent en contact avec ses cuisses, ses flancs. Les spectateurs se levèrent d'un bond : pendant un bref instant, Kaev fut le roi de Qaanaaq.

Cela n'échappa pas au gamin. Kaev le vit prendre conscience de ce retournement. Le moment où tout devint clair, où il se rendit compte de ce que Kaev était en train d'accomplir. Son expression changea ; le mépris insolent fit place à un respect presque humble. Ses yeux s'arrondirent, s'attendrirent. Il fit une pause – et Kaev alors aurait pu lui donner un coup de pied à l'arrière du genou agrémenté d'un crochet sur la tempe, projetant le gamin, bras et jambes écartés, dans la mer en contrebas. L'enchaînement lui apparut clairement ; il leva même la jambe pour lancer son assaut, mais qu'il frappe le gosse et Go perdrait des millions et mettrait sûrement un contrat sur sa tête – et tout ça pour quoi ? Un score à 37-3, au lieu de 38-2 ? Kaev ramena son poignet vers sa poitrine, s'arrima. La foule s'enflamma. La victoire était à portée de Kaev. Leur petit prince allait connaître la défaite…

Un rire monta, frémissant, en Kaev. La joie allait lui fendre la peau s'il n'y prenait garde. Il était un oiseau maintenant, il était pur bonheur, bien plus que ce corps au supplice, que ce cerveau brisé. Il eut, dans cette demi-seconde d'arrêt qui lui coûta son avantage, envie de hurler de bonheur.

Hao, le visage triste, s'approcha d'un bond et lui infligea un uppercut. Kaev lui avait fait ce don – l'humilité du vrai guerrier. C'était l'étoffe du véritable artiste, du lutteur – ce qu'apprécieraient les Qaanaaqiens, cette peuplade humide et froide qui puait le sel. Kaev, dans sa chute, se concentra sur ce point. Sur la carrière de Hao – comme sur celle des dizaines de brillants jeunes lutteurs qui avaient affronté Kaev avant ce jour. Sur ce qu'ils pouvaient encore accomplir.

Kaev aperçut une femme graffitée sous la plateforme dont il était tombé. Pas bête, cet emplacement : qui pouvait la voir, hormis un lutteur après la défaite ? Inscrite dans le programme d'un dronetagueur amphibie qui surgissait des flots et planait dans les airs, le temps de la peindre dans ce nid secret. Elle était belle. Relativement âgée, chauve, vêtue soit d'un habit de nonne, soit d'une tunique d'hôpital, une main levée, le visage irradiant de sainteté. Trois lettres étaient inscrites à proximité : *ORA*. Des initiales – mais de quoi ?

Il vit aussi les longs tubes de métal sur lesquels s'articulaient les sièges de l'arène, les endroits où ses parois plongeaient sous les flots, la passerelle le long du bord où le médecin du match attendait – c'était lui qui le tirerait de la mer. Kaev entendit les hurlements de la foule. Rien cependant de tout cela n'était vrai. Rien n'était plus vrai que l'eau. Elle s'élevait vers lui à présent, ravie de cette embrassade renouvelée. Il était aussi à l'aise dans l'eau que dans les airs. Il était amphibien. Il était ours blanc. Il sentit son corps entrer en violent contact avec l'eau ; le froid le traversa, électrique, puis il s'extirpa de lui-même, s'évanouit, abandonna son corps, dont les contractions, les insuffisances, les besoins impossibles à combler, les errements mentaux furent pulvérisés en une vague de pure et totale extase.

Ankit

Il n'était pas bien difficile d'être une bonne grimpeuse. Ce qu'avait été Ankit. Elle avait la puissance, les réflexes suffisamment rodés. Elle pouvait sauter par-dessus les barricades, échapper aux caméras des drones, se déplacer sur des rampes guère plus épaisses que des cordes raides.

Ce qui différenciait la bonne grimpeuse de la championne, c'était la peur. Ankit avait peur. La peur la retenait. Elle n'avait jamais été capable de se laisser aller. Elle n'avait jamais pu voler. Ce n'était pas l'envie qui lui manquait, à tel point que son estomac lui pesait, que ses membres se figeaient, perchée qu'elle était au bord du gouffre, paralysée.

Elle la ressentait à présent : l'envie. Qui l'avait cueillie entre ces deux grands immeubles branlants, lesquels exhibaient, moqueurs, leurs appuis de main et de pied. L'envie, et la peur.

Elle perçut l'odeur – fumée d'aiguilles de sapin – avant d'entendre la voix.

— Salut, la môme, fit-elle, d'un pan d'ombre entre deux entretoises.

— Salut, répondit Ankit, vaguement flattée de s'entendre appeler « la môme » par quelqú'un.

Mais ce type-là ne lui rendait-il pas de menus services depuis qu'elle était môme, précisément ? Elle franchit le pas, quitta la foule des rues pour plonger dans l'obscurité humide et froide du commerce interstitiel de Qaanaaq. Dans la rue derrière elle cliquetait un échiquier de go. Devant, au plus profond des ténèbres, deux hommes poussaient des grognements synchronisés.

— Tu m'as manqué ces derniers temps, dit l'homme.

Il portait trois sweaters à capuche ; leur ombre adoucissait les rides de son visage.

— Livraison du jour, dit-elle en lui tendant un écran.

De seconde main, pas grand, pas cher, les connexions aux réseaux fichues, mais la batterie était de longue durée et l'appareil était doté d'un étui à capteurs solaires.

— Qu'est-ce que tu as mis dedans ? demanda-t-il avec un sourire d'excitation.

Il était vieux – assez vieux pour avoir vécu déjà une existence complète avant son arrivée à Qaanaaq. Ses cigarettes de sapin étaient des spécialités de camp de transit, fumées avec fierté et goût du défi par les réfugiés de fraîche date, raison pour laquelle elles étaient parées du charme de l'interdit ; même les gamins de bonne famille des Bras inférieurs ne dédaignaient pas d'en fumer en public.

— Des livres, répondit-elle. De quoi lui fournir de la lecture jusqu'à la fin de ses jours.

— Tu sais qu'elle n'a droit qu'à des techniques autorisées. Qu'on la chope avec ce truc, et…

— C'est à elle de voir. Si elle ne veut pas prendre ce risque, elle peut toujours dire non. Auquel cas tu n'auras qu'à me le rendre, si c'est un de tes jours de bonté, ou te contenter de le vendre. De toute façon, je n'en saurai rien.

— C'est sûr, dit-il en s'emparant de l'écran. Tu es la confiance incarnée. J'aurais pu te piquer ton fric, depuis le temps, et empocher les trucs que tu me files. Tu n'as aucun moyen de savoir si ça lui parvient, en fin de compte.

— C'est toujours ce que tu dis, répondit-elle.

De leur trou d'ombre, on ne sentait pas le méthane des réverbères. L'obscurité la tenait prisonnière dans ses mâchoires ; la mer l'emmitouflait comme un manteau. C'était l'extase, ce lieu, la liberté : un échantillon de l'excitation qu'elle ressentait jadis quand elle grimpait. Un plaisir qu'elle n'éprouvait jamais au grand jour, dans ses tribulations professionnelles réglées comme du papier à musique.

— Est-ce une manière perverse de te confesser, Path ? Ou je ne sais quelle allusion à un code de l'honneur mafieux ? Pas moyen de trancher.

Et même cela lui faisait du bien – l'ambiguïté, les interrogations. Loin des certitudes rigides de la ville, mécaniques, impitoyables.

Path s'inclina. Des singes babillaient dans leur nid douillet, près des tuyaux de géothermie : jadis animaux de compagnie sauvés de l'extinction par les possédants de Qaanaaq, ils s'étaient évadés et se nourrissaient dans les décharges de la ville, comme les pigeons des cités du Monde Englouti.

— Tels sont les chemins tortueux de la confiance humaine. Tu as un message pour elle ?

— Comme d'habitude, répondit Ankit. Dis-lui que je l'aime, qu'elle me manque et que je la sortirai de là.

Path posa la main sur le bras d'Ankit. Il avait l'odeur d'une forêt.

— Mon informatrice est quelqu'un de bien. Elle transmettra le message. Ta mère biologique a survécu et, pour une patiente du Placard, c'est déjà une belle performance.

— Je te remercie, Path, dit-elle en reculant.

Elle sortit de l'ombre, revint à la rue, fut aspirée sans délicatesse par le tourbillon. Elle remonta dans le Bras Cinq, contre le vent. Une femme déambulait en soliloquant sur la Plaque : elle parlait de démons, d'oppression. Son corps était en proie aux failles, tremblements du stade terminal.

L'implant maxillaire d'Ankit tinta. Elle le tapota de l'index. La voix de son contact au Service des Familles résonna à son oreille. Elle lui avait envoyé un message le matin même pour essayer de savoir quel sort serait réservé à Taksa, la fillette contaminée. Savoir aussi en quoi elle pouvait l'aider.

Désolé pour l'info, Ankit. Mais les Bashir sont déjà désinscrits. Ils seront transférés sur un navire de ban. Ce qui rend le truc un peu moins moche, c'est que les temps de transfert sont hyper longs maintenant. Six mois d'attente. Il y a dix mille faillis déclarés qui sont encore chez eux. À attendre. Un jour ou l'autre, on les transférera sur la navette continentale ; ils auront droit à un emplacement dans un des camps de la côte.

Trois goélands luttaient près d'elle contre le vent. Ils finirent par s'y abandonner. Ankit, elle, dut se rappeler qu'il lui fallait respirer.

Le père de Taksa n'avait pas tort. *Vous savez très bien ce qui arrive à ces familles*. Oui, elle savait. Mais elle n'avait pas voulu y croire.

Une lueur d'espoir : les six mois d'attente. Il y avait sûrement un sens à cela. Aucune démarche à Qaanaaq ne prenait autant de temps. Peut-être était-ce un problème d'intelligence artificielle, ou bien un nouveau protocole qui ne pouvait s'implanter officiellement avant qu'un autre ait accompli son obscure tâche. Ce pouvait être des moissonneurs de glace désaffectés qu'il fallait adapter au transport de réfugiés, ou les Suédois encore occupés par quelque mission dans un autre camp d'Afrique de l'Ouest. Qaanaaq était gouvernée par une centaine de programmes informatiques dont la plupart s'entendaient fort bien, parfois, cependant, des commandes contradictoires (voire incompatibles) amorçaient des conflits qui bloquaient l'exécution des programmes des agences, en attendant qu'un être humain ou – ce qui était plus probable – une autre intelligence artificielle n'intervienne. Elle se renseignerait sur la question.

Autre infime lueur d'espoir pour Taksa, plus fragile encore que la première : demander de l'aide à sa patronne.

Sujet idéal pour ton discours de campagne de la semaine prochaine, écrivit Ankit. *Quand je fais du porte-à-porte, je vois de plus en plus de cas de failles. Des familles entières. Des gosses. Personne n'en parle. En tout cas, pas ton adversaire. Les gens ont peur. En prenant l'initiative sur cette question, tu auras la possibilité d'accroître ton avance de 3,6 points.*

Détail bidouillé. Mais chaque fois qu'elle concluait un mensonge par une statistique à virgule, sa patronne mordait à l'hameçon. En murmurant des prières à l'univers – mais que ne pouvait-elle chasser cette famille de ses préoccupations –, Ankit prit le chemin du retour.

Le problème était le suivant : le père de Taksa ressemblait en tous points à l'homme qui l'avait élevée. Même profonde humilité, vitale, obstinée : sa colonne vertébrale. Son père, sa mère : des individus d'une parfaite droiture, ce qui n'était pas évident à Qaanaaq. Ou n'importe où, du reste. Peu de gens auraient accepté d'aider une gosse de dix ans qui voulait à tout prix savoir où se trouvait sa mère biologique : remplir les paperasses, la guider dans le dédale des complexités administratives du mieux qu'ils le pouvaient.

Ils n'étaient plus de ce monde. Collapsus cardiogénique, comme tant d'autres hommes et femmes de leur génération : l'héritage, à retardement, de la pollution chimique de la grande industrie. Une douleur lui serra la poitrine et elle fit halte. Les souvenirs affluaient : la divine cuisine de son père, les tableaux de sa mère. Le nom du grand-père dont elle avait hérité, comme ils n'avaient pas pu avoir de fils.

Je vais acheter des boulettes de riz, se dit-elle, *et faire une offrande devant leurs portraits.* Mais elle se souvint qu'elle se promettait souvent de les honorer ainsi, et ne mettait presque jamais ses intentions à exécution.

Ankit ne méritait pas son logement. Rares étaient les grimpeurs qui avaient obtenu un appartement aussi agréable et un emploi aussi qualifié que le sien. C'était un réconfort parfois que de réfléchir à la chance qu'elle avait, aux efforts qu'elle avait accomplis pour parvenir à tout cela, surtout quand elle pensait à tous les orphelins de Qaanaaq qui, en cet instant même, crevaient lentement dans la froide et verte lumière des réverbères, méthane et sodium mêlés, atteints de nouvelles maladies que personne ne connaissait et dont personne ne voulait parler. Elle aurait très bien pu être du lot. Il lui fallait faire un certain effort pour se le rappeler, plutôt que d'adopter l'autre point de vue : celui qui lui disait qu'elle tournait le dos aux siens, qu'elle aurait dû en faire plus, qu'elle et tous ceux que cette ville de merde maltraitait devraient se rassembler, exiger ce qui leur appartenait de droit – sursaut auquel ces émissions au ton curieusement séditieux de l'anonyme *Ville sans plan* semblaient toujours faire allusion.

Choc soudain : le visage grimaçant de son frère sur une affichette clandestine aux couleurs délavées. Annonçant un combat à venir, déjà passé. Donnant la liste des sites de paris et les cotes.

Elle l'avait rencontré une fois, son frère, peu après avoir décroché son boulot chez Fyodorovna. Elle avait pu avoir accès via les Services des Familles à son dossier, avait appris l'existence de ce frère dont le dossier, cependant, ne donnait que le nom. Le jour de leur rencontre, il avait dû prendre quelque chose – de la caf de synthèse, sans doute, pour se remettre d'un combat. Il avait un sérieux problème mental, ça sautait aux yeux. Les failles, avait-elle d'abord pensé, mais non, ce n'était pas cela… Et elle qui avait si longtemps vécu sans famille, elle ne pouvait pas s'en empêcher… mais avant qu'elle puisse finir le petit discours de présentation qu'elle avait soigneusement préparé, il s'était mis à délirer, à gémir. Ses amis l'avaient évacué avec maintes excuses et l'aisance que donne l'habitude : ces accès, sans doute, n'étaient pas rares. Depuis, Ankit suivait la carrière de son frère à distance. Elle était devenue plus ou moins adepte de la lutte sur poutre. Elle pariait invariablement sur lui, même s'il perdait toujours. Ce combat-là aussi, il l'avait perdu, contre ce nouveau venu, Hao, qu'au bureau tout le monde adorait.

Path lui mentait sûrement. Ce moment-inattendu-de-sympathie, ce devait être une technique commerciale, adorée de tous les receleurs et adoptée par ceux des malfaiteurs dont la spécialité exigeait une crédulité sans faille de la part de leurs clients. Ankit ne tirerait sans doute jamais cela au clair.

À quinze ans, elle avait décidé de ne plus jamais aller voir sa mère. Sa présence provoquait des crises chez cette dernière, susceptibles d'entraîner des journées entières de traitements psychophysiques qui n'auraient pas été déplacés, soupçonnait Ankit, dans quelque asile de fous de l'époque victorienne. Raison pour laquelle elle ne lui écrivait jamais, ne l'appelait jamais. Le Placard n'avait pas acquis sa réputation par hasard. Si les pires criminels de Qaanaaq frémissaient à son souvenir, ce n'était pas pour rien.

Malgré tout, Ankit était heureuse. Le fait d'aider sa mère la réconfortait, quand bien même elle n'était pas certaine de la destination réelle de ce qu'elle envoyait. Elle se sentait moins impuissante, moins seule. La nuit était froide et sombre, conforme au désir d'Ankit.

Elle ralentit le pas en passant le long de quelques étals : des femmes, créatures gueulardes et sans âge, y vendaient du tord-boyaux. À seize ans, Ankit leur en achetait toujours deux godets : un pour commencer la soirée de grimpe, un second pour la conclure. Ce soir-là, elle récidiva. Sa marchande préférée proposait une liqueur qui avait un goût de pomme et de résine de pin. Le sourire de la femme était éloquent : *Je t'ai observée, je t'ai vue dans tes pires moments.*

— Qu'est-ce que ça a de si bizarre que ça ? demandait-elle à une de ses collègues. Tous ces gens qui bossent avec des animaux, oui, ceux qui bossent avec, comment ils appellent ça déjà… « grands prédateurs qui ne survivent plus qu'en captivité ». Ils leur injectent ces substances pour ne pas se faire tuer. Comme ce bateau au large de Bras Un, avec des tigres et des alligators : tu peux en louer, si tu as le fric. Franchement, entre ça et ce qui te permettrait de fusionner en esprit avec une orque, il n'y a pas tant de différence.

Ankit, immobile, savourait son petit verre et la conversation des femmes. Le vent glacial lui mordait la peau. À l'intérieur, cependant, elle était un gobelet de feu.

— Un ami de mon mari a travaillé pour une des juntes, reprit une autre marchande. Elles avaient toutes une unité secrète dans laquelle elles testaient toutes sortes de substances. Il a vu des trucs pas possibles au Chili. On disait que la bande du Yucatán avait un médecin sous contrat avec une de ces pharma-nations d'Amérique du Nord, et que ce type pouvait vous injecter un machin dans le sang qui leur permettait d'accaparer votre esprit, pour voir tout ce qu'il y a dedans. Sinon, comment ils auraient renversé le narco-gouvernement ?

— Il s'est cassé la gueule à cause des émeutes, intervint une troisième marchande de gnôle avec un froncement de sourcils incrédule. La Deuxième Révolution mexicaine. Pas besoin de pois sauteurs ni de science-fiction.

— Pour le bien que ça leur a fait.

Elles pouvaient passer la nuit à ces palabres. Ankit aurait pu s'attarder, s'offrir un autre verre ou se contenter de rester dans le vent, à la limite du cercle de lumière projeté par le réverbère.

Ça, c'était toujours là, à disposition. La nuit de Qaanaaq. Sa drogue préférée. Mais elle était devenue une créature du jour. Qu'elle replonge, et elle perdrait tout ce qu'elle avait acquis.

— À la prochaine, lui dit la femme lorsque Ankit lui rendit le verre.

L'entrée de son immeuble était lumineuse, bien chauffée – y régnait cette sorte de chaleur que procure toujours la ventilation géothermique –, humide, vaguement salée, à moins que ce ne soit un effet de son imagination. Elle ralentit le pas pour jouir de la chaleur après un froid si vif. Ce fut alors que son implant de mâchoire tinta. La réponse était étonnamment rapide : Fyodorovna avait déjà assez de mal à travailler au bureau, alors, quand elle n'y était pas… La voix retentit dans l'oreille d'Ankit :

> Les failles, c'est un sujet dangereux. Si les politiques ne l'abordent pas, ce n'est pas pour rien. Les gens pensent que c'est une maladie de pervers ou de malfrats. Peu importe que cela soit vrai ou non.

Ankit tapa sa réponse : *Ce n'est pas vrai. Et il faut bien que quelqu'un fasse quelque chose.*

Réponse de Fyodorovna :

> Mais c'est le cas, j'en suis sûre. Aux Logiciels. À la Planif, ils préparent un plan stratégique. Il y a des recherches sur les traitements. Sûrement. Il faut laisser les spécialistes faire leur boulot.

Ankit connaissait assez bien sa patronne pour savoir que la conversation n'irait pas plus loin.

À l'étage, dans sa chambre, elle posa le front sur la vitre et plongea le regard dans la nuit, se sentit bien au chaud, se sentit mal d'être au chaud.

Tourna le regard dans la direction qu'elle cherchait toujours à éviter.

Il n'avait pas bougé, naturellement. Comment l'aurait-il pu ? Cet immeuble élancé qui s'élevait au-dessus du reste de la ville, dans le lointain – le Placard. La plus haute tour du Bras Six. L'hôpital psychiatrique de Qaanaaq. Elle l'avait escaladé une fois. La seule de ses expéditions qui se soit soldée par une arrestation. La seule aussi qui ait eu un but. Entrer dans les lieux. En faire sortir quelque chose. Quelqu'un.

Sa dernière escalade. Celle que la peur avait interrompue. Ankit pétrifiée. La mer noire, des dizaines, des centaines de mètres en contrebas. Le vent qui hurlait contre elle, la tour luisante de brume gelée. Ils l'avaient trouvée là, figée sur place, incapable de lutter. Rien n'avait changé au fond. Ankit était toujours là, figée. Sans force. Sans courage. Se contentant d'obéir aux règles. Ce n'était plus la Sécurité qu'elle craignait désormais, mais Fyodorovna, qu'elle savait pourtant aussi absurde que la Sécurité : les résultats étaient en fin de compte similaires. Ankit s'était entravée. Elle n'avait jamais franchi le pas, celui qui aurait tout changé.

Si bien qu'elle commit alors une énorme bourde. Elle était consciente de la stupidité de la chose, ce qui n'empêcha rien.

Elle ouvrit la photo de Taksa, qui était assez floue pour que l'enfant ne puisse être reconnue : la seule chose visible, c'était le sourire universel de l'Enfance Joyeuse. Ankit effaça tous les détails qui pouvaient aider à l'identification du domicile de la fillette et en programma la publication sur le site de Fyodorovna. Elle y apparaîtrait le lendemain, avec cette légende : *Qu'un seul d'entre nous soit malade des failles et c'est nous tous qui souffrons.*

Et parce que sa colère était encore vive, elle prit une autre décision stupide. Une première, depuis des années. Elle alluma son écran, se rendit sur le site du Placard et déposa une demande de visite. Une visite à sa mère.

VILLE SANS PLAN : LES FRONTIÈRES

Ne parlez pas du passé ici. Ne demandez pas à vos voisins la raison pour laquelle ils ont quitté leur pays, quel qu'il soit ; ne vous attendez pas à ce que vos nouveaux amis s'attendrissent, nostalgiques, sur des foyers qui ne sont plus. Le passé signifie peut-être pour vous plus que la souffrance, n'imaginez pas cependant que tous en aient cette conception. Nous voudrions le flairer, le goûter, l'entendre chanter, sentir la chaleur de son désert, les pluies de ses étés, mais nous ne voulons pas en parler. Ce que nous avons subi ne peut plus nous faire de mal ici, à moins que nous ne nous y abandonnions. Les villes vaincues, les nations englouties dans le sang. Les hurlements de ceux que nous aimons. Ces histoires que nous gardons secrètes. Il nous en faudra d'autres.

Toutes les villes sont des expériences scientifiques. Qaanaaq est peut-être la plus étroitement surveillée de ces expériences dans l'histoire de l'humanité. Les médias sont presque entièrement libres. La bureaucratie est réduite au minimum – non humaine, pour l'essentiel, puisque la ville est gouvernée par des logiciels bienveillants. Ce sont les actionnaires qui paient les impôts, ils en ont les moyens. Si le toit et le couvert sont bien trop chers, c'est un problème entre vous et les prestataires. Le suédois y est la langue la plus répandue, même si 37 % seulement de la population la parlent. Il n'y a pas de langue officielle. Il n'y a rien d'officiel, de toute façon. Qaanaaq n'a ni gouvernement, ni maire. Ces fonctions sont assumées par un réseau d'agences mandatées par les actionnaires de Qaanaaq. Chaque Bras élit un régisseur pour une durée de quatre ans, son rôle est d'aider les citoyens dans leurs relations avec les agences et de contrôler l'activité des employés municipaux. Ces huit personnes constituent l'ensemble de la classe politique à Qaanaaq ; elles seront les premières à vous dire qu'elles n'ont pratiquement aucun pouvoir.

Si le XXe siècle a été marqué par des idéologies guerrières, si le suivant a vu combattre les langages informatiques, notre époque se détermine par le conflit entre deux approches différentes de la gestion des villes océaniques. Des techniques développées pour la construction des plates-formes pétrolières sont devenues des doctrines, des actes de foi matière à de vigoureux débats. Plates-formes à fixation conventionnelle, à flotteur unique, semi-submersibles, tours flexibles, plates-formes à ancrage tendu. Érection sur des caissons de béton ou sur de hautes piles d'acier. Arrimage au fond marin. Ballastage par des réservoirs flottants qu'on peut remplir ou vider, ou par des piles métalliques auto-élévatrices. Certaines sont des utopies migratoires cultivées, bien armées. D'autres des enfers flottants, à l'instar de ces zones de récupération des déchets plastique qui bordent le Tourbillon pacifique : là-bas, tout – corps et bâtiments – est noirci par la suie des fourneaux de retraitement.

À Qaanaaq, c'est l'informatique qui prend les décisions au quotidien et instaure les protocoles adoptés par les humains qu'emploient les agences de la ville. En théorie, les cas exceptionnels peuvent être portés à la connaissance d'un tribunal humain, dont les juges sont nommés par les nations fondatrices. Cependant, le processus est également géré par informatique, pour préserver l'anonymat des juges, ce qui laisse planer le doute sur l'existence réelle du tribunal.

Certaines villes flottantes ont des frontières plus vagues. Vladisever, ce monstre russe, ne s'était pas donné de limites en termes de plan d'occupation des mers : dix ans après sa naissance, elle n'était plus qu'une métastase sans foi ni loi. Des centaines de bras, des voies d'eau inextricables, impraticables. En fin de compte, l'armée a dû intervenir pour tout nettoyer, bombarder les structures parasites et reloger des dizaines de milliers d'habitants. Qaanaaq interdit les constructions nouvelles et les bras implantés sur les fonds marins. On peut y ajouter des bâtiments flottants, à des coûts considérables. Ces ajouts peuvent, à leur tour, faire payer les ajouts qui y sont amarrés, si bien qu'en certains lieux, on voit des villages entiers osciller sur les flots, à la merci des agents de l'Intégrité structurelle, qui peuvent, en cas de danger, décider leur démantèlement ou leur délocalisation.

La plate-forme des Sports est l'un des ajouts rattachés directement à la ville flottante. C'est un navire de cinq étages, de la superficie d'un terrain de football, arrimé à l'extrémité du Bras Quatre. Au dernier étage, exposée aux éléments, une patinoire. Les autres niveaux sont occupés par des courts, terrains et pistes que l'on peut subdiviser. Le rez-de-mer est situé à trois étages sous le niveau de la mer, il sert principalement à l'entraînement.

Ce sont des détails que vous devez connaître. J'ai mes raisons pour vous dresser ce plan, vous raconter ces histoires. Où que vous soyez, quelle que soit votre situation – privation de liberté, de nourriture, état de grand effroi –, ces récits peuvent vous procurer une échappatoire, un espoir de fuite, un itinéraire vers la liberté.

Grâce à ces récits j'ai survécu, pendant ces longues années d'entraves. Maintenant, je peux les partager avec vous.

Comme la plupart des entités sociopolitiques modernes – villes, États, nations –, Qaanaaq fonctionne en réseau fermé. Les Guerres systémiques qui ont si puissamment contribué à la destruction du vieux monde ont engendré une terrifiante armée de parasites, de logiciels malveillants, de virus. Des nations entières ont vu leurs infrastructures s'effondrer non sous les coups d'ennemis étrangers, mais au fil d'attaques aléatoires menées par des logiciels furtifs incontrôlables ou des vers autarciques. Des bots dont les créateurs étaient déjà morts, des logiciels malveillants usant de chevaux de Troie pour injecter dans les réseaux d'indomptables monstres. La toile mondiale a été un phénomène de courte durée. Sont apparus des réseaux limités, soit globaux, soit localisés, générant des flots de données si canalisés qu'ils en devenaient presque trop lents pour être exploités.

Ce qui n'est pas le cas de Qaanaaq, où les données circulent en un glorieux maelström sous l'œil d'intelligences artificielles largement imprévisibles et essentiellement contrôlables.

Innombrables sont les récits qui y circulent. J'en capte un certain nombre, même ici.

En voici un :

Huit jours après l'arrivée à Qaanaaq de la Femme à l'orque, l'animal a été vu plusieurs fois dans les environs de la plate-forme des Sports, ce qui a attiré une dizaine de journalistes en ce lieu qui sent la sueur et le pop-corn.

Ils l'ont trouvée au rez-de-mer. Elle s'entraînait à divers arts martiaux, maniant sa lance avec une telle agilité, une telle rapidité, qu'elle n'avait, de toute évidence, besoin d'aucun prédateur mammifère venu du sommet de la pyramide pour assurer sa sécurité. La hampe de sa lance consistait en une longue défense de morse, exactement comme l'avait rapporté la rumeur. Mais la lame elle-même était bien plus singulière, bien plus terrifiante, que les racontars ne le disaient : immense, pâle, incurvée, dentelée. Un des journalistes a cru pouvoir identifier une mâchoire de cachalot, sculptée, chantournée et aiguisée. Ce que les autres journalistes ont pris pour argent comptant, et répété. L'ours blanc était assis dans un coin, la tête et les pattes encagées. Les journalistes se sont installés dans les sièges des tribunes, cigarette aux lèvres, et l'ont bombardée de questions :

— D'où venez-vous ?

— Qu'est-ce qui vous amène ici ?

— Vous m'accorderiez un entretien ?

Seul l'Américain a osé s'aventurer sur le parquet. L'arrivée à Qaanaaq d'une femme comme elle avait peut-être touché une corde sensible chez lui – la culpabilité collective des Américains, sans doute, suscitée par la guerre féroce menée contre le peuple de cette femme. Ou bien une haine instinctive.

— Salut, a-t-il dit en s'approchant d'elle.

Elle n'a pas répondu.

Il s'est immobilisé à la limite du cercle que sa lame pouvait parcourir.

— Je m'appelle Bohr Sanchez. Rédacteur en chef du *Brooklyn Expat*.

Elle n'a pas répondu. Elle s'est contentée de zébrer l'air de sa lance, à trois ou quatre mètres de lui. Elle a bondi, brandi son arme, a plongé, effectué une roulade. Les journalistes, hommes et femmes, installés dans les loges derrière lui ont éclaté de rire, calculant non sans nonchalance la possibilité d'une décapitation en direct.

— Êtes-vous nanoliée ?

Là, elle s'est figée. Elle l'a regardé, sourcils haussés. Elle s'est approchée d'un pas.

Bohr a ravalé sa peur. Ses collègues l'observaient.

— Je croyais que vous aviez tous disparu. Vous n'avez pas la trouille ? des gens qui ont tenté de vous exterminer ? Vous savez, Qaanaaq a sa part de fanatiques.

Elle a accéléré le mouvement et ses gestes se sont faits de plus en plus remarquables par leur puissance. Et terrifiants.

— Est-il exact que votre peuple refuse toute forme de technologie moderne ?

— À combien êtes-vous venus ?

Elle s'est fendue d'un swing bondissant au cours duquel la lance lui est tombée des mains. Effet de la colère ? de la tristesse suscitée par ce sujet douloureux ? Forte envie d'occire Sanchez ? Elle a fini par lui répondre. D'un rugissement, un seul. Inarticulé.

Fill

Fill descendait rapidement le Bras Un en direction du Trois. Ses achats l'avaient retardé, ils en valaient cependant la peine. Dans chaque main, une figurine en plastique tout juste sortie de la machine. Les premières qu'il ait plastimprimées depuis dix ans. Encore tièdes. Un ours blanc et une orque.

Il voulait croire. En la magie, en la science, en ce lien entre hommes et animaux. Il voulait retrouver l'excitation ressentie dans son enfance, la texture du monde, si vaste, si peuplé, si riche de possibles.

Ce n'était pas encore le cas. Pas vraiment. Les figurines allaient peut-être lui donner un coup de main.

Il se dirigea vers l'avenue centrale du Bras Un. Trop de foule sur les passerelles, et puis, depuis qu'il avait été diagnostiqué, il avait perdu le goût de la déambulation. On lui avait volé la nonchalance de son pas. N'allait-il pas prendre une gliste ? Non, la file d'attente était trop longue pour l'Échangeur central, même en première classe. Et puis il y avait eu une manifestation – quelques enragés en costume de *kaiju* plastimprimé scandant des slogans (contre de nouvelles expulsions au Bras Sept) et harcelant les riches passants qui attendaient la gliste – parce que n'importe lequel d'entre eux pouvait être l'actionnaire responsable. Dans les airs, des monstres holographiques dansaient, balourds, au-dessus de la manifestation. Quand Fill était petit, il y en avait partout. Tout le temps. Cela faisait des années qu'il n'en avait plus vu.

Il avait reconnu les immeubles que montraient les grands écrans brandis par les manifestants. Il savait exactement à quel actionnaire ils en voulaient.

Oh, grand-père, songea-t-il. *Espèce de salaud. Qui vas-tu détruire, ce soir ?*

Mais s'appesantir sur ce problème, non. La vie était trop courte pour se soucier trop longtemps de ces horreurs. La semaine précédente, *Ville sans plan* avait parlé de ces foules qui se retrouvaient le soir, au bout du Bras Trois, pour regarder flamber les bouches de ventilation du méthane. Des gens originaires d'Amérique centrale, pour la plupart. Des marchands y vendaient un riche breuvage fermenté, de couleur violette (il en avait oublié le nom) ; des musiciens ambulants jouaient du *son* mexicain dans des dizaines de versions diverses et contradictoires ; les nouveaux arrivants étaient particulièrement friands de ce festival de rue.

Cette ville en contient tant d'autres, se dit Fill. *Tant de vies que je ne vivrai jamais*, *tant d'endroits où je ne serai jamais invité*.

— Putain, mais dégage ! hurla un tout jeune messager qui déboulait à l'instant sur la gliste.

Première réaction de Fill : *Bon Dieu*, *ce gamin*

est à croquer, suivi d'un : *Mais non, c'est une fille*, puis de : *Seigneur, je n'ai aucune idée de son identité sexuelle*, ce qui déboucha sur diverses considérations, toutes intérieures, sur la complexité des genres dans la jeunesse contemporaine qaanaaqienne.

Il était encore plongé dans la méditation, longtemps après le passage du gamin, perdu dans la brume verte des lampadaires au méthane-sodium, lorsque sa mâchoire tinta.

Appel inconnu, articula l'implant, un appareil de la taille d'une puce inséré dans l'angle de sa mâchoire, comme ceux des réfugiés des dernières vagues, hormis les plus pauvres. Un tout-en-un, micro et récepteur, guidant le son jusqu'à son oreille et enregistrant les sons émanant de sa bouche. Le coûteux logiciel de son écran fit le reste : *Thede Jackson, vingt-cinq ans, designer spatial, lignée nord-américaine, homo, célibataire. Pas de contact antérieur. Pas d'alerte aux messages commerciaux non sollicités.*

Homo, célibataire, vingt-cinq ans : pas mal, ça. C'était peut-être un ami qui les avait mis en relation. Le type, ayant peut-être lu quelque chose sur Fill, s'autorisait une exploration à l'aveugle. Ça ne serait pas la première fois. C'est à ça que ça sert, une réputation. Fill tapota sa mâchoire.

— Salut ? risqua-t-il.

— Ram ? répondit une voix.

Fill resta muet. Le monde s'était brutalement vidé de son oxygène.

— Ram ? Tu es là ?

Ce Thede avait bu. Il semblait au bord des larmes.

— Qui tu es, connard ? aboya Fill avec une colère qui le surprit lui-même.

— Ram, c'est moi. S'il te plaît. J'ai besoin de…

— Je ne suis pas Ram, Ducon. Et tu le sais très bien.

Thede eut un haut-le-corps.

— Euh… hein ?

— C'est Ram qui t'a soufflé cet appel ? Tu as trouvé mon pseudo sur son écran ?

— Ram, je…

Là-dessus, Thede raccrocha.

Avec l'amour, on n'est jamais au bout de ses surprises, songea Fill – sinon, comment quelqu'un pouvait continuer à vous faire du mal, même si vous n'étiez plus ensemble ? Il prit le temps de maudire Ram et la moindre des minutes – horrible, merveilleuse – vécue en sa compagnie. Ram était un instable, un menteur pathologique. Peu importait à Fill que ce Thede soit un autre amoureux déçu de Ram ou un de ses créanciers.

Une cloche de bouée de marée se mit à sonner. Les carillons avaient chacun leur signification, mais Fill ne s'était jamais penché sur la question. Pourtant, il y avait des comptines sur les cloches :

Enfants grands et petits
Demandent ce qu'ont dit
Les bouées de Nouvelle-Cracovie,

ou des strophes sans queue ni tête du même acabit. Le moindre petit rat des quais, le moindre gamin des barges, connaissait les sonneries par cœur et pouvait en déduire toutes sortes d'informations utiles sur le temps et la longueur du jour. Fill, en revanche, éduqué dans les écoles les plus huppées de Qaanaaq, n'avait aucune idée de ce que pouvaient chanter ces complexes carillons de marée.

Sur le flanc de la bouée, un graffiti, ORA EST VIVANTE, ce que son écran avait traduit, indiquait-il, de l'espagnol. Qu'est-ce que c'était que cette ORA ? Le réseau de Qaanaaq ne lui donna aucune piste. Le réseau global, dûment sollicité, lui fournit, au bout d'une éternité, sept ou huit réponses possibles. Défuntes fédérations commerciales, logiciels morts, villes ou bourgs du Monde Englouti. Alors, un nom de femme, peut-être ?

C'était probablement un pseudo mal orthographié, se dit-il, songeant à Thede. Le milieu homo à Qaanaaq était si réduit qu'en composant trop rapidement un pseudo, vous pouviez tomber sur l'ex de celui que vous vouliez appeler. Sauf que son pseudo et celui de Ram ne se ressemblaient absolument pas.

Sa mâchoire tinta de nouveau. Le fameux Thede. Cette fois-ci, c'était un texto.

— Lire, annonça Fill, qui regretta aussitôt de ne pas avoir dit Supprimer.

Mais la vie, c'est comme ça. Des décisions à la con, prises à la va-vite, et qu'il faut ensuite assumer.

Euh, je suis vraiment désolé. J'ai bu, j'ai pris du disruptor et je ne sais pas ce qui s'est passé. J'ai composé ton pseudo au lieu de faire un appel automatique et je ne sais pas. Tu es qui ? Aucune idée, donc je ne sais pas comment je suis tombé sur toi. Sauf qu'en fait, si. Enfin, je crois. Tu m'appelles ?

Fill poursuivit sa déambulation. Il avait presque atteint le bout du Bras, désormais, pas vraiment en avance, et il se sentait la tête pleine d'une sensation bizarre, cotonneuse, comme si son cerveau avait largué les amarres – oh, ça ne pouvait pas être un symptôme, c'était bien trop tôt. Non, sans doute une manifestation psychosomatique, mais comment faire la différence avec cette maladie dont les symptômes étaient purement psychiques ?

Nouveau texto.

— Lire, dit Fill, incertain.

D'accord. Tu ne veux pas appeler. Je comprends. Mais si tu connais Ram, c'est sûrement comme moi je le connais, c'est-à-dire que vous avez baisé tous les deux, ce qui veut dire qu'il y a un truc qu'il faut que tu saches. J'ai les failles. Je pense que c'est lui qui me les a refilées. Et ça évolue très vite. C'est une souche pourrie. J'ai eu des crises, déjà. Comme en ce moment. Je te jure, je me suis souvenu de ton pseudo, même si je ne l'ai jamais appris, parce que Ram le connaissait. C'est comme si je savais…

— Supprimer, dit Fill, bien qu'il n'ait pas écouté un tiers du message.

Il courut sans s'arrêter jusqu'au bout du Bras. Il se passa la dernière édition de *Ville sans plan*. Pendant qu'un vieil homme affecté d'une mauvaise toux lui lisait les mots d'un autre à l'oreille, il s'abandonna au tourbillon :

Personne ne gouverne Qaanaaq ; ni classe sociale, ni race ne règne en maître sur elle. Ni les ouvriers chinois qui l'ont construite, ni les ploutocrates globalistes qui ont pu quitter leurs villes condamnées avant qu'elles ne se transforment en cercles de l'enfer, ni les vagues successives de migrants qui l'ont peuplée. Et bien qu'elle appartienne, naturellement – et techniquement –, à ses actionnaires, qui mettent en location les plates-formes sur lesquelles tous les logements, tous les commerces de Qaanaaq sont érigés et qui amassent, de ce fait, des quantités révoltantes de pognon à chaque minute qui passe, ces derniers ne se montrent pas. Après ce qui s'est passé dans la ville flottante américaine de New Plymouth – une féroce lutte des classes à l'issue de laquelle on a pu voir les possédants, corps embrasés, jetés à la mer –, les propriétaires de Qaanaaq ont fait le nécessaire pour rester discrets.

Pour réduire les risques de troubles, les fondateurs de la ville ont rompu avec les traditions urbaines en plusieurs domaines, ce qui peut surprendre. Ils n'ont pas souhaité mettre en place les forces de police militarisées dont la plupart des villes de l'ancien monde étaient devenues esclaves. Ils ont décidé de faire peser sur les actionnaires les plus fortunés le poids de la fiscalité. Ils ont réduit le champ démocratique : les politiciens de Qaanaaq ont si peu de pouvoir que personne, ou presque, ne conteste les élections, ni l'action – ou l'inaction – du gouvernement. Ils ont interdit les partis politiques, lesquels avaient – c'était du moins le sentiment des intelligences artificielles qui rédigeaient les règles – véhiculé la loi du plus fort et avantagé les médiocres, bien plus que des stratégies décisionnelles visant à l'efficacité.

Et du coup. Vous y voilà. Et moi avec.

Il faudrait, de temps en temps, fermer les yeux. Puis les rouvrir, un tout petit peu. Vous n'avez plus de chez vous, mais ça ne vous sera pas bien difficile d'imaginer que vous y êtes quand même. Chez vous.

Soq

— Putain, mais dégage ! beuglèrent Soq, que le bond – cul serré – du gamin fit glousser.

Ah, ces bourges. Ils pensaient vraiment que le Bras était leur propriété privée. C'était peut-être le cas, mais sur la gliste, Soq étaient souverains.

La vitesse et le vent leur tiraient des larmes. Ils éclatèrent de rire, bruyamment ; le rire se transforma en un ululement qui les accompagna jusqu'au bout du Bras.

Deux étroites rampes parallèles s'étiraient au milieu de chacun des huit Bras de Qaanaaq. Dix centimètres de large, surmontées de rails maglev miniatures. L'une conduisait de l'extrémité du Bras à l'Échangeur central, l'autre parcourait le trajet inverse. Le point de départ était situé à un mètre cinquante de hauteur. La piste ensuite s'inclinait régulièrement tout au long de son kilomètre de longueur : faible pente, certes, mais qui permettait à un individu de corpulence moyenne d'atteindre parfois une vélocité surprenante. En théorie, n'importe quel habitant de Qaanaaq muni d'une paire de glisters pouvait emprunter ces glistes ; en pratique, cependant, elles avaient été abandonnées depuis longtemps aux messagers. Les messagers des glistes représentaient un danger à peine toléré par les autorités. Ils étaient presque unanimement considérés comme des accros à la caf, chargés en général de missions douteuses, vêtus de combinaisons plombées qui augmentaient leurs performances. Des lames de rasoir, disait-on, étaient fixées sur lesdites combinaisons, ce qui leur permettait d'étriper sans autre forme de procès quiconque s'approchait imprudemment du centre du Bras. La plupart des messagers étaient fiers de ces rumeurs et s'évertuaient à les accréditer.

Parvenus à l'extrémité de la rampe, Soq bondirent. Les glisters étaient censés éliminer la répulsion magnétique lorsque le messager arrivait à destination, ce qui permettait un freinage précis et serein. Comme la plupart de leurs collègues, Soq avaient surcadencé la fonction. Les seuls à pouvoir ralentir Soq, c'étaient Soq eux-mêmes. Ils s'élevèrent un instant dans les airs, franchirent la zone-tampon et atterrirent en un sursaut près d'un banc de l'Échangeur central.

Un homme que Soq venaient de survoler se mit à piailler :

— Fais attention, espèce de…

Mais quel sexe attribuer à Soq ? L'homme ne finit pas sa phrase.

Soq étaient au-delà de la distinction des sexes. Ils en changeaient constamment, comme les autres de vêtements. Parfois butch, parfois tapette, mais sous ces masques toujours Soq, toujours les mêmes, défiant toute tentative de description.

Nouvelle mission, chuchota leur implant. *Bras Un. Numéro 923. Une enveloppe. Dossier papier uniquement.*

— Confie-la à quelqu'un d'autre, répondirent Soq. Je dîne avec ma mère et je suis déjà en retard.

— Tu n'as pas de mère, commenta Jeong, l'humain d'astreinte, prenant le pas sur le logiciel de répartition des courses.

— Mais si, bien sûr, répondirent Soq en se faufilant entre les passants de l'Échangeur déjà plongé dans la nuit. Tout le monde a une mère.

— C'est ce qu'on m'a dit. Mais ce qui est sûr, c'est que tu ne dînes pas ce soir avec la tienne.

— Je meurs de fatigue, dirent Soq. Je n'ai aucune envie de me retaper une autre course au milieu de ces connards du Bras Un.

— D'accord, reprit Jeong, qui s'en fichait plus ou moins.

Jeong avait été messager autrefois, avant que des gamins qui testaient un logiciel d'IEM ciblé ne stoppent accidentellement ses glisters : lancé à 300 km/h sur la gliste du Bras Six, il s'en était tiré avec une fracture du pelvis et une luxation des deux hanches. Depuis, il vivait par procuration par le truchement de ses « gamins », dont certains du reste étaient plus âgés que lui.

— Bon, mais attention. J'ai reçu une plainte de ta dernière cliente. Il paraît que tu lui as manqué de respect.

— Tu m'étonnes, dirent Soq. Cette vieille peau américaine, elle n'a pas apprécié que je lui fasse remarquer, très patiemment, très poliment, parce que cette putain de conversation, je commence à en avoir ras-le-cul de l'avoir quasiment tous les jours, que je n'aime pas qu'on parle de moi en utilisant il ou elle et que je préfère ils. Voilà.

— Il se passe un truc très bizarre. Mon écran vient de se mettre en carafe au moment même où j'enregistrais la plainte. Merde, ça ne sera pas dans ton dossier. Faut que je fasse vérifier ça.

— Merci, Jeong. Des nouvelles de Go ?

— Aucune. Tu le sais, je te les transmettrai dès que j'en aurai.

La transmission s'arrêta. Soq, mains gantées, pressèrent leur pouce sur leur petit doigt pour démagnétiser leurs glisters. Devant eux, une foule vespérale, quelques centaines d'hommes et de femmes traversant l'Échangeur central, la plupart quittant les Bras de travail pour retrouver les Bras de résidence, même si, comme tout ce qui se passait à Qaanaaq, le flux humain était complexe.

Ce n'était pas très malin de tant miser sur Go – Soq en étaient conscients. Que la femme que beaucoup tenaient pour la cheffe de gang la plus puissante de la ville ait chargé son bras droit de louer les services de Soq pour des prestations occasionnelles n'avait aucune signification particulière. On leur demandait des livraisons, des filatures, des transferts, des diversions violentes qui permettaient à des fuyards d'échapper à leurs poursuivants. Ces sortes de missions ne débouchaient sur rien de prometteur. Soq excellaient à la messagerie sur gliste, un emploi qui requiert des qualités également utiles aux malfrats : la rapidité, la témérité, le mépris de la loi. Pour autant, cela ne signifiait pas que Go demanderait un jour à Soq de rejoindre son organisation.

Obtenir l'adoubement d'un chef de bande, c'était comme de gagner au loto : génial, mais totalement improbable, donc il valait mieux ne pas compter dessus.

N'y pense plus. Arrête de te raconter des histoires où tu prends la tête d'un gang, et où tu fais peur à tout le monde.

Une ligne droite, du Bras Un au Bras Huit. Ironie qui ne manquait jamais de faire sourire Soq : il était si facile de passer du luxe et de l'opulence à la crasse et à la surpopulation. *Sinon, comment parviendraient-ils à nous sucer si facilement jusqu'à l'os ?*

C'était l'effet invariable de Bras Un. Remplir Soq d'amertume. De fureur. Une colère qui refluait toujours légèrement lorsqu'ils rentraient à Bras Huit. Rien qu'à voir la bannière qui surmontait l'entrée, ils se sentaient déjà mieux. On y lisait quatre caractères chinois (Soq, de même que tous les habitants de Qaanaaq, en déchiffraient une petite centaine) : 新北希望, Xinbei Xiwang, Nouvel Espoir du Nord. Tel était le nom qu'avaient donné les financiers chinois à cette ville nouvelle. Et comme les Thaïlandais et les Suédois avaient eu la même idée, la ville avait trois noms. Aucun n'était cependant rentré dans l'usage, car ses habitants voulaient autre chose, quelque chose qui ne soit pas inféodé à un propriétaire. Si bien qu'avait échu à la ville le nom que les Inuits donnaient à un village de la côte du

Groenland, englouti par les flots quelques années plus tôt. D'abord Qaanaaq II, ou Q2, et par la suite tout simplement Qaanaaq, son prédécesseur ayant été oublié.

Soq sentirent les odeurs de cuisine avant toute autre sensation : bouillon et basilic, menthe et viande de houle. Les étals de nourriture étaient interdits dans deux ou trois des Bras les plus riches ; ils constituaient cependant l'attraction principale du Bras Huit pour les non-résidents qui osaient s'y rendre. Puis ce fut la foule qui apaisa Soq, sa pulsation, l'atmosphère intangible et singulière qu'elle dégageait, énergique, fluide. Sans connaître Soq, ces gens les savaient leurs. Comment ? Mystère, mais le lien était là. De même que Soq savaient qui était du Bras et qui n'en était pas. Bras Huit, c'était chez eux.

Il y avait des gens entassés partout. Capsules de nuit empilées entre les immeubles, sanglées aux étais qui soutenaient les plus massifs. En dépit de leur miteuse apparence, elles appartenaient aux princes de ces lieux, toutes proportions gardées. Appartements de luxe, emplacements numéro un, occupés depuis les temps où le Bras Huit ressemblait à ce que le Bras Six était devenu. Les hommes et les femmes qui vivaient là étaient les yeux et les oreilles du Bras Huit, des rouages essentiels dans le commerce de l'information.

En continuant vers l'extrémité du Bras, Soq pénétrèrent dans la pénombre des lotissements. Érigés vingt ans plus tôt par les actionnaires de Qaanaaq désireux de fournir des logements permanents aux miséreux de Huit, ces immeubles massifs constituaient des poches de population d'une densité inouïe. Bien plus que la Forteresse de Kowloon ou les South Bronx Boats, ou que tout autre phénomène urbain du Monde Englouti. Sur les murs extérieurs saillaient, veines épaisses, des tuyaux rouges, noirs, verts. Après avoir obtenu l'un de ces appartements relativement confortables, la plupart des familles y construisaient des murs, installaient des partitions, tendaient des draps, louaient les espaces ainsi créés à des voisins. Il n'était pas rare de voir un appartement occupé par cinquante personnes. Soq avaient quelques amis dans les lotissements, ils y avaient assisté déjà à des anniversaires. S'étaient rendu compte de l'incroyable inventivité des habitants des lotissements : la tuyauterie municipale « améliorée » par l'ajout de nouveaux segments dans lesquels circulaient l'eau, les déchets, la chaleur ; les câbles électriques dupliqués ; les escaliers et passerelles surajoutés ; les grands-mères qui trimaient toute la sainte journée pour fabriquer des boulettes de poisson ou pour recycler des cartes de circuits imprimés dans des locaux où dormaient dix ouvriers de brise-glace. Ces emplois-là aussi n'étaient pas les moins privilégiés : ils étaient farouchement accaparés par des familles et des organisations criminelles qui payaient la part de l'actionnaire pour se faire bien voir des habitants.

Trois jeunes grimpeurs croassèrent au passage de Soq. Ils étaient accroupis sur les entretoises d'un immeuble, occupés à nourrir un singe à la piteuse apparence. Soq ralentirent le pas, se demandant si les gosses leur voulaient du mal. Visiblement, ils ne leur faisaient ni chaud, ni froid. En général, messagers et grimpeurs s'entendaient bien ; nombre d'entre eux combinaient les deux activités. Cependant, quelques grimpeurs pouvaient se montrer cruels avec ces coursiers qui, rivés à la Plaque, leur semblaient si inférieurs.

Aux trois quarts du Bras, Soq s'arrêtèrent devant une échoppe de nouilles. Celle-ci était agrémentée de quelques tabourets et d'une bâche de chaque côté, qui la protégeait du vent. Soq furent engloutis par des nuages de vapeur brûlante fleurant bon le cinq-épices. Ces nouilles, c'était chez eux. La nourriture, la bonne chaleur, c'était chez eux. Soq payèrent, s'installèrent sur un des tabourets, fermèrent les yeux et méditèrent sur ce moment, sur sa beauté, sa tranquillité. Le vent si froid, les nouilles si chaudes, et le fait que tout le monde finit par mourir. Par se défaire de tout ce qu'ils n'ont jamais possédé, de toutes les horreurs qu'ils ont vues, de toutes les douleurs éprouvées en ce jour, en celui qui précède et en tous ceux qui suivent.

Soq sourirent dans la vapeur ascendante.

— Hé, Charl ! s'écrièrent-ils, une fois que les premières gorgées de soupe eurent atteint leur estomac.

Ils pointèrent leurs baguettes vers l'écran graisseux que Charl avait accroché au poteau d'un lampadaire. Nouvelles du jour : neuf factions militaires différentes avaient déposé des requêtes en reconnaissance internationale, en tant qu'héritières légitimes de la souveraineté de la République américaine. Certaines de ces factions consistaient en un bateau et ses vingt passagers.

— Charl, à ton avis, combien de temps mettrait un petit voilier à moteur pour aller de la flottille à Qaanaaq ?

— Genre une semaine, je pense, répondit Charl, qui adorait ces questions logistiques. Mais avec des tonnes d'essence, ce serait plutôt un jour ou deux. Pourquoi ? Tu veux jouer les récupérateurs de naufrages ?

— Non, répondirent Soq. Je me demande quand nous commencerons à voir des réfugiés, c'est tout.

Soq pensaient à l'orque. À la femme mystérieuse arrivée à Qaanaaq suivie d'une orque, quelques jours après le bombardement de la flottille. Pour commencer, comment avait-elle été bombardée, cette flottille ? L'armada américaine avait manqué de tout un tas de choses – nourriture, protection, carburant, libertés civiles –, mais jamais d'armes. La présence militaire qui avait donné tant de pouvoir aux États-Unis avant la chute – et qui avait contribué à leur effondrement – leur avait procuré en très grand nombre ces jouets dangereux. Les navires de guerre qui encerclaient ces quatre cents bouts de métal flottant avaient certainement de solides capacités de défense… Pour autant, cette défense se serait-elle inquiétée de la présence d'une orque ?

Et s'il y avait une créature qui pouvait défier les innombrables aquadrones qui protégeaient le géocône de Qaanaaq – ce miracle de la technologie, qui captait l'énergie expulsée par les failles géothermiques et s'en servait pour chauffer et éclairer toute la ville et alimenter ses machines –, c'était bien l'orque. S'il y avait une créature qui pouvait faire entrer des explosifs à l'intérieur du géocône, c'était l'orque.

Soq aspirèrent les dernières nouilles du fond du bol avant de le reposer, offrant leur visage au vent. Puis traversèrent le Bras jusqu'à la mer.

Deux cent mille personnes dans le Bras Huit, s'il fallait en croire les statistiques officielles, ce qui n'était pas le cas de Soq. Et la moitié d'entre elles rêvaient tous les jours de voir Qaanaaq sombrer dans les flots. Les autres préféraient songer à la conquête. Incroyable qu'elle tienne encore debout, la ville.

Soq se demandèrent quel était leur camp et décidèrent qu'ils étaient des deux. *Je serai maître de cette ville ou je la détruirai, je lui casserai les jambes, je l'enverrai se noyer dans la mer en feu au-dessus de laquelle nous vivons.*

Ils descendirent dans le seul bostel qui soit ouvert. La propriétaire de la barge sourit à Soq, qu'elle avait reconnus, et leur tendit sa douchette pour un scan écran.

Le bostel était quasiment carré – guère destiné à la navigation. Il était arrimé au même endroit depuis vingt ans. Sur le pont, dix rangées de dix boîtes chacune. Superficie d'une boîte : 1,5 m^2. Structure en bois recouverte de toile. Les habitants les plus pauvres de Qaanaaq dormaient sur des bostels de ce genre, dans des boîtes de cette taille, bras et jambes repliés, dans le plus grand inconfort. Un couvercle percé de trous pouvait être ajusté sur la boîte, ce qui les protégeait des pires bourrasques et conservait un peu de leur chaleur. Fort heureusement pour eux, Soq étaient menus. Les plus grands vivaient l'enfer dans ces boîtes.

Soq s'assirent. La boîte était humide, froide. S'en dégageait une odeur de renfermé mêlée au désinfectant bon marché que la propriétaire y pulvérisait le matin, après le départ du client précédent. Mais pas seulement : Soq perçurent le fumet ranci du client lui-même. Ils avaient dû choisir entre les affres de la faim dans un hôtel capsule et le ventre plein dans une boîte-lit. Ils avaient opté pour les nouilles.

Le choix leur convenait. Ce qui les mettait en fureur, c'était la nécessité de devoir choisir.

L'amertume pointa de nouveau son nez. Ce qui n'était, cinq minutes plus tôt, qu'un scénario né d'un esprit oisif devint un désir profond, ardent. *Qu'ils aillent tous se faire foutre, les gens qui nous font vivre de cette manière. Les gens qui dorment dans des vrais lits avec des mètres carrés d'espace vide autour.*

Si le géocône sautait, la ville ne serait plus habitable à la nuit tombée. Soq allumèrent leur écran et firent défiler des photos du cône, de sa conception à son entretien périodique (dont les images étaient largement diffusées) en passant par sa construction. Colonnes de sel polymérisé hérissées de pointes. Denses essaims d'aquadrones armés. Trois cent cinquante kilomètres de tuyaux pour le seul pourtour du cône, sans parler de ceux qui amenaient l'eau et la chaleur à la ville qui le surmontait par d'inextricables arborescences. Un million de valves pour contrôler température et pression.

Des systèmes d'ajustement dynamique adaptant la distribution aux variations de la demande.

Un miracle.

Une cible.

Ce fut ainsi que s'endormirent Soq, en position fœtale, n'ignorant pas que leurs genoux leur feraient mal au réveil et souriant – oh, le cri poussé par un million de gorges tandis que la mer les engloutit.

Détruire la ville, ou la conquérir ? Qu'est-ce que je préfère ?

Fill

Chose surprenante, le breuvage violet n'était pas alcoolisé. Malgré tout, il l'enivra. Peut-être était-ce sa suavité, son goût de clou de girofle et de maïs, ou bien la nuit elle-même, les foules, la bise froide, la musique – ses exécutants si nombreux qu'il avait l'impression d'être au milieu d'un orchestre symphonique aux membres dispersés, dont les mélodies distinctes contribuaient à une composition unique, futuriste, sans début, ni fin, ni structure – un millier d'œuvres splendides entrant soudain en collision.

Ville sans plan ne l'avait pas trompé. L'endroit était électrique, plein de vie. Un beau garçon, assis sur une couverture aux motifs grossiers et bariolés, surprit le regard admiratif de Fill. Il sourit – complice, amical, ce qui, d'une certaine manière, soulignait le statut de Fill, l'étranger à ces lieux.

Boum. Un souvenir. Éveillé par le minois de ce jeune homme. Une séquence porno, un des premiers clips que Fill ait jamais vu : visage tout aussi agréable, yeux fermés, menton levé, en attente – craintif – courageux – excité. Premier jet de sperme sur ses joues, suivi d'un deuxième, d'un troisième, et ainsi de suite. La réminiscence le fit sourire, éclater de rire.

Fill rougit, gêné : dans cette foule, dans cette obscurité, verrait-on la quasi-érection qui menaçait ? Il parcourut les passants du regard – le seul à regarder dans sa direction était un vieillard à la mise impeccable, qui se tenait non loin du bord de la Plaque.

Boum. Nouvel éclair, nouvelle image. Un autre joli visage tourné vers le haut, vu en contre-plongée. Un inconnu, dont Fill n'avait aucun souvenir, ce qui ne voulait rien dire, étant donné le nombre de choses qu'il avait pu commettre dans un état second, ou sous l'empire de l'alcool, de la drogue et de l'extase ; de toute façon, Fill en général était celui qu'on aspergeait, et non l'inverse. Mais ce n'était pas de la pornographie – l'image était trop réelle, trop tangible –, des odeurs l'accompagnaient, des sons, le grondement lointain d'un train, d'un métro, mais bon Dieu, non, il n'y avait plus de métro...

Boum. Des enfants penchés aux fenêtres d'immeubles en feu.

Boum. Des soldats mitraillant des foules qui essayaient de franchir un barrage routier. D'étranges paysages urbains s'élevant à l'horizon, le Shanghai d'origine, São Paulo la disparue. Des rêves, des visions ? Non. Des souvenirs. Les souvenirs de quelqu'un d'autre.

Fill se mit à pleurer. De longues minutes.

— Bonsoir, dit le vieil homme, qui parlait l'anglais de New York.

Il s'était approché de Fill à son insu.

— Désolé de m'imposer à vous. Si je ne me trompe, c'est *Ville sans plan* qui vous a conduit ici.

Fill hocha la tête, ce qu'il regretta aussitôt. Il essuya ses dernières larmes, retrouva ses esprits et se creusa la cervelle pour assommer ce triste intrus d'une réplique dévastatrice. Mais l'intrus en question avait posé sa main sur celle de Fill, plongé son regard dans celui de Fill, ouvert la bouche, même, et avant que Fill puisse proférer « Mais dégage d'ici, espèce d'ignoble vieille tarlouze », posé cette question :

— Les failles, j'imagine ?

À ces mots, Fill éclata de nouveau en sanglots. Il opina du chef. L'homme se pencha et le serra dans ses bras. Comme l'aurait fait une grand-mère, sans désir mais avec bonté.

— Excusez mon audace. Mais, juste après avoir été diagnostiqué, j'ai vécu ce genre d'expériences, moi aussi. Je sais à quel point elles peuvent donner une sensation d'isolement. Je me nomme Ishmael Barron. La plupart des gens m'appellent par mon nom de famille. C'est tellement plus théâtral.

— Moi, c'est Fill.

La main au contact talqué était si fragile que Fill, la serrant, craignit de la briser. Et qu'était-ce donc qui faisait s'écarquiller les yeux de ce Barron, la douleur, la concupiscence, ou bien tout autre chose ?

— On aurait dit des souvenirs. Presque tangibles. Ce n'étaient pas les miens, pourtant. Des trucs anciens, qui dataient d'avant ma naissance. Comment est-ce possible ?

— C'est ça, les failles, dit le vieil homme avant

de lui sourire, si bien que Fill songea qu'il devait s'agir d'une plaisanterie qu'il ne saisissait pas.

Il se força à rire. Le vieil homme avait des oreilles d'une longueur extravagante et un nez d'une taille surhumaine, comme si son très grand âge avait ôté de son visage chair et vitalité, pour les concentrer dans ces deux appendices.

— Ça aide, de parler. Quand j'ai été diagnostiqué, je n'avais personne à qui parler. Vous voulez un *caffè alghe* ? Qu'on cause de ça ?

— On peut se permettre du vrai café, proposa Fill. Je déteste le goût d'algue grillée et je veux bien vous inviter.

Barron haussa les épaules.

— Comme il vous plaira, Excellence.

— Ce n'est rien, répondit Fill en redressant les épaules.

Rien de plus facile que les bonnes manières. De plus, les oripeaux courtois de la richesse pouvaient servir d'armure lorsque le monde menaçait de vous naufrager.

— Cela doit bien faire cinq ans que je n'en avais pas bu, déclara le vieil homme. Et l'avant-dernier doit remonter à dix ans.

— On recommencera dans cinq ans, dit Fill, tout en sachant fort bien qu'ils ne seraient plus de ce monde.

— Autrefois, j'en buvais cinq ou six fois par jour. Incroyable, non ?

— Eh bien ! répondit Fill, dissimulant à peine son ennui.

Il détestait ces réminiscences de vieillards sur le Bon Vieux Temps. C'*est sûr, mais vous claquiez tous du cancer, vous aviez la gueule de bois, et vous passiez le plus clair de votre vie à ne pas pouvoir comprendre ce que racontaient 80 à 99 % de la population, alors franchement, ce genre de nostalgie…*

Mais entretenir une quelconque colère à l'égard de ce vieil homme à la peau rose comme celle d'un bébé, à la cordialité sénile ? Impossible. Et puis, Fill aimait l'anglais parlé avec l'accent de New York. Il avait l'impression d'entendre son grand-père. En surplomb, dans la rue, une créature assez adorable à la barbe noire attira son regard. *Il me prend sûrement pour un gigolo*, se dit Fill avec un sursaut d'orgueil, *il doit croire que ce vieux machin paie pour être fouetté jusqu'au sang, ou pour s'asseoir à poil près d'une fenêtre, ou je ne sais quoi.*

— Je suis certain que les failles affectent la population depuis plus de temps qu'on veut bien le penser, reprit Barron. Quinze ou vingt ans. La chose est passée inaperçue, ou bien on l'aura prise pour de la schizophrénie ou un Alzheimer spécifique aux adolescents, les symptômes étant d'ordre psychologique. Je fais l'hypothèse que les failles combinent plusieurs maladies d'origines différentes et que, lorsqu'une personne est atteinte par plusieurs de ces souches, elle développe une forme hybride. Bien plus dévastatrice que celles qui l'ont créée.

Je pense que c'est lui qui me les a refilées. Et ça évolue très vite. C'est une souche pourrie.

Au souvenir des messages de l'inconnu – ce garçon qui prétendait avoir été infecté par la même personne que lui –, Fill se rembrunit, le nez dans son café. Une histoire de fou, pourtant. Comment ce type qu'il ne connaissait pas pouvait savoir une chose pareille ? Ram lui avait refilé les failles, pas des informations sur ses amants. Et pourtant... l'inconnu connaissait le pseudo privé de Fill.

— Je crois..., commença Fill, mais comment exprimer sa pensée, surtout en une langue qu'il ne parlait que rarement en dehors de chez lui.

Je crois que j'ai des souvenirs qui appartiennent à d'autres gens.

— Est-ce qu'il vous est déjà arrivé...

Le joli barbu était entré dans le café et s'était assis sur un banc. Sans rien commander, bien sûr. Les individus les plus susceptibles de plaire à Fill ne seraient jamais en mesure de se payer un verre dans un endroit comme celui-ci.

— Vous avez un admirateur, dit Barron. Ou plutôt, je crois, de nombreux admirateurs.

Il semblait lui-même fasciné par le nouvel arrivant et son regard, de temps à autre, s'arrachait à ce beau visage pour considérer Fill ; il avait alors un profond sourire, imaginant sans doute quelque pugilat pornographique entre les deux jeunes hommes.

— Certains pensent que les visions des failles viennent de ceux qui vous ont infecté. Ou de la personne qui les a infectés, eux... ou de quelqu'un d'autre dans la chaîne de contamination. Ça vous paraît crédible ? Ou j'ai perdu la tête ?

— Oui, répondit Barron en remuant son café avec une énergie inutile.

Il semblait avoir tout oublié du sujet de la conversation.

— Oui… Ça vous paraît crédible ?

— Oh, regardez ! s'exclama Barron, qui l'écoutait à peine. Apparemment, j'ai fait fuir votre admirateur. Il semble que je fasse désormais cet effet sur les jeunes gens. Châtiment de la cruauté dont je faisais montre dans ma jeunesse, je crois bien. Mon chou, nous finissons toujours par payer l'addition. Au fait, quel est votre nom de famille ?

Fill exhala, se jurant de garder patience.

— Podlove.

Barron écarquilla les yeux, bouche bée, mais était-ce un réflexe involontaire de vieillard, ou cette créature surannée et rongée par les failles n'aurait-elle pas réagi de la même manière à un Smith ou un Wang, plus ordinaires, ou tout simplement au fait qu'on était déjà mercredi ?

— Podlove, répéta-t-il en plissant les yeux. Intéressant, comme patronyme. A-t-il changé au cours du temps ?

— Il a toujours été terriblement slave, je le crains. Grand-père en a coupé le bout avant son arrivée ici. L'a castré de la dernière syllabe. Est-il donc possible que les failles…

— Quoi qu'il en soit, rétorqua promptement Barron, vous avez sûrement des choses à faire. Comme partir à la poursuite de ce beau basané. Vous ne m'en voudrez pas, j'espère, si je reste ici un peu plus longtemps ? Mes jambes, vous comprenez. Avec le temps, elles ont de ces caprices de garce…

— Bien sûr, répondit Fill en se levant.

Étrangement, il se sentait congédié, pourtant, n'avait-il pas payé de sa poche les cafés qui avaient permis à cette grotesque relique d'occuper ce siège ?

Ankit

Le singe considérait Ankit de l'autre côté de la vitre. Un capucin de Kaapori, petit et robuste comme ses congénères, lesquels faisaient partie des espèces qui avaient fui les cages dorées de leurs riches propriétaires pour vivre en liberté dans Qaanaaq. Celui-ci portait sur le dos une large bande bleue qui remontait jusqu'à son front, d'où son maître avait, par des moyens chimiques, extirpé la mélanine sous-cutanée. Ankit avait été assez bête pour lui donner à manger et la bestiole, sans doute, avait flairé sa faiblesse, sa gentillesse, car elle ne cessait de revenir à la fenêtre. Et parce que Ankit en effet était faible et gentille, elle continua à nourrir le singe.

L'écran n'arrêtait pas de sonner. Le jour se levait, elle n'avait pas dormi de la nuit et elle avait cessé depuis un bon moment de répondre aux messages des subordonnés, des donateurs, des amis, des ennemis. Aucun ne provenait de sa patronne, naturellement, mais elle aurait droit à sa volée de bois vert dès que Fyodorovna pénétrerait dans son bureau de sa démarche de canard.

Le singe entra par la fenêtre ouverte et s'installa sur le rebord. Ankit lui donna trois carrés d'algue, qu'il lança, indigné, dans les flots en contrebas, et un filament de viande de phoque séchée, qu'il roula en boule avant de se la fourrer dans la bouche.

La campagne de Fyodorovna était en pleine déroute. Son adversaire s'était emparé de la photo de Taksa postée sur le site de la régisseuse par Ankit ; il avait rédigé un scénario, des éléments de langage, et il les avait envoyés à des représentants religieux, à des présidents d'associations de locataires – et à quiconque avait un tant soit peu d'influence au Bras Sept, si bien que sa page était remplie de commentaires stupides et plaintifs : *Fyodorovna se soucie davantage de vils criminels et de pervers que de braves gens comme nous qui travaillons dur* ; *Sept a besoin d'une régisseuse qui s'occupe de nous et pas d'individus dont les choix dévoyés leur ont attiré la colère divine.* Pendant une heure, Ankit avait regardé la courbe du sondage automatique baisser vertigineusement, après quoi elle avait fourré son écran sous l'oreiller.

Ce résultat ne l'avait pas prise au dépourvu. L'éventualité lui avait brièvement traversé l'esprit avant qu'elle poste la photo. Elle l'avait écartée, la jugeant peu probable. Puis, dans la colère que lui inspiraient et Fyodorovna, et les failles, et la peur qui l'avait toujours retenue, et cette foutue ville de merde, et ses riches et puissants habitants dont l'ignorance modelait tant d'existences et dont elle devait si régulièrement lécher le cul, elle avait quand même fait ce qu'elle avait à faire.

Quelques minutes après l'ouverture du bureau, l'écran d'Ankit sonna. Un subordonné, un type qu'elle aimait bien et qui ne l'importunait jamais avec des broutilles. Elle accepta l'appel. Le visage de l'employé apparut, les traits affaissés.

— Theerasul, ne me pose pas de questions. Je suis malade, dit-elle.

— Ce n'est pas vrai, répondit-il. Mais je m'en fiche. Tu as de la visite. Une dame qui dit qu'elle a rendez-vous avec toi.

— C'est faux.

— Oui, je sais. Mais c'est le genre de personnes que tu gères mieux que nous. Moi, je finis toujours par les gonfler ou par leur…

— Passe-la-moi.

Un visage ridé comme une pomme envahit l'écran. Maria. Ankit fit la grimace.

— Dieu vous bénisse, dit l'horrible bonne femme.

— Non, qu'il vous bénisse, vous.

Maria animait un temple à mi-chemin de l'Échangeur, une simple salle en rez-de-chaussée. Personne ne savait au juste comment elle s'en sortait. Les offices étaient peu fréquents, et quand elle en organisait, personne n'y assistait. Littéralement, pas un chat. Ankit avait deux hypothèses sur la question – comment cette vieille folle sectaire pouvait régner en toute tranquillité sur un espace qui aurait pu rapporter des dizaines de milliers par mois à son propriétaire ? Soit le lieu était un reliquat oublié d'une défunte corporation religieuse américaine, qui aurait pu l'acquérir à l'époque de sa toute-puissance et de sa fortune, avant de se dissoudre, non sans avoir payé cinquante ans de loyer et avoir missionné Maria, pasteure d'ouailles qui ne viendraient jamais, devenue folle à force d'attendre de plus amples instructions. Soit la vieille dame était mandatée par un actionnaire pour occuper un espace qui n'était pas destiné à la location. En général, ces occupations se faisaient au bénéfice de malfrats ou de clandestins, des gens qui pouvaient payer, mais qui risquaient fort d'être expulsés sans préavis. Pour faire garder un emplacement vacant sans attirer l'attention des Services de Sécurité, difficile de trouver mieux qu'une fanatique déguisée en pitbull.

— Le démon est descendu dans Qaanaaq, déclara l'étrange vieille.

— Vous m'en voyez navrée, répondit Ankit, tout sourire.

Fyodorovna ne les autorisait pas à répliquer vertement aux électeurs, aussi dérangés, aussi vicieux soient-ils. Et si l'un de ces fous de Dieu se mettait à la poursuivre de sa haine, à coller des affichettes partout, à déverser son venin dans les réseaux ?

— Je veux savoir ce qu'elle compte faire à ce sujet, poursuivit Maria.

— Avez-vous déposé une requête sur sa page ? Vous savez, elle les prend très au sérieux.

— C'est ce que je vais faire. Et je reviendrai ici pour savoir ce qu'elle compte faire.

— Parfait.

Quelle guêpe démoniaque avait donc piqué la vieille dame, cette fois ? se demanda Ankit. Sans doute quelque réfugié islamique ou israélien porteur d'idées sournoisement contraires aux Évangiles, ou un poissonnier qui vendait une nouvelle espèce d'animal jugée impie par une secte obscure, selon un absurde verset du Lévitique. Ce n'étaient certainement pas les failles. Les fous de Dieu s'en fichaient. La plupart les accueillaient avec joie. Ankit songea à Taksa, floue, joyeuse. Condamnée.

Elle posa la question, même si elle la savait idiote :

— Quelle sorte de démon ?

— Cette femme. Cette abomination. Cette créature qui s'est accouplée à Satan. Qui rejette le pouvoir que le Seigneur nous donne sur les animaux et use de sorcellerie pour fusionner avec eux. Une orque, un ours blanc. Ils sont venus à Qaanaaq pour tuer, pour chasser les bons chrétiens. Il faut les empêcher de nuire.

— Mais bien sûr.

Ankit éteignit l'écran.

Le singe se dressa, poussa un petit cri amical et sauta, téméraire, dans le vide. Ankit gémit et tendit les bras, comme pour le sauver. La créature était déjà en train d'escalader la fenêtre du voisin en toute sécurité, prélude à une errance dans la ville.

Kaev

Kaev marchait dans le sens du tourbillon. En dépit du pare-vent, Qaanaaq pouvait subir des rafales d'une extrême violence ; de soudaines bourrasques giratoires renversaient les passants, les stoppaient dans leur progression, rendaient impossible la moindre enjambée. Mais l'un des loisirs favoris de Kaev était de marcher avec le vent, de se soumettre à son mouvement, de se laisser dicter son chemin par sa force, ses variations soudaines. À la réflexion, il en était venu à considérer cette distraction comme une extension du plaisir de la lutte. Le frisson de la soumission, du renoncement au contrôle de soi, à l'abandon d'un esprit aux exigences trop capricieuses, trop instables. Et c'était un bon entraînement. Il fallait de l'agilité, de la précision pour ne pas percuter les autres passants qui bataillaient contre les rafales. Il fallait de la jugeote pour savoir comment et quand céder.

Les conditions étaient bonnes. Un vent fort, mais pas trop froid. Un estomac plein de nouilles. Pas de match en vue, mais un rendez-vous avec Go, auquel il se rendait justement. Elle allait lui confier une nouvelle mission. Il aurait de quoi survivre deux mois de plus. Tant qu'il aurait des matchs en perspective, tout irait bien pour lui.

D'une manière ou d'une autre, tout irait bien pour lui.

Et puis, pffft. Sa bonne humeur disparut. Pourquoi ? Mystère. Était-ce une scène aperçue du coin de l'œil, un sale gosse hurlant sur sa mère, ou un bébé dans les bras de son père ? Très certainement quelque chose, un rappel de ce qu'il n'avait pas, de ce qu'il ne serait jamais, et son esprit s'en était saisi, l'avait trituré, en avait tiré des scénarios qui partaient dans toutes les directions, des cauchemars regorgeant de souffrances, de douleur, des horreurs imaginaires sans doute, mais s'il s'était agi de souvenirs, de flashs qui le hantaient depuis son enfance, de choses qu'il avait vues…

Une femme interrompit ce flot de pensées détestables, ce dont il ne lui fut pas reconnaissant. Elle portait un manteau en fourrure miteux et une énorme toque à la russe ; elle plongea son regard dans celui de Kaev – de quel droit ? Il sursauta, comme traversé par une décharge électrique.

— Vous êtes américain, n'est-ce pas ?

— Je…

L'apostrophe avait effaré Kaev. Qui était-elle, pourquoi s'était-elle adressée à lui ? Avait-il donc l'air américain ? D'ailleurs, à quoi ressemblait un Américain ? Et était-il, lui, américain ?

— Oui.

Suivit un baragouin, un aboiement, une succession de syllabes impossible à contrôler, bruyant, affolé : elle recula, stupéfaite. Ça faisait toujours le même effet aux gens.

— Notre peuple est en danger, dit la femme. Le démon est descendu dans Qaanaaq. J'ai besoin d'hommes forts. D'hommes qui aient un peu de courage.

Kaev avait envie de rire : ces mots, *peuple*, *homme*, elle s'en servait de manière bien anachronique. Mais rire, il ne le pouvait pas. *Je ne suis pas fort*, voulut-il dire. *J'ai peur*. Il ne fut capable que de répéter très rapidement « Je suis, je suis, je suis ».

— Elle nous pourchasse, dit la vieille femme. C'est la raison de sa venue. La femme qui nous amène des monstres. Elle nous reproche de vouloir essayer, ce qui est juste aux yeux du Seigneur, d'anéantir sa tribu pécheresse de la surface de la Terre.

L'orcamancienne, donc. Le cœur de Kaev se gonfla à cette pensée. Son ours blanc aux pattes et à la tête encagées. Un collègue lutteur lui avait montré des photos à la salle de musculation, deux ou trois soirs plus tôt. Prises au rez-de-mer de la plate-forme des Sports. Elle existait vraiment. Elle était dans Qaanaaq. Bientôt, il irait la voir. Non qu'il ait quoi que ce soit à lui dire ou à faire devant elle – il voulait simplement la voir de ses propres yeux.

— M'aiderez-vous ?

Kaev dut résister à l'envie de l'engueuler, de l'insulter, de la menacer de la livrer lui-même à l'orque, s'il le fallait. Pourtant, ses années d'impuissance lui avaient enseigné la patience. La femme lui toucha le bras.

— Dieu vous aime, dit-elle. Le saviez-vous ?

Kaev hocha la tête : c'était la réponse que l'on attendait de lui, c'était ce que les intégristes voulaient entendre. Dieu l'aimait, vraiment ? Kaev pensait exactement le contraire.

Elle lui fourra un bout de papier dans la main.

— Mon église. Vous venez ? Demain soir ? Nous avons besoin de vous. Demandez Maria.

Puis elle s'en alla, ce dont il lui fut reconnaissant, hormis le fait qu'il éprouvait de la pitié pour cette vieille dame si douce, si sincère, si folle, errant dans une ville où l'on se fichait de son dieu, cherchant, triste quête, à détruire quelque chose de beau. Et si elle s'imaginait que quelques hommes forts suffiraient à éliminer le mal à Qaanaaq, elle était encore plus bête que Kaev.

— Tu es en retard, dit le lieutenant en chef de Go lorsque Kaev se présenta dans son quartier général, une barge arrimée au Bras Cinq.

Dao : grand, mince, rationnel. Il était le stratège de Go, le planificateur de ses grandes opérations. Kaev l'aimait bien, même si c'était un vrai salaud. Il y avait quelque chose de sagace en lui, de la sérénité. Plus agréable que les autres lieutenants en charge des opérations, de la sécurité et du renseignement.

— On m'a. J'ai été. Retard. Mis en retard.

— Quoi donc ?

— Le vent.

— Crétin.

Mais l'épithète était affectueuse. Dao fit un pas de côté pour que Kaev puisse monter à bord.

C'était une vaste embarcation, un cargo désaffecté depuis des années. Son flanc portait encore le nom d'une entreprise et d'une ville qui n'existaient plus. C'était de là que Go et ses hommes menaient les affaires du groupe Amonrattanakosin. Ils y vivaient également et la cale leur servait d'entrepôt. Ils s'acquittaient de la lourde taxe d'amarrage prioritaire, laquelle s'accompagnait d'une garantie implicite de non-intrusion de la part des Services de Sécurité, de la Lutte antidrogue et du Commerce, sauf circonstances gravissimes. La stratégie non interventionniste de Qaanaaq en matière de maintien de l'ordre avait fait substantiellement baisser les violences imputables au crime organisé – mais elle avait aussi permis aux mafias d'accroître leur influence et leur légitimité. Une fois sur le pont, Kaev se retourna et contempla sa ville, le Bras qu'il venait de quitter, se demandant ce qui s'y passerait lorsque Go et ses semblables se montreraient plus gourmands.

Go avait bataillé dur pour devenir Go. Kaev se remémora les horreurs de son ascension. Dès le début, lorsqu'ils étaient encore ensemble, elle avait eu des ennemis. Des gens qu'elle voulait écarter. Des gens résolus à la mettre en pièces. Les coups de poignard dont on l'avait lardée. Les périodes où elle disparaissait.

Une femme, en particulier. Jackal, dont le vrai nom était Jackie, mais ne l'utilisez jamais devant elle ! Une messagère, comme Go, aussi déterminée à franchir les échelons qu'elle. Que lui était-il arrivé, à celle-là ? Ou, pour mieux formuler la question, comment Go l'avait-elle donc éliminée ?

— Chéri, susurra Go lorsqu'il fut parvenu à la passerelle.

Elle l'embrassa. Devinait-elle, se demanda-t-il, ce qu'elle lui inspirait ? à quel point il la détestait ? Sans doute, sans doute. Elle était trop intelligente pour ne pas s'en douter.

— Superbe combat, l'autre soir.

Kaev poussa un petit cri de joie involontaire puis se donna le temps de reprendre ses esprits.

— Le gosse est bon.

— Il va devenir exceptionnel, dit-elle. Les gens l'adorent.

— Ça veut dire de l'argent.

Elle haussa un sourcil.

— Et qui sait. Un jour, peut-être, en te croisant dans la rue, il se souviendra de toi et te paiera un petit déjeuner.

Kaev grimaça. Il avait fait l'erreur autrefois de lui confier qu'un des gamins qui l'avait battu, et dont la carrière avait décollé, l'avait reconnu dans la rue, invité dans un restaurant chic, lui avait fait cadeau d'un peu de disruptor, avait éclaté en sanglots et lui avait avoué qu'il lui devait tout. Le problème, avec Go, c'était qu'elle connaissait Kaev comme sa poche. Elle savait comment il réagissait aux choses. Cette intuition faisait d'elle une excellente patronne d'organisation criminelle et une ex des plus effroyables.

— En combats, bredouilla-t-il. T'as quelque chose pour moi ?

— Pour ainsi dire, répondit-elle.

Elle se dirigea vers le hublot principal de sa cabine et scruta le pont. Un capitaine n'aurait pas agi différemment. Elle portait une tenue vert kaki, la couleur préférée de Kaev. Il se demanda si elle l'avait fait exprès. Le fourreau de la machette pendait à sa ceinture, comme d'habitude. Personne ne l'avait jamais vue la manier. Elle n'aurait cependant pas hésité à le faire, Kaev le savait bien. S'en était-elle servie contre Jackal ?

— Dao va te donner deux noms. Demande-les-lui en repartant.

— Deux noms. Noms ?

— Des concurrents. Je ne vais pas te mentir histoire de ne pas heurter tes sentiments, Kaev. Tu es un grand garçon. Sur le plan physique, en tout cas. J'ai besoin que tu t'en occupes.

Kaev sentit les larmes lui monter aux yeux.

— Je suis, je suis, je suis, répéta-t-il à plusieurs reprises, avant de pouvoir prononcer à toute vitesse : je suis pas un malfrat, Go, je vais pas tabasser tes ennemis pour te faire plaisir. Je suis un lutteur, j'ai plus de problèmes quand il s'agit de faire ton sale boulot sur le ring et de perdre des combats que je pourrais gagner, d'entraîner des petits cons pour que tu puisses te faire du blé sur leur dos, mais je vais pas balancer un type à la mer pour un marché que tu dois conclure avec je sais qui.

En tout cas, c'est ce qu'il voulait dire. Il était à peu près certain d'avoir prononcé tous ces mots, peut-être même dans le bon ordre, mais sans doute bien trop vite pour qu'on puisse le comprendre.

Elle lui tapota la joue.

— Oh, Kaev, mon noble combattant. Je sais que c'est difficile pour toi.

— Moi ? fit-il. Pourquoi. T'as du monde. Plein. Qui font ça. Qui font ces trucs. Mieux que moi.

— Exact, répondit-elle, et nombre d'entre eux sont d'anciens lutteurs. Tu te fais vieux, Kaev. Tu le sais. Dans deux ou trois ans, tu n'auras plus grand-chose à montrer sur un ring. Qu'est-ce que tu feras ? Si tu exécutes ce contrat – et si tu fais bien le travail –, eh bien, c'est une toute nouvelle carrière qui s'ouvre devant toi.

— Et si je dis. Non. Ou. Si je. Me plante. Parce que je sais pas. Comment faire ?

— Oh, dans ce cas, salut et bon vent, répondit-elle en lui tournant le dos.

Le sujet était clos : pas la peine de discuter. Ce n'était pas la première fois qu'elle lui offrait ainsi le spectacle de ses épaules.

— Inutile de préciser que tu ne monteras plus jamais sur une poutre, dans ce cas. Finies aussi, les bastons sans permis ou les scènes de combat au couteau sans trucage. Et tout le reste.

Dao lui transmit les détails de l'opération au bas du pont. Et comme c'était, en dépit de son côté fils de pute, un homme vraiment gentil, il ne fit aucun commentaire sur cette goutte qui perlait au coin de l'œil gauche de Kaev.

Ankit

Ankit pouvait dire adieu à son poste. Sa patronne était en train de perdre les élections. La cause était désespérée.

Il y avait des moyens qu'Ankit n'avait jamais employés, des faveurs qu'elle n'avait jamais quémandées. Des responsables d'agence, des larbins du système municipal qui pouvaient lui donner un coup de main. Qui pouvaient dénicher et partager des infos qu'ils n'étaient censés ni dénicher ni partager. Des demandes qu'elle avait toujours répugné à faire, qu'elle avait accumulées en attendant le moment où Fyodorovna en aurait vraiment besoin.

Quand je remettrai les pieds au bureau, je partirai à la chasse aux faveurs.

En attendant, Ankit lut tout ce qui lui tombait sous la main. Le moindre site d'information, la moindre revue universitaire, le moindre forum, le moindre édito, ratissant tout le spectre des opinions politiques. Elle passa même en revue les émissions de *Ville sans plan*, qu'elle avait jusqu'alors évitées parce qu'il lui semblait que tout le monde, cette année-là, en parlait avec une agitation, une excitation pour le moins excessives, et qu'elle n'avait pas besoin de ça dans son existence.

Chaque fois qu'il était question des failles, Ankit plongeait.

Ce qui finit par lui donner le mal de mer. Elle avait l'impression que personne ne parlait de la même maladie. Certes, les symptômes décrits étaient à peu près les mêmes, mais c'était bien le seul point sur lequel tous s'entendaient vaguement. Pour le reste – origine, signification, effets réels au-delà des conséquences psychologiques, traitement –, tout cela était sujet à des divergences d'opinions effarantes.

Les failles étaient un signe de la colère divine s'abattant sur les nations dont les économies hypertrophiées étaient en train de ruiner la planète.

Les failles étaient un signe de la colère divine s'abattant sur des sous-populations vivant dans le péché le plus abject.

Les failles étaient une catastrophe provoquée par l'industrie pharmaceutique, qui avait, sans le vouloir, lâché ce monstre sur les hommes lorsque certains tests secrets portant sur des médicaments nouveaux s'étaient malencontreusement chevauchés.

Les failles n'étaient qu'un mensonge, un mythe destiné à dresser les gens les uns contre les autres, à attiser la colère, la peur.

Les failles n'étaient qu'un mensonge, un mythe destiné à détourner l'attention d'un événement imminent et bien plus grave.

Elle était en train de saborder son boulot, elle le savait très bien.

Parce que, en fin de compte, voilà ce qui restait : les failles étaient une maladie fantôme. Un mirage médiatique. Dont on ne captait que de vagues images. Un mal que l'on ne pouvait ni approcher, ni appréhender, ni présenter, ni discuter, ni gérer. Les gouvernements étrangers s'en défendaient : non, les failles n'étaient pas nées dans leurs labos militaires ni dans leurs bidonvilles les plus crasseux. De même les compagnies d'assurances, qui essayaient toujours de ne pas rembourser les traitements. Les autres décideurs n'en parlaient pratiquement pas. Tous les logiciels locaux qu'elle avait consultés étaient encore « en train de rassembler de l'information ». Les plans de lutte étaient toujours « en cours d'élaboration ». Qu'Ankit parvienne à émouvoir l'opinion publique, qu'elle contraigne les Services de Santé à prendre les choses au sérieux, et elle perdrait son poste. Mais elle sauverait tant de vies qu'elle se soucierait bien peu de cette conséquence.

En tout cas, c'était ce qu'elle se disait.

La recherche d'une éventuelle erreur de programmation n'avait pas donné les fruits escomptés. Les requêtes déposées au titre de la Transparence de la gouvernance informatique ne fournirent aucun résultat. Hormis deux ou trois millions de lignes de code informatique qu'elle n'aurait jamais été fichue de déchiffrer, de même qu'aucun de ses contacts.

Ankit écouta nombre de podcasts, sortit de chez elle, commença à discuter avec les gens. Elle n'était pas la seule à être obsédée par les failles, loin de là, et les autres l'étaient depuis bien plus longtemps qu'elle. Pour comprendre la maladie, il ne suffisait pas d'accumuler de l'information. Elle avait besoin du filtre de l'esprit humain, tics et délires compris : que toutes ces données deviennent des récits.

Elle rencontra Janna dans un groupe de parole. Mikk, le frère de Janna, avait été travailleur du sexe dans le camp de réfugiés de Calais. Janna gardait serrée contre elle une photo encadrée – Ankit n'en avait pas vu depuis des années. Mikk était un beau garçon, brun, souriant, tatoué. Il regardait, rieur, un inexplicable corbeau perché sur son bras tendu et musculeux. Il adorait son boulot, confia Janna. Les autres réfugiés, les professionnels du camp, les gens des ONG, les photographes de passage, les pasteurs, tous l'aimaient. Ses tarifs étaient adaptés, et même les plus riches étaient ravis de mettre la main au portefeuille. Avec tout ce qu'il avait gagné, il avait pu obtenir une inscription à Qaanaaq et un appartement à peu près correct qui pouvait héberger toute la famille.

— Mikk était fier, expliqua Janna. Il avait du mal à supporter le fait que nous ayons perdu notre maison, que nous devions survivre dans un endroit aussi dangereux. Mais le sexe lui avait permis de prendre de la hauteur. Le sexe avait fait de lui mieux et plus qu'un simple réfugié.

Ce n'avait été qu'une fois la famille installée à Qaanaaq, en toute sécurité, que les failles avaient commencé à se manifester. Selon Janna, il était malade depuis longtemps, mais son splendide orgueil et sa détermination à faire sortir les siens du camp de Calais avaient retardé l'apparition des symptômes. Qui se déclarèrent dès qu'il eut déposé ce fardeau.

Les failles ramenaient Mikk aux camps. Non pas Calais, mais Taastrup, un village danois où il n'avait jamais mis les pieds. Janna les premiers temps pensa qu'il s'égarait dans des histoires qu'on lui avait racontées – ses clients, entre autres. Mais les détails étaient trop spécifiques, ses délires fiévreux trop troublants pour une explication aussi simple. Janna se mit en quête de photos des lieux et y reconnut ce qu'il avait décrit.

Puis Mikk défaillit, pour de bon. Mourut.

L'aboutissement des failles, on appelait cela la défaillance. C'était ce qui se produisait lorsqu'elles finissaient par vous tuer. L'esprit, s'arrachant définitivement à l'ici et maintenant, quittait le corps.

Taastrup. Ce nom était apparu plusieurs fois dans les recherches d'Ankit. Le camp n'existait plus. Comme tant d'autres, il avait été livré à la colère d'une populace nationaliste, bataillon de skinheads des temps modernes que l'arrivée de travailleurs sur leurs rivages mettait hors d'eux. On estimait à mille cinq cents personnes la foule qui avait pris part à l'incendie de Taastrup, un pogrom digne de la Russie tsariste.

Elle rencontra Ishmael Barron en enquêtant sur Taastrup. Elle avait déjà croisé d'autres chercheurs visiblement atteints par les failles, mais il était le premier chez qui la maladie était aussi avancée. En plein discours, cela se manifestait par un brusque changement dans le fil de ses pensées, phénomène qu'elle pouvait percevoir à son regard. Son sourire cependant ne variait pas, comme si aucune vision n'était mieux accueillie que la suivante.

Il déroula une immense feuille de papier qui recouvrait entièrement la table devant laquelle ils s'étaient installés. Elle ne put s'empêcher de la toucher, cette feuille, d'en frotter un coin entre le pouce et l'index.

— Il y a cinq ans, environ – j'avais déjà entamé mes recherches depuis un certain temps –, j'ai commencé à voir comment les courants convergeaient. Ces multiples récits qui n'en faisaient plus qu'un. Le récit des failles. Rien ne vaut le papier pour dépeindre une image. J'ai essayé d'y représenter tout ce que je savais. Je ne suis pas certain d'y être parvenu.

Une carte occupait la moitié de la feuille. L'Amérique du Nord, l'Arctique, le Groenland, l'Europe du Nord. Les villes flottantes étaient représentées par des triangles rouge sang, les camps de réfugiés par des ronds bleus. Des traits multicolores s'enchevêtraient en tous sens. Un dense océan de griffonnages, d'ellipses rageuses, de points d'interrogation accusateurs couvrait le reste de la feuille. Les points d'exclamation évoquaient des coups de poignard. Il lui expliqua le tout, rapportant les cas déclarés, les tendances possibles, retraçant ce qu'il pensait être des souches distinctes, aux symptômes spécifiques.

Tout cela se passait dans l'appartement de Barron. Un minuscule studio, situé, cependant, Bras Cinq : l'immeuble par conséquent était propre et semblait sécurisé. Il avait eu la chance de l'obtenir des années plus tôt.

— Qu'est-ce que c'est ? demanda-t-elle en désignant un trait à l'orange pâli, qui serpentait et tournoyait autour du continent nord-américain avant d'aboutir à Taastrup.

— Exactement ! s'exclama Barron.

— Exactement quoi ?

Il remonta le trait d'un doigt tremblant.

— Vous ne pouviez pas poser de question plus importante. À votre avis, ça correspond à quoi ?

— Pour sortir des États-Unis, comme ça..., répondit Ankit. C'est un groupe de réfugiés qui n'arrête pas de bouger. Des gens qui viennent des Zones Autonomes Noires, après avoir été virés de Detroit, ou de La Nouvelle-Orléans, ou de je ne sais où ?

— Non. Ce sont des nanoliés. C'est à Taastrup qu'on a repéré les derniers d'entre eux. Une poignée d'individus qui avaient pu échapper à l'ultime massacre s'y étaient réfugiés mais – oh, surprise –, il y a des intégristes partout. Ils ont tous succombé.

— Les derniers d'entre eux... enfin, avant que notre amie à l'orque ne fasse son apparition.

— C'est juste.

Barron la scruta, les yeux écarquillés, la bouche ouverte.

— Ce sont eux qui détiennent la clef, finit-il par dire, et s'il était déçu par l'absence de réaction d'Ankit devant cette révélation, ou le fait qu'elle n'y soit pas parvenue d'elle-même, il le cachait fort bien. Lorsque vous regardez les foyers d'apparition supposée des failles, leur caractéristique la mieux partagée est la présence d'un mouvement de nanoliés. Leurs nanites spécifiques, si particulières, ont agi comme déclencheur, d'une certaine manière. Un ingrédient essentiel dans l'infâme salmigondis pharmaceutique qui a conduit à l'apparition des failles.

— Mais les nanoliés ne sont-ils pas... endogames ?

Elle était fière de se souvenir de ce terme.

— Autarciques. Pas d'interactions avec les étrangers. Ils n'auraient jamais avalé des médicaments qui venaient d'ailleurs.

Tout le monde s'accorde à dire que c'est un mythe, cette autarcie. Qu'elle n'a été utilisée que pour justifier les pires atrocités. Cette antienne a déjà servi au cours de l'histoire : « Ils restent entre eux, ils se croient au-dessus des autres, ils nous détestent. » Elle a permis de désigner tel ou tel groupe d'individus, d'en faire une menace qui ne pouvait être réglée que par l'expulsion, voire l'extermination. Quand bien même cela serait exact, ils avaient, nous le savons, des relations commerciales avec d'autres communautés diasporiques, dont bon nombre ont été soumises à des expériences pharmaceutiques à l'époque de la Dérégulation. On a très bien pu leur faire absorber des substances sans leur consentement – et à leur insu.

— Je ne sais presque rien d'eux, dit Ankit.

— Pour ma part, j'en sais beaucoup trop. J'ai fait de nombreuses recherches à leur sujet. Parlé à des centaines de gens. Leur berceau, leurs migrations, leurs interactions. La raison pour laquelle ils ont été persécutés. Les modes opératoires. Les coupables.

Le visage de Barron s'empreignit alors d'une immense gravité, figé soudain dans une colère qui semblait incongrue chez un homme aussi âgé, aussi doux. Puis il se rasséréna.

— Mais tout cela désormais est du domaine de la recherche. Archéologique, et non anthropologique, de surcroît.

— Vous avez sûrement très envie de lui parler, dit Ankit. La Femme à l'orque.

— Certes. Mais je n'ai aucune envie de me faire massacrer par elle, comme les centaines de malheureux des villes flottantes qu'elle a visitées avant d'arriver chez nous.

— Est-ce vrai ? Je l'ai entendu dire, effectivement, mais je me disais…

Barron haussa les épaules.

— L'ambiguïté est au cœur de la vie à Qaanaaq, et je l'accepte comme telle. Tout ou presque est rumeur. Même si ce sont des chaînes supposées crédibles qui le disent. Pour ne rien vous cacher, je le savais bien avant d'arriver ici. La vie est beaucoup plus facile à vivre lorsque vous reconnaissez que votre ignorance dépassera toujours votre savoir de quelques longueurs.

— Parlez-moi de New York, le pria Ankit.

Pourquoi cette demande ? Elle ne le savait pas, mais elle sentit, aussitôt les mots prononcés, qu'il n'aurait pas fallu la faire. Il n'en avait pas parlé, c'était son accent qui l'avait trahi.

Son visage sembla se fissurer. Tout d'abord, il se crispa, comme s'il allait de nouveau céder à la colère. Puis il se brisa.

— Je… ne peux pas.

Il ne put aller plus loin.

— Je suis navrée, dit-elle, tandis qu'il détournait les yeux puis opinait du chef.

Elle se leva, se confondit en remerciements – son temps, ses idées étaient si précieuses –, le pria encore de l'excuser, promit de revenir le voir.

Pourquoi, se demandait-elle en descendant l'étroit escalier de service, *pourquoi lui avoir posé une question aussi bête, aussi cruelle ?*

Pourquoi…

Parce que sa douleur est la mienne, comprit-elle lorsque, parvenue au niveau de la Plaque, elle y fut accueillie par la violente odeur de cardamome du *doodh patti*, *parce que la souffrance infligée par la perte est la même que celle de l'absence, celle que provoque la recherche éternelle de ce qu'on n'a pas eu. Ma mère, c'est sa ville.*

VILLE SANS PLAN : DÉPÊCHES GLANÉES DANS LA PRESSE LIBRE DE QAANAAQ

Suivant la définition que vous avez de la *presse*, il se trouve à Qaanaaq entre cinq cents et deux mille organes d'information distincts – chaînes, sites et quotidiens grand format représentant toutes les tendances religieuses et politiques de chacune des centaines de communautés d'expatriés présentes dans la ville. Le Parti pour la Réunification de la Grande Inde, qui n'a jamais joué dans son pays d'origine un rôle de premier plan, publie aujourd'hui le média le plus lu à Qaanaaq, haï et vénéré, fiévreusement discuté par un quart de la population – celui qui vient des différentes nations d'Asie du Sud déchirées par l'impérialisme, la Partition et les Guerres de l'eau, et pourtant rassemblées par la xénophobie de Qaanaaq. *L'Appel final* partage aussi ses colonnes entre d'absurdes thèses conspirationnistes et les menées génocidaires et on ne peut plus réelles des prétendants au pouvoir en Amérique du Nord. *Répandez l'Évangile !* s'enflamme perpétuellement sur les mêmes sujets : facilité d'accès aux substances abortives, difficulté d'acquérir des armes à feu et moyens de régler ce second problème, ce qui permettrait également de traiter le premier. Plusieurs sites fort populaires incitent les Chinois

Han de Qaanaaq à reconquérir leur patrie, tombée aux mains des Tibétains.

Quelle que soit votre marotte, quel que soit le monde perdu qui continue de vous faire soupirer, une de ces chaînes vous est destinée. Ou plusieurs. Et quand il se passe quelque chose, il y a des tas de gens qui font des tas de commentaires sur la question.

Extrait du *Pionnier maoïste* (traduit du népalais) :
Deux semaines après son arrivée à Qaanaaq, la Femme à l'orque en est peut-être l'habitante la plus détestée. Des éléments réactionnaires religieux se rassemblent et murmurent, mais le jour est proche où ils ne se contenteront plus de murmurer. La chose s'est déjà produite à maintes reprises : on utilise la superstition pour diriger la colère d'un peuple désespéré sur une cible qui n'est pas la bonne. Et pourquoi donc ? Pour détourner la fureur très justifiée suscitée par l'exécrable manière dont la ville traite ses travailleurs. Ces mêmes gens qui paient des salaires si piteux que les travailleurs du Bras Huit doivent dormir entassés dans des boîtes-lits, ces mêmes entreprises qui ont licencié les ouvriers de la géothermie lorsque ceux-ci ont voulu organiser une lutte syndicale pour l'hygiène et la sécurité, voudraient vous donner à penser que la venue de réfugiés épuisés chez nous est notre plus grande menace, ou que la survivante balafrée d'un génocide doit être assassinée.

Extrait du *Yomiuri Shimbun* (traduit du japonais) :
Lorsque les villes d'Amérique du Sud et du Midwest commencèrent à s'embraser et que les États-Unis devinrent, hors Hawaii et l'Alaska, un infernal chaos gouverné par des seigneurs de guerre, pilleurs itinérants, quand s'amorça la Migration du Nord, des dizaines de communautés

nouvelles apparurent peu à peu. Certaines prenaient la forme de villes-États mobiles, gouvernées par des milices armées ; d'autres devenaient des communautés religieuses nomades ; d'autres encore étaient liées par une géographie ou une origine ethnique commune. Certaines comptaient des milliers d'individus, d'autres quelques dizaines seulement. Beaucoup d'entre elles s'adaptèrent à leur nouveau climat glaciaire en s'intégrant à des communautés inuites préexistantes ou en adoptant leur mode de vie.

Elles ne tenaient pas souvent de chroniques détaillées. Nombre d'entre elles se racontent dans les photographies et les vidéos de citoyens anonymes, documents rendus inutilisables par la médiocrité de la conservation, l'obsolescence du matériel et des formats de fichiers. Les historiens de la période doivent faire avec un fatras de chansons, de légendes familiales transmises de génération en génération et les témoignages horrifiés des voisins sur les rivages ou aux portes desquels ces communautés sont arrivées.

Nombreux sont les contes absurdes que ce chaudron en perpétuelle ébullition des réfugiés de l'intérieur a produits. Le plus énigmatique de tous est sans doute celui des nanoliés. Soit toute une communauté d'individus qui se sont, involontairement ou non, prêtés à l'insertion dans leur organisme de nanomachines expérimentales sans fil, lesquelles ont pour but d'établir des réseaux d'individu à individu, et qui, après des années d'entraînement et d'imprégnation, ont pu « se réseauter » à des animaux, créant ainsi des connexions psychologiques primaires si puissantes qu'elles leur permettaient de contrôler ces animaux par la seule force de la pensée. Et, comme c'est souvent le cas lorsqu'une nouvelle communauté apparaît en cette Amérique du Nord si intégriste, elle fut largement considérée comme démoniaque, portant la marque de *l'Antéchrist et résultant d'un complot fomenté par des travailleurs étrangers désireux de saper l'hégémonie de la race blanche. En conséquence de quoi elle fut sans doute, hélas, comme nombre de communautés, anéantie au cours de l'un des nombreux accès de violence intégriste qui ont ponctué les ultimes années de la République américaine.*

L'histoire est absurde ; ces éléments ont fait l'objet de démentis détaillés.

Et cependant – il semble qu'une nanoliée soit arrivée en ville…

Extrait du *Krupp Monthly* (traduit de l'allemand) :

Wilhelm Ruhr se souvient fort bien du dernier Projet Ruche.

« Nous avions enfin atteint notre but, *confie-t-il, ses yeux que l'âge a ternis retrouvant quelque éclat.* Sur le papier, ça aurait dû fonctionner. Les nanites communiquaient entre elles, même à longue distance. Nous les avions conçues de sorte qu'elles ne puissent se répliquer que lorsque leur concentration cérébrale passait sous la barre d'un niveau donné ; de plus, elles n'avaient accès au réseau que pendant leurs six premières heures. Tous les obstacles sur lesquels nous nous étions cassé les dents lors des itérations précédentes étaient levés. Enfin, c'était ce que nous pensions. »

À cette époque, Wilhelm travaillait au Canada. Aujourd'hui, c'est à Qaanaaq qu'il a élu domicile, plus exactement au prestigieux Centre de retraite de Kesiyn, au Bras Trois.

« Ça marchait avec les souris. Elles étaient en réseau. Si l'on en blessait une, les autres avaient mal. Si l'une trouvait le fromage dans le labyrinthe, toutes soudain en étaient capables. Quand on les éloignait les unes des autres, elles étaient prises de nausées, de crises de sidération et finissaient par tomber en catatonie. Nous aurions dû passer ensuite aux singes, mais, vu ce qui se passait alors en Amérique, c'était plus économique de faire signer des autorisations et d'essayer directement sur des humains. »

La frontière avec les États-Unis étant toute proche, la chose n'était pas difficile : le grand voisin du Sud était entré dans une phase de dérégulation radicale. La US Food and Drug Administration n'était, en pratique, plus en mesure d'imposer des normes en matière d'essais cliniques. Les habitants des villages de transit n'étaient que trop heureux de tenter l'expérience, pour un salaire qui leur paraissait extrêmement généreux.

« Ça s'est mal passé. Ce que tout le monde sait, désormais. À mon sens, les chaînes ont exagéré les conséquences – je crois que les atrocités dont elles parlaient avaient d'autres causes. Quoi qu'il en soit, ce qui est fait est fait et en parler n'y changera rien. »

Pour autant, Wilhelm Ruhr ne se sent pas responsable des conséquences.

« Nous œuvrions pour le bien. Si le projet avait réussi, songez à ce que nous aurions pu accomplir. Aux équipes nanoliées de scientifiques qui auraient pu, dans la synchronisation, résoudre tous les problèmes que nous rencontrons à l'heure actuelle. Des milliers d'individus sont morts en essayant de renverser des gouvernements odieux. Pensez-vous que leurs officiers doivent se sentir coupables de les avoir envoyés à la mort ? Ils en ressentent de la peine, comme moi aujourd'hui – mais de la culpabilité, non. »

Et que pense-t-il de la venue de la supposée « orcamancienne », laquelle, selon une rumeur portée par de nombreuses voix, serait l'une de ces légendaires « nanoliées » ?

« On m'en parle tout le temps. Des tas de gens. On me demande, par exemple, s'il est possible que la souche "nanite" soit restée active au sein d'un petit groupe d'individus, et que ce groupe, via ses pratiques de méditation, soit parvenu à la contrôler. Cette souche a-t-elle pu entrer en contact, par le plus grand des hasards, avec d'autres types de nanomédecine ? Oui, bien sûr, pourquoi pas. Mais comment ce groupe aurait-il pu, en deux générations, apprendre à cultiver les nanites ? Comment aurait-il pu les introduire dans des animaux non humains et établir avec lesdits animaux des liens télépathiques artificiellement renforcés… ? » *Wilhelm s'interrompt un instant et ajoute avec une sorte de gloussement :* « Non, c'est très improbable, même pour un incorrigible rêveur dans mon genre. »

Soq

Une foule, à peu près structurée en file d'attente. Tous ceux qui la formaient paraissaient beaucoup trop chaudement vêtus. Pourtant, ils grelottaient. Bras Six, ça ne passait pas inaperçu.

— Qu'est-ce qu'ils attendent ? demandèrent d'un ton ultra détaché, désinvolte, Soq qui venaient juste d'arriver. Y a une église dans le coin qui file à bouffer ?

— Ils attendent le salut, répondit Dao. La délivrance. La mort. Mon petit, je ne sais pas ce qu'ils attendent. Je ne sais même pas s'ils attendent quelque chose.

— Les failles, chuchotèrent Soq devant cette foule murmurante, agitée de soubresauts.

— Les failles.

Les passants pressaient le pas, s'efforçant de ne pas les regarder. Le carillon d'une bouée retentit : dans la foule patiente, une voix en reproduisit la mélodie. Puis une autre. Le son parcourut la foule, se dispersa, repartit vers l'Échangeur.

— La municipalité, quand même… ils pourraient faire quelque chose, je ne sais pas.

Dao sortit un paquet de cigarettes d'aiguilles de

sapin. Soq se plongèrent en une méditation bien trop longue sur le choix qui s'offrait à eux – *refuser la clope, pour lui montrer que j'ai ma fierté et mon indépendance ? Ou la prendre, pour établir un lien ?* – et finirent par en empocher trois.

— Oui, curieux, hein ? La ville dispose de tous les moyens pour se débarrasser de ces gens. Je me demande pourquoi ils n'interviennent pas.

Soq durent s'empêcher de répondre d'un haussement d'épaules ou d'une remarque désinvolte. *Fais comme si tout ce qu'il te disait était une sorte de test.* Même *si ce n'est sans doute pas le cas. Le mec est peut-être juste en train de te causer.*

— C'est que Logiciels n'a pas encore trouvé de solution, reprirent Soq. Ils attendent.

— Ah. Bon, d'une certaine manière, c'est ce qu'il faut faire. Enfin, si l'on en croit la version officielle. Pourtant, les programmes dont nous parlons sont d'une nature très complexe. Ils sont capables d'effectuer mille milliards de calculs en une milliseconde. Leur faut-il vraiment *des années* pour résoudre ce problème-là ?

Dao sourit. *Ah, test réussi*, songèrent Soq. *Si test il y avait.*

— Cela dit, les Services de Sécurité ne vont pas tarder à leur demander de bouger, dirent-ils. Ils devraient être sur le Huit. Ça leur irait très bien, vu le nombre de branques qu'il y a là-bas.

Dao fronce les sourcils. Zuuut ! J'ai raté le test !

— Soq, allons, vraiment ? Ils sont ici chez eux. C'est ici qu'ils ont vécu. Même s'ils ne peuvent plus payer de loyer, même si leur famille ne peut plus les prendre en charge, même s'ils ont, par accident, mis le feu à leur immeuble, ce Bras leur appartient tout autant qu'aux autres âmes qui l'habitent.

— C'est clair, dirent Soq, sans parvenir, malgré leurs efforts, à ne pas prendre un ton fielleux. Bon, tu voulais qu'on se retrouve ici précisément. Pourquoi ? Tu voulais qu'on cause de l'injustice sociale ? des logiciels de soin ?

Dao eut un rictus ironique. *Le maniement de l'ellipse et du sous-entendu doit désormais faire partie des dix règles* de *base du management*, songèrent Soq.

— Go veut te confier une mission, Soq. Une mission qu'elle veut te faire expliquer en face à face, et non pas via la messagerie.

— Parce que c'est super dangereux, super important, et que vous ne voulez pas qu'on puisse remonter jusqu'à vous ? suggérèrent Soq, tout en sachant bien que tel n'était pas le cas.

— Non, parce que la mission est singulière. Elle s'est dit que tu aurais peut-être du mal à l'appréhender et elle m'a demandé de répondre à toutes les questions qui pourraient se présenter à toi.

Putain, ce mec ne peut pas s'arrêter trois secondes de se la péter ?

— Vas-y, Dao. Surprends-moi. Et fais de ton mieux, hein ?

— Go te confie l'orcamancienne.

Soq écarquillèrent les yeux, tant leur excitation était grande.

— Qu'est-ce que tu veux dire par « confier » ?

— Enquêter sur elle. Rassembler tout ce que tu peux trouver sur elle. Les faits, les racontars, les légendes, les rumeurs. La suivre, si c'est possible. Lui parler, si tu y arrives.

— Dans tes rêves, rétorquèrent Soq. Il a des tonnes de gens qui s'y sont cassé les dents. Elle n'a pas dit un mot à qui que ce soit.

— Tu vois ? Tu es déjà à cent pour cent dans la mission.

— Ouais. Mais… pourquoi ? C'est quoi, le rapport entre Go et la Femme à l'orque ?

Dao leva les yeux au ciel, le menton levé.

— Si ça ne tenait qu'à moi, Soq, la conversation aurait déjà pris fin. Mais c'est une mission importante et Go souhaitait que je puisse répondre à tes questions. Bien. Je vais te donner une version simplifiée. Pour les Nuls. Go est en train de lancer une opération périlleuse et très délicate, planifiée par ses soins depuis des années. C'est une équation mathématique d'une incroyable complexité et elle l'a résolue. Mais voilà qu'arrive cette femme. Une variable inconnue, qui peut provoquer un désordre massif. Peut-être n'altérera-t-elle nullement l'équation dont j'ai parlé. Peut-être ne s'intéresse-t-elle nullement aux projets de Go. Mais si tel n'est pas le cas, si l'étrange mission de Mamzelle Ours Blanc, quelle qu'elle soit, peut avoir des conséquences sur des éléments ou des individus indispensables à la réussite de notre plan, il faut que Go puisse le savoir. Et qu'elle réagisse en conséquence. Mon explication est-elle de nature à te satisfaire ?

Important. Moi. Ma mission est importante.

— Sans problème.

— Parfait. Tiens-moi informé via la messagerie. N'appelle ou ne viens que s'il y a urgence. Si elle entreprend quelque chose de… je ne sais pas. Quelque chose de conséquent. Ou de bizarre.

C'était par plaisir que Soq s'étaient rendus à la plate-forme des Sports. Désormais, ce serait pour leur mission. Le destin les poussait vers l'orcamancienne. Soq étaient importants et brûlaient d'impatience de retourner là-bas, pour y retrouver la Femme à l'ours et la contempler silencieusement, les yeux écarquillés, comme tous les autres gamins de la Plaque – tous venus pour ce spectacle magique et monstrueux.

Ankit

Le bois a l'odeur de la richesse, se rendit compte Ankit. Le vestibule de cet immeuble de bureaux s'ornait de poutres apparentes et les effluves qu'il dégageait étaient ceux de l'opulence, de la sécurité, d'une époque durant laquelle la terre était encore ferme sous les pieds des gens.

Ses oreilles sifflaient toujours de la crise de hurlements dont l'avait gratifiée Fyodorovna. Au bureau, l'ambiance était presque comique, avec les collègues qui ne la regardaient plus dans les yeux et, traversant les murs, les éclats de voix, tour à tour suppliants et rageurs – ça, c'étaient les nombreux appels que sa patronne devait passer pour limiter les dégâts.

Ankit, au prix d'un petit effort, put chasser tout cela de son esprit. Elle était là où elle devait être, non ? À accomplir ce qui devait l'être pour remédier à la situation. Ce n'était pas l'envie pourtant qui lui manquait d'être ailleurs. Elle n'avait toujours pas reçu d'autorisation du Placard. Chaque fois qu'elle vérifiait le statut de sa requête, elle obtenait le même message : *En cours de traitement*. Qu'était donc devenue l'infrastructure informatique de

Qaanaaq, naguère neuvième merveille du monde, légendaire splendeur ?

Elle éteignit son écran et inhala le vil fumet de l'argent.

L'endroit était surnommé la Grotte de sel. D'élégants cristaux de sel aux arêtes vives, résidus de la désalinisation polymérisée, hérissaient les murs. Des cristaux de même origine, polis, formaient des passerelles sur plusieurs niveaux au-dessus de sa tête, arrimées à d'antiques poutres de bois. Des secrétaires apportaient des écrans dans des réunions. Des clients sirotaient leur café. Dehors, sur la Plaque, une rumeur parcourut la foule – des individus aux yeux fous émettaient un son pareil à celui des bouées carillonnantes, son qui passait d'une gorge à l'autre.

Ankit savait ce qui l'attendait dans les étages. Tous les bureaux d'entreprise se ressemblaient. Soit ils employaient les services du même et unique architecte d'intérieur, honteusement et grassement rétribué pour reproduire ad libitum la même décoration, la même palette de couleurs, soit ces architectes étaient légion et, chichement payés, se contentaient de se singer les uns les autres dans les moindres détails. Au-dessus du comptoir d'accueil, il y avait toujours un paysage figuratif, sur le mur sud, un tableau représentatif de l'abstraction expressionniste, le tout sur fond blanc bleuté. *Ah*, se dit Ankit, *mais il y a peut-être un logiciel derrière tout ça qui, tous les deux ans, détermine un subtil changement, de manière à faire évoluer discrètement l'aspect des lieux. Les armoires de classement, naguère en acier brossé, adoptent maintenant le bois flotté. Des bulles à cactus remplacent les terrariums suspendus dans les toilettes*. L'absence d'imagination dont souffraient les riches constituait sa propre mécanique, son espèce bien distincte d'intelligence artificielle.

Un message d'Ishmael Barron. Une réponse à celui qu'elle lui avait envoyé à deux heures du matin.

Elle avait trouvé quelque chose. Enfin, quelque chose. Pas sûr. Le journal de bord de l'infirmerie de Taastrup, qui contenait quelques lignes énigmatiques au milieu d'une masse d'autres informations. Des malades souffrant de symptômes qui ressemblaient à ceux des failles – des cas précoces, peut-être, donc –, auxquels on avait administré du Quet-38-36.0, un sédatif dérivé d'un antipsychotique atypique. La sédation avait été durable. Détail remarquable s'il s'agissait réellement des failles, car ce type de médicaments n'avait eu jusqu'alors aucun effet sur ceux qui en souffraient. Ankit avait frissonné : toutes ces données, ces millions de millions de pages bourrées de connaissances scientifiques, de recherche, d'érudition, de théories diverses, de faits et de fictions, étaient encore disponibles sur de vieux serveurs accessibles à tous, des sites en état de mort apparente, pareils à d'immenses pans de terre que les océans avalaient dans leur montée. Libres d'accès, gratuits – mais personne n'en avait cure. Personne n'avait plus le moindre désir de se replonger dans ce désastre. Pour quel autre mal y avait-il un remède ? Quels monstrueux problèmes auraient pu être résolus aussi facilement ?

Jamais entendu parler de Quet-38-36.0, avait répondu Barron. *Mais la piste est prometteuse. Suivons-la.*

Elle n'aurait pas dû allumer son écran pour lire la réponse du vieil homme. Le flot des notifications était continu. Nouveaux sondages. Nouveaux extraits de presse. La cote de Fyodorovna n'était plus en chute libre, pour une raison ou une autre. Mais son silence au sujet des failles avait donné des ailes à son adversaire. Il postait des photos montrant des foules de malades, Bras Sept. Des mendiants en plein délire. Des gosses saisis de convulsions. Des pièces exiguës où s'entassaient dix berceaux. *Si elle se soucie tant des malades, pourquoi ne fait-elle rien pour eux ?*

— Salut, Ankit, l'interpella Breckenridge, émergeant des toilettes et lui offrant sa main encore humide.

Elle s'en saisit, le sourire aux lèvres, et la serra avec élan.

— Ah, ils t'ont proposé du café, très bien. Suis-moi.

Elle suivit Breckenridge du trop spacieux vestibule à une salle de réunions tout aussi pharaonique. Les actionnaires ne pouvaient pas s'empêcher d'étaler leur richesse. C'était dans leur nature. Ils détenaient tous des entreprises de façade qui géraient leurs intérêts, encaissant les bénéfices, payant les impôts et recrutant les sociétés de management.

— Ta patronne a sérieusement déconné, dit Breckenridge. Mettre son nez dans les failles. C'est du poison, ce truc. Tragique pour les malades, mais…

— Je sais, répondit Ankit avec le sourire de celle qui ne veut pas donner deux claques à ce type – et à ceux qui, comme lui, ont des réponses toutes faites pour les problèmes auxquels ils ne veulent pas réfléchir en profondeur.

Un vrai poison, ce truc. C'est tragique, terrible, mais.

— C'est pour ça que tu veux me voir, j'imagine ?

— Oui, en grande partie.

Ils prirent un siège.

— Ça et quelques infos confidentielles.

— Des infos ? Ou de l'argent ?

— Les deux, répondit-elle, bien qu'elle ne soit venue que pour l'argent.

L'échange d'informations était purement formel : une couverture qui permettait la rencontre en tête à tête. Elle avait besoin de le regarder droit dans les yeux au moment de la requête. Sauf que… maintenant qu'elle y pensait, Breckenridge, en tant que collaborateur d'un individu puissant, détenait peut-être des éléments utiles.

— Nous sommes en train de nous faire ramasser. Nous devons nous payer plus de bots, plus de temps d'écran, ce genre d'outils.

— Je vais voir ce qu'on peut faire. Quand tu m'as demandé un rendez-vous, j'ai transmis la requête à l'actionnaire qui pilote la Cinquante-Sept. Je savais ce que tu allais me demander. Tu aurais pu te contenter d'envoyer le message.

Ce type, se dit Ankit, *dort sous son bureau. Non parce qu'il est pauvre mais parce qu'il est dévoré par son éthique destructrice d'employé modèle.*

— Et les infos que tu cherches ?

— Des éléments sur les failles.

— Tu plaisantes ? Il faut retenir la leçon, lécher

tes plaies et changer de disque. Fyodorovna n'a pas l'intention de persister dans cette direction, tout de même ? Elle ne va pas en faire une promesse de campagne ?

La vue était extraordinaire. Le pare-vent changeait de position et le soleil jouant sur ses facettes scintillantes donnait au ciel l'aspect d'un colossal kaléidoscope. Était-ce la peur qui luisait dans les yeux de Breckenridge ?

— Ce n'est pas exclu. Nous sommes encore en pleine analyse.

— C'est un pari très risqué, dit Breckenridge. Ça m'étonnerait que ça lui rapporte vraiment. Si vous n'étiez pas l'équipe sortante, vous pourriez rassembler des partisans derrière cette bannière, exiger des mesures absurdes, faire des promesses extravagantes, faire monter cette mayonnaise au fond assez secondaire pour en faire un sujet central. Mais vu l'ancienneté de Fyodorovna et le fait qu'elle n'a strictement aucun bilan en la matière, les rares électeurs qui s'en préoccupent d'une manière ou d'une autre ne vont pas…

— Elle est peut-être sur le point de lancer quelque chose.

— Ça ne serait guère prudent.

— Et pourquoi ?

Il ôta ses lunettes. Se frotta les paupières.

— Tu le sais, même si j'avais accès à des infos utiles, nous ne serions pas en mesure de les communiquer.

— Il me les faut, dit-elle. Nous sommes en train de perdre. Et vous avez besoin de nous.

— Et si on se payait des nouilles ? Tu as faim ?

Pas vraiment. Mais quand quelqu'un proposait une conversation confidentielle à mots couverts, elle ne s'y trompait pas.

Son implant maxillaire tinta alors qu'ils se dirigeaient vers la sortie. Elle écouta le message jusqu'au bout : une de ses collègues chez Fyodorovna, un peu inquiète. Maria, la vieille folle, avait rassemblé une populace en furie. Ce qui n'avait rien d'un haut fait d'armes : il ne fallait pas grand-chose pour exciter les Américains au chômage. Ou les Américains en général, du reste.

— Je reviens dans dix minutes, dit Breckenridge à la réceptionniste.

Les réceptionnistes, cette curieuse survivance du passé, songea Ankit, et ce n'était pas la première fois. Leur travail pouvait être entièrement informatisé. Simplement, elles rassuraient les gens. *Dans le monde qui nous entoure, quelle est la part du totalement superflu, dont la seule raison d'être est de préserver une illusion d'ordre ?*

Ce fut alors qu'elle comprit à quel point elle avait peur. Elle ne parvenait jamais au stade de la réflexion philosophique. Le réel prenait toute la place dans ses pensées.

Dehors, le crépuscule progressait à petits pas. Les jours raccourcissaient. Bientôt, Qaanaaq ne jouirait plus que des quatre heures de pénombre de l'hiver, les lumières resteraient perpétuellement allumées, la ville entière serait envahie par les odeurs des détritus en décomposition dans les biogénérateurs qui alimentaient l'éclairage au méthane-sodium. Ankit et Breckenridge traversèrent le Bras en direction d'une échoppe que son onéreuse décoration faisait ressembler à un pauvre kiosque à nouilles du Bras Huit. Jusqu'aux bâches peintes au spray : en l'occurrence, elles étaient suspendues à l'intérieur du restaurant, où elles ne protégeaient rien ni personne du vent.

C'était dans le Bras Un qu'on mangeait les pires nouilles.

Que signifiait cette invitation ? Que Breckenridge avait quelque chose à dire mais qu'il ne pouvait le faire dans ses bureaux ? Qu'il y avait du nouveau du côté des failles et que l'actionnaire pour lequel il travaillait était au courant ? Avait peut-être participé à ce changement ? À moins qu'il ne s'agisse d'un tout autre sujet, un autre scandale, une catastrophe sur le point de fondre sur elle – raison de plus pour laquelle la carrière de Fyodorovna était fichue, et la sienne avec.

Un messager en glisters les frôla, ululant.

— Hé, camarade, s'écria un type en sweat à capuche qui s'était mis à courir juste derrière eux. T'as fait tomber quelque chose. Je crois.

Breckenridge tâta ses poches, esquissa une grimace perplexe et tendit la main vers l'homme, qui en avait fait autant.

L'homme l'empoigna par le col, l'attira à lui, puis lui prit le bras en deux endroits : au poignet et au-dessus du coude. Lui imprima une torsion. Breckenridge glapit ; son corps suivit le mouvement du bras. L'homme au sweat lui donna un coup de pied sur le genou, le repoussa de toutes ses forces, le faisant trébucher par-dessus la Plaque, droit dans les flots. Ankit eut le temps de voir les dents serrées, le cou épais, tout en muscles. L'homme se tourna vers elle, comme s'il hésitait à lui faire boire la tasse à elle aussi. Elle mit cette brève pause à profit pour lui décocher un bon coup de pied. Elle rata sa cible, l'atteignit au-dessus de l'aine – assez sèchement, cependant, pour que, surpris, il s'immobilise. Un instant, un très court instant.

Assez longtemps malgré tout pour qu'elle puisse mieux distinguer son visage. Mangé par l'ombre et les balafres de mille batailles, vu une fois seulement en chair et en os, familier pourtant. De par les affiches, les retransmissions sportives.

Son frère.

— Kaev, dit-elle.

Mais il avait déjà pris la fuite.

Des sirènes retentirent. Il y avait, Bras Un, des capteurs qui avertissaient les secours lorsqu'un homme tombait à l'eau. Breckenridge battait des bras dans la mer démontée, sans lunettes, vision ridicule, comme s'il n'allait plus jamais de sa vie commettre l'erreur de quitter son bureau.

— Et merde, dit Ankit.

Mais il ne l'entendit pas, et même si cela avait été le cas, il n'aurait pas pu lui répondre. De toute façon, ce n'était pas à lui qu'elle parlait.

VILLE SANS PLAN :
ANATOMIE D'UN INCIDENT

Tu es lié à ton corps.

Ton corps doit sa forme à son ADN, aux décisions qu'ont prises tes parents, à des haines et à des famines historiques, à des élections contestées, à l'ascension et à la chute des étoiles au ciel. Ton corps se trouve peut-être en un terrible lieu. Peut-être es-tu, comme moi, enfermé en ce lieu sans avoir commis aucune faute.

Un jour, tu défailliras, tu te sépareras de ton corps. Cela nous arrivera à tous. Jusqu'à ce que survienne la Grande Libération, nous devons nous satisfaire des petites évasions. Le frisson qui te remonte l'échine – l'éloquent picotement d'une belle chanson. Une super séance de baise. Une bonne histoire.

Donc. Une autre histoire. Celle-ci contient vingt minutes d'existence, un distillat condensé de diverses sources. Des articles de presse. Des caméras de surveillance. Des témoignages directs recueillis par les Services de Sécurité et autres agences.

Décor : la plate-forme des Sports. Rez-de-mer. Soir. La nuit vient juste de tomber sur Qaanaaq.

À 17 h 55, quarante hommes et femmes embarquent à bord de la PFS. Une troupe en colère, indisciplinée. Ils brandissent des armes improvisées, pour la plupart des morceaux de tuyau arrachés au système de ventilation géothermique de la ville. D'autres manient des squelettes rouillés de fusils américains, héritages familiaux auxquels ils s'agrippent désespérément. C'est parfois le seul bagage que leur ancêtre ait pu sauver de l'infernale chute de Chicago, de Buffalo ou de Dallas.

À 18 h 04, la horde arrive au rez-de-mer.

La femme qui mène le bal est métamorphosée. Celle qu'elle a peut-être été – une vieille harpie misérable tapie dans une minable crevasse du Bras Huit ou du Bras Sept –, elle s'en est dépouillée. Elle est devenue magnifique. Un monstre.

— Les gars, vous pouvez vous casser, fissa, beugle un des ruffians aux six ou sept journalistes qui se prélassent en tribune. À moins que vous en vouliez votre part.

— Non, qu'ils restent, dit la femme.

Son accent la trahit : c'est une pure New-Yorkaise d'origine, via la République dominicaine. Depuis combien de temps vit-elle à Qaanaaq ? Une semaine, vingt ans ? Peu importe. Elle a tellement peu échangé avec ses voisins que la ville n'a pu laisser d'empreinte sur sa voix.

— C'est bien qu'ils soient témoins. Le monde devrait être témoin.

Malgré tout, la plupart décampent.

— Mais ils pourraient prévenir les Services de Sécurité ! dit l'un des gars, qui s'apprête à les prendre en chasse.

— Ils pourraient prévenir la Sécurité sans bouger d'un pouce, dit la femme. Mais le temps qu'elle arrive, notre œuvre sera accomplie.

Leur proie n'a pas bronché depuis leur arrivée. Car quelle pourrait être la raison de leur venue, si ce n'est la Femme à l'orque ? Elle est là, elle les regarde. Les journalistes parleront de son sourire.

Il faut te l'imaginer belle. L'imaginer trapue, musclée sous ses fourrures et sous ses cuirs. L'imaginer si forte que, la sachant de ton côté, tu perdrais à jamais la sensation de la peur. Si, en revanche, elle venait à t'affronter, tu n'aurais plus qu'une chose à faire, attendre.

— Encerclez-la, dit la vieille femme. Il ne faut pas qu'elle puisse rejoindre l'ours.

Quelques membres de la meute remarquent alors pour la première fois l'animal. Attaché au mur par une chaîne, il se dresse, le poil hérissé de rage par l'odeur de cette colère si nombreuse. Et maintenant de cette peur si multiple. Deux ou trois assaillants glapissent. L'un s'enfuit.

— Les individus de ton espèce ne sont pas les bienvenus ici. Tu es une abomination. Une profanation de l'être humain tel que le Seigneur l'a créé, à Son image. Ce n'est pas pour rien qu'Il nous a faits différents des animaux. Ton lien avec cette créature sauvage et enchaînée ici-bas est un péché, et c'est ce péché qui a valu à ton peuple d'être anéanti.

Au mot d'*abomination*, la proie se meut pour la première fois depuis l'arrivée de la troupe. Elle soulève l'arme qui gisait à son côté et la brandit des deux mains. Une lance, plus grande qu'elle, dont la hampe est en ivoire de morse et la lame, légèrement incurvée, de fer martelé ou peut-être tirée d'une des côtes de la plus colossale des baleines. L'arme est surmontée d'une lame semblable à un croissant de lune de travers, plus épaisse à la base qu'au sommet, le tranchant hérissé de crochets et d'ardillons.

Quelques journalistes prennent des photos. D'autres filment toute la scène.

— Pourquoi es-tu venue à Qaanaaq ?

Quelqu'un lance un tuyau. Non sans force. Elle, son mouvement est délié et si subtil que certains ne le perçoivent même pas : inclinaison infime de la lance pour dévier le projectile sans pour autant risquer d'abîmer sa lame. L'effet sur la meute est frappant, immédiat. Des bouches béent. Des pieds s'agitent. Pour la première fois, le courage collectif de cette horde violente se délite un peu. Ils ne sont pas invincibles. Leur proie n'est pas impuissante.

La cheffe de meute réagit à l'inverse. Ou est-ce leur peur qui la rend plus courageuse ? Elle bombe le torse. Elle avance, à portée désormais de la lance.

— Tu n'es pas la bienvenue ici, siffle-t-elle.

— Elle ne comprend pas ce que tu dis, hurle une voix. Tu sais bien qu'ils ont peur des technologies modernes. Elle n'a pas d'implant.

À ces mots la Femme à l'orque éclate de rire.

Cela aussi fait sursauter la troupe, si surprise qu'aucun de ses membres ou presque ne remarque la lance qui frappe.

C'est avec quelques millièmes de seconde de retard que le hurlement de leur meneuse les avertit du malheur. Sa main droite est à terre, baptisée par une cascade de sang artériel. L'odeur fait rugir l'ours blanc.

— Chopez-la ! crie une voix.

La troupe se rapproche de sa proie. Leur meneuse manchote s'écarte, vacillante, vers l'autre extrémité de la plate-forme.

Tuyaux et chaînes tournoient dans les airs. On appuie sur le bouton pause, on zoome, on reprend au ralenti pour détailler les mouvements du ballet.

Deux hommes s'élancent vers la proie, côte à côte, si proches qu'un seul coup de lance suffit à les décapiter tous les deux. Une assaillante, accroupie, apparaît sur le côté ; elle est frappée de plein fouet par un coup de pied qui la renverse. Le mouvement de lance qui a coûté leur tête aux deux hommes s'achève dans la grâce ; déjà l'orcamancienne ramène vers elle son arme, les deux mains au milieu du manche, et la projette en arrière, frappant d'un geste expert la cage thoracique d'un assaillant qui a surgi dans son dos. Des os se brisent. Et déchirent, de leurs pointes nouvelles, des organes.

Des spectateurs se pressent sur le seuil. Des athlètes qui s'entraînaient aux autres niveaux de la plateforme de Sports et le quota habituel de Qaanaaqiens curieux qui viennent tous les jours rendre visite à leur mythique visiteuse. Quinze écrans sont braqués sur la bagarre, dont ils ne manquent pas une seconde.

L'ours blanc frappe le sol de ses pattes antérieures. La salle entière résonne de sa fureur métallique.

— Gaaah ! hurle un participant – c'est ainsi du moins que ce cri inarticulé, désespéré, sera transcrit dans le *Post-New York Post*.

Avant même que l'homme ait fermé la bouche, elle a levé sa lance et sa lame a percé la gorge hurlante ; une pointe se coince dans la colonne vertébrale de l'homme ; elle secoue son arme sur sa droite, pour se débarrasser du corps, lequel s'affale devant l'un de ses camarades. Ce dernier trébuche et tombe à terre, le bras tranché par une lame que plus rien n'encombre.

Une détonation. Le sifflement strident d'un ricochet, puis un autre, plus lointain ; la balle se perd dans les profondeurs ténébreuses de la PFS. Ensuite, une bordée de jurons : comme cela arrive souvent avec les armes vieillissantes des Américains, la poudre, prenant feu, a fait exploser le canon dans les mains du tireur.

Le coup de feu pourtant a fait s'immobiliser l'orcamancienne. Son sourire se fige. Son regard va de visage en visage, de main en main.

— Tirez-lui dessus ! gémit la meneuse, des coulisses du drame, la voix épaissie par la douleur, et allégée par l'hémorragie.

L'orcamancienne étripe en beauté un autre malheureux, assez bête pour avoir tenté de foncer sur elle.

Un homme ferme les yeux, puis les rouvre. Inspire. Il se tient entre la femme et l'ours, à l'écart de la meute. Ses cuisses le font souffrir. Il s'est passé une semaine et demie depuis qu'il a débarqué du brise-glace. Il ne devrait pas avoir aussi mal. Il commence à être trop vieux pour chevaucher les scies, trop fatigué pour arracher des morceaux utilisables aux glaciers du Groenland. Dans un an, il ne sera plus en mesure de gagner sa vie avec le seul boulot qu'il ait jamais pu obtenir dans ce trou minable. Que se passera-t-il ? Il est assez vieux pour se souvenir de la ville de Philadelphie telle qu'elle était avant le Renouveau, avant que la Pennsylvanie ne tombe aux mains des intégristes dont le seul programme était d'attaquer les « foyers du péché », et qui ont réussi à vider de leurs habitants toutes les grandes villes de l'État. Il a tout perdu. Une fois, deux fois, dix fois. Il n'a jamais pu se rebeller.

Il appuie sur la détente. La balle atteint l'orcamancienne au mollet. Elle recule d'un bond, trébuche, tombe à genoux.

La meute éclate de rire. Désormais moins nombreuse, elle approche de sa proie.

L'orcamancienne tapote l'angle de sa mâchoire de l'index et du majeur. Un assaillant hoquette. N'était-elle pas censée éviter tout contact avec les nouvelles technologies ?

Le métal frappe le métal. Ils entendent l'ours blanc rugir. De plus en plus fort. Ils se retournent : l'animal s'est libéré de ses chaînes et de ses cages. Il beugle. Il charge.

C'est ici que s'interrompent les témoignages officiels. Tout le monde file – sans demander son reste. Les journalistes et les free-lance curieux aussi. De même que la vieille folle qui, privée de main droite, menait quelques minutes plus tôt la chasse. Le reste de sa meute tente de s'enfuir, sans y parvenir.

Aucune caméra ne filme le massacre.

Soq

Soq assistèrent à la boucherie sans broncher.

C'était la cinquième visite qu'ils rendaient à l'orcamancienne. Les Qaanaaqiens blasés venaient en foule pour la voir, soit à la PFS, soit à la marina du Bras Six où son bateau était amarré. La plupart d'entre eux ne venaient qu'une fois : ils trouvaient la vraie Femme à l'orque bien moins captivante que la guerrière mythique qu'ils avaient imaginée. Seuls revenaient les obsessionnels, ceux chez qui la haine, la peur ou l'amour l'emportaient, ceux pour qui sa présence avait un sens. Soq avaient scruté les visages des curieux à chacune de leurs visites, songeurs. *Qu'est-ce qu'il fait là, celui-là ? Et celle-ci ? Ils veulent la bousiller ? Ils veulent la supplier de leur donner quelques nanites, quelques millilitres de son sang, qui pourraient les transformer en des créatures aussi splendides qu'elle ?*

Et moi, soliloquaient Soq, *qu'est-ce que je fous là ?*

Parfois ces gens posaient des questions à la Femme à l'orque ; elle ne leur répondait jamais. La plupart du temps, ils se taisaient, comme Soq.

Soq survinrent en plein carnage. Ils faillirent se faire écrabouiller par le reflux rapide et brusque des témoins dans l'escalier. Lorsque Soq parvinrent au rez-de-mer et montèrent dans les tribunes, ils arrivèrent à temps pour voir l'ours tordre le cou à un assaillant. Une femme fit volte-face, prête à fuir. La patte de l'ours lui ratissa toute la peau du dos ; elle tomba à la renverse et l'animal se pencha pour l'égorger.

Il fallut moins de huit minutes à l'ours pour exterminer ceux qui étaient venus régler son compte à l'orcamancienne. Il s'amusa un bref instant avec un membre orphelin avant de se retourner vers sa compagne de voyage.

Mais – était-ce donc la peur que Soq virent briller dans les yeux de la Femme à l'orque ? Comment était-ce possible ? N'étaient-ils pas nanoliés ? Ne se connaissaient-ils pas depuis l'enfance, n'avaient-ils pas été élevés comme frère et sœur, ne ressentaient-ils pas les souffrances l'un de l'autre ? Cela dit, dans le chaos d'une telle effusion de sang, l'animal, peut-être, était incontrôlable. Il s'approcha de la femme.

Soq, pour des raisons qui leur échappaient, n'avaient pas peur de l'ours blanc. Certes, ils auraient dû. Mais ils se rendaient également compte que l'ours, très vraisemblablement, allait dévorer l'orcamancienne, si personne ne le détournait de ce sombre dessein. Qui pouvait s'en charger, hormis eux ? L'animal était encore à quelque distance – Soq auraient peut-être le temps de filer…

— Hé ! s'écrièrent Soq en se dressant dans les tribunes.

Calculant un peu trop tard la distance qui les

séparait de la sortie, la vitesse de l'ours au galop, la probabilité pour eux de s'en tirer vivants, le temps qu'il leur faudrait pour verrouiller la lourde porte – sans quoi l'ours les rattraperait et les mangerait vivants.

L'ours fit halte. Il dirigea son regard vers Soq. S'assit sur ses pattes postérieures. Pencha la tête. L'orcamancienne eut un haut-le-cœur. Lorsqu'elle lui rencagea le museau et les pattes antérieures, l'ours ne regimba pas.

Elle ôta son couvre-chef et s'inclina devant Soq. Sa chevelure retomba sur ses épaules en un lourd et complexe tourbillon. Elle appuya sur le bouton d'appel de l'ascenseur. Attendit, patiente. Avec son ours blanc. Puis elle se tourna vers Soq et prononça quelques mots. L'implant de Soq bourdonna. Traduction de l'inuktitut à l'anglais simplifié :

— Je te suis redevable.

C'étaient les premiers mots que cette femme prononçait dans Qaanaaq – et c'étaient Soq leurs destinataires ! L'ours dégoulinait de sang, la peau de la Femme à l'orque scintillait de transpiration – et Soq n'avaient jamais rien vu d'aussi beau. *Je devrais aller vers elle, lui dire bonsoir, entamer la conversation, sympathiser à fond. L'aider à s'enfuir. Ou autre chose.* Mais Soq avaient du mal à bouger, à respirer. Il leur fallut mobiliser toute leur énergie pour articuler : « Au plaisir », avant que l'ascenseur ne les arrache à la scène du massacre.

Kaev

Ce qu'il ressentait pendant les combats, il avait espéré le retrouver dans l'exécution de sa mission. Le flot d'adrénaline, le frisson du danger, la joie d'abandonner son ego pour embrasser pleinement son corps, son animalité. Mais cette mise à l'eau ne lui avait procuré aucun plaisir. Uniquement de la culpabilité, de la honte, et ce petit supplément spécial et gratuit d'avoir à s'inquiéter d'une éventuelle arrestation.

Il avait pleuré après la première exécution. Un bureaucrate, une flasque, fragile créature qui ne se sentait vraiment à son aise que planquée derrière son écran. Sans doute n'avait-il jamais côtoyé la moindre manifestation de violence depuis sa venue au monde. Kaev essaya de se convaincre que cet homme n'avait peut-être été que pure méchanceté, qu'il avait passé sa vie à donner le feu vert à des entreprises d'oppression massive – augmentation des loyers, mesures d'embargo, limitation sur le marché de certains médicaments –, pour autant, il ne pouvait chasser le souvenir du désespoir exprimé par le visage du type au moment où il avait compris qu'on voulait le tuer. Et son désarroi à lui, Kaev.

La seconde mise à l'eau ne lui ferait sans doute pas cet effet.

— On l'appelle Abijah, lui avait expliqué Go. Mais le fait est qu'il dit à tout le monde que c'est un nom de guerre. Et que sa déception est grande quand personne ne le questionne sur ses faits d'armes, parce que tout le monde s'en fout.

Kaev avait identifié la proie. Un homme de main qui sévissait dans les taudis. Le genre de brutes épaisses qui venaient expulser ceux qui n'avaient pas réagi aux mises en demeure ou les virer de leur nid lorsque le sous-sous-locataire auquel ils payaient leur loyer décidait de faire place nette. D'horribles malfrats. Des incendiaires, des tortionnaires, des fabricants de fausses preuves – les hommes de main dignes de ce nom devaient maîtriser les techniques les plus sordides, les plus ignobles, qu'impliquait le maintien de relations équilibrées entre occupants et propriétaires dans une ville où lesdits propriétaires régnaient en maîtres. Nombre de ces truands étaient des lutteurs de poutre ratés, et tous étaient des fanatiques de la discipline. Kaev avait déjà croisé Abijah à la salle Yi He Tuan ; installé dans les tribunes, il regardait les entraînements. Tentait maladroitement d'entamer la conversation. Roulait des épaules, se plaignait de douleurs musculaires – la journée avait été si dure –, comme s'il pouvait comparer une seconde son boulot à celui de Kaev.

— Il faut y aller discrètement avec celui-là, avait indiqué Go. Pour le premier, il faut que les choses soient claires. Mais pour celui-ci… le message est moins catégorique. Il doit déstabiliser la cible – soit la personne qui emploie Abijah –, mais susciter suffisamment de doute pour que ladite cible ne soit pas tentée par des représailles violentes.

— Et. Qui.

Respire à fond, Kaev. Tu vas y arriver. C'est la manière dont les humains parlent. Tout le monde peut y arriver.

— Qui. Est. La. La. La cible ?

Go lui avait tapoté la joue en riant, avant de lui donner congé.

Kaev regarda Abijah déambuler le long du Bras Huit. Costume trop ajusté, comme en portent nombre d'individus peu sûrs d'eux, qui veulent faire étalage de leur musculature. Chaussures à semelles épaisses qui lui donnaient deux ou trois centimètres de plus. La cible réelle de Go devait être un actionnaire. Car quel lien, sinon, entre le bureaucrate binoclard et le videur de taudis ? Il y avait de la crainte dans les yeux de ceux qui croisaient le chemin d'Abijah, Kaev le voyait. Leurs visages se crispaient. Donc, il était loin d'être un inconnu Bras Huit. Il avait malmené des foules de gens. Kaev sentit sa lèvre supérieure se retrousser, un rictus qu'il était incapable de contrôler.

— Regardez ! s'exclama un passant, avant de tendre la main vers la mer.

Une immense lame d'onyx, qui semblait avoir la taille d'un humain, trancha la surface des flots. *L'orque*, songea Kaev en sentant ses cheveux se dresser sur sa nuque. L'animal émergea peu à peu des flots – et soudain, il l'eut sous les yeux, la cavalière du monstre, l'orcamancienne.

Elle existe.

Elle était si proche. Si imposante. Il se demanda de quel matériau était faite sa noire vêture. Il ferma les yeux et se sentit envahi par une étrange et violente flamme, semblable au souvenir de la chaleur.

— Elle vient par ici tous les jours, on dirait, dit un autre passant.

— Comment elle fait pour ne pas choper une hypothermie au large, comme ça ?

— Faut être humain pour geler.

Le débat se poursuivit dans les bas-fonds du Bras Huit. Abijah, lui, n'y prêtait pas attention, il n'avait pas vu la femme. Kaev regarda la mer jusqu'à ce qu'il lui paraisse évident qu'elle ne resurgirait pas des flots de ce côté-ci du Bras, puis hâta le pas pour remonter à la hauteur de sa proie.

Abijah s'introduisit dans l'étroite gorge qui séparait deux cafés perchés sur de hauts pilotis, baissant déjà la braguette de son pantalon. Il en rajoutait constamment. Il fallait que tout le monde sache qu'il allait pisser ou fourrer sa queue dans un trou.

C'est le moment, Kaev. Fastoche. Baisse la tête, faufile-toi entre les pilotis – personne ne te verra entrer dans l'allée –, surprends-le quand il est de dos, casse-lui la gueule et fous-le à la mer.

Kaev ne se baissa pas. L'orcamancienne n'aurait pas attaqué par surprise. Elle ne se cachait jamais. Quelle que soit sa mission à Qaanaaq, elle n'essayait pas de dissimuler sa présence aux habitants.

— Hé ! s'exclama-t-il, lorsque Abijah émergea de l'étroite allée.

— Hé, répondit l'autre, qui l'avait reconnu sans pouvoir mettre un nom sur son visage.

— Kaev, articula Kaev d'une voix forte, de sorte que les passants amassés entre les deux cafés puissent l'entendre.

Il tendit la main gauche.

— On s'est croisés à la salle de gym. Tu te souviens ?

— Ah oui ! répondit la proie.

Abijah, souriant, eut un moment d'hésitation devant la main que lui tendait Kaev. Il finit par offrir la sienne.

Lorsqu'il l'eut saisie, Kaev tira dessus. De toutes ses forces. Il plongea vers Abijah, l'épaule droite la première, et projeta son coude en avant.

Un coup mortel. Le genre de manœuvre prohibée sur les rings et les poutres, car elle était contraire à l'esprit du sport. Même si les lutteurs la gardaient en dernier recours, dans le cas – purement hypothétique, bien sûr – où il leur fallait choisir entre leur adversaire et eux-mêmes. Kaev se retint au dernier moment, frappant de plein fouet la clavicule droite de l'homme, et non sa trachée. L'os craqua. L'homme s'affaissa tout contre Kaev.

La douleur paralysait Abijah. Il se mit à hurler. À beugler. À sangloter. *Pourquoi* ? essaya-t-il d'articuler. Les truands n'apprennent jamais cette technique des lutteurs, qui continuent à se battre en dépit des souffrances, c'est qu'ils ne s'attaquent qu'à des gens qui ne peuvent pas se défendre.

Kaev leva la tête. Deux ou trois cents paires d'yeux les regardaient. Il y eut des applaudissements.

Des cris de joie. Des écrans brandis qui capturaient l'instant.

Kaev sourit. Il avait déjà à l'esprit quelques scénarios pour la suite des événements : les mauvais moments qu'il aurait à passer, la vengeance de Go, à laquelle il avait désobéi, la punition que la Sécurité ne manquerait pas de lui infliger quand on l'arrêterait. Il joua une autre de ces cartes secrètes dont les combattants des arènes sont familiers : enfermer ses craintes de l'avenir dans une boîte et les oublier temporairement.

Une femme le reconnut – ou peut-être s'était-elle servie d'un programme de reconnaissance faciale ? Elle l'appela par son nom. D'autres, l'ayant entendu, l'imitèrent. Kaev ferma les yeux et jouit du moment.

Pour une fois, c'était lui qu'on acclamait.

Fill

Les baleines nageaient dans les airs au-dessus de sa tête, silhouettes blanches sur le crépuscule bleu sombre. Une neige épaisse et poudreuse : pour les projections lumineuses, c'était ce qui se faisait de mieux. Leurs intelligences artificielles rudimentaires les attachèrent soudain à une petite fille qui passait ; les baleines se mirent à tourner autour de l'enfant. Fill se sentit curieusement abandonné. Quand il avait l'âge de cette petite, il était persuadé que les projections de neige n'aimaient que lui au monde.

Derrière lui, les otaries aboyèrent.

Il téléchargea le dernier épisode de *Ville sans plan*, diffusé en mandarin. Il n'aimait pas les entendre dans des langues qu'il ne parlait pas. Son implant maxillaire recourait aux meilleurs logiciels de traduction existants – les voix y étaient même reproduites dans leurs moindres inflexions –, malgré tout, les émissions perdaient un peu de leur goût dans la transposition. Aucune technique ne pouvait imiter l'implication, l'enthousiasme des voix d'origine.

Fill sentait l'humidité pénétrer ses vêtements. Cela ne lui arrivait pas souvent, signe de son statut privilégié. Les riches pouvaient se payer des déshumidificateurs coûteux, des treillis de polymères salins insérés dans les murs de leur appartement, ce qui les préservait de l'humidité souveraine. Les autres Qaanaaqiens devaient faire avec cette présence constante de l'eau. Et l'eczéma. Et bien pire.

Les baleines fusionnèrent en un tyrannosaure qui prit la fillette en chasse. Elle hurla de joie.

Quand je serai mort, il y aura encore des projections de neige ici. La ville continuera de fonctionner.

Fill avait longtemps considéré la ville comme sa propriété privée. Puis il s'était cru possédé par elle. Les deux propositions étaient aussi fausses l'une que l'autre. Il n'avait aucune signification pour Qaanaaq. Il était quantité invisible, inconnue, négligeable. Sa mort n'y changerait rien : on le glisserait dans une housse en plastique, avec quelques kilos de sel, et on le lancerait à la mer au bout du Bras qu'il habitait. Il regarda les flots bouillonner. Les flots qui l'engloutiraient.

— Fill, prononça une voix, enrouée, familière.

Des bras l'étreignirent.

— Grand-père.

Il s'abandonna à cette embrassade. D'une force surprenante. Son grand-père était un simple mortel, Fill en était bien conscient. Pourtant, il n'imaginait pas d'arme ni de maladie qui puisse avoir raison de lui.

— Elles te plaisent toujours autant, les otaries, constata le vieil homme.

— Bien sûr, répondit Fill, qui venait de se rendre compte de l'expression de ravissement de son propre visage à la vue du quai où les énormes mammifères battaient des nageoires, sommeillaient, aboyaient.

Ce n'avait pas toujours été le cas. Les otaries, autrefois, ce n'était bon que pour les gosses. Ennuyeux au possible. C'est une phase par laquelle passaient tous les ados – mais quand donc en était-il sorti ? Quand était-il devenu assez adulte pour redonner libre cours à ses joies d'enfant ? Il lui revint cet étrange sentiment d'éprouver des impressions qui n'étaient pas les siennes. Un frisson malsain remonta lentement sa colonne vertébrale, s'amplifia en chemin, lui fit trembler les épaules et claquer des dents si brutalement qu'il s'entailla le bord de la langue.

— Ça va ? lui demanda son grand-père, qui l'avait senti flancher et lui tapotait la manche.

Fill avala un peu de sang.

— Bien sûr. C'est juste qu'il fait froid.

— Tu veux qu'on aille à l'intérieur ?

— Non, j'aime bien ici.

Que penserait-il, mon cher grand-père, s'il apprenait que j'ai attrapé les failles ? Et suis souillé de l'horrible, horrible mal des pauvres ? Un sourire poli, et il s'écarte, rentre en courant chez lui, brûle toutes ses frusques et coupe les ponts avec moi ? Que pense-t-il lorsqu'il les voit, les malades, les agonisants, les femmes et les hommes recroquevillés sur la Plaque, quelques minutes avant qu'ils ne quittent leur corps ? Ricane-t-il, leur reproche-t-il d'avoir fait le mauvais choix ? Mais les voit-il, seulement ?

— Grand-père, *sincèrement*, comment vas-tu ? Comment occupes-tu ton temps ces jours-ci ?

— Je gère mon empire, répliqua le grand-père avec un rire sombre.

— Je croyais que tu déléguais ?

— Ah, exact. Eh bien, je passe mon temps à regarder par-dessus l'épaule des gens qui gèrent mon empire.

— Ça n'a pas l'air exaltant.

— Hélas, tu te trompes.

— Que se passe-t-il ?

Grand-père s'absorba un long moment dans la contemplation des otaries. Un débat interne qui, visiblement, aboutit à une décision :

— Je fais l'objet de certaines attaques. Rien qui puisse vraiment m'atteindre, mais c'est un peu irritant. Une cheffe de gang qui a les yeux plus gros que le ventre. Ça arrive. Il y a des gens qui veulent agrandir le petit espace qu'ils ont réussi à se ménager, et ils s'en prennent à un actionnaire.

— Que faire dans une pareille situation ?

— Attendre que le vent tourne, en général. Les gens finissent toujours par se lasser de lancer des cailloux sur un mur en béton.

— Es-tu donc aussi indestructible que cela ?

— Personne n'est à l'abri de la ruine. Mais cette ville, c'est nous qui l'avons construite. Tout joue en notre faveur. Nous n'avons besoin que d'un peu de patience. Ou peut-être d'un petit voyage loin de Qaanaaq, si les escarmouches s'intensifient, ou d'un placement de sécurité dans une des suites de luxe du Placard.

— Ah, ce n'est donc pas qu'un mythe urbain ? Le Placard propose vraiment des appartements cinq étoiles aux VIP en détresse, en plus de ses dortoirs peuplés de fous vociférants ?

— Tout à fait.

Le vieil homme regarda ses mains.

— Bien sûr, de temps en temps, il arrive qu'un actionnaire perde la tête. Réponde à la violence par la violence et massacre ses ennemis. Mais ça, c'est un chapitre spécial du manuel. Pas mon style du tout.

Fill baissa les yeux vers un bateau piloté par une augmentine, une employée des Services de Loisirs. Les segments du pont montaient ou descendaient avec la houle, opération contrôlée par les implants subdermaux de la femme, répartis le long de ses bras. Les plates-formes traçaient autour d'elle cercles et spirales. Des enfants s'y démenaient, sans jamais croiser le regard de l'employée. L'augmentation était peu pratiquée à Qaanaaq – la pratique, jugée grossière, était considérée avec dédain. Dans d'autres villes flottantes et dans la plupart des lieux encore peuplés du Monde Englouti, elle était bien mieux acceptée, quand elle n'était pas tout simplement obligatoire. *D'où vient cette femme ?* se demanda Fill. *A-t-elle choisi ses implants ? Les apprécie-t-elle ?*

Une autre femme apparut sous ses yeux. Silhouette incertaine : une projection de neige ? Non pas, car ladite projection la traversait – un kraken, qui moucheta un instant son corps avant de disparaître. Grande et belle, la peau sombre. Chauve. La cinquantaine bien entamée. Vêtue bien trop légèrement pour Qaanaaq. Une tunique d'hôpital ? La femme regardait Fill fixement. Souriant, peut-être. Ou peut-être pas.

Une navette flottante déversa ses passagers sur la Plaque. Ils prirent d'assaut le Bras, s'interposèrent entre Fill et la femme. Puis s'en furent – et la femme avec eux.

Une vision provoquée par les failles ? Fill frissonna et se lécha les lèvres. Le goût du sang lui revint. Il décida de parler de cette femme à Barron, avec lequel il s'entretenait tous les jours. Puis de n'en rien dire.

— C'est rigolo, non ? reprit-il non sans maladresse – s'il y avait une technique que maîtrisaient les jeunes homos à la langue bien pendue, c'était celle qui permettait d'aborder avec désinvolture un sujet difficile. Je me rends compte, grand-père, que je ne sais pratiquement rien de toi ! La plupart de mes amis peuvent retrouver leur histoire familiale dans le nuage, mais sur toi, rien, grâce au privilège d'invisibilité de l'actionnaire ! Notre famille n'est qu'un immense vide informatique. Ça a dû coûter une jolie somme, d'ailleurs.

Grand-père éclata de rire.

— Ah, tu es donc en train de travailler sur un projet d'histoire orale.

— Plus ou moins. Je sais que nous sommes d'origine new-yorkaise. Comment avons-nous pu…

— … en sortir ? Devenir riches ?

— J'imagine que nous n'étions pas partis sans rien.

— Ton père n'a jamais rien voulu savoir.

Un rictus de mépris. Destiné au passé, à la Plaque sur laquelle ils se tenaient.

— Enfant, ça l'ennuyait moins. Enfin, la version conte de fées. La version technicolor. Mais une fois parvenu à l'âge adulte ? Le bonheur est dans l'ignorance.

Fill avait cligné des yeux à la mention de son père. Les larmes n'étaient pas loin.

— Personne n'aurait pu s'en sortir sans se salir un peu les mains. Mais je crois que tu es assez solide pour supporter d'entendre la vérité. Plus solide que lui.

— C'est faux, répondit Fill, que cette idée fit rire, tant elle lui semblait ridicule. Je n'ai jamais fait un seul truc de ma vie. Jamais.

— Non, tu es vraiment plus solide. C'est ce que je me suis toujours dit. Tu n'as jamais été mis à l'épreuve, mais cela ne veut pas dire que tu n'es pas solide.

— Ce que tu dis me touche, c'est gentil, reprit Fill, guère convaincu. Mon père ne te donnait pas cette impression ?

— Ton père était un chic type. Mais sûrement pas une force de la nature.

Des images surgirent, sans filtre. Son père, sur le point de partir dans la province du Heilongjiang, où il devait couvrir la Migration de la faim. Il avait permis à Fill de dresser l'inventaire de tout son matériel de tournage.

— Maman disait toujours qu'il avait du cran. Tout de même, pour aller dans ces endroits, prendre ces photos…

— Ta mère était infichue de reconnaître le vrai courage. Tu excuseras l'expression. La témérité et la bêtise, ça n'a rien à voir avec le courage, la solidité.

— Et qu'est-ce donc, à tes yeux, le courage ?

Ils approchaient du but, se dit Fill. De la Chose, du Secret, de l'histoire que son père n'avait pas voulu entendre.

— Je travaillais pour une agence privée de sécurité. Pour des biens immobiliers, des événements. Rien de bien compliqué : on embauchait des agents et on les envoyait là où le besoin se faisait sentir. Mais l'époque était sens dessus dessous. Les Émeutes Immobilières battaient leur plein. Tu en as sûrement entendu parler, non ? Peu après, le soulèvement s'est carrément transformé en guerre. Pour moi, la sécurité, ce n'était pas qu'une affaire de force physique. J'ai convaincu le patron de la boîte de créer une nouvelle section dont j'ai pris la tête. J'ai joué les chasseurs de têtes et recruté quelques-uns des meilleurs attachés de presse de New York. J'appelais ça la « section Renseignements ». Il n'était plus seulement question de ne pas laisser entrer les fauteurs de troubles. Il fallait également les empêcher de s'emparer de ce qui nous appartenait de droit. Les squatteurs organisés, les politiques exposés aux pressions et susceptibles de faire usage de leur droit d'expropriation pour préempter des biens immobiliers et les donner aux pauvres.

Fill fit de son mieux pour empêcher son regard de se figer.

— Les types de ma section s'impliquaient dans les quartiers. Certains de mes agents se faisaient passer pour des locataires, étudiaient la situation de l'intérieur, identifiaient les lignes de fracture. Les dissensions entre les groupes. Une fois que tu sais comment exciter les gens, ce sont eux qui font tout le travail.

— Le travail ? C'est-à-dire ?

— J'étais spécialiste des groupes religieux. Des intégristes, en grande partie. Il y en a des tonnes – de tous les genres, même si, à cette époque-là, c'étaient les chrétiens qui présentaient la cible la plus facile. Il n'a pas fallu beaucoup de temps pour signer des dizaines de contrats avec les plus grands promoteurs immobiliers de New York. Ce que je leur vendais, c'était la fabrication et l'instrumentalisation stratégique d'une imbécillité collective. J'aurais pu coller ça sur ma carte de visite.

Les cartes de visite – oui, Fill avait entendu parler de ça.

— Inventer un scandale de toutes pièces. Fabriquer des cibles. Identifier les gens que leurs pairs écoutent, les pasteurs, les délégués de parents d'élèves ; les payer pour qu'ils provoquent un incident. Je ne faisais essentiellement que reproduire le modèle utilisé en politique. Quand nous nous sommes mis à opérer au niveau national, je me suis assuré du concours de quelques factions qui avaient mené des campagnes électorales.

Grand-père se tut, le regard fixé sur le visage de Fill. Dont il attendait une réponse. *J'ai dû rater quelque chose*, se dit Fill. Les otaries faisaient claquer leurs nageoires sur le bois vermoulu de leur ponton.

— Il y a eu des tas de morts, Fill.

— Ah.

— Il s'est passé des choses dans Harlem, dans le sud de l'East Side qui… On va se contenter de dire que ton père aurait trouvé là de quoi noircir de la pellicule. À petite échelle, certes, mais de quoi rivaliser avec ce qu'il a tiré de Calcutta. J'ai des remords, bien sûr, mais que faire ? Si je n'avais pas agi dans ce sens, ni toi ni moi ne serions à Qaanaaq. Tout ce que j'ai pu accomplir sur l'ensemble du continent nord-américain – rien de tout cela n'aurait pu exister sans New York.

Cela, Fill le savait, grâce aux émissions de *Ville sans plan*.

Les cieux sont noircis par une fumée remémorée. Les hurlements de citoyens massacrés depuis des lustres résonnent dans la rue. Explosions : tanks mitraillant les nœuds de résistance des squatteurs ; attentats à la bombe lors de divers événements mondains, perpétrés par des activistes appartenant à l'armée des locataires.

Qaanaaq est un rêve. Le soir, en vous endormant, vous vous en éveillez et retournez au monde réel – votre vie, votre ville mourante. Nuit après nuit, vous y retournez et assistez à sa déroute : insolite ralenti de cette vision, sentiment de déjà-vu, car, bien sûr, ce n'est pas la première fois que vous y assistez ; bien sûr, vous savez ce qui va se passer ; bien sûr, vous ne vous laisserez pas avoir cette fois-ci ; bien sûr, vous fuirez à temps…

Grand-père avait perdu son fils. Bientôt, son petit-fils lui serait arraché à son tour. Quoi qu'il ait fait et aussi atroces que soient ses crimes, il était difficile de ne pas avoir pitié de lui. Il s'était si férocement démené, il avait tant accumulé. Tout cela pour finir sans rien. Enfin, rien… sauf tout.

Les questions se bousculaient dans l'esprit de Fill : les clients pour lesquels grand-père avait travaillé après avoir contribué à la destruction de New York. Tout ce qui n'était plus. Le Metropolitan Opera, les Filles des Disparus. Qaanaaq, à l'époque où elle était encore neuve et rutilante.

Grand-père jeta une serviette en papier dans les flots. Se débarrasser de ses saletés n'importe où, encore une singularité qui trahissait le New-Yorkais en lui.

— Si je t'ai donné rendez-vous, c'est, d'une part, que j'avais envie de te voir, reprit-il. Mais ce n'est pas tout. Je voudrais te donner quelque chose. Ou plutôt deux. Je ne m'inquiète pas vraiment de ce… ce dont je t'ai parlé tout à l'heure. Absurdes réactions de mafieux, comme toujours. Nous autres actionnaires, nous ne nous sommes pas cramponnés tout ce temps à nos biens pour ne pas avoir appris comment affronter les tempêtes. Quoi qu'il en soit. Ce serait bien bête de ne pas prendre certaines précautions. Je veux que tu sois en mesure d'avoir accès à deux privilèges qui, pour l'heure, sont réservés à mon seul usage. Tout d'abord, un appartement. Secret, totalement sécurisé. Il n'a pas d'existence officielle. Je sais que tu as un toit – mais tout ce que je veux, c'est que tu puisses accéder à celui-là, qui n'est jusqu'ici pas répertorié sur le cadastre de Qaanaaq. C'est un investissement, en fait. Nous en avons plusieurs, mais celui-ci a une signification particulière pour moi. Ta grand-mère et moi... C'est là que nous nous retrouvions quand nous voulions un peu de liberté.

Fill opina du chef avec le noble sentiment du devoir accompli.

— Je comprends, grand-père. Et la deuxième chose ?

— C'est un programme informatique. Particulièrement instable et dangereux. Mis au point par un groupe réunissant plusieurs actionnaires. Il combine une dizaine de protocoles de sécurité complètement indépendants les uns des autres et des approches tout à fait illégales d'extraction de données. Extrêmement nocif. Niveau Défense nationale. Nous l'avons créé au tout début de Qaanaaq pour échanger des infos, mettre des types de comportement en lumière, suivre les travaux de nos unités embarquées..., évaluer les problèmes, voir comment les résoudre... Mais cela fait vingt ans au moins que personne ne s'en est servi. Trop imprévisible. Trop peu fiable. Il applique les instructions, mais parfois ajoute son grain de sel sans qu'on lui ait rien demandé.

— Que veux-tu que j'en fasse ?

— Doux Jésus, Fill, rien ! En tout cas, pas pour le moment. Garde la main dessus, c'est tout. Je ne sais absolument pas si les autres actionnaires sont encore en vie et s'ils ont conservé un accès au programme. Je sais seulement que personne ne s'en est servi : il est sur la liste des programmes surveillés par nos chiens de garde. Mais si je suis le dernier à pouvoir y accéder, je ne voudrais pas qu'après moi il se perde à jamais. Certes, c'est peut-être ce qu'il mérite, mais il vaut une fortune. Dans cinquante ans, tu seras content de le retrouver au fond de ta poche.

— J'imagine, répondit Fill, parce que ces encouragements semblaient faire plaisir au vieux monsieur.

Quelle importance, au regard de cela, qu'il n'ait aucune envie d'hériter d'un appartement vide et d'un logiciel capricieux ? Il était enfin en mesure de venir en aide au vieil homme, de contribuer, ne serait-ce que modestement, à l'entreprise familiale. Et aurait-il pu répondre « Non, grand-père, désolé, dans cinquante ans – voire cinq ans, voire cinq mois –, je serai mort » ? Bien sûr que non.

— Je t'enverrai toutes les infos utiles.

— Merci, grand-père. Oh ! Regarde !

Deux otaries se mirent à aboyer et à se donner des coups de poitrine. Les deux hommes éclatèrent de rire.

Ankit

Ankit acheta des fleurs, puis les jeta à la mer. Elle acheta un autre bouquet. Fleurs sans parfum, celles-ci, et d'un blanc dépourvu d'émotion. Le rouge furieux des roses du continent aurait semblé trop provocateur ; l'odeur violette des jacinthes de serre aurait pu faire perdre l'esprit à tout le Placard.

Ankit s'habilla avec le plus grand soin, puis se déshabilla, pour se rhabiller avec d'autres vêtements. Gris stérile. Formes asexuées.

— Placard de merde, dit-elle en se regardant dans le miroir, puis elle jeta un œil à l'horloge et se demanda combien d'accoutrements elle pourrait tester avant d'aller prendre la gliste pour son rendez-vous.

La planification dans le moindre détail, c'était, en soi, une manière de se neutraliser. Elle décida de partir en avance. Elle tuerait le temps sur place, plutôt que de s'ensevelir dans des pensées improductives.

Son écran scintilla. C'était Barron : *Il n'y a pas le moindre milligramme de Quet-38-36.0 à Qaanaaq.*

Ce qui semblait curieux. Voire impossible. La ville

était pourrie de drogues, elle regorgeait de contrebandiers et de machines qui dénichaient la plus obscure des substances pour le plus exotique des arrivants – lequel déployait des ruses de démon pour mettre la main dessus. Quels que soient les désirs de la clientèle, il se trouvait toujours quelqu'un pour les satisfaire. Mais elle avait déjà trop de soucis en tête, trop d'inquiétudes à réprimer.

Autre message : *J'ai un ami qui a la possibilité de se servir d'un dispositif d'assemblage moléculaire et qui, parfois, en dehors de ses activités légales, imprime de la drogue. Je vais lui demander de nous en procurer.*

— Parfait, dit-elle, avant de bloquer les messages de Barron pour les cinq heures qui suivaient.

Elle n'avait bien sûr pas communiqué à la Sécurité l'identité de l'homme qui avait poussé un malheureux à la mer. Cafter, cela ne faisait pas partie de la déontologie des grimpeurs – dont elle était encore, ne fût-ce que de cœur. Quand bien même le criminel n'aurait pas été son propre frère, elle aurait gardé le silence. La Sécurité l'avait cuisinée pendant presque une heure, au bord de la Plaque. Les agents n'arrêtaient pas de lui présenter leurs excuses pour la gêne occasionnée – au vu de son uniforme de cadre supérieur, ils devaient la prendre, comme tout le monde, pour une personnalité importante.

Elle ferma les yeux, mettant à distance ce ressac de mots qui ne cessait de déferler en elle. Ce qu'elle voulait demander à sa mère. Ce qu'elle voulait lui dire, aussi. Les équipes du Placard recommandaient des échanges verbaux réduits, au profit de la présence physique, du toucher, de la caresse. L'état psychologique de sa mère était des plus singuliers : les crises pouvaient subvenir après les questions, les commentaires les plus bénins.

Ankit serra le bouquet sur sa poitrine. Ferma les yeux, s'efforça de se remémorer le visage de sa mère.

La femme qu'elle voyait n'était pas sa mère. Elle en était consciente. Cette femme était un résumé, un raccord, un conglomérat de cent mères chaleureuses, aimantes, souriantes – des mères telles qu'on les voyait au cinéma, ou chez les amis, ou dans les familles auxquelles elle rendait visite pour son boulot. Ankit n'avait gardé aucun vrai souvenir d'enfance mettant en scène sa mère. Le dernier était trop horrible pour qu'elle puisse s'y raccrocher. Quinze ans plus tôt, ce visage cramoisi, défait, ruisselant de larmes, lèvres ouvertes sur un hurlement qu'Ankit n'entendait pas par le hublot de la porte.

Son implant se manifesta.

— Société Cinquante-Septième Rue, bourdonna-t-il.

— Breckenridge ? répondit-elle.

— Encore à l'hôpital, le malheureux, fit une voix pleine d'allant en dépit de l'âge qu'elle trahissait. Je suis Martin Podlove, l'actionnaire en charge de la société Cinquante-Septième Rue.

— Merci d'avoir la gentillesse de m'appeler, monsieur Podlove. Je m'étonne d'une identification si franche. L'invisibilité des actionnaires…

— … est un privilège dont nous nous dispensons

très fréquemment, pour être honnête. Lorsque nous savons que l'interlocuteur n'ira pas crier notre nom sur les toits. Lorsque nous savons ce qu'ils ont à perdre.

Il la laissa méditer ces quelques mots pendant une petite minute. Puis, alors qu'elle s'apprêtait à lui répondre :

— Mon collègue m'a transmis votre demande de financement. Je me suis dit que je vous devais au moins un appel. Il y a quelque chose de lâche à communiquer les mauvaises nouvelles par écrit.

— Oh non, répliqua Ankit, effondrée. Vous ne pouvez pas faire ça. Si vous ne nous aidez pas, Fyodorovna va perdre les élections. À n'importe quel autre moment, le régisseur en place aurait pu surmonter cette tempête, mais les temps sont vraiment trop durs. Les loyers ne cessent d'augmenter Bras Sept. Les expulsions, les relogements… Les gens sont furieux et ils la tiennent pour responsable de leurs problèmes. Ils lâcheront la proie pour l'ombre, aussi néfaste soit-elle.

Podlove ne répondit pas. La conversation le faisait jouir.

— Nous vous sommes utiles, insista Ankit, et elle comprit alors que la bataille était perdue.

— Tout le monde nous est utile. Vous croyez que je n'ai pas soutenu votre opposition, Ankit ? Vous êtes plus fine politique que cela.

Il interrompit la transmission.

Elle leva les yeux vers le Placard. Resta plantée là jusqu'à ce que ses tremblements s'interrompent. Elle avait encore pas mal d'avance, mais l'admission prenait toujours des heures : mieux valait commencer l'attente dès maintenant. Au lieu de se morfondre en souhaitant tout à coup être douée du pouvoir de purifier le monde par le feu nucléaire.

En entrant dans le Placard, on avait toujours le sentiment de descendre sous le niveau de la mer. Des diffuseurs de bruit blanc tapissaient les murs incurvés et l'entrée, protégeant le bâtiment du chaos sonore qui régnait dans la ville. Les gens parlaient mais elle ne pouvait pas les entendre, cela faisait partie du processus, partie de la thérapie. Elle passa en revue les visages dans la salle d'attente, se demandant qui resterait au Placard et qui ne faisait que passer. L'un dans l'autre, elle ressentait pour tous une immense pitié.

— Ankit Bahawalanzai, dit-elle devant le scanner de triage. Rendez-vous à 14 heures.

L'hexagone vira brièvement au vert. Une porte s'ouvrit avec un chuintement. À peine s'était-elle refermée qu'Ankit retirait déjà sa chemise, puis ses autres vêtements, ne gardant, campée au centre de la pièce, que sa culotte et son soutien-gorge. Les lasers la balayaient : elle feignit de sentir leur caresse. Il s'agissait de confirmer son identité, de repérer d'éventuelles menaces et autres maladies transmissibles – et Dieu savait quoi d'autre. Les algorithmes de détection médicale variaient tout le temps, les recherches changeaient d'objet ; parfois les appareils devenaient bien plus subtils, d'autres fois leur stupidité était confondante. Deux ou trois ans plus tôt, les labos s'étaient emballés pour l'analyse des follicules pileux. L'année d'avant, c'étaient les ongles. Ankit s'imaginait les IA rassemblées en colloques, aussi arrogantes que des professeurs de médecine, échangeant des anecdotes – et des idées néfastes dans des couloirs en silicium.

Un curieux hoquet perturba le bruit blanc.

— Madame Bahawalanzai ?

— Bonjour, répondit Ankit, dont les pommettes s'enflammèrent.

Ce n'était pas bon signe, cette intervention d'une vraie personne humaine. Jamais.

— Je m'appelle Michaela, dit la jeune femme. On peut s'asseoir un moment ?

La table s'était transformée en deux chaises, constata Ankit. Elle avait le Placard en horreur – ces technologies si coûteuses, si inutiles. Certaines maisons de santé étaient meilleures que d'autres, et peu semblaient plus « formidables » que celle-ci, mais toutes partageaient la même profusion superfétatoire d'équipements dernier cri, conséquence révélatrice des investissements massifs effectués dans le domaine de la santé pendant les Années cancer.

— Que se passe-t-il ?

— Je suis vraiment navrée, dit Michaela. Votre scanner corporel indique un niveau élevé d'angoisse et de tension. Votre mère ne peut être exposée à ces émotions. Vous le comprendrez, j'en suis certaine. Surtout en tant que parente biologique.

— Non, répliqua Ankit. Non, je ne comprends pas. Qu'est-ce que le lien du sang a à voir avec la chose ?

— Ah, réagit Michaela en regardant son écran, les sourcils froncés.

Elle en avait trop dit : elle avait levé un coin de voile sur les aspects confidentiels de la maladie de la mère d'Ankit. Révélé quelque chose qu'Ankit n'était pas censée savoir.

— Les malades mentaux sont particulièrement sensibles à l'état psychologique des gens qui les entourent.

— Je suis au courant. C'est une évidence. Mais vous disiez…

Michaela se leva. Le logiciel devait reprendre la main à ce stade de la conversation, sans aucun doute. L'IA « Je-suis-là-pour-réparer-vos-erreurs », songea Ankit. Cela serait-il retenu contre elle ? Gardaient-ils les traces des moindres défaillances ?

Sa mère était classée Code 76. Ce qui signifiait qu'à un moment donné, quelqu'un – aux Services de Sécurité, peut-être, ou aux Services de Santé, ou dans les nations mères – avait décidé que les circonstances de son internement constituaient un secret d'État. Sa maladie, les causes de sa maladie, et même son nom : quelqu'un avait convaincu le système de ne pas rendre ces éléments publics. Mais cela, Ankit le savait depuis toujours. Elle s'y était résignée, comme on se résigne à ce qui ne peut être connu. Se casser la tête là-dessus, c'était aller au-devant de sérieux ennuis. Pourtant, lorsqu'elle sortit du Placard ce jour-là, lorsqu'elle eut jeté son bouquet dans la mer et hurlé dans le tourbillon naissant, Ankit décida qu'il était temps de les affronter, ces ennuis. Temps de se casser la tête. De découvrir les causes de l'internement de sa mère.

Et de peut-être la faire sortir de là.

Kaev

Bon, te voilà en fuite et recherché. Ça valait le coup ?

Les Services de Sécurité l'avaient sans aucun doute identifié à partir des vidéos montrant l'attaque d'Abijah. La foule qui scandait son nom. Des agents se trouvaient sans doute postés en face de son conteneur, prêts à l'interpeller. Sans parler de Go, qui devait être furieuse, peut-être assez pour le choper avant que la Sécurité n'intervienne et pour passer un jour ou une semaine à le découper en petits morceaux avant de refiler ce qui resterait de sa carcasse aux autorités.

Oui. Oui, ça valait le coup.

Et puis, bien sûr, il y avait la cible finale de Go, l'homme ou la femme de pouvoir qui employait les deux victimes. Quelle que soit son identité, il ou elle avait très certainement des guetteurs, des gardes du corps, des microdrones peut-être : il avait été identifié de ce côté-là aussi. Ils complotaient sans doute son enlèvement, avaient recruté un vieux barbouze bourru, ancien agent d'une grande nation déchue, qui le torturerait pour lui faire avouer le nom du commanditaire.

Ça, au moins, c'était drôle. Kaev leur livrerait le nom de Go sans aucune hésitation.

Ce qui ne lui serait d'aucun secours. L'aveu viendrait trop facilement. Et il passerait quand même à la casserole, histoire qu'on vérifie la véracité de ses dires.

Ce qui en fait n'avait pas d'importance. La douleur ne lui faisait pas peur. Elle lui était intimement familière. Ils finiraient par s'en prendre à Go. Cette fois-ci, peut-être la coinceraient-ils.

Kaev remonta puis descendit le Bras Six avant de s'attaquer au Sept. La tête pleine de hurlements : rugissements des bêtes sauvages, piaillements orgasmiques de la foule lorsque le combat atteignait son apogée, lorsqu'il avait donné de la beauté aux spectateurs, qu'il leur avait permis de se libérer du moment, de leur vie, de leur ville, du poids de leur corps à la si lente agonie… Et qu'avait-il reçu en compensation de ses peines ? Faites la somme de toute la joie, de tout le plaisir qu'il avait donné aux gens de Qaanaaq : comment avait-il été payé en retour ? À peine de quoi survivre. Pour autant, il ne leur en voulait pas. Ils ne lui devaient rien. Ils payaient leur place ; eux aussi, ils avaient des soucis. C'était la ville qui le rendait fou de rage. La ville qu'il aimait tant. Il aurait voulu frapper – peu importait qui ou quoi. Tout et tous sans doute dans cette ville, y compris la ville elle-même. La plaquer au sol, lui briser la nuque – cette masse gigotante, tentaculaire de pensées, de chuchotements, de souvenirs, de croyances contradictoires, qui hurlaient et jargonnaient sous son crâne.

Il descendit le Bras Sept, direction l'Échangeur puis le Bras Huit. Un glister le dépassa en poussant un ululement interminable. Il s'entendit glapir et croasser : impossible de s'arrêter.

À une fenêtre dans les étages, quelqu'un chantait. Autour de lui les gens faisaient l'amour, dans l'obscurité des chambres, des contre-allées et des hôtels-cercueils. Autour de lui les gens mouraient. Ils l'envahissaient, pressaient sur son cerveau avec une force qui n'était pas seulement physique. Il aurait voulu hurler : il excellait à se taire. Il passait le plus clair de son temps à se retenir de hurler, en dépit de ses désirs.

Il marchait.

Puis : il fit halte.

Car la pression avait cessé. Les hurlements, la chanson : plus rien. Le brouillard s'était levé. Une sérénité inouïe s'était emparée de lui. Un calme total. Des frissons lui parcoururent la colonne vertébrale, de plus en plus intenses.

Il regarda alentour. Ne vit personne. Pour un lieu aussi surpeuplé, le Bras Huit avait parfois une curieuse manière de paraître désert. À sa droite, des barges montaient et descendaient avec les flots. À sa gauche, un petit groupe d'immeubles trapus, étayés sur leur plate-forme flottante.

Il avança de quelques pas et sentit que la paix qui l'habitait était à deux doigts de se rompre. La pieuvre sous son crâne recommença à déblatérer.

Il revint vers le silence. Inspira, jouit un long moment de la quiétude. Puis recula vers l'Échangeur. La rumeur revint en lui.

Bien. C'était donc un lieu parfaitement circonscrit. D'accord. Kaev ne s'en étonna pas, ne chercha pas à savoir ce qui pouvait lui faire cet effet. Quand vous cherchez à comprendre ce qui vous fait du bien, en général, vous trouvez quelque chose de moche. Une poche d'uranium appauvri, peut-être, provenant des réserves militarisées récupérées à Tchernobyl ou à Hanul. De quoi vous procurer l'extase tout en vous bousillant des milliers de neurones. Si tel était le cas, que la substance fasse son œuvre, rapidement et dans la joie. Il s'assit sur le métal glacé du trottoir, près des serre-câbles, là où était amarrée la plate-forme, plaqua ses genoux contre son torse pour conserver la chaleur, ferma les yeux ; de chaudes larmes de bonheur inondèrent son visage.

Ankit

Ankit commença par le plus facile. L'aspect humain. Elle appela son contact aux Services de Santé : c'était le sous-assistant du directeur. Un type gentil comme tout, un de ces dix ou douze fonctionnaires d'agence avec lesquels elle se forçait à entretenir des liens d'amitié, leur envoyant des billets ou des passes journaliers offerts à Fyodorovna, parfois même les invitant pour un verre, une séance de karaoké ou de caisson hyperbare lorsque son agenda lui rappelait qu'elle ne les avait pas vus depuis un moment.

— La belle-mère d'un de mes électeurs a des soucis, dit-elle. Une histoire lamentable. Internée. Au Placard. J'en suis toute retournée… et comme c'est une donatrice de longue date…

Joshi promit de jeter un coup d'œil au dossier.

Après quoi, Ankit appela son amie aux Services de Sécurité et lui servit le même plat de larmes. Si l'internement de sa mère au Placard était consécutif à un épisode violent, la Sécurité en avait peut-être gardé la trace.

— Nous n'utilisons pas les codifications des services de la Santé, en fait, fut-il répondu à Ankit. Le numéro du patient ne nous servira à rien.

— Ah bon ? s'étonna Ankit. Les agences ne se coordonnent pas sur ce genre de détail ? C'est une perte d'efficacité, non ?

— Il y a toujours une raison à cela. À Qaanaaq, l'efficacité n'est qu'une apparence. Parce que ça coûte cher. Aider les gens à obtenir ce à quoi ils ont droit, résoudre rapidement les problèmes… Tout cela se paie.

— Fascinant, commenta Ankit, plus furieuse qu'admirative, et fort mécontente de cette leçon d'éducation civique. Mais si vous aviez un dossier concernant cette personne qui a atterri au Placard, son numéro de prise en charge médicale serait mentionné, je pense ?

— Ce n'est pas impossible…

— Tu peux vérifier ?

— Oui, pourquoi pas…

— Super ! déclara Ankit, qui se vit enfoncer un couteau dans la gorge de la bonne femme.

En attendant que ses humains se mettent au travail, elle fit le tour des marchés de logiciels. Les humains étaient lents, peu soigneux, mais faciles à comprendre. Les logiciels étaient étranges, chaotiques, leurs manières d'opérer singulières ; ils étaient affectés de tics secrets et d'applications obsolètes qui pouvaient lui attirer des tonnes de problèmes. Par exemple, elle pouvait acheter un pirate d'intrusion, trouver ce qu'elle cherchait, mais se rendre compte ensuite que le logiciel comprenait une extension espionne. À tout moment, les autorités pourraient lui faire subir les pires représailles, ou la mafia, ou les IA des budgets d'opérations secrètes.

La plupart des gens méprisaient les courtiers humains, qu'ils jugeaient vieux jeu et sans utilité, mais ce fut pourtant vers eux qu'Ankit se tourna. Les archéologues informaticiens et autres ingénieurs pouvaient ne pas avoir la puissance d'une machine, dont certaines étaient capables d'examiner des milliers de logiciels en une seconde pour trouver celui qui convenait le mieux à la tâche, mais ils compensaient ce défaut par l'étendue et la diversité de leurs connaissances. Certes, les logiciels de scannage pouvaient lire la moindre ligne de code, anticiper le moindre déclencheur, mais ils avaient beaucoup de mal à évaluer les résultats. Le courtier humain, lui, au moins, travaillait avec un petit nombre d'applications bien maîtrisées, maintes fois testées, et savait quels risques pouvait faire courir tel logiciel. Ankit appela donc Mana, sa courtière préférée.

— Quelle est ta cible, cette fois-ci ? demanda-t-elle.

Lors des trois précédentes élections, Ankit avait eu de bonnes raisons de la faire travailler : les listes de passagers des ferries, une année, et le taux de natalité dans les Émirats lors de la campagne précédente. Quant à l'intervention la plus ancienne de Mana, elle avait concerné la boîte mail d'un adversaire de Fyodorovna lors de sa première et désastreuse tentative électorale.

— C'est le Placard, répondit Ankit. Je veux savoir pourquoi un de leurs malades est interné.

— Ça va être… difficile.

— Difficile. Pas impossible.

— Exact.

Mana indiqua un prix. Ankit dut faire de son mieux pour ne pas accuser le coup.

Un quart, voire un tiers de son budget de campagne dans son intégralité. Deux semaines de robopubs. Une semaine de bannières déroulantes. La bonne marche à suivre : aller voir Fyodorovna et lui faire signer le devis. Elle arrivait toujours à ses fins avec cette bonne femme. Ce n'était pas compliqué, mais ça prenait du temps.

Seul problème : en passant par Fyodorovna, elle se mettait la corde au cou. Lorsque la régisseuse perdrait les élections, elle en rejetterait la faute sur Ankit, gâchant ainsi le seul espoir qu'avait cette dernière de ne pas se retrouver dans le caniveau.

Fyodorovna, elle, s'en tirerait toujours. Comme tous les régisseurs. Un actionnaire, une ONG, quelqu'un à qui elle avait accordé une faveur lui trouverait un poste. Ce n'est pas une mauvaise chose d'avoir un visage plus ou moins connu dans son équipe, pour impressionner les clients récalcitrants ou faire venir les fonds. Et Fyodorovna aurait toujours besoin d'un chef de cabinet, quel que soit son point de chute.

— Marché conclu, dit Ankit.

— Tu te charges de la manip ou c'est moi ?

— C'est toi, répondit Ankit en signant le faux bon de commande qu'elle utilisait toujours avec Mana.

Sécurisation d'un site de collecte de fonds pour la campagne électorale. Bon établi sur le (faux) papier à en-tête d'une (vraie) compagnie de sécurisation informatique. Un audit de Finances ou de Campagnes mettrait rapidement en lumière le fait que ladite compagnie n'avait pas émis de devis correspondant, mais ces audits étaient comparables à des attaques de requins : sanglantes, sans aucun doute, mais rarissimes.

Sur la Plaque, Ankit manqua entrer en collision avec un marchand, qui était en pleine prise de bec avec une femme vêtue ou plutôt emmaillotée, selon toutes les apparences, d'une centaine d'écharpes de toutes les couleurs. L'implant d'Ankit traduisit la dispute du mieux qu'il pouvait, passant du mandarin à la logorrhée polyglotte que les failles en phase terminale induisaient :

> Ne reste pas là. Va là-bas, si tu peux. Ils donnent à manger, chez Krish…
>
> Nous avons fait du feu. Nous tous, ensemble. Nous les avons tous réduits en flammes.
>
> Fiche le camp, s'il te plaît. Je ne veux pas appeler la police. Tu fais peur à mes clients.
>
> C'est une bonne chose. Nous sommes des êtres de feu et nous allons tous vous réduire en cendres.

Joshi remporta le concours de vitesse. Il envoya un texto une heure plus tard pour lui dire qu'il n'avait rien pu obtenir. Il y avait trois injonctions différentes sur le dossier, du jamais vu en ce qui le concernait, et par ailleurs, qui c'était, ce dix-neuvième dalaï-lama ?

— Ah, peut-être, répondit Ankit. C'est ce que j'aurais aimé que tu me dises.

Mana décrocha la deuxième position. Elle appela le lendemain soir, un peu avant minuit. Quant à la fille de la Sécurité, elle ne donna pas signe de vie.

— Je t'envoie tout de suite ce que j'ai trouvé. Je ne pensais pas obtenir tant de résultats.

Ankit se demanda pendant une demi-seconde si elle n'allait pas attendre le matin. Elle était morte de fatigue et le message de Mana comprenait des dizaines de pièces jointes. Elle savait fort bien cependant qu'elle serait incapable de dormir avec ce trésor à portée de main. Elle prit tout juste le temps de se brosser les dents avant de se ruer dans sa chambre et d'ouvrir le premier fichier.

Quatre heures plus tard, elle était encore devant son écran.

Et deux heures après, elle appelait le bureau de Fyodorovna pour expliquer que, malade, elle prenait sa journée.

Ce qui n'était pas un mensonge. Elle avait des vertiges. La ville entière ne cessait de tourner sur elle-même. Ce qu'elle avait entre les mains avait de quoi vous pétrifier. Vous rendre malade.

C'est trop bizarre. Putain, vraiment trop bizarre.

Tout cela lui semblait factice, anormal, comme en ces rêves où le monde se décale d'une manière subtile et troublante.

Après tout, son poste n'était peut-être pas menacé. Fyodorovna pouvait encore gagner. Et elle allait peut-être pouvoir faire sortir sa mère du Placard.

Une seule solution à tous ses problèmes. Il lui suffisait de faire tomber un actionnaire. Simple comme bonjour. Et qui se souciait du fait que ce serait une première dans l'histoire de Qaanaaq ? Elle avait une arme à disposition. Voire deux ou trois. Martin Podlove avait peut-être un talon d'Achille.

Et puis, de toute façon, il y a un début à tout.

Soq

La Femme à l'orque était un fantôme. Entrevu de loin. Intouchable. Tous les jours, de nouvelles apparitions. Sur l'eau, sur des bateaux, sur la Plaque. En compagnie de l'ours, ou chevauchant son orque, ou seule – mais jamais sans sa lance. Et toujours en mouvement. Depuis le massacre de la plate-forme des Sports, impossible de la coincer. Certains peut-être savaient où elle dormait, où elle transbahutait ses affaires. L'argent, la peur ou le respect leur cousaient les lèvres.

Soq dressèrent des cartes. Tracèrent des lignes reliant les lieux où elle était apparue. Cherchèrent des récurrences. N'en trouvèrent aucune.

Soq rassemblèrent des images. Posèrent des questions. Aux marchands de nouilles, aux moissonneurs de glace, aux pilotes de barge, aux hommes qui remuaient les algues dans les bassins, tous trop heureux d'entretenir Soq du moindre détail de leurs rencontres avec la femme. Soq du reste n'étaient pas les seuls à les interroger. Tout Qaanaaq parlait de l'orcamancienne. Soq se demandaient qui n'était motivé que par la simple curiosité et qui, comme eux, travaillait pour un commanditaire, un parrain mafieux, un actionnaire ou les services de renseignement des nations étrangères, pour lesquels l'orcamancienne représentait une menace troublante, inexplicable, vitale.

Soq savaient quelque chose que tous ceux-là ignoraient. Même Go. Mais Soq n'en avaient parlé à personne, sans trop savoir pourquoi.

La Femme à l'orque avait peur de l'ours blanc. L'ours blanc n'hésiterait pas à la tuer s'il en avait l'occasion.

Qu'est-ce que ça voulait dire ?

Impossible de se pencher sur cette question sans s'attaquer à celle des nanoliés. Ce qu'ils étaient, comment fonctionnaient leur technologie ou leurs pouvoirs magiques. Mais où s'arrêtait la vérité, où commençaient les mensonges, la légende, les malentendus ? Les nanoliés, prétendaient de nombreuses sources, ne pouvaient être unis qu'à un seul animal. D'autres cependant mentionnaient des femmes liées à des volées entières d'oiseaux, un homme qui menait une meute de loups. Quoi qu'il en soit, la Femme à l'orque n'était certainement pas nanoliée à l'ours blanc. Alors... que fichait-elle avec lui ?

Rien de cela n'était officiel. Soq n'avaient pas arrêté les livraisons par glisters. Lorsque Dao leur avait assigné cette mission, il n'avait pas mentionné de tarif.

Il fut tout aussi discret sur la question lorsqu'il appela Soq quatre jours plus tard.

— Rapport d'étape ! aboya-t-il. Tu en es où ?

— Tout un tas de trucs sans importance, répondirent-ils en s'arrêtant devant l'entrée du Bras Trois.

Soq distribuèrent des coups de pied aux colonnes enchâssées dans le sol – dense bosquet de bornes urbaines que l'on pouvait faire surgir dans les moments de crise pour détourner des cortèges de manifestants ou disperser des foules indisciplinées – et dressèrent une longue liste de trouvailles si pathétiques qu'ils se sentirent obligés de présenter leurs excuses.

— C'est bon, commenta cependant Dao. Excellent, en fait.

— Pas d'accord, répliquèrent Soq. J'ai rien trouvé. Peau de zeb. Tout ce que j'ai déniché, ce sont des trucs que Go aurait pu choper en vingt minutes sur le net.

— Qu'est-ce qu'il te faudrait pour que ça aille plus loin ? demanda Dao.

Rire de Soq.

— S'il n'y avait pas de limites question pognon, je dirais, envoyez-moi à Nuuk. C'est la dernière ville flottante par laquelle elle soit passée avant Qaanaaq. Elle a zigouillé deux ou trois familles de boat-people. Une seule personne a survécu. Paraît-il. La leçon numéro 1, ici, c'est qu'avec la Femme à l'orque, on n'est jamais sûr de rien.

Suivit un long silence, pendant lequel Dao, peut-être, prenait des notes.

— Bon… Tu m'enverrais à Nuuk ?

— Non, répondit Dao avec un rire. Pour le moment, pas de voyage prévu pour toi.

Pour le moment. La promesse contenue dans ces trois mots fit frémir Soq.

Deux jours plus tard, pourtant, Jeong envoya une adresse.

— Ce n'est pas une livraison, précisa-t-il. Dao m'a parlé d'une réunion.

— D'acc, répondirent Soq.

— Mais quand est-ce que tu es devenu assez important pour qu'on te file des rendez-vous à des *réunions* ? demanda Jeong avec un gloussement non dépourvu de fierté.

— Depuis que j'espionne.

Leur sentiment de puissance perdura pendant toute la traversée du Bras Sept, jusqu'à l'adresse expédiée par Jeong (en chemin, ils croisèrent un singe à rayures bleues qui se battait contre une loutre et une femme échevelée qui demandait aux passants de l'aider à *cramer tout ce bordel*), jusqu'au pont d'une vieille péniche de bonne taille, jusqu'au vestibule…, puis, la porte franchie, il explosa telle une bulle de savon à la vue d'un homme ligoté sur une chaise.

— Te voilà. C'est bien, commenta Dao qui, perché sur un rebord de fenêtre, jouait avec un polymère à mémoire de forme.

Il tapa sur son écran et, d'oiseau, le polymère se fit danseuse. Il referma le poing sur la petite silhouette, la réduisant en bouillie.

— Voilà ce que tu avais demandé.

Le visage de l'homme était strié d'hématomes, ses vêtements maculés de sang.

— Ce que j'avais… demandé ?

— Le survivant. Le survivant du massacre de Nuuk.

— Et merde, Dao. Qu'est-ce que tu lui as fait ? Ce n'est pas ce que je voulais. Je n'ai jamais demandé qu'on tabasse qui que ce soit.

Aussitôt, Soq comprirent à quel point ces mots semblaient absurdes. Dao eut la bonté de ne pas leur répondre ce qu'ils n'imaginaient que trop bien : *Tu bosses pour une reine du crime, Soq. Tu pensais vraiment que ce serait sans douleur ni effusion de sang ? Tu pensais vraiment ne pas te salir les mains ? Qu'est-ce que tu crois qu'on fait chez nous ?*

— Cadeau, fit simplement Dao. À toi de voir ce que tu peux tirer de lui sans brutalité excessive. Appelle-moi si tu as besoin d'aide, de conseils ou… d'une intervention plus ferme.

— Et qu'est-ce que tu feras si… ?

— Je lui collerai une balle dans la tête. Je le raccompagnerai chez lui et lui offrirai un bain-mousse. Je ne sais pas, Soq. On en discutera en temps voulu.

Le sol était constellé d'entrailles de poisson séchées. Des bouts de carapace – crabe, homard ? – crissaient sous les semelles de Soq. Sur une antique table en bois, un brûleur à gaz, un wok et deux bouteilles en verre vert. La péniche appartenait-elle au pauvre gars tabassé, ligoté, que Soq avaient sous les yeux ? Les hommes de Dao l'avaient-ils remorquée depuis la lointaine Nuuk ? Ou n'était-elle qu'une des milliers de cachettes à disposition du gang de Go, dans Qaanaaq, parfaitement adaptées à ses trafics illicites ?

— Ôte-lui ses liens, demandèrent Soq.

Dao s'inclina. Et s'exécuta.

— Je suis juste à côté, précisa-t-il au prisonnier. Ne joue pas au con.

L'homme de Nuuk était jeune. Barbu, trapu. Un bandana aux couleurs du drapeau des États-Unis autour du crâne. Haillons crasseux, couleurs passées.

— Parle-moi de l'orcamancienne, dirent Soq.

L'homme ouvrit la bouche comme pour ironiser sur la situation. Puis il se ravisa.

— Vous êtes qui ?

— Je m'appelle Soq. Je travaille pour une entreprise de Qaanaaq.

— Oui, c'est ça. Une *entreprise*. Et vos collègues m'ont traîné jusqu'ici pour que je vous cause de la personne qui a tué mes parents. Pourquoi ?

Soq étaient sur le point de répondre lorsqu'ils se rendirent compte qu'ils ne connaissaient pas la réponse. Que voulait Go ? Éviter, avait expliqué Dao, que l'équation de ses jeux de pouvoir ne soit altérée par des variables inconnues. Mais si ce n'était qu'un mensonge ? ou une semi-vérité ? Si les informations collectées par Soq étaient destinées à nuire à l'orcamancienne ? Ce n'était cependant pas le moment de s'appesantir sur ce point. Du reste, l'une des nombreuses règles de survie qu'avaient apprises Soq dans leur enfance sans famille était celle-ci : la meilleure manière d'obtenir une information, c'est encore de tenir à l'informateur le discours qu'il veut entendre.

— Il se peut que mon employeuse la considère comme une menace. Qu'elle ait un compte à régler avec cette femme. Qu'elle veuille la détruire. Ce à quoi tu peux contribuer en nous parlant.

L'homme sourit.

— Je bossais. Je nettoie des pièges à homards. Je suis rentré chez moi – cette péniche, mes parents l'avaient en Amérique, ils sont partis avec... –, et ils étaient... morts. Mes grands-parents aussi. Elle, elle était encore là. Comme si elle m'attendait. Juste devant moi. Comme vous, là, en ce moment.

Soq regardèrent alentour. La péniche était donc la scène de crime. Ils fermèrent les yeux, essayèrent d'imaginer le massacre.

— Ça puait terriblement là-dedans. Elle était assise par terre, couverte de sang. Elle avait l'air de prier, de méditer... ou peut-être même qu'elle faisait la sieste, bordel.

— J'ai lu dans tous les rapports qu'elle t'avait frappé avec le manche de sa lance avant de partir.

— Exact.

— Elle ne t'a rien dit ? Elle t'a juste attendu pour t'assommer et se barrer ? Pourquoi se donner cette peine ?

L'homme considéra Soq d'un œil impassible. Se préparant déjà à recevoir des coups.

— Elle ne t'a vraiment rien dit ?

L'homme secoua la tête.

— Hé, reprirent Soq en empoignant une chaise tout amochée en plastique blanc (accessoire de la scène de crime, elle aussi ?). Donne-nous un coup de main. On peut t'aider à venger les tiens. Le peu que tu sais, ça peut nous servir. Elle t'a menacé, peut-être, si tu parlais de quoi que ce soit ?

— Non, cracha l'homme. Elle voulait que j'en parle.

— Alors raconte. Tu es en sécurité ici. On te protégera.

L'homme éclata de rire. Soq comprenaient très bien pourquoi.

— Impossible. Mes parents, mes grands-parents, c'étaient pas des tendres. Ils avaient des flingues. Des armes blanches. En pagaille. Et ils avaient commis… pas mal d'horreurs. Pour survivre. Elle les a bousillés comme si de rien n'était. Sans même se servir de ses… putain de bestiaux. Je ne sais pas ce qu'elle veut, je ne sais pas pourquoi elle est venue ici, mais elle va vous baiser. Et je ne donne pas cher des *entreprises* à la con qui se trouveront sur son chemin.

— Qu'est-ce qu'elle t'a dit ?

L'homme hocha la tête.

— Que les miens méritaient leur sort. Pas moi, en revanche. Et que je pouvais en parler, que tout le monde soit au courant.

— … Et ?

Le visage de l'homme, masque patiemment forgé d'impavidité masculine, s'affaissa. Rougit. Se décomposa.

— Elle m'a parlé de mon oncle, poursuivit l'homme d'une voix heurtée, comme s'il allait éclater en pleurs. Elle m'a demandé où il se trouvait.

— Et tu ne lui as pas dit. Pas tout de suite.

— Pas tout de suite. Mais elle a…

— Elle t'a fait mal, dirent Soq.

— Elle m'a fait mal. Elle m'a menacé…

— D'y aller encore plus fort.

— Oui.

— Alors tu lui as dit. Où ton oncle était.

Les larmes s'étaient mises à couler sur le visage de l'homme.

— Il travaillait sur un brise-glace. Je lui ai dit lequel. Pas plus.

— Mais tu as appris ensuite…

— Qu'il avait été tué. Une ou deux semaines plus tard. Il était seul sur le glacier, avec sa scie à glace. Il avait dû tomber… c'est ce qu'ils disaient. Il faisait bien quarante étages de haut, ce glacier. L'oncle est tombé sur la glace. Ça arrive tout le temps, ce qu'ils ont dit. Ils l'ont retrouvé deux ou trois jours plus tard. Ces traces de morsures, ces morceaux qui lui manquaient, ça pouvait être n'importe quel charognard.

Soq s'approchèrent de l'homme. Tapotèrent le bandana.

— Toi, tes parents… vous venez des États-Unis.

— Et on en est fiers, dit l'homme. Hier, aujourd'hui, demain.

— Même si votre pays n'existe plus ?

— Il existe dans nos cœurs.

Soq virent les cœurs de ses parents et de ses grands-parents, harponnés, arrachés à leur cage thoracique grande ouverte, piétinés.

— Croyants, tous ?

— Ça oui.

Bien sûr. Ils ont participé au massacre des nanoliés. C'est pour cela qu'elle les a écorchés vifs. À l'idée que la Femme à l'orque puisse avoir assez de force et de sagesse pour retrouver et punir les assassins des années plus tard, Soq se pâmèrent.

— Je me demande ce qu'ils ont fait, tes parents. Pendant la migration.

L'homme renifla. Le bruit était humide, épais.

— Ce qu'il fallait.

— Ce qui inclut le meurtre ?

— Vous autres citadins de merde, c'est un truc que vous ne pouvez même pas imaginer. Même pas concevoir. Tout le monde voulait la peau de tout le monde. Les Noirs contre les Blancs, les migrants contre les locaux. Et quand on n'était pas armés – je veux dire, lourdement armés –, on perdait tout ce à quoi on tenait.

Lui non plus n'aurait pas su imaginer ces scènes. Il était né bien plus tard. Ces histoires avaient nourri son enfance. Soq avaient vu des documentaires. La manière dont les anecdotes nourrissaient la peur, les mensonges, le « Ils Veulent Notre Mort ». On avait réalisé des tonnes de films sur la manipulation, les horreurs qu'on fait commettre aux gens qu'on a pu convaincre que leurs gosses étaient en danger.

Soq fermèrent les yeux. Ils la sentirent, l'orcamancienne, dans la même pièce qu'eux : ils ressentirent sa colère, la joie vengeresse qu'elle éprouvait à écraser ceux qui avaient anéanti les siens. Ce n'était plus une jeune fille. Elle voyageait depuis des lustres. La vengeance était-elle son seul moteur ? Soq rouvrirent les yeux. Non, ce n'était pas possible. Il y avait plus que l'effusion de sang, la violence, le châtiment des coupables. Soq ne savaient pas trop pourquoi cette pensée leur était venue, ni pourquoi ils s'y accrochaient si fermement.

Elle cherche quelque chose. Ou quelqu'un.

— C'est tout ce qu'elle t'a dit ?

— Oui.

— Merci, firent Soq en posant la main sur l'épaule de l'homme.

Ils regrettèrent de ne pas lui avoir demandé son nom.

L'Américain resta muet. Les larmes lui coulaient sur les joues. Il posa les mains sur les cuisses, paumes offertes – un geste étonnamment pacifique de la part d'un homme qui semblait n'être qu'angles tranchants et rage rentrée.

Soq sortirent sur le pont. Dao patientait, auréolé d'un nuage de fumée d'aiguilles de sapin.

— Un résultat ?

— Oui, dirent Soq. Je vais envoyer une note à Go.

Et que dirait-elle, cette note ? *En discutant avec cet homme, en me tenant dans cet espace, j'ai acquis une compréhension profonde, spirituelle, de ce qu'est la Femme à l'orque. Elle ne vous sera d'aucune utilité, ni sur le plan stratégique, ni sur le plan pratique.*

Soq franchirent d'un bond l'espace qui séparait la péniche de la ville.

— Dao ?

— Oui ?

— Je ne veux pas savoir ce que vous allez faire de ce type.

Dao fronça les sourcils.

— Soq, un jour ou l'autre, il faudra bien que tu affrontes les conséquences de nos actes.

— Je sais ! répliquèrent Soq. Mais pas aujourd'hui.

Kaev

Pour la troisième fois en douze heures, Kaev traversa le Bras pour aller pisser dans l'océan. Et même ces quelques pas lui coûtaient, entraînant une infime réduction du calme souverain qui l'avait envahi. Dès qu'il eut fini, il se hâta de se rasseoir sur la barre de métal qui lui servait de siège.

Il avait dû dormir un peu. Difficile à dire. Son corps lui donnait l'impression de ne plus avoir besoin de rien : ni sommeil, ni nourriture, ni sexe, ni lutte – pour la première fois de sa vie, le ring n'avait plus d'attrait à ses yeux. Tout était souffrance mais rien ne faisait mal. Une marchande avait installé son étal de nouilles près de lui. De temps en temps, des bouffées d'air tiède, à la douce saveur, lui giflaient le visage. C'était bon, mais quand le vent tournait, ça ne lui manquait pas.

Narcisse. L'homme qui tomba amoureux de son propre reflet et qui s'épuisa à le contempler dans les eaux. Pourquoi cela lui revenait-il à la mémoire ? Pourquoi son esprit s'était-il remis en branle ? Pourquoi les cours, les maths, l'histoire, les mythes, tout ce qui jusqu'alors lui avait échappé, tout ce qui avait refusé de prendre sens dans son esprit, lui paraissaient soudain limpides ? Là où les souvenirs n'avaient été que tumulte incontrôlable, recrachant les choses indésirables et lui cachant ce qu'il désirait le plus, ils cédaient désormais volontiers à ses désirs. Qu'il pense à son enfance, et elle s'offrait à lui. Familles d'accueil. Et même : avant cela, époques qu'il n'avait jamais pu faire revenir à lui, lieux qui n'étaient pas tant des souvenirs matériels que des émotions, des sensations de sécurité, de peur, de fuite. D'autres personnes : une mère, un frère ou une sœur… ou n'était-ce pas une grand-mère et un animal familier ? Car en cette phase qui précède la mémoire, les choses n'avaient pas de nom, les gens pas de place déterminée dans le schéma parental ou social.

— Hémorroïdes, déclara la marchande de nouilles. Si tu restes assis sur du métal froid trop longtemps, tu vas choper des hémorroïdes.

— Merci, répondit Kaev, qui ne bougea pas pour autant.

La marchande s'empara d'une toile cirée verte, passablement chiffonnée, la plia en un rectangle irrégulier et la tendit à Kaev. Il la prit, la remercia d'une inclinaison du torse, l'installa sur la barre, se rassit. Oui, c'était mieux.

La marchande avait du succès. Ses clients avaient envahi toutes les surfaces disponibles, y compris la barre d'amarrage, et avalaient ses bols de soupe. Avec un roulement incessant : quand bien même on n'a nulle part où aller, on n'aime pas s'installer dans le froid.

Kaev savait bien qu'il lui faudrait bouger. La

Sécurité finirait par débarquer pour lui demander de dégager. Qu'il refuse, et les services de la Santé interviendraient. Le jour, le pare-vent amplifiait la chaleur du soleil, mais le crépuscule approchait et ceux qui préféraient ne pas chercher refuge à la nuit tombante risquaient d'être considérés ipso facto comme des déséquilibrés et interpellés. Kaev ne pouvait pas se permettre un nouveau séjour au Placard. Même si cela lui avait été utile, autrefois. Vaguement. Le coût était trop considérable. Et quel qu'ait été le bénéfice de ce séjour, il n'avait pas survécu à son retour à la liberté. Donc, si les services intervenaient, Sécurité ou Santé, il serait contraint de s'en débarrasser par la force des poings. Ce qui ne ferait qu'accroître ses problèmes.

— T'es nouveau, toi, dit la marchande.

— Non, très vieux.

— Pas autant que moi, fit-elle avant d'éclater de rire.

Ça devait faire une bonne heure, deux peut-être, qu'il était perché sur la toile cirée. Une heure, une semaine : pour lui, c'était la même chose. Les clients n'étaient plus si nombreux. Le Bras Huit avait retrouvé des airs de désert urbain, même si Kaev savait que ce n'était qu'une apparence.

— Tiens, dit la femme en lui tendant un bol de nouilles.

— Non, je n'ai pas un sou.

— Tu crois que je ne le sais pas ?

Nouveau rire. Qu'est-ce qu'il l'aimait, cette femme. Mais dans cet état de parfait bonheur, il aimait tout le monde.

— Personne ne résiste à mes nouilles. Si tu avais eu un peu d'argent, tu n'aurais pas tenu aussi longtemps.

— Merci.

— Et puis, de toute façon, tu m'as déjà payée.

— Ah bon ?

— Oui, tu m'as donné quelque chose qui a autant de valeur qu'un billet. Je t'ai vu combattre. Contre Hao Wufan. Ah, le pauvre.

— Oui, terrible, répondit Kaev en se penchant sur le bol.

La vapeur le réchauffa. Mais de quoi parlait-elle ? Qu'était-il donc arrivé au gamin ?

— Il y a des gens qui ne sont pas prêts à gagner, dit-elle. Toi, tu te bats joliment bien. Je t'avais déjà vu sur le ring.

— Je te l'ai dit, je suis vieux. Je suis lutteur depuis des lustres.

— Un second couteau, dit-elle.

Donc, elle était une vraie amatrice de combat, assez experte pour apprécier le rôle de Kaev dans le système. Pas fréquent, ça. Il arrivait encore qu'on le reconnaisse dans la rue, ce qui lui faisait toujours plaisir, mais la plupart des amateurs du dimanche le prenaient pour un demeuré, un perdant.

— Alors, ces nouilles, c'est le remboursement d'une dette. Pour tout le plaisir que tes combats m'ont donné.

— Je te rassure, tout le plaisir est pour moi, dit-il en lui rendant le bol vide. Et merci. Elles étaient délicieuses.

La marchande aussi finit par plier bagage. Elle reprit la toile cirée non sans s'excuser.

— Que je ne te revoie pas demain matin, toi.

Les hommes avaient sûrement attendu qu'elle file : leur apparition fut bien trop rapide. Ils étaient douze, en costume noir – terne uniforme des hommes de main des gangs. Mains glissées sous le veston, serrant visiblement une arme. Dao était du nombre, visage souriant, gestes sans hâte. Les muscles des cuisses de Kaev se tendirent, prêts à adopter la position du cavalier. Il baissa sa capuche, qui gênait sa vision périphérique. Le vent froid aiguisait ses sens.

Au large du Bras, quelque chose émergea des flots. Une otarie, commença par se dire Kaev en se retournant, elles étaient légion dans les décharges de Qaanaaq, les monceaux d'entrailles de poissons. Non, la créature était massive, plus grande qu'une otarie – le plus gros être vivant que Kaev ait jamais vu de près. Et blanc.

L'ours polaire ouvrit les yeux et regarda Kaev.

Et à cet instant, Kaev eut la sensation d'être libéré de son corps. Une bouffée de bonheur le submergea, aussi tiède que le soleil, aussi jouissive qu'un millier d'orgasmes. La paix qu'il avait ressentie en ce lieu était dix fois plus ample que la joie du combat, mais cette nouvelle sensation était à son tour dix fois plus intense que cette sérénité.

— Salut, Kaev, dit Dao.

Ses hommes et lui tournaient le dos à l'océan. Ils ne pouvaient voir l'animal.

— Ça fait un moment que tu es assis là. J'imagine que cela veut dire que tu avais envie que nous te mettions la main dessus.

Kaev ne l'entendit pas.

Nous sommes un, pensa-t-il, le regard rivé à celui de l'ours blanc.

Et la sensation était… différente. Solide. S'il avait détourné le regard, s'il avait reculé d'un pas, elle n'aurait pas diminué, se disait-il. Maintenant qu'il l'avait trouvé, maintenant qu'ils s'étaient reconnus l'un l'autre, ils étaient liés. Rien au monde ne pouvait briser ce lien. Rien ne pourrait plus jamais, jamais l'atteindre, se disait-il. Rien ne pouvait brouiller son esprit. Et il voyait maintenant le fonctionnement du monde d'un œil neuf.

— Dao, dit-il en se retournant, les paupières battantes, partez tant qu'il est encore temps.

Dao s'esclaffa, imité par quelques-uns de ses hommes.

— Dans tes rêves, Kaev.

Il lui tendit une dizaine d'attaches de câble.

— Tu permets qu'on te passe ces petites entraves ? Ou il faudra en passer par la case total combat ?

— Il faut que vous partiez. Tout de suite.

Nouveaux rires. Dao avança d'un pas. L'un de ses sbires tendit brusquement le bras et lança un petit objet, la version qaanaaqienne du *shuriken*, un éclat de verre de pare-brise bien aiguisé. La pointe s'enfonça dans la joue de Kaev avec une précision diabolique – ce n'était qu'un avertissement, mais il était sans tendresse.

Kaev poussa un grognement de douleur, un grognement plus massif que lui. L'ours blanc s'extirpa rugissant des flots à un ou deux mètres de la Plaque, près des hommes de main. L'eau ruisselait sur son pelage : il semblait être d'eau, il en avait la vélocité, l'implacabilité. Il tournoya sur lui-même, happa l'un des compagnons de Dao, le fit tomber à la mer puis plongea à sa suite, avant que les autres aient pu le viser et tirer.

Kaev ferma les yeux pour se retrouver *sous* l'eau, serrant les mâchoires sur le bras de l'homme, l'entraînant vers le fond, jusqu'à ce qu'il sente la chaleur du cône géothermique, jusqu'à ce que l'homme, privé d'air, ouvre la bouche, inspire de l'eau, que l'ours le relâche avant de repartir vers la surface…

Kaev rouvrit les yeux : les hommes couraient en tous sens, revolvers braqués sur l'océan. Gesticulant, hurlant, ne sachant pas où l'ours allait resurgir. Et Kaev savait, d'une manière ou d'une autre, que l'ours voyait par ses yeux, qu'il savait où les hommes se tenaient. Qu'ainsi, il émergerait à l'endroit le plus sûr, ménageant son effet de surprise. Juste avant qu'il revienne à la surface, Kaev poussa un cri et courut vers les hommes de Dao. Ils se retournèrent vers lui, prêts à tirer. L'un d'eux fut empoigné par l'ours avant de pouvoir presser la détente : l'ours l'attrapa par le mollet, le fit tomber à l'eau, lui cassa une jambe comme il l'aurait fait d'une brindille, puis la deuxième. Kaev s'accroupit pour éviter les tirs des autres, en bouscula un, le déséquilibra, lui arracha son arme des mains et la retourna vers ses complices, garda l'index serré sur la gâchette pour faire pleuvoir les balles sans viser.

La peur dans les yeux de ces hommes coincés

entre l'ours et lui, voilà qui le faisait sourire. Deux belles machines à tuer. Qui n'étaient plus qu'une, un même organisme. Agissant de concert sans recourir ni au langage, ni à la stratégie, ni au raisonnement. Un même animal. Dao hurlait des ordres – *Concentrez-vous sur l'ours !* – tout en prenant la fuite pour ne pas y passer, mais cela ne suffit pas. Ces gens aux armes efficaces, aux esprits séparés et fragiles, ne pouvaient pas s'oublier, ni se fier à l'autre, ni savoir ce que l'autre était censé faire. L'ours fut atteint par une première balle, puis une seconde. Kaev en éprouva de la douleur, en même temps qu'il ressentait la rassurante témérité de l'animal.

Les bêtes vivent dans l'instant. Elles ne s'inquiètent pas de savoir si elles ne vont pas se vider de leur sang, mourir. Les blessures de l'ours étaient superficielles. Leurs ennemis succombèrent d'horrible et prompte manière.

Fill

Portes rondes. Vitres dépolies qui ne laissaient passer que la lumière. Lanières de cuir qui puaient la sueur, la peur, de résidents inconnus.

À cause des failles, les rêves s'insinuaient dans la vie éveillée, si bien qu'il s'interrogeait sur la réalité du tout, se demandait si ses souvenirs lui appartenaient vraiment – mais les failles modifiaient également ses rêves. Les étiraient, consolidaient leurs contours. Une courte sieste pouvait lui procurer des heures et des heures de rêves dont il se souvenait. De surcroît, en dépit de ses efforts, il n'arrivait plus à se réveiller d'un cauchemar.

Injections. Isolement. Une forme noire passant devant la fenêtre en battant des ailes.

Le pire, c'était celui-là. L'instant d'avant, il s'endormait sur un banc, dans la barque d'un parc sous bulle, et soudain, en un clin d'œil, il se retrouvait là. Coincé, enchaîné, entravé comme Prométhée. Sanglé à un lit, sachant très bien, au fond de lui-même, que personne ne viendrait le tirer de là. Mais espérant tout de même un éventuel sauveur.

Le Placard. C'était sûrement ça. Des jours entiers. Des mois. Des années.

Qui était-il ? Ces souvenirs ne lui appartenaient pas. Fatalement. Il se tâta le visage, essaya d'en déduire ce à quoi il ressemblait. Mais la douleur et la solitude lui engourdissaient l'esprit. Il se souvenait de lui-même. De son nom. De ses recherches : les Disparus. Les privilèges des actionnaires. Quand on veut gagner cent millions, il faut se salir les mains.

La plupart des gens ne voient qu'une Qaanaaq, à l'intérieur de laquelle ils vivent leur vie. Le Bras où ils habitent, le petit coin où ils travaillent, les amis et les proches qui constituent leur monde. Une Qaanaaq intime, qui n'appartient qu'à eux, modelée par l'histoire, la santé mentale, leur situation socio-économique. Quelques-uns parviennent à déménager dans une autre Qaanaaq, où les fortunes des uns et des autres changent. Ce peut être une ville meilleure, mais en général, elle est plus laide.

Nous avons de la chance, vous et moi. Des Qaanaaq, nous en voyons tant. Nous pouvons évoluer d'une ville à l'autre, d'une Qaanaaq à l'autre, regarder par les yeux de nos voisins, nous embarquer dans leurs histoires, d'abord au hasard, car le mouvement est trop rapide pour être contrôlé, bientôt, pourtant, vous apprendrez à les convoquer comme des souvenirs.

Un autre processus l'affectait, plus excitant qu'horrible. À présent, il n'écoutait plus *Ville sans plan* de la même oreille. Il n'avait plus tant l'impression d'être un intrus. Parfois, il avait même l'impression que les émissions lui étaient destinées. À lui.

Ils avaient peut-être tort, dans ce cas, ceux qui pensaient que *Ville sans plan* s'adressait aux nouveaux arrivants. La vraie cible, c'étaient peut-être les faillis, qu'ils viennent ou non d'arriver à Qaanaaq ?

Un peu avant l'aube, son implant maxillaire bourdonna.

— Tu as des infos sur les Chasseurs de Lecteurs ? lui demanda Barron d'une voix excitée, lointaine.

— Une perte de temps, répondit Fill, qui décida de ne pas s'offusquer qu'on l'appelle à une heure aussi matinale. Des fans de *Ville sans plan* qui se donnent pour mission de retrouver ceux qui prêtent leur voix aux épisodes, dans l'espoir de découvrir, en parlant avec eux, l'origine de ce programme.

— Ça ne t'intrigue pas plus que ça ?

— Je crois qu'il est peu probable que cela donne quoi que ce soit. Et même si tu pouvais vraiment en trouver un, il me semble probable que l'Auteur leur a donné l'ordre de ne jamais rien révéler. Ou bien le système est suffisamment sécurisé pour qu'ils n'aient jamais eu d'interactions avec ledit Auteur.

— Soit, admit Barron. Mais ça ne te dit pas d'essayer ? Si tu avais un Lecteur sous la main ?

— Bien sûr.

— Parfait. J'en tiens une.

— Tu… tu as vraiment déniché une Lectrice ?

Grognement affirmatif de Barron. Fill ne répondit pas. Il avait la bouche sèche. Il but une gorgée de café : aucun effet. Pourquoi son cœur battait-il si fort ?

— Tu veux dire toi-même ? En personne ?

— Un ami. Un type qui vient d'un des forums que je fréquente. C'est une coïncidence absolue, en fait. Il n'écoute pas souvent, mais il venait tout juste d'entendre une des émissions quand il est allé acheter des fruits. Il a suffi que la vendeuse ouvre la bouche pour qu'il reconnaisse la voix.

— Si c'est vrai, et s'il a diffusé son identité, son adresse, elle doit être déjà prise d'assaut par les fans. Le temps que nous la retrouvions…

— Exactement. Non, il n'a rien diffusé. Il m'en a parlé directement.

L'histoire semblait trop belle pour être vraie, mais Fill était d'humeur mélodramatique, complaisante et irresponsable. Il nota les coordonnées de la supposée Lectrice et accepta de retrouver Barron devant chez elle.

Le rêve revint. Ou plutôt il y replongea, comme si le sol s'ouvrait et qu'il était précipité dans une mer glaciale. En constant mouvement, en accélération, stoppant net. Quelle que soit la personne dans les souvenirs de laquelle il était enfermé, elle avait connu, dix ans après son arrivée, de grands changements. Elle n'était plus seule. Elle avait accès à la lumière. Changement d'équipe, changement de politique. Ordre énigmatique émanant d'un logiciel indéchiffrable. Accès à des zones communes, d'abord sous surveillance. Puis librement. Discussions. Amis. Et même un écran – sans connexion, mais chargé de textes approuvés et pourvu d'un stylet pour dessiner. Fill vit passer sous ses yeux des milliers de croquis. Des oiseaux, toujours des oiseaux.

Buse en vol. Buse perchée sur son nid. Buse en chute.

Chagrin : paralysant, assassin. Une douleur telle qu'il n'en avait jamais éprouvé. Douleur et culpabilité.

Bien réel. Il y avait des gens qui vivaient ainsi. Dans sa ville, celle qui lui appartenait, celle qui l'avait nourri et gâté, qui lui avait donné tout ce qu'il désirait et plus, la ville que son grand-père avait contribué à bâtir.

— Je suis désolé, dit-il, ce qui était sincère.

Trois mots qu'il avait hurlés en se réveillant.

Masaaraq

En ces temps les gens venaient encore avec des appareils photo en nous disant qu'ils allaient Hurler au Monde Entier ce qui nous était arrivé – et ce n'était pas fini. Pauvres nanoliés, victimes de l'oppression ! Victimes impuissantes d'un massacre brutal ! Ils arrivaient, jeunes, pleins d'énergie et de foi : comment leur en vouloir d'avoir passé leur vie dans des enclaves sécurisées, tandis que nous autres pataugions dans la merde la plus totale ? Apparemment, nous ne parvenions jamais à les satisfaire, et notre absence de gratitude les attristait, nos visages moroses, hésitant entre apathie et hostilité, les irritaient. Ils s'offusquaient de notre absence de sourires, de notre main jamais tendue, de notre incapacité à bavarder, à les traiter avec l'ouverture d'esprit qui était sans doute monnaie courante chez eux. On ne pouvait pas leur reprocher leur ignorance du vrai fonctionnement du monde. Ils ne comprenaient pas que la courtoisie présuppose un certain dénominateur commun. Tout le monde peut se permettre d'être amical envers tout un chacun, là où l'extermination du voisin n'est pas de mise.

Ils pensaient que nous allions leur accorder notre amitié. Ils étaient persuadés que nous les adopterions, tous autant qu'ils étaient. Ils voulaient être liés, ils voulaient être spéciaux, ils voulaient voler avec les aigles, hurler avec les loups. Ils virent mon orque ; ils me prirent pour une déesse. Ce que je n'étais pas. Les dieux ne peuvent être tués. Les dieux ne vivent pas comme des réfugiés qui voient mourir sous leurs yeux ceux qu'ils aiment.

Aucun de nous ne se donna la peine d'expliquer quoi que ce soit. Ils n'auraient pas compris. Ils n'auraient pas cru. Ils avaient tellement envie de penser que leur visite allait changer les choses, qu'une fois qu'ils auraient Averti le Monde Entier, il se passerait quelque chose. Nous serions sauvés. Nous étions un Bon Sujet. Ce qui, à leurs yeux, devait suffire. Des victimes de la Multifurcation. L'une de ces milliers de communautés qui s'essayaient à une certaine autonomie, poursuivie ce faisant par une autre ou plusieurs de ces mêmes communautés, avec un gouvernement fédéral qui n'était plus qu'une coquille vide quand il s'agissait de protéger les citoyens. La bête mourait de faim ; on lui avait arraché les griffes et les crocs ; la Cour suprême était incapable d'inspirer le moindre respect pour ses décisions, les bombardements l'ayant condamnée à la clandestinité.

Ils ne comprenaient pas, ces mignons jeunes gens, mais, tôt ou tard, ils se rendraient compte. Et quelle raison aurions-nous eue d'en faire nos amis, de leur ouvrir nos cœurs ? Un jour ou l'autre, ils rentreraient chez eux. Pour ne jamais remettre les pieds ici. Quand le flot s'est tari, nous nous en sommes félicités. Et nous avons plaint les pauvres crétins qu'ils avaient sans doute élus Bon Sujet du jour. En leur absence, nous n'éprouvions plus le besoin de serrer les mâchoires, d'enterrer nos émotions, d'entraver nos peurs.

C'était le matin, le pire moment, quand Ora conduisait les enfants à l'école – si l'on pouvait appeler cela une école. Une seule salle de cours, où tous les enfants, de cinq à quinze ans, s'entassaient et faisaient de leur mieux pour retenir ce que leur racontait un type qui n'avait jamais donné un cours de sa vie avant que surviennent nos problèmes. Nous autres, chasseurs et chasseuses, nous partions, à six ou sept parfois seulement, et nos animaux étaient hirsutes, décharnés, affamés – leurs amis n'étaient plus là, leur faim et leur solitude résonnaient lourdement sous nos crânes.

Quand j'en prenais conscience, j'avais l'impression que mon cœur se brisait. C'est que je connaissais la fragilité de ce que nous avions, de ce qu'on nous avait laissé, et la facilité avec laquelle ça pouvait encore nous filer entre les doigts.

Puis je rentrais de la chasse et suivais des yeux l'énorme oiseau tournoyant dans les cieux, la buse à poitrine noire d'Ora, invraisemblable et magnifique : s'il était permis à une si belle créature d'exister, alors il nous restait peut-être une vague chance. En fin de compte, le monde n'était peut-être pas essentiellement et fondamentalement foutu.

Elles se suivaient et se ressemblaient, ces banlieues abandonnées, ces rangées de maisons vides

– canalisations contaminées, routes dévastées –, ces communautés dépendantes de transports en commun disparus, de boulots dans des villes devenues des enfers de sauvagerie, chacune étant le décor d'une série de conflits civils à petite échelle, auxquels il fallait ajouter les évacuations de masse, les invasions des seigneurs de guerre, les représailles à base d'armes biologiques de synthèse. Nous demeurions dans ces belles maisons aussi longtemps que possible, avant de reprendre la route.

Nous résidions dans le village en question depuis six mois ; nous n'étions plus qu'une quarantaine. Six mois plus tôt, avant la dernière attaque surprise et le massacre qui avait suivi, nous étions une centaine. Un an plus tôt, plus de deux cents. Ils finissaient toujours par nous retrouver.

Nous rencontrions parfois d'autres communautés, des nomades comme nous, ou des sédentaires accrochés comme des palourdes à un unique immeuble ou à une cité. Certaines étaient horribles, même si les pires seigneurs de guerre, souffrant d'un vilain patriotisme en phase terminale, préféraient vivre au sud de l'ancienne frontière, c'était cela d'ailleurs qui nous avait fait fuir au Canada, à l'origine. La plupart des gens croisés dans les villages étaient des gens honnêtes et bons qui ne cherchaient qu'à survivre, armés, en général, d'une certaine croyance, d'une pratique ou d'une technique avancée qui les avaient fait bannir de leur pays d'origine. De temps à autre, quand l'hiver était mauvais, quand nous avions besoin de bras pour les cultures ou que nos communautés décidaient d'entretenir des relations, ne serait-ce que pour quelques jours ou semaines, nous discutions entre nous de la possibilité de nous ouvrir à elles. De les accepter. De partager notre sang. De consentir à ce qu'elles se lient.

Blasphème ! C'était impensable. Il en était parmi nous auxquels cette idée donnait la chair de poule. Ce n'est pas la raison pour laquelle je m'y suis opposée. Si j'ai dit non, c'est que le partage de notre sang équivalait, pour le récipiendaire, à une condamnation à mort.

Rien ne les arrêterait. Où que nous soyons, ils nous retrouveraient, ils nous traqueraient. Le Fléau, la Peste, la Pestilence, ils se donnaient de ces noms aux accents qu'eux jugeaient effroyables. Nous, nous étions plus lucides : ce n'étaient que de pauvres crétins au ventre vide, comme nous. Des malheureux auxquels on avait tout pris, comme à nous, et dont la colère se retournait contre le monde extérieur, car on l'avait soigneusement attisée à cet effet. De puissants personnages prenaient des décisions atroces, menant tout le pays vers une sanglante impasse, des milliers de gens plus ou moins responsables des problèmes étaient la cause de terrifiantes catastrophes, mais tous, sans exception, avaient leur bouc émissaire. Certains étaient arrêtés, incarcérés, ligotés, kidnappés et décapités sur internet, pour que tout le monde puisse être témoin. Mais, pour l'essentiel, les Affreux montaient leurs victimes les unes contre les autres et prenaient la tangente pendant que ces pauvres idiots s'entre-tuaient.

Pour les groupes pharmaceutiques, c'était nous.

Nous, et quelques autres communautés affligées de terribles maladies ou de dons terrifiants, cela revenant le plus souvent au même. La Dérégulation avait eu des effets hideux. Les gens devenaient des cobayes sans le savoir, quand on ne leur mentait pas sur les substances testées.

Nous n'aurions pas dû être de ce monde. Nous étions la preuve vivante que des crimes horribles avaient été commis par quelqu'un qui, habilement, avait su réveiller les passions meurtrières d'une bande d'intégristes armés jusqu'aux dents. Nous étions une abomination, leur racontait-il, une insulte à la loi divine, qui dit que l'humanité doit avoir le pas sur les animaux. Ces crétins, bien sûr, ne furent que trop heureux de gober ça, trop heureux de faire porter le chapeau à un groupe d'individus qui avaient le malheur d'être différents et qui ne voulaient qu'une chose : qu'on leur fiche la paix. Des siècles plus tôt, ç'avait été les immigrés, les Noirs. Il y avait toujours des boucs émissaires. C'était sur ces fondations que ce pays s'était construit, *Je t'ai tout pris, et maintenant, je t'explique que c'est la faute de ton voisin, car il n'a pas la même tête que toi.*

Les gosses à l'école, Ora au travail, et moi partie chasser, c'était dans ces moments que je ressentais la peur. Que je comprenais à quel point nous étions faibles. Ça me prenait, j'avais envie de rester à la maison, de ne pas les laisser partir, de me planter sur le seuil, lance à la main, d'attendre les mauvaises gens qui oseraient s'attaquer à ceux que j'aimais, même s'ils étaient trop nombreux, ces gens, même s'ils avaient des armes que nous aurions dû craindre, même si j'aurais rapidement succombé.

Deux ou trois colporteurs, en route vers le nord, nous racontèrent qu'ils avaient vu les navires de la Peste. Des dizaines de dépouilles pendaient à leur bastingage, des deux côtés. Les peaux arrachées aux animaux de nos camarades morts.

— C'est peut-être un piège, dirent certains chasseurs.

Si bien que la plupart ne suivirent pas le mouvement. J'étais la seule qui disposait encore d'une orque, celle qui pouvait le plus facilement récupérer des infos et m'enfuir ou, en cas de confrontation directe, infliger des vrais dégâts à l'ennemi. Ils m'ont demandé d'y aller et je n'ai rien dit, pas même lorsque j'ai serré Ora et les petits dans mes bras, sachant que nous ne nous reverrions peut-être jamais. Mais tels nous étions, tels nous vivions, ce que ces gamins avec leurs appareils photo n'auraient jamais pu saisir. On ne leur avait pas donné ça à voir, ils n'en avaient pas le droit. Personne n'en avait le droit. Ni eux, ni ces gens qui regarderaient leurs photos, leurs films – ce Monde auquel ils parleraient de nous, ce Monde qui nous verrait, qui pleurerait sur notre sort et qui reviendrait gaiement à ses petites affaires en faisant comme si le reste de la planète n'était pas en feu.

Nous avons longé la côte vers le sud. La mer était de plus en plus immonde, épaissie par des substances toxiques. La nourriture se faisait de plus en plus rare. Nous n'avons jamais trouvé ces navires de la Peste. Nous avons rebroussé chemin. Nous sommes revenus. À la maison. La dernière en date.

C'était peut-être un piège, après tout. Un mensonge. Si tel est le cas, ça ne leur a servi qu'à une chose, me permettre de sauver ma peau. Quand je suis revenue chez nous, j'ai compris qu'il n'y avait plus que moi.

Pas de corps. Ni humains, ni animaux. Un paysage maculé de noir et de rouge. Du sang. Des décombres carbonisés. J'ai retrouvé notre miroir de salle de bains dans les gravats. Le mot « Taastrup » y était inscrit. J'ai reconnu l'écriture d'Ora. J'ai voulu croire qu'elle avait survécu, elle et nos deux petits, ne laissant chez nous que l'ours polaire de notre fils. La bête, je l'ai retrouvée dans la cave de notre petite école. Un coup de notre fils, ça, me suis-je dit – il avait caché l'ours pour le protéger. Ora n'aurait jamais consenti à cette séparation, elle était trop intelligente pour cela. J'ai frémi en pensant à ce que pouvait être la vie de cet enfant sans l'ours auquel il était lié. Et j'ai juré de la retrouver. De les retrouver tous les trois.

Mon orque Atkonartok et moi, nous avons pleuré une journée entière. Pleuré notre peuple assassiné. Je me suis couchée ventre contre glace et j'ai regardé la mer noire. Atkonartok tournoyait dans les vagues. Chacune accroissait la douleur de l'autre, lui en renvoyait écho, tant et si bien que j'ai fini par craindre qu'elle nous coupe en deux. C'est la faim qui nous a sauvées. La faim réveillait sa férocité, ce qui en retour stimulait la mienne, et nous avons arrêté de nous plaindre.

Je lui ai apporté des brassées de neige ensanglantée, des bouts de chair, des lambeaux de vêtements. Atkonartok séparait ceux de notre peuple et ceux des gens qui l'avaient assailli. Elle pouvait isoler leurs marqueurs phéromoniques, aussi uniques qu'une empreinte digitale. Elle flairait leurs corps, leur transpiration, leurs cheveux, leurs déjections, leur histoire. Et de ces éléments, elle déduisait leur forme, leur poids, leur âge, leur force.

Quarante assaillants, en tout. Quarante monstres à traquer. Comme elle distinguait leurs silhouettes, je les distinguais aussi. On s'est remises en route. Cherchant les nôtres perdus, ceux dont nous n'avions pas retrouvé les corps, ceux dont nous savions qu'ils s'étaient échappés – et traquant ces quarante formes floues.

D'abord, Taastrup. Je scrutais le ciel. Passais plus de temps à l'observer que je n'en accordais à la mer, aux terres traversées. Je cherchais un rapace à la poitrine noire.

Quête qui pouvait durer jusqu'à la fin des temps. Je savais qu'en fin de compte, ce serait elle peut-être qui me sauverait. Je savais que cela prendrait tant de temps que lorsqu'elle me retrouverait, elle ne serait plus elle. Et je ne serais plus moi.

Nous avons trouvé nombre de ces monstres. Dans les villes de la terre et les villes de la mer. Tôt ou tard, s'il s'en trouvait, Atkonartok flairait leur piste. Je les écartelais ou les poussais dans la mer, pour qu'elle puisse, sans se presser, les réduire en petits morceaux. Certains nous parlèrent, nous donnèrent des noms, des lieux. D'autres n'avaient rien à nous dire. Ils connaissaient un sort semblable.

Mon but n'était pas la vengeance, mais chaque nouvelle tuerie apaisait mon chagrin et ma colère de ne pas pouvoir retrouver Ora. Et les enfants. Les meurtres m'ont donné la force de poursuivre.

Mes sœurs, mes mères, la longue lignée des générations : elles m'accompagnaient. Elles nous accompagnaient. Nous les avions en nous. Nos ancêtres ne nous quittent jamais. Ora le savait, elle avait essayé de me l'expliquer. Notre peuple, disait-elle, comprend la mort, le deuil, l'héritage de nos aïeux. Nous ne perdons jamais ceux que nous aimons, quand bien même nous le souhaiterions, et cela, le monde occidental l'avait perdu de vue – une leçon oubliée par eux, réapprise par nous, raison pour laquelle les nanites ne nous avaient pas tués, ne nous avaient pas rendus fous, mais nous avaient offert ce don, cette malédiction.

Un jour, j'ai revu une de ces filles. Une de celles qui étaient venues chez nous, appareil photo en bandoulière. Plus si jeune. Et sans appareil photo. Près d'un feu allumé dans un bidon, dans un camp de transit, en Écosse. Je crois qu'elle m'a reconnue. Son visage est resté aussi neutre que le mien. Je me suis sentie triste pour elle. Et furieuse contre moi. J'ai profité de ce moment, de ce bref moment, pour pleurer les miens, avoir du chagrin, ressentir pour cette femme des émotions que je ne m'étais jamais autorisées pour les miens ou pour moi, car nous sommes depuis l'enfance habitués à cela, mais pas elle, car ceux qui ne connaissent la souffrance que par les histoires ne sont aucunement préparés à se retrouver héros de l'une d'elles.

Kaev

Kaev se réveilla dans le noir. Il y avait une paroi de métal de l'autre côté de laquelle l'eau gargouillait. Une lourde respiration se faisait entendre à côté de lui. Où se trouvait-il ? Comment y était-il parvenu ? Il ne ressentait ni angoisse ni peur. Ce qui n'était pas normal, songeait-il obscurément. Il aurait dû être mort de peur. Mais ce moment de lucidité ne dura pas et le sommeil le reprit.

Jusqu'à ce qu'il se réveille, quelques heures plus tard, dans la lumière. Une pièce étroite. Un plafond haut. Le lit le plus confortable dans lequel il ait jamais dormi.

Un lit qui respirait. Un lit qui n'était pas du tout un lit, mais un ours blanc. Une de ses lourdes pattes velues reposait sur ses jambes. Griffes d'ébène, qui l'auraient étripé d'un seul revers.

Et pourtant : toujours pas peur. Il savait, à un niveau plus profond que celui de la conscience humaine, que cet animal ne lui ferait pas de mal. Que son bonheur, qui pour le moment sommeillait tranquillement, comme la bête, était celui de Kaev et le bonheur de Kaev celui de la bête. Il resta couché un bon moment. À regarder l'ours dormir.

À sentir couler sans obstacle le flot régulier, harmonieux, de ses propres pensées.

Il se souvenait. Rassemblait les images de la veille. Son parcours jusqu'ici. Errance dans le Bras Huit. Son crâne fêlé, les réflexions qui s'en échappaient comme toujours puis… la paix. Une sensation si agréable qu'il s'était arrêté dans sa progression, qu'il s'était assis, qu'il serait volontiers resté là jusqu'à sa mort.

Puis il massacrait un paquet de gens.

— Bonjour, lui dit une femme en entrant dans la chambre, un bol dans chaque main.

Elle était trapue, tout en muscles. Une vie entière au grand air, au soleil : son visage était sans fard, étincelant. Sa longue chevelure lui tombait jusqu'aux reins. Deux petites tresses, qui bouclaient sous son menton, encadraient ses pommettes.

Elle posa le plus grand des deux bols par terre, près de l'ours, et tendit l'autre à Kaev.

— Comment va ?

L'ours se réveilla. Son premier mouvement fut de tourner la tête et de planter son regard dans celui de Kaev.

Qui resta bouche bée. Les larmes lui montaient aux yeux.

— Ça peut sourire, un ours blanc ? demanda-t-il.

— Vu la tête de celui-là, oui.

Kaev éclata de rire. L'animal opina vigoureusement du chef. C'est peut-être ainsi que rigolent les ours.

Kaev tendit la main vers l'ours, qui fourra son museau dans sa paume.

— Il n'a pas l'air très jeune.
— Il est vieux. Pour un ours blanc.
— Je suis comme toi ? demanda Kaev à l'orcamancienne.
— Oui, répondit-elle avec un sourire, aussi franc, aussi large, que celui de Kaev.

Comme si elle avait, elle aussi, trouvé quelque chose qu'elle cherchait depuis des années. Même si, contrairement à lui, elle avait eu le privilège de savoir exactement quel était l'objet de sa quête.

— Comment ça ?
— C'est toi qui vas me le dire. Que sais-tu de ta famille ?
— Pas grand-chose. Je n'ai pas connu mes parents. Pupille de Qaanaaq.
— Ta mère, par exemple. Que sais-tu d'elle ?

Kaev haussa les épaules. Cette information semblait décevoir la femme, d'une manière ou d'une autre. Ce qui ne le surprit pas. S'il était comme elle, s'il était, lui aussi, nanolié, sans doute étaient-ils vaguement parents. Un ancêtre commun, peut-être, quelqu'un qu'elle était venue, de très loin, chercher à Qaanaaq. Kaev était le chaînon manquant. Il la conduirait au parent qu'elle voulait retrouver. Il s'interrompit dans ses pensées pour jouir un instant de la limpidité de ses déductions, de la facilité avec laquelle ses idées s'enchaînaient. *Ma mère. Elle est venue chercher ma mère. Ça doit être ça.*

Pour la première fois, tout cela a un sens.

— Hier soir, je me suis rendu compte de quelque chose, dit-elle. Le comportement de l'ours a changé. Je savais qu'il t'avait retrouvé. Enfin. J'attendais cela depuis un moment. C'est la raison pour laquelle je veillais quand ces types sont arrivés. Comme ça, j'ai pu lui ôter ses chaînes à temps, pour qu'il s'occupe d'eux. Ou plutôt, t'aide à t'occuper d'eux.

Il mangea. L'ours mangea. De la viande d'otarie, vu le goût. Nourriture hors de prix, même lorsqu'elle provenait de bêtes d'élevage. Mais, se douta Kaev, la femme avait dû envoyer son orque chasser. La viande destinée à Kaev était cuite. Celle de l'ours crue. Il goûtait pourtant aussi celle de l'animal, il avait sur la langue la texture de la viande et son goût de sel et de sang. La crue, la cuite, elles étaient succulentes toutes les deux.

— Kaev, dit-elle en s'accroupissant près de lui et en le serrant si fort dans ses bras qu'ils tombèrent, roulèrent sur le sol, hilares. Je suis tellement contente de t'avoir trouvé. Ah, quel bonheur !

Il sourit, ne sachant que lui répondre. Mais ce n'était pas la douleur ordinaire que lui donnaient les mots, affolants depuis toujours à ses yeux. Le moindre objet devenant si écrasant qu'il ne pouvait plus en trouver le nom. Là, c'était bien, c'était bon, un mélange d'émotions joyeuses qui n'avaient pas besoin d'être nommées. Avait-il jamais eu une vraie conversation avant ce jour ? Avait-il jamais été capable de parler à un autre être humain sans assister à la destruction des phrases qui lui sortaient de la bouche ? Si tel était le cas, il n'en avait aucun souvenir. Il se retourna sur le ventre, les bras grands ouverts pour accueillir son frère ours dans leur étreinte.

Ankit

— Le contexte est primordial, dit Barron.

Où était-il ? On entendait des oiseaux gazouiller en arrière-plan. Ou des gens qui imitaient des gazouillis d'oiseaux.

— Pour comprendre les questions sociales, il faut savoir dans quelles conditions elles se posent.

Il s'était mis à envoyer des enregistrements audio à Ankit. Sa voix avait des intonations avunculaires, grand-paternelles. Lorsqu'elle lui demandait pourquoi il ne voulait pas la rencontrer en face à face, ni même avoir une vraie conversation, il ne répondait jamais. Sans doute était-ce, se disait-elle, en raison des failles. Il devait craindre de ne pouvoir traiter toutes les questions, de perdre trop facilement le fil de ses pensées. Elle tendit l'oreille : y avait-il des interruptions dans le bruit de fond, des traces de montage dans ces enregistrements ? Le brouhaha urbain était trop confus, trop erratique pour qu'elle puisse le détecter sans efforts.

— Allez, dit Ankit, avant de se mettre à grimper.

Contexte, donc : quand les premiers cas de failles s'étaient multipliés, Qaanaaq était déjà une poudrière. Surpopulation, constructions non conformes qui s'effondraient dans les quartiers pauvres. Manifestations. Nombre de mesures de limitation de la congestion urbaine avaient été prises à ce moment-là. Ankit s'en souvenait vaguement. Un ami de son père adoptif dans le salon de leur appartement, son visage brun noirci par le sang séché. Pris au piège dans une manif pacifique qui avait viré à l'émeute de rue lorsque les agents de sécurité des taudis avaient sorti les tasers.

Les manifestations de rue étaient chose curieuse à Qaanaaq. Il y en avait – souvent, même, à certaines périodes –, mais elles étaient purement formelles. Nostalgiques. Comme les calèches dans les villes du XXIe siècle. Les immigrants venus d'ailleurs croyaient encore en leurs effets, les activistes qaanaaqiens de naissance les considéraient comme des fêtes, de bonnes occasions de sortir l'écran pour une photo. À Qaanaaq, les humains semblaient si peu responsables des prises de décision que les manifestants n'avaient aucune cible sur laquelle faire pression, aucun foyer de crise d'où puisse émerger un changement de politique. On pouvait certes contraindre le régisseur d'un des bras à faire une déclaration, mais tout le monde savait que cela ne servait pas à grand-chose. Les vraies mesures étaient prises par des machines – des centaines de milliers de logiciels. On pouvait toujours s'égosiller sur une ferme à serveurs de données, ça ne servait strictement à rien. Et les manifestants pouvaient bien essayer d'en détruire un de temps en temps, tout était sauvegardé vingt ou trente fois dans des machines installées dans des bulles flottant en orbite autour du géocône.

— Bouge ! lui cria-t-on.

C'était la première fois qu'elle mettait les pieds dans une salle d'escalade. Comme la plupart de ceux et celles qui avaient sérieusement pratiqué la chose, l'idée d'une salle ne pouvait que lui paraître grotesque. À partir du moment où l'on avait grimpé en plein air, sous un ciel glacial, le caractère légal et sécurisé du lieu avait quelque chose d'insultant. Mais pourquoi avait-elle donc décidé de pousser la porte de cet endroit ? Et pourquoi courir quand l'entraîneuse le lui avait ordonné, bondissant par-dessus les obstacles en polystyrène et se précipitant contre une maquette grandeur nature qui représentait une antenne sonique rotative ? Elle la contourna d'un mouvement souple.

Oui, c'est cela même, songea-t-elle. *C'est pour cela que je suis venue. Le corps a une manière de penser qui n'est pas du tout celle de l'esprit. En stimulant ces vieux muscles, peut-être vais-je mieux comprendre la situation.*

Contexte : l'imprimante moléculaire de l'ami de Barron ne pouvait pas produire de Quet-38-36.0. Le système comprenait un verrou bien caché qui empêchait la manœuvre.

Contexte : c'était la première fois que ça se produisait. Barron avait appelé d'autres amis. Il leur avait demandé d'essayer. Ils n'avaient pas pu.

Contexte : pour une raison encore inconnue, on ne pouvait pas fabriquer de Quet-38-36.0 à Qaanaaq.

— Saute ! cria l'entraîneuse, un dixième de seconde trop tard.

Ce n'était pas une grimpeuse, celle-là. Ou si elle l'avait jamais été, elle était si médiocre qu'elle avait fini par se réfugier dans la sécurité d'une salle capitonnée.

Contexte : Martin Podlove avait peur d'Ankit. Mais il y avait des gens qu'il craignait encore plus.

Il avait refusé ses demandes de rendez-vous, même par audio. Elle s'était présentée à trois reprises à son bureau, bien décidée à l'attendre dans la Grotte de sel jusqu'à ce qu'il sorte, qu'elle puisse lui parler. Les trois fois, il s'était éclipsé par une porte dérobée pendant qu'elle patientait, ce qu'elle avait toujours fini par comprendre. Elle avait écrit des brouillons de messages, les avait supprimés. Il fallait qu'elle l'ait sous les yeux. Qu'elle le coince. Qu'elle puisse le voir se débattre, qu'elle puisse déchiffrer les expressions de son visage. En se contentant d'un message écrit, elle courait le risque de représailles subreptices – un homme de main qui la pousserait à l'eau ou lui ferait la peau ?

Ce dont elle était certaine : Podlove avait donné l'ordre de boucler sa mère. Il l'avait fait classer Code 76. Pourquoi ? Cela, elle ne le savait pas. Elle ignorait également comment remédier à la situation. Autre mystère : pourquoi les employés de Podlove étaient-ils pris pour cibles ces derniers temps ? Elle avait vu les vidéos de son frère rossant un homme de main le lendemain du jour où, sous ses yeux, il avait balancé à l'eau un gratte-papier qui travaillait pour le vieil homme. Ce n'était pas une coïncidence. Et ça n'allait pas lui faciliter la tâche. Podlove se préparait à soutenir un siège, cela le rendait encore plus inaccessible qu'en temps normal.

Elle était entre plancher et plafond quand son implant se mit à sonner. Les atterrissages sur le flanc n'avaient jamais été sa spécialité et la diversion n'arrangea guère les choses.

— Bonjour, bafouilla-t-elle, quelques rudes secondes plus tard, assise sur le sol, la main sur la cheville.

— Ankit, fit la voix.

Un très vieil homme, accent new-yorkais. Barron, songea-t-elle, mais l'intonation était trop dure, trop froide, l'accent mis sur la seconde syllabe de son nom trop appuyé.

— Et vous êtes ?

— Dak Plerrb. Je vous appelle de la part de M. Podlove.

— Ah, fit-elle en se forçant à respirer plus lentement. Vous m'en voyez surprise. Est-il en ligne ?

— Non, non, répliqua Plerrb. Mais il voulait vous faire savoir qu'il avait bien remarqué. Votre entêtement à vouloir lui parler. Vos visites, vos messages.

— Je voulais…

— Et vos recherches ! Vous passez tant de temps à enquêter sur son compte. Sur la toile de Qaanaaq, sur l'internet mondial, et ailleurs, même.

La colère l'enflamma. Elle la réprima. Oui, bien sûr, les laquais des actionnaires pouvaient consulter les rapports des programmes de surveillance civile des comportements. Et sans doute pouvaient-ils les contrôler. Ce type voulait la choquer, la mettre en rage, la déstabiliser.

— Il m'a demandé de vous appeler. Il m'a prié de vous faire savoir que lorsqu'il vous dit que ce n'est pas le moment de venir le faire chier, il le pense vraiment.

Respire, Ankit. Un... deux... Prends ton temps.

Elle répondit quelques secondes plus tard, voix de glace. Voix de vent :

— Soyez gentil, monsieur Plerrb. Demandez-lui pourquoi il a fait boucler ma mère au Placard.

Il ne répondit pas. « Appel terminé », signalait l'écran. Avait-il eu le temps d'entendre la question ? La transmettrait-il à Podlove ?

Elle se releva, se trémoussa d'un pied sur l'autre. Pas de foulure à la cheville. Elle s'attaqua de nouveau aux pilotis factices. Empoigna une barre horizontale, puis une autre, après une bascule de tout son corps. Et ainsi de suite.

Les muscles se souvenaient de l'ancienne routine. Les faits s'articulaient les uns aux autres. Ankit comprit soudain : *Les actionnaires souhaitent une épidémie de failles. Ils tirent les ficelles pour aggraver le problème. Pour bloquer les solutions. C'est pour cela que les imprimantes moléculaires ne peuvent fabriquer de Quet-38-36.0, et qu'il faut attendre six mois pour un transfert en quarantaine.*

Contexte : les failles détournaient l'attention publique des problèmes de fond qui affectaient Qaanaàq – le règne absolu de l'immobilier, le fait que les propriétaires contrôlaient tout le reste.

Ankit éclata d'un rire tonitruant et sauta sur le pilotis suivant.

Le décor n'était pas si mal que cela. Elle comprenait qu'on puisse payer pour y grimper. Ça ne la rendait que plus désireuse de s'y remettre pour de vrai. La morsure du métal. Les sombres abîmes sous les pieds. Et surtout, le vent froid. Une de ses connaissances d'escalade, citant un vieux proverbe : *Si tu t'abandonnes au vent, tu pourras le chevaucher.*

Soq

Le cargo était antique : fin xxe siècle, peut-être même années 1950. Coque haute, rouillée, passerelle d'acier à 60 degrés. Le temps de parvenir au pont, Soq tiraient la langue. Ils se retournèrent pour la vue. Comme la plupart des gamins des rues de Qaanaaq, Soq avaient toujours considéré le vaisseau-amiral d'Amonrattanakosin d'un œil admiratif. Ils avaient arpenté son quai d'attache, imaginé les chambres de torture et les ateliers de fabrication de disruptor qui se trouvaient forcément dans les entrailles du navire, les cabines où des criminels représentant tous les échelons de la hiérarchie fomentaient leurs méfaits, les cales bourrées de céréales et de boîtes de conserve. Ainsi l'équipage pourrait survivre aux sièges des Services de Sécurité, des gangs ennemis ou des armées de l'une ou l'autre des nations de la charte.

Le vaisseau-amiral leur semblait bien petit, maintenant. Soq tendirent la main, grattèrent la coque du bout de l'index et du majeur : il neigea des flocons de rouille. Le matin même, lorsque Dao avait appelé Soq en leur demandant de se présenter à bord, la journée avait basculé du côté du rêve.

— Il ne tiendrait plus du tout la mer, dit Go.

Soq opinèrent.

— Mais pourquoi… je ne sais pas, pourquoi ne pas le repeindre ? En Indonésie, ils fabriquent encore ce revêtement hydrofuge…

— Ce n'est qu'un point de départ, ici.

Go s'écarta de la passerelle.

— Bonjour, Soq.

— Salut.

Ils se serrèrent la main. Drôle d'impression. Soq avaient rêvé de cette rencontre avec Go. Et voilà qu'elle se produisait. La réalité était bien plus menue que la créature légendaire que Soq avaient en tête.

Du pont, la ville était à peine visible dans la lumière déclinante. Et le navire ne bougeait pas comme elle. Son roulis était plus sensible que l'éternel mouvement de la ville, ascension et chute atténuées par des mécanismes complexes… Soq ne s'aventuraient que rarement à l'extérieur de la Plaque. Ils s'immobilisèrent pour savourer un moment leur début de mal de mer.

— Il y a des gens qui habitent là-dedans ? demandèrent-ils.

— Oui, répondit Go. Mais pas toi. Enfin, pas encore. De fait, dans les semaines qui viennent, le lieu où tu vivras fait partie de ta première mission.

Trois femmes étaient accroupies sur le pont. Elles décomposaient patiemment un gros cube de plastique en détachant un à un des cubes plus petits, de tailles variées, qu'elles rangeaient dans des paniers de toile en fonction de leur couleur.

— Qu'est-ce qu'il y a là-dedans ? demandèrent Soq. Ou est-ce que c'est le genre de truc auquel je ne peux pas être initié avant d'avoir passé des mois ici ?

La question fit rire Go.

— Nous ne nous limitons pas au trafic de drogue. La plupart de nos activités sont parfaitement légales. Cette palette qui vient d'arriver du sous-continent indien contient des épices. En confiant aux prétendus chefs mafieux les transactions les plus ordinaires, les plus officielles du commerce de Qaanaaq, la ville fait des économies substantielles. Notamment en ce qui concerne le coût du travail.

— Ce qui signifie, j'imagine, que ces femmes ne sont pas syndiquées ?

— C'est un fait. Mais, je t'en prie, demande-leur si elles sont satisfaites de leurs conditions de travail et de rémunération.

Soq observèrent l'une des trois femmes jusqu'à ce qu'elle croise leur regard. Elle leur sourit en hochant la tête. Une immigrante de fraîche date, venue d'une zone post-post-soviétique. Bien sûr qu'elle était satisfaite. L'offre de Go était certainement à des années-lumière de toutes les possibilités qui s'étaient ouvertes à cette femme dans le paysage de cauchemar d'où elle venait ou à Qaanaaq, où survivaient des milliers de migrantes plus futées et plus résolues qu'elle.

La visite dura étonnamment longtemps. Le cargo avait plus d'étages que Soq ne l'avaient imaginé et chacun de ces niveaux comprenait son propre labyrinthe de coursives, de terriers, de boîtes et de tiroirs. Go avait tant de fers au feu ! Le navire contenait notamment toute une zone dédiée au travail de renseignement – photos, vidéos, dossiers sur la moitié sans doute de la population de la ville – et employait une personne spécialisée en médias anciens – clés USB, dossiers papier, disquettes, microfiches et gel à mémoire –, laquelle cataloguait et exploitait les archives. À un autre étage, une agile cul-de-jatte régnait, seule maîtresse à bord, sur une spacieuse cale de stockage de médicaments, se déplaçant à l'aide d'un système de cordes dans une forêt d'armoires vitrées.

— Tu fais tout visiter toi-même à tous les gamins que tu recueilles sur la Plaque pour en faire tes petites mains ? demandèrent Soq.

— Non, répondit Go, sans autre explication.

En revenant sur le pont, elle fit cadeau à Soq d'un brassard en cuir noir, orné d'un étrange décor en toile imprimée. Une scène pastorale de la France du XVIIIe siècle.

— Lorsque mon mentor a commencé à me former pour que je prenne sa suite, elle m'a dit : si l'ambition est le moteur du subalterne, c'est la mort du chef de bande. Et nous prospérons aussi longtemps que nous pouvons nous satisfaire de ce que nous avons, du lieu où nous nous trouvons. C'est lorsque nous voulons nous développer, accroître nos biens, que nous nous mettons à accumuler les problèmes. C'est ainsi que les guerres commencent et que les empires succombent.

Soq sourirent. Pas difficile de voir où la conversation allait.

— Mais tu ne te contentes pas de ce que tu as.

— Non.

— Elle était loin d'être bête, ton mentor.

— Comme tu dis. Mais elle pensait petit. Et je crois qu'elle avait tort. Je crois que c'était un de ces préceptes de sagesse qui convainquent tout un chacun, même si ça doit les empêcher de changer.

— Il n'y a qu'un moyen de s'en rendre compte, dirent Soq en regardant les lumières de la ville.

Le vent croissait en force. Les vagues s'écrasaient sur la coque du bateau, en contrebas. *C'est donc ça, l'impression que ça donne. Sortir de son petit coin. Brandir le poing au nez de la ville et lui dire : « Tu n'arriveras pas à me casser. C'est moi qui te briserai les os, si nécessaire. »*

Go sourit.

— Je savais que tu aurais ce genre de point de vue. Je veux établir mon règne de manière plus large, plus légitime. Je ne veux pas me confiner à ce navire.

— Qu'est-ce que je peux faire pour toi ?

— Les appartements vides. Là est la clef de mon dispositif. Il faut que j'y établisse une base. Je voudrais que tu t'installes dans un de ces appartements. C'est ce que je demande à tous mes combattants, sauf à ceux qui assurent ma protection ici à bord, bien sûr.

— Ils existent donc, ces appartements vides ?

Encore une de ces légendes de Qaanaaq que les gens aimaient colporter. Il y avait aussi les araignées insensibles à la chaleur qui infestaient les canalisations géothermiques et la menace de l'invasion russe. D'après la rumeur, nombre d'actionnaires gardaient secrète une certaine partie de leurs possessions immobilières. Une sorte d'accord entre confrères de bonne volonté pour gonfler les prix en agissant sur une offre qu'il fallait réduire au maximum. S'ils n'avaient pas de doute sur l'existence des logements vides, Soq pensaient simplement leur nombre exagéré et doutaient qu'ils puissent relever d'une conspiration globale. La raison la plus plausible de l'existence des appartements était sans doute la méchanceté frivole des riches, qui, possédant plus que ce dont ils pouvaient rêver, n'avaient pas besoin de collecter un ou deux loyers pour vivre et pouvaient garder un appartement vide pour la grand-mère et sa seule visite de l'année – ou bien le conserver comme un sanctuaire fermé pendant des années, à la mémoire d'un être cher. Dans les deux cas, c'était inadmissible. Les actionnaires avaient bien raison de rester dans l'ombre, car Soq assurément n'étaient pas les seuls à rêver de les piétiner à la première occasion jusqu'à ce que mort s'ensuive.

— Ils existent, oui. Depuis des années, je collecte des informations à ce sujet. Je sais où ils se trouvent, pour la plupart.

— Mais pourquoi m'y envoyer, moi ?

— Ce n'est pas le moment de te poser la question.

— Tu viens de me dire, objectèrent Soq avec

le sourire, que l'ambition était nécessaire au subalterne.

— Non, je t'ai dit que c'était ce que mon mentor disait. Je t'ai également dit qu'elle pensait petit.

Fill

La barge avait des allures d'oubliettes. L'eau dégoulinait partout. Les murs de ciment étaient tavelés de taches de rouille.

— On devrait la trouver par ici, dit Barron.

Ils passèrent devant des tentes et des baraques, des appentis et des yourtes. L'atmosphère semblait stagnante, tuberculeuse.

— C'est ainsi que les gens vivent, donc, constata Fill, qui regretta aussitôt ses paroles.

Il avait passé toute la matinée à traîner dans le logiciel de grand-père, à traquer ses propriétés – les propriétés de tous les actionnaires, en fait, surtout celles étiquetées « AppVides ». Une tâche horriblement ennuyeuse, à vrai dire, mais pour l'heure, c'était la honte qui lui donnait la nausée : dire que ces immenses logements pouvaient rester vides pendant des dizaines d'années, pendant que certains à Qaanaaq étaient entassés comme des sardines dans des boîtes d'allumettes.

— Au moins ils ont chaud ici. Nombre de ces gens travaillent sur la Plaque – marchands ambulants, gargotiers, travailleurs du sexe – et ils passent la journée à grelotter dans la rue. La température de ces lieux est une grande partie de leur charme. Bien sûr, il y en a quelques-uns qui passent leur vie ici.

Quelques-uns, vraiment ? Vu la puanteur de l'atmosphère, vieilles chaussettes et pisse, ce devait être un peu plus. Fill avait du mal à retrouver sa respiration. Il s'en voulait d'être venu. Pourquoi lui avoir donné rendez-vous ici ? Ils auraient pu trouver un endroit bien éclairé au-dessus du niveau de la mer. Cette mythique et potentielle Lectrice aurait apprécié qu'on lui offre une bouffée de grand air et une tasse de vrai café.

Barron, à l'inverse, semblait goûter l'exiguïté et la pénombre des lieux. Lorsqu'il s'arrêta enfin près d'un étrange abri, un tipi dont les pans étaient constitués de feuilles de plastique rigide – courageuse fleur aux pétales fermés –, il paraissait presque déçu.

— Voilà l'endroit, annonça-t-il. Mais elle est de sortie.

— Comment le sais-tu ? Je n'ai pas vraiment vu de numéros d'appartement sur ces tentes.

— Patience, jeune Podlove.

Cinq minutes passèrent. Plus Fill s'attardait, plus il commençait à percevoir les sons produits par cet espace qu'il avait cru muet. Des bavardages, des cordes d'instrument qu'on pinçait, des haut-parleurs glapissants, le cliquetis de couverts. Une confirmation cauchemardesque de ses pires fantasmes sur les bas-fonds d'une ville. Il aurait préféré être moins dégoûté par l'extrême proximité de ces Grands Malheureux, dont il s'était fait, via *Ville sans plan*, une idée bien plus noble.

— Raconte-moi quelque chose, dit-il. Tu connais plein d'histoires, je parie.

— Fort bien, Votre Altesse, répondit Barron en s'inclinant. Je vais te raconter mon arrivée à Qaanaaq.

— Bonne idée.

Des gosses passèrent en courant. Ils se bombardaient de figurines difformes, produites par des imprimantes plastique de bas étage.

— Je vais te raconter la chute de New York. Toi aussi, Fill, tu es une sorte de gosse de New York, si je ne me trompe, quand on remonte un peu dans ton arbre ?

— Deux générations suffisent, répondit Fill. Mon grand-père est vraiment né là-bas.

Barron se frotta le menton.

— Comme la plupart des cités, New York était parvenu, depuis de longues années, à être simultanément un enfer et un paradis. La ville était belle et crasseuse : les riches s'y amusaient, les pauvres y croupissaient. Parfois elle penchait dans un sens et parfois dans l'autre. Le temps que je fête mes vingt ans, il faut bien dire que ce qui avait fait le charme de New York n'existait plus. Le système de transports en commun qui avait été sa fierté, son oxygène, était en grande partie hors d'usage : avec les tempêtes, les tunnels étaient submergés. Le gouverneur avait dû accepter la construction d'une écluse géante à quelques milliers de milliards de dollars, qui protégerait la ville. Tout en la condamnant à la faillite, mais *Mieux vaut la ruine que la mort*, se disait-on alors. Ton grand-père t'a peut-être parlé de tout ça ?

— Pas vraiment. Il m'a simplement expliqué que les temps étaient très difficiles et qu'il avait eu de la chance de pouvoir s'enfuir.

— Comme nous tous. J'habitais dans un quartier du nom de Brooklyn. La situation était devenue infernale. À New York, à cette époque – comme c'est d'ailleurs le cas à Qaanaaq à l'heure actuelle –, c'étaient les propriétaires qui déterminaient les orientations politiques. Le maire, le conseil municipal, les partis... rien de tout cela ne comptait, car les rois de l'immobilier les avaient tous achetés. C'étaient ces gens qui donnaient le plus d'argent aux candidats, lesquels, une fois élus, faisaient ce qu'on leur disait. Lorsque les Grandes Écluses ont été achevées, les princes de la spéculation immobilière se sont retrouvés dans la merde. Plus personne ne voulait investir dans le marché new-yorkais. Les banques se défilaient. Les investisseurs étrangers se volatilisaient. Soudain, le placement capitaliste le plus sûr était fragilisé.

Ce récit n'inspirait guère Fill, qui repensa à ce que son grand-père lui avait raconté : mais lui, que venait-il faire (ou ne pas faire) là-dedans ? Ce n'était pas une complète indifférence, non, mais tout cela lui semblait si lointain. Si étranger à ce qu'il vivait. Qaanaaq comblait ses désirs : une histoire qui était la sienne, un endroit qui lui était familier.

— Nous avons essayé de nous défendre. Nous nous sommes rassemblés. Nous avons mis nos vies en jeu. Nous sommes passés à l'attaque.

La voix de Barron se fit plus stridente, son visage s'empourpra :

— Et nous avons gagné ! Sous la pression, le maire a bloqué le budget que les propriétaires voulaient lui faire adopter, ce qui leur aurait permis d'être payés au tarif maximum pour leurs biens immobiliers, même s'ils n'avaient plus aucune valeur. Grâce à nous, le conseil municipal a voté contre. Mais voilà : on peut remporter des luttes contre des gens. Contre l'argent, rien à faire. L'argent est un monstre, une hydre qui change constamment de forme et dont on ne peut jamais couper toutes les têtes. L'argent ne connaît qu'une règle.

Des frissons dansaient le long de la nuque de Fill. La colère du vieil homme le troublait.

— Le jour où ils ont fait sauter les barrages anti-inondation, reprit ce dernier, nous avons assisté au spectacle des toits de nos immeubles.

Il se redressa. Ce n'était plus le même homme – il avait rajeuni.

— Nous avons vu les explosions, les trombes d'eau. J'avais imaginé la mer Rouge, Charlton Heston – un mur d'eau qui s'abattrait sur nous pour nous anéantir. Rien à voir, en fait. En vérité, la submersion ressemblait plutôt à une baignoire qui déborde. Cela dit, la baignoire était assez colossale pour transformer les deux tiers de la ville en pataugeoire insalubre. Dès la tombée de la nuit, le gouverneur a décrété l'état d'urgence. Les agents fédéraux ont passé une semaine à concocter un dispositif d'urgence qui incluait un rachat des biens immobiliers inondés au prix du marché. Au tarif maximum. Comme l'avaient anticipé les propriétaires. La semaine était à peine finie que le sang a commencé à couler pour de bon. Il n'y avait plus de ravitaillement. Les réservoirs d'eau potable étaient tous contaminés. Les gens n'avaient plus qu'une envie, partir. Abandonner tout ce qu'ils avaient et n'emporter que ce qui tenait dans une valise. Une seule. J'ai assisté aux préparatifs de cette famille, par exemple…

— Qu'est-ce que vous voulez ?

Une femme avait surgi près de l'abri en forme de tipi, sans que Fill le remarque.

— Vous êtes Choek ? demanda Barron.

Elle hocha la tête.

— C'est Robert qui nous envoie. Il vous a parlé, apparemment. De votre enregistrement.

— Entrez, dit la femme en se faufilant à reculons sous sa tente.

— Hors de question, grommela Fill.

— Quelle lavette, dit Barron, qui s'accroupit aussitôt et suivit la femme avec une agilité surprenante pour un individu de son âge.

Fill compta jusqu'à dix, inspira profondément et, nez pincé, suivit le mouvement.

Les deux hommes s'installèrent à même le sol. La femme, sur un tatami. À trois, ils occupaient presque tout l'espace. Fill n'aurait pas pu se lever, même s'il l'avait souhaité. Des étagères étaient suspendues au plafond – des forêts d'étagères, partout autour de lui. Ce qui aggravait sa claustrophobie. Le visage de la femme était sans expression : aucun intérêt pour le monde extérieur, ne serait-ce que sur le mode de la peur.

Fill bavardait.

— Et si vous nous parliez de *Ville sans plan* ? Qui vous a demandé de lire ce texte ?

Il aurait peut-être dû se montrer moins direct, se disait-il. Oui, mais : il était noyé, affolé, abandonné en un lieu si étrange qu'il n'en reviendrait peut-être jamais.

— Quelle en était la signification à vos yeux ? interrogea Barron d'une voix plus aimable.

— Personne ne m'a rien demandé, dit la femme.

Elle avait posé ses mains aux gestes inquiets sur ses genoux.

— Si je l'ai lu, c'est que ça me plaisait.

— Mais qui est l'auteur ? demanda Fill. Vous ?

Choek le considéra comme si elle le voyait pour la première fois.

— Je ne peux pas vous en dire plus. J'ai prêté serment.

— Serment à qui ? chuchota Fill.

Choek avait dû la toucher, lui parler… à elle, ou à lui… Mais ce devait être elle. L'Auteur.

— Je ne peux pas vous le dire. Partez.

Fill se retourna vers Barron, dont le visage semblait tiraillé par des émotions contradictoires. Fuir, demander pardon, supplier… En fin de compte, il inclina la tête.

— Nous vous sommes réellement reconnaissants d'avoir bien voulu nous parler.

Sans plus de cérémonie. Et hop, fin de l'épisode.

— De l'argent, reprit Fill. Combien vous faudrait-il pour nous en dire plus ?

Choek les fixa pendant un long moment, le regard ravagé par la douleur. Puis elle secoua la tête.

— Merci pour votre..., commença Barron.

Fill bafouilla un chiffre. Considérable. Ce qui n'était pas sans danger. Il allait devoir faire le siège de son grand-père pour obtenir cette somme. Sans aucune certitude.

Assez considérable aussi pour que Choek hausse les sourcils. De stupéfaction – puis de colère – puis de chagrin. Parce qu'il lui était impossible de refuser une telle somme. Même s'il lui fallait pour cela trahir, peu importait qui – l'Auteur peut-être unique, le collectif clandestin, le robot maléfique qui tirait les ficelles.

— C'est vous qui faites cela ? demanda Barron d'une voix apaisante en désignant une sculpture tirée d'une vieille carte de circuits imprimés. Qu'est-ce que ça représente ?

— Je ne sais pas. Ça m'est venu récemment. Des rêves. Pas les miens. Ils parlent du Monde Englouti, je crois. De tous ces gens qui ont été brûlés vifs au milieu de leurs propres affaires. Ou qui ne pouvaient pas les lâcher quand les eaux se sont mises à monter, quand tout a brûlé ; ils sont morts agrippés à ces trucs.

— Magnifique, dit Barron. Et vous commencez tout juste à fabriquer ce que vous avez vu ?

— Non, répondit Choek. Pendant longtemps, c'étaient des visions, des flashs, des images. Mais je n'y comprenais rien. J'avais le désir de fabriquer quelque chose mais je ne savais pas comment m'y prendre. Je ne sculptais pas avant mon séjour au Placard.

— Une minute, dit Fill. Vous avez dit : « Des rêves, pas les miens. » Vous avez attrapé les failles ?

— J'ai eu les failles, précisa-t-elle avec un sourire.

— Vous êtes guérie ?

— Au Placard. Mais je vous en ai trop dit déjà. Partez. Revenez avec l'argent et je vous en dirai peut-être plus. Peut-être.

Comme le tipi était trop exigu, ils durent sortir à reculons, sur les genoux, comme la femme était entrée.

— Fascinante, hein ? déclara Barron, lorsqu'ils se retrouvèrent debout dans la cale de la barge, obscure certes, mais moins que le trou qu'ils venaient de quitter.

— Mais comment peux-tu ne pas lui poser de questions sur ce qu'elle nous a raconté ! s'exclama Fill en attrapant le vieil homme par le bras. Elle prétend être guérie ! Guérie des failles !

— C'est toi qui l'interprètes ainsi. Moi, je ne sais pas ce qu'elle a voulu dire. Je ne sais même pas si elle est capable de dire la vérité, la pauvre, quand bien même elle le voudrait. Et toi, avec les gros sabots du type qui veut tout tout de suite…

— J'en parlerai à mon grand-père, répliqua un Fill soudain plus humble.

Il avait déjà tourné le dos à Barron, mortellement impatient de quitter les lieux, de mettre de la distance entre lui et Barron, lui et *Ville sans plan*, lui et l'horrible façon dont l'affection qu'on porte à quelqu'un vous rend parfois vulnérable.

— Je te transmettrai sa réponse.

Barron répondit, mais Fill ne se retourna pas pour entendre ce que le vieil homme disait.

Fill décida de ne pas rentrer. Il voulait, le temps d'une nuit, échapper à sa propre existence. Il se rendit dans l'autre appartement de son grand-père, que ce dernier avait conservé depuis des années sans y mettre les pieds.

Que s'y était-il passé ? se demanda Fill. Pourquoi grand-père y était-il si attaché ? Qui y était mort ? Quelle brûlante passion y avait vécue le vieux Podlove, ou quelle affaire cruciale y avait-il conclue ? Ou bien l'appartement n'avait-il aucune signification particulière ? Un bien mobilier répertorié sur un écran, un des mythiques AppVides de Qaanaaq ? Une certitude : y rentrer donnait une impression qui n'avait rien à voir avec le foyer chaleureux, accueillant, sécurisé, que ses grands-parents avaient bâti et où grand-père à présent vivait seul. L'AppVide était dépouillé, froid, austère…

… et pas vraiment vide.

— Salut, fit le garçon qui, attablé dans la cuisine, jouait avec un polymère à mémoire de forme.

— Qu'est-ce que vous fichez là ? demanda Fill – non sans sourire, car le jeune homme était beau.

Coupe à la butch, larges épaules hérissées de pointes, un visage de réfugié, un sourire sceptique de vieux Qaanaaqien. Fill approcha. Flaira l'intrus : graisse de glister et anis étoilé. Mais ce garçon n'en était peut-être pas un.

— Un ami m'a demandé de surveiller cet appart, dit le jeune homme.

Fill s'installa en face de lui. D'elle ?

— Mais ce n'est pas l'appartement de votre ami, répondit Fill.

Fille ou garçon, ou quelque autre genre majestueux : Fill ferma les yeux, éloignant de lui la vague de désir qui menaçait de l'engloutir. Situation dangereuse, ce qui l'excitait tout autant que l'être qu'il avait sous les yeux. Il aurait dû repartir, appeler les Services de Sécurité, appeler son grand-père. Il aurait dû se souvenir qu'il avait les failles.

— Non, mon ami pensait qu'il n'y avait personne. C'est le vôtre ?

— Pas vraiment, concéda Fill.

Une vision pornographique se convulsait, dansante, à la périphérie de son champ de vision. Il ouvrit la bouche pour dire quelque chose – une offre de séduction, un aveu de soumission, quelque chose –, mais la vision se faisait de plus en plus frénétique, de plus en plus bizarre. Les jolis garçons étaient des monstres, le sol sous ses pieds se crevait de bulles, il fit un pas en avant, le sourire aux lèvres de nouveau, et s'effondra.

Soq

Putain, j'aurais dû me tailler. J'aurais dû l'enjamber délicatement, ce crétin, tant qu'il était dans les pommes, et me barrer vite fait de ce trou.

Mais lorsque le gosse de riches s'était affalé sous leurs yeux, Soq n'avaient pas fui. Soq s'étaient précipités vers le type, lui avaient pris le pouls, lui avaient apporté un verre d'eau, s'étaient assis à son chevet pendant les soixante foutues secondes qu'il lui avait fallu pour sortir du cirage. Soq lui avaient pris la tête dans les bras, lui avaient démontré de la bonté, avaient pris soin de lui pendant que le jeune type émergeait de cette enfance éphémère qui suit le retour à la conscience.

Raison principale, se disaient Soq : aucune envie que ce petit connard ne reprenne connaissance tout seul, ne se souvienne de leur tête, ne les dénonce aux Services de Sécurité en prétendant qu'il avait été attaqué par un cambrioleur.

Sauf qu'une heure plus tard, ils étaient encore là, assis par terre comme deux gamins, deux potes qui passent la nuit ensemble – ce genre de scène qu'on voit dans les vieux films –, à boire des sodas et à bouffer des chips de krill, victuailles qu'avaient apportées des livreurs en glisters, à se demander où ils allaient bien pouvoir commander de bonnes nouilles.

— Il faut les manger dans le quart d'heure qui suit leur préparation, dirent Soq. C'est la chimie de base de la cuisine. Tant que c'est chaud, elles cuisent encore. Au bout d'un quart d'heure, c'est de la bouillie. Il faut qu'on les achète à un stand.

— C'est la première fois que j'entends dire ça, répondit Fill. Et je n'ai aucune envie de sortir. On va les commander.

— Crétin, on ne peut pas se faire livrer des nouilles. Tu écoutes ce que je raconte ?

Le gamin avait un certain sens de l'humour et une autodérision d'enfer. Raison de leur entente immédiate et profonde. Fill avait à peine un an de plus que Soq, mais il était, en dehors des questions du sexe, pour lesquelles leurs compétences étaient plus ou moins similaires, infiniment plus naïf.

— Mais si, je peux me faire livrer des nouilles. Tu vas voir.

Il composa un numéro et promit une somme colossale à son interlocuteur, en échange de laquelle il obtint que les nouilles soient livrées dans les cinq minutes à compter de leur sortie du wok. Il raccrocha avec un sourire de triomphe.

— Bien sûr, ils ne te diront jamais le contraire, grommelèrent Soq.

Mais l'assurance de Fill les excitait, de même que les possibilités qu'ouvrait la richesse à millions et la perspective naguère inimaginable de se faire livrer des nouilles à peu près mangeables.

— J'imagine qu'on ne peut rien dire avant d'avoir goûté, commenta Fill. Comme tu as l'air d'un maniaque des nouilles.

— Ouais, dirent Soq. Patience.

Ils se découvrirent une passion commune, surfer sur les réseaux : tous les deux décryptaient les courants du web pour repérer les dernières tendances artistiques, les dernières nouvelles partagées par les millions de sous-groupes de Qaanaaq. Ils comparèrent les bots, les logiciels qu'ils utilisaient l'un et l'autre pour déterminer ces nouvelles tendances, échangèrent des morceaux de musique « archéologiques », des vieilles vidéos tournées à l'époque du Monde Englouti, les archives photos et la correspondance via messagerie instantanée d'inconnus morts depuis de longues années. Fill utilisait les meilleurs programmes du marché – les plus chers aussi, outils véloces, élégants, terrifiants, qui exhumaient des contenus devant lesquels Soq restaient bouche bée. Soq, eux, travaillaient avec d'horribles logiciels imprévisibles, de vraies créatures de Frankenstein, dénichés sur le Marché de nuit et rafistolés à la va-comme-je-te-pousse. Chacun était surexcité par les méthodes de l'autre.

— Tiens, regarde, un classique, firent Soq en balançant un dossier sur l'écran de Fill. *Le Livre de Jeremy*. Tu connais ? C'est un type, un gay, qui, après la mort de son meilleur ami, Jeremy – Jeremy était hétéro, lui –, est entré dans sa boîte mail – Jeremy lui avait filé les mots de passe – et s'est servi des messages – il a coupé tout ce qui était un peu chiant – pour retracer toute la vie d'adulte de Jeremy, de quinze à trente-sept ans. Jeremy est mort alors qu'il bossait sur une plate-forme de gaz de schiste, au cours d'un tremblement de terre provoqué par la fracturation hydraulique, au nord de l'État de New York. *Le Livre*, ce sont les mails plus les commentaires de ce mec. C'est super chaud et super triste.

— Génial, dit Fill, qui se mit à lire à haute voix : « La grossièreté de Jeremy est restituée dans ces lignes, telle qu'il la maniait dans la vie. Une aptitude émouvante, obscène, déplacée, souvent drôle et parfois incroyablement profonde à dire les choses les plus terre à terre avec une telle naïveté qu'on s'en veut parfois de la trouver grivoise. Cette qualité se manifeste particulièrement dans ses e-mails à ses petites amies. Un exemple parmi d'autres : "Kath, ces derniers temps, tu me manques à la folie. Rarement vu une fille aussi prête que toi à se faire tirer les poils pendant les plans culs". Vous comprenez à lire ces lignes que Kath ne s'en est pas offusquée – en fait, vous vous la représentez parcourant ce mail et rougissant comme une fleur au souvenir de Jeremy. »

— Pour se branler, c'est super, ce texte. Et après, on chiale.

Fill inscrivit Soq sur son compte et leur fit envoyer dans la minute l'app la plus chère du marché.

— C'est comme ça que j'ai trouvé *Ville sans plan*. Ça t'arrive de l'écouter ?

— J'ai essayé. Ça ne m'emballe pas. Je n'ai pas besoin de guide à Qaanaaq. Et tous ces effets poétiques, c'est un peu trop pour moi.

Fill hocha la tête, un sourire aux lèvres. Le regard lourd de désir.

Les nouilles furent livrées. Soq durent concéder qu'elles étaient parfaites. Ils les avalèrent à longues et bruyantes bouchées. Ils avaient plus faim qu'ils ne le pensaient. Ils ne relevèrent la tête qu'une fois les nouilles finies.

— Tu sais… Tu m'excites à fond.

— C'est ce qu'on me dit souvent, répondirent Soq, qui réfléchissaient à toute vitesse – merde, que faire, que lui dire, à ce gamin ?

Il était excitant, lui aussi, il était mignon, il faisait un peu peine, ils avaient passé un bon moment, mais il devait être pété de thunes à un point inimaginable, sans doute pas trop habitué à ce qu'on l'envoie balader, à ce qu'on lui refuse ce dont il avait envie. Et que faire si, après ce délicieux moment d'amitié, il se ravisait et appelait la Sécurité pour les faire arrêter ? Donc, Soq se levèrent et roulèrent des mécaniques du mieux qu'ils purent.

— Et qu'est-ce que ça t'inspire, du coup ? grondèrent-ils.

Quelques heures plus tard, après plusieurs épisodes de va-et-vient entre sommeil et baise, Soq se rhabillaient dans la chiche lumière de l'hiver lorsqu'ils entendirent la voix de Fill :

— Putain, mais qu'est-ce que c'était, ce truc de fou ? Toi, vraiment ?

— Bien sûr que c'était moi, répondirent Soq en enfilant le brassard de cuir noir et en rajustant les pointes de métal qui ornaient son manteau à capuche.

— Ce que je veux dire… Biologiquement toi ? Genre, tu es comme ça depuis toujours, ou…

Il tendit le cou pour essayer de mieux voir Soq.

— J'ai entendu parler de ces opérations un peu dingues qu'on propose maintenant…

Soq lui envoyèrent un coup de pied à l'épaule, ce qui lui arracha un gémissement. Ils avaient tapé fort.

— Reste poli.

— Je suis désolé, dit Fill. Je peux te donner mon pseudo ?

Soq haussèrent les épaules. Le gamin s'était extirpé du lit. Il se dirigeait vers la machine à café. C'est tout juste s'il ne se lissait pas les poils pour draguer Soq. Lesquels étaient déjà en train d'enfiler leurs glisters. Après s'être passé le visage à l'eau, ils filèrent.

Un quart d'heure plus tard, alors que Soq étaient à mi-chemin de l'Échangeur sur la gliste du Bras Un, leur implant bourdonna.

— C'est le dernier, dirent-ils.

— Tu me devras encore des trucs, répondit Jeong affectueusement.

Les détails suivirent. Une mallette à récupérer dans un labo flottant ancré en face du Bras Deux (d'après ce que Soq savaient, ce labo était spécialisé dans la production de médocs festifs, adaptés au génome du client), à livrer à un musicien vaguement connu du Bras Cinq.

— Tu me devras des trucs jusqu'à ta mort.

— Peut-être bien, répliquèrent Soq en sautant de la gliste.

Ils traversèrent l'Échangeur d'un pas dansant.

— Mais va falloir que je trouve un autre moyen de te rembourser. Parce que… tu sais quoi ? C'est la dernière fois.

Soq auraient voulu rompre complètement avec la vie de messager sur gliste ce jour-là, immédiatement, mais ne se sentaient pas assez forts pour dire non à Jeong. Ils n'auraient jamais vécu assez longtemps pour atterrir dans l'armée de Go si Jeong ne les avait pas aidés un million de fois et de milliers de façons, ces six ou sept dernières années.

Pas de nostalgie dans cette séparation, aucun regret quant à la vie que Soq abandonnaient. Ils s'étaient bien amusés : c'était une existence excitante, la meilleure façon de gagner un peu de fric quand on n'était pas inscrit. Mais, à moins de bosser douze heures par jour, ou plus, on récoltait des clopinettes. Les gens étaient des fils et filles de pute et on risquait réellement sa peau tous les jours. De surcroît, Dao leur avait déjà viré leur premier salaire hebdomadaire. Et il y avait de quoi rester sur le cul.

Techniquement, Soq n'avaient qu'une seule mission : veiller sur l'AppVide. Go avait ajouté, en toutes lettres, qu'ils n'avaient pas besoin d'y rester toute la journée. Comme tous les sbires ambitieux dignes de ce nom, Soq voulaient faire forte impression à leur patron. De plus, ils n'avaient aucune envie de s'embarquer dans une réitération de la séance de baise aléatoire de la nuit précédente.

Intermède crétin. Et dangereux. Oui, rigolo mais

dangereux. Soq se convainquirent qu'ils n'avaient couché avec ce gars que pour l'empêcher d'appeler les flics, en gros.

Et pourquoi était-il tombé dans les pommes ? Il était malade ? « Non, c'est juste un peu de déshydratation après trois jours de cuite au disruptor », avait juré le gars.

Mais n'était-ce pas le bobard auquel Soq auraient eu recours s'ils avaient chopé les failles, ou la néosyph, ou si leur greffe de flore intestinale avait raté ?

Plus important : Soq reconnaissaient toujours les signes d'un coup de foudre. Ces gays machos étaient les pires de tous – des hypocrites de merde. Ils idolâtraient la masculinité, n'avaient que du mépris pour les mômes trans et les efféminés – ou les types qui ne leur paraissaient pas assez butch. Mais quand ils avaient l'occasion de goûter aux charmes de gens comme Soq, tous leurs préjugés volaient en éclats. Le gosse de riches était harponné, ce dont Soq n'avaient rien à foutre. L'amour, les relations durables, les amitiés (ils auraient pu être vraiment copains, Soq le savaient, même s'ils auraient passé le plus clair de leur temps à haïr Fill à cause de son fric) : pour le moment, Soq ne pouvaient plus se le permettre. Ils s'étaient enfin déterminés à laisser tout cela derrière eux, la douleur, la faim, les interrogations.

Soq se penchèrent dans le vent, dévalèrent de la gliste et tranchèrent dans le tourbillon comme une lame de machette – la machette de Go. Une arme, un outil, un soldat, débarrassé de ces fardeaux psychologiques qui rendaient tout un chacun si malheureux.

Bon, l'expérience leur avait valu une super app d'exploration des réseaux.

Une fois la mallette remise à son destinataire, visage tendu, agité de tics, Soq, en nouveaux riches, allèrent boire un ginger ale sur une barge – réplique chauffée d'un marché flottant de Bangkok. Un endroit devant lequel ils étaient passés des milliers de fois sans pouvoir jamais se le payer. Une odeur démente venait d'un point en contrebas : une femme joufflue, qui, cinq ans plus tôt, se trouvait sans doute encore sur les rives de la Chao Phraya, touillait des nouilles dans une poêle à frire. La tiédeur géothermique encerclait le marché ; toutes les une ou deux minutes, cependant, le vent tournait légèrement et une bourrasque plus froide faisait frémir la colonne vertébrale de Soq. Un bâton d'encens brûlait sous la table. Pour des raisons purement esthétiques : ici, pas d'insectes à chasser comme en Thaïlande.

Comment Soq pouvaient-ils en savoir autant sur la Thaïlande ? Ils se redressèrent en sursaut. S'étaient-ils endormis ? Avaient-ils rêvé ? Des images sensuelles avaient envahi leur cerveau. Des souvenirs vivaces de choses qu'ils n'avaient jamais vécues. Sans aucune raison, leur crâne leur procurait une intense souffrance.

Le pad thai était le meilleur que Soq aient jamais mangé – et pourtant, en même temps, il avait la saveur du fade reflet d'un plat bien plus intense. Épices plus fraîches, chair de poisson plus riche.

Bangkok, la capitale du monde, le cœur du pays qui, mieux que tout autre, avait su affronter la crise colossale de la montée du niveau des mers. L'armée la plus puissante de la terre, les frontières les plus férocement défendues. Une source de fascination permanente pour Soq, comme pour de nombreux Qaanaaqiens, un peu comme Londres avait pu l'être pour un Américain colonial : orgueil idiot, lointain, du colonisé pour la puissance de son maître. Mais sur la barge, Soq eurent l'impression d'avoir déjà visité Bangkok.

Je suis un espion, songèrent-ils un peu plus tard en filant vers l'extrémité du Bras Huit.

Ivre d'un bon repas, les poches aussi pleines que l'estomac, Soq s'approchaient d'une idée encore mal définie de cette « bonne vie » qu'ils avaient passé leur existence à appeler de leurs vœux. Agents confidentiels. Maîtres du crime. Seigneurs invisibles de la ville. Le brassard de cuir noir indiquait assez leur appartenance à Go, leur invincibilité.

Soq firent usage de l'app offerte par Fill pour repérer les apparitions les plus récentes de l'orcamancienne. L'une d'elles remontait à deux ou trois heures. Soq se laissèrent entraîner par le tourbillon dans la bonne direction.

Pas d'orque, ce qui n'avait rien d'étonnant. Ces bêtes-là ne restent pas en place. Elles font des rondes. Elles chassent. Soq procédèrent à un balayage de la zone, restreint, puis plus large. D'où cela leur venait-il ? Livres, films, expérience vécue ? Ils n'auraient su le dire. Tous les fils de leur existence, naguère emmêlés, dessinaient maintenant un motif reconnaissable.

Formaient une texture. Ils errèrent dans les grottes sous les immeubles, l'esprit volontairement vide, le corps se déplaçant à sa guise. Ils se trouvaient par hasard dans une zone du Bras Huit qu'ils n'avaient jamais visitée et qu'ils auraient, quelques jours plus tôt, tout fait pour éviter. L'air était âcre et lourd – odeur de viande de houle de qualité inférieure –, les quelques graffiti qui ornaient les murs et les pilotis provenaient des gangs et des organisations les plus féroces de la ville.

Mais Soq n'en avaient pas peur. Qui irait taquiner un des drones de Go ?

Ah, ce gars, apparemment. Un lutteur à l'aspect bien tapé qui, dans le froid crépuscule, faisait des pompes sur la poutre basse d'une plate-forme de soutènement d'un immeuble. Il en descendit immédiatement en voyant Soq. Ses poings se serrèrent.

— C'est elle qui t'envoie ? fit-il en rougissant à la vue du brassard de Soq.

Il y eut un… rugissement. Une ombre se faufilait dans la forêt obscure des étais. Elle approchait, de moins en moins sombre. Elle rugit de nouveau. Un ours blanc. L'ours blanc.

— Non, pas du tout.

Soq avaient la gorge sèche. À quoi bon répondre ? Peu importait la raison pour laquelle ce type en voulait à Go : son ours et lui s'étaient mis dans une telle fureur qu'il ne servait à rien de leur parler. L'ours accourut, se dressa devant Soq. Rugit. Il puait la viande d'otarie pourrie – et une autre odeur. Une odeur de mammifère, qui ressemblait à l'humain. Il n'avait pas manifesté d'hostilité à Soq lors de leurs précédentes rencontres. À présent, il était furieux envers son humain, et son humain était furieux. Contre Soq. L'ours se pencha, la gueule assez large pour recouvrir le visage de Soq – et le leur arracher.

Soq fermèrent les yeux.

Le museau de l'ours se pressa contre le visage de Soq. Il le renifla, le maculant d'un filet de bave d'une joue à l'autre.

C'est une ruse, se dirent Soq. *Il veut que j'ouvre les yeux.*

L'ours blanc voulait voir la mortelle terreur assombrir le regard de Soq au moment où il les tuerait. Soq ne tomberaient pas dans le panneau. Ils n'ouvriraient pas les yeux.

— Qu'est-ce que c'est que ces conneries ? fit le lutteur.

— C'est bien ce que je pensais, dit une voix.

Une voix de femme à l'accent prononcé, rauque et pleine de sagesse. L'orcamancienne.

Pour une fois, se dirent Soq. *Pour une fois que je traque une apparition et que je tombe vraiment dessus.*

— Ce que tu pensais ? Go m'envoie cette petite merde pour qu'elle me fasse la peau et…

— Cette petite merde est ton enfant, Kaev.

Soq n'avaient toujours pas rouvert les yeux.

VILLE SANS PLAN : ARCHÉOLOGIE

La bière est peu alcoolisée, son goût est salé. Le plafond est bas. Tu as faim. Quelqu'un a vomi à la table voisine ; personne ne vient nettoyer la flaque. Il y a bien des fenêtres mais elles donnent sur l'eau noir-vert de l'océan. Tes pensées sont mélancoliques…

— Qu'est-ce qui nous sauvera de cette ville grise, de ces nuits interminables, de ce vent qui sépare le souvenir de l'os, de ce froid humide qui ne nous laissera jamais en paix, de ces ombres mouchetées sur des visages vieillis ? Qu'est-ce qui nous donnera de la joie, qui continuera d'entretenir le feu en chacun de nous ?

C'est alors qu'ils montent sur scène : des femmes avec des guitares, des synthétiseurs, des percussions, et un homme à la basse, et ils sourient, et ils y vont. Et tu souris de même, tu fermes les yeux, que la musique vienne en toi.

Ce n'est peut-être pas très bon, ce qu'ils font. Difficile à dire. Tu n'es plus là, tu as quitté ce bar subaquatique, cette cité flottante, ce monde déchu. Des bribes de mélodies populaires celtes te chatouillent les oreilles, de la soul américaine, du gugak-yangak coréen post-réunification.

Archéologie. La plus représentative, la plus vivante des nouvelles traditions musicales de Qaanaaq. Elle fouille au plus profond des centaines de patrimoines qu'ont apportés les habitants de la ville. Pas de chant, pas de paroles. Ils ne parlent pas entre les morceaux et tu comprends pourquoi, tu apprécies la démarche : tu sais qu'au moment où ils ouvriront la bouche, ils cesseront d'appartenir à tout le monde. Leur langue, leur accent les réduiraient à une zone étroite ; on les rattacherait à tel continent, à telle ville – celle-ci, peut-être. Et les cris de joie surgiraient des poitrines de ceux qui viennent de la même zone, et tous les autres se sentiraient un tout petit peu moins inclus dans la chaleureuse étreinte de la mélodie. La musique est propriété commune de l'ensemble de l'humanité – mais les gens viennent de groupes distincts. Tant que dure la chanson, tant que personne ne dit rien, tu peux toujours prétendre que tu appartiens au même groupe.

Ce ne sont pas des mélodies, ce sont des expéditions, purement et simplement. D'un morceau à l'autre, elles explorent, d'un siècle à l'autre. Les bandes-son des jeux vidéo de la fin des années 1980 deviennent des chants liturgiques en vieux slave. Avant que la mer les réengloutisse – tu te souviens de tes lectures –, les ruines de Troie étaient en fait formées de sept villes différentes, dont chacune avait été bâtie autour des entrailles de celle qui la précédait. Tu te figures ce concert comme une lente promenade du même ordre, d'une époque à l'autre.

On dit qu'ils ont passé des semaines chez diverses communautés de réfugiés dans tout Qaanaaq. Ils ont appris, écouté. Absorbé toutes les mélodies, toutes les bribes de musique traditionnelle possibles. Le revival de la vague khmer. Les ballades qu'on chantait chez les Indiens Nahuatl avant Christophe Colomb. La bachata où les notes tombent aussi vite que la pluie. À chaque concert, ils les convoquent sur scène ; ils jouent un morceau ou deux, ces trésors culturels involontaires, ces gens qui sont les derniers dépositaires de genres musicaux en voie de disparition. Et tu les vois, d'ailleurs, assis au bord de la scène, un sourire fier et triste sur le visage.

Tu n'as personne à Qaanaaq. Ta famille aurait dû te rejoindre, mais cinq ans déjà ont passé et les Guerres de l'eau sont devenues guerres civiles et tu n'as plus jamais entendu parler de la moitié est de ton pays. Tu consultes les registres toutes les semaines, compulses les listes des nouveaux arrivants, des demandeurs d'asile. Tu passes en revue tous les visages tristes, les lèvres tremblantes, les regards vides et résignés. Tu sais que le nombre de ceux qui ne demandent pas d'inscription officielle est bien plus grand – individus que recherchent les gouvernements des nations délinquantes, des seigneurs de guerre, des syndicats du crime, et tu te demandes si ce n'est pas ce qui est arrivé aux tiens, s'ils ont dû pour partir se livrer à des compromis si risqués que leur vie est peut-être en jeu, qu'ils se cachent, qu'ils sont morts peut-être.

Tu as été malade. Tu as été à l'hôpital. Tu n'as rien dit de tes symptômes : tu avais peur d'avoir attrapé les failles ; tu savais ce qui t'attendait si tes peurs se confirmaient. Tu n'as rien dit des curieux souvenirs qui te remplissaient la tête, à te fendre le crâne. Tu leur as simplement parlé de surmenage, de fatigue, de déshydratation, d'anciens traumatismes liés à des agressions sexuelles. Tu as séjourné au Placard.

Tu connais cette mélodie, ces quelques notes. Un dhaanto somalien, une perfection pentatonique. Le synthétiseur reproduit dans la fluidité les sons de l'oud.

Tu as connu en prison quelqu'un qui fredonnait souvent cet air. C'était dans ton pays. Un prisonnier politique, lui aussi.

C'est au Placard que nous avons fait connaissance, toi et moi. Toi : dans un coin de la salle de jeux, les yeux fermés. Je passais déjà des heures dans ce même coin l'après-midi bien avant ton arrivée à Qaanaaq. Mon regard s'est posé sur toi. Je savais ce qui te travaillait. Je me suis ouvert le bras, j'en ai fait autant avec le tien, nos plaies se sont touchées. Nous voilà du même sang.

Depuis, tu ne crains plus les souvenirs des inconnus.

La bière, en dépit de son apparente innocuité, fait quand même son effet. Tu sens en toi une étrange sensation d'extase, maintenant que tu l'as finie. Quand tu fermes les yeux…

Les souvenirs s'éveillent, se rendorment. Ranimés par la musique. Peu importe qu'ils ne t'appartiennent pas. Désormais, c'est à Qaanaaq que tu appartiens. Tu y es chez toi. La douleur de ses habitants est la tienne, de même leurs chansons.

Fill

Fill aurait dû être très malheureux. Il aurait dû se sentir mort de honte et de culpabilité. Il aurait dû prendre les devants pour réparer les conséquences de ses actes irresponsables.

Ce ne fut pas le cas.

Quand donc était-il devenu ce monstre insensible ? Se sachant atteint d'une maladie mortelle et sexuellement transmissible, il avait fait l'amour sans préservatif avec Soq. Soq qu'il n'avait pas prévenus. Soq auxquels il n'avait rien expliqué après la chose. Au lieu d'être rongé par le remords, au lieu d'être accablé par sa sottise, il était planté là, devant la mer, accoudé à la rambarde, à regarder le coucher du soleil, admirant au passage l'arc-en-ciel fractal qui propageait lentement ses couleurs le long du pare-vent.

En quoi se transformait-il ?

Un élément de réponse : il n'arrivait pas à s'en vouloir. Les circonstances de la rencontre étaient si singulières. Certes, le péril encouru l'avait incroyablement excité – en même temps, il en avait aussi conçu une certaine irritation. Voire quelque colère. Soq s'étaient conduits en criminels. Des intrus dans la place, en fait. L'appartement secret de son grand-père. Soq, créature superbe, hérissée, pitoyable, révolutionnant l'idée que Fill se faisait des genres. La rencontre tenait de la pornographie, du rêve, du film d'épouvante.

Et cependant. Soq existaient. Fill avait réellement couché avec eux. Ils devaient déjà éprouver les premiers symptômes des failles.

Et alors ? Pourquoi Fill se sentait-il si curieusement bien ?

Demain soir, j'aurai la réponse, se dit-il. *Mon grand-père consentira ou non à me donner la somme ridicule que je vais lui demander.*

Il aurait voulu se contenter d'une demande par écrit, mais Barron avait objecté que le procédé manquait de cérémonie. Trop facile et peu digne des événements formidables que ces fonds allaient contribuer à provoquer. Il avait donc demandé à Fill d'organiser une rencontre à laquelle ils assisteraient tous les trois, de manière à pouvoir accorder leurs violons.

Atermoiements, sans doute. Barron craignait probablement autant que lui de prendre la mesure véritable de ce que Choek pouvait vraiment pour eux. Tous deux tremblaient à la perspective toujours possible d'un coup d'épée dans l'eau. Et si Choek ne les conduisait nulle part ? Ou, pire encore, si Choek les conduisait en effet à l'origine de *Ville sans plan* ?

Le soleil s'était couché. Le ciel était encore clair. Le cœur de Fill dansait au même rythme que les vagues, les ondes lumineuses.

Ce sont les failles, se dit-il. *Je les sens qui tremblent dans mes chairs. Qui mettent mes défenses à mal, qui détruisent les murs que j'ai dressés entre le monde et moi. Qui me détachent de moi-même, de mon ego, de cette flamme minuscule, frémissante, solitaire, si bien que je peux comprendre comment je suis le soleil. Nous sommes le soleil.*

Quelle tristesse qu'il m'ait fallu cela, cela, pour me faire comprendre l'immense beauté de notre monde.

Elle venait à lui de plus en plus souvent, à mesure des progrès de la maladie. Dans ses rêves, dans les foules, dans les souvenirs qui n'étaient pas les siens. La femme fantôme : un guide, mais pour quelle destination ? Elle l'emmenait dans certains endroits, lui racontait des histoires sans paroles. Il la sentait en lui. La plupart du temps, elle était paix, profonde, terrifiante – une réconciliation radicale et plus divine que ce que le Christ aurait pu accomplir. Cela ne pouvait venir que d'une douleur indicible. Parfois elle trébuchait, se craquelait, se réfractait, et il restait bouche bée devant le fleuve de rage qui rugissait non loin de sa surface. Ce dont elle avait souffert. Ni réprimé, ni oublié, et cependant absent.

Que lui était-il arrivé ?

Pour Fill, c'était elle, l'Auteur. La conceptrice de *Ville sans plan*. Une idée sans doute stupide, irrationnelle et probablement fausse, il en était bien conscient. Il en était tellement persuadé que la théorie ne pouvait qu'être erronée. La femme était une construction mentale, une élucubration née de son imagination malade. Son cerveau contaminé tirait du chaos d'informations dans lequel il se noyait des récits, des personnages complexes.

Ce devait être cela.

Chauve. La cinquantaine. Comme l'Auteur s'était décrite.

Il s'écarta de la rambarde et fit quelque chose qui le surprit. Il s'assit. Il se pencha, plongea deux doigts dans les eaux glaciales. Puis les porta à ses lèvres.

Nous vivons le plus clair de nos vies suspendus au-dessus de la mer, songea-t-il, *mais nous avons oublié le véritable goût du sel. Pas celui des produits raffinés que nous trouvons dans les placards de nos cuisines, sur les comptoirs de nos restaurants. Non, l'âcre, l'infecte, l'écumeuse bave de mer dont nous sommes sortis en rampant, près de laquelle nous vivons et à laquelle nous retournerons un jour.*

Bientôt, je me libérerai de ce corps et ne ferai qu'un avec la mer, avec le ciel, avec l'infini. C'est le don qui m'a été fait et je l'ai, à mon tour, transmis à quelqu'un d'autre. Don amer, mais ce sont les plus beaux.

Soq

Soq voulaient : rien.

Ils regardaient la ville du haut de quarante étages. Ils sirotaient un vrai scotch, qui avait un goût de fumée et de bronze martelé, et s'en rendaient à peine compte. Autour d'eux, les gens portaient des cages et des bulles de Polyglass contenant des animaux inconnus de Soq, même en photo ; Soq s'en fichaient et ne leur accordèrent qu'un unique coup d'œil. Leur estomac les tiraillait ; leur faune intestinale avait été revigorée, de sorte que toutes les mauvaises pensées, tous les mauvais sentiments, tous les traumatismes physiques avaient été balayés. Soq étaient là, ne ressentant aucune douleur et, cependant, ne s'étonnant pas de l'étrange bénédiction que représentait cette absence de douleur.

C'étaient sûrement les failles. Transmises par Fill. Cet enculé de gosse de riches dans cette saloperie d'AppVide. Ça ne pouvait être que lui. Il n'y avait eu que ce crétin, ces derniers temps. Soq étaient mille fois trop débordés ces dernières semaines pour baiser. Cet enculé, ce fils de pute leur avait refilé les failles.

C'était ainsi que Soq n'arrêtaient pas de lui traverser l'esprit. C'était ainsi que Soq percevaient sa solitude, sa douleur.

Raison pour laquelle les plans que Soq faisaient depuis des années – comploter, conquérir ou détruire Qaanaaq – paraissaient soudain si fragiles, voués à l'échec.

Qu'il crève.

— Ce n'est pas seulement le fait qu'ils aient commis des horreurs, disaient Soq – mais ce n'était pas du tout leur voix. On croirait vraiment un cours pour débutants, non ? Un truc que tu comprends en général au moment où tu commences à découvrir la baise. Tu te contentes d'accepter qu'il y a des trucs dans ta famille dont tu ne veux surtout pas entendre parler.

— C'est clair, répondit un très joli garçon.

De fines lignes de lumière dorée luisaient dans les chairs de son visage – des bactéries bioluminescentes, peut-être, ou des photophores extraits de céphalopodes. Les gamins queer des ploutocrates de Pétersbourg raffolaient de ces deux méthodes. Les microbes, ou les bactéries, ou les Soq-ne-savaient-pas-quoi avaient une durée de vie de trois jours (ou quatre, peut-être). Une acu-ampoule de 15 centilitres coûtait un peu moins de ce que Soq gagnaient en six mois de gliste.

— Tu n'écoutais pas, Tauron, disaient les non-Soq.

— Bien sûr que non, répondait Tauron.

Et Soq savaient que cela signifiait le contraire : bordel, pourquoi fallait-il que les riches compliquent toujours tout ?

— Et ce n'est pas de ma faute si ces choses horribles se sont produites, ce n'est pas de ma faute si je vis bien, pendant que d'autres sont dans le malheur à cause de ce que mon grand-père aurait commis… mais… et voilà le vrai problème… À partir du moment où tu sais vraiment ce qu'ils ont fait, cela ne te contraint-il pas à réagir ? à remédier à la situation ? Sans quoi, n'as-tu pas les mains aussi sales qu'eux ?

La bulle dans laquelle ils se trouvaient s'éleva jusqu'à l'extrémité de son long mât. Soq baissèrent les yeux vers la mer, noire sous leurs pieds, sur les lumières qui dansaient de tout côté.

La ville leur appartenait. Qaanaaq avait été conquise.

Et Soq se sentaient six pieds sous terre.

Puis ils rouvrirent les yeux et se retrouvèrent dans le recoin immonde, ténébreux et moisi où la Femme à l'orque les retenait prisonniers. Elle n'était plus là. Soq se rappelaient son départ, bien qu'ils n'aient pas été pleinement conscients à ce moment-là.

Ils ne s'étaient pas assoupis, non… ils étaient partis.

Soq n'en ressentaient aucune colère, même si on leur avait tout pris. Même si on les avait replongés dans la misère qu'ils connaissaient depuis l'enfance. Non, ils avaient même un sentiment de gratitude. Ils étaient de retour dans leur existence, dans leur corps. Ils étaient libérés de la souffrance de Fill, si curieuse, si terrifiante. Ils avaient retrouvé leurs vieilles douleurs familières.

— Merci, frère, murmurèrent Soq.

Il avait tout, ce pauvre petit enculé qu'avaient

baisé Soq ; il avait tout et il était si creux à l'intérieur que Soq durent lutter contre l'envie de lui courir après pour le serrer dans leurs bras.

Ankit

Ankit passa trois heures à grelotter sur la Plaque en face de l'entrée de l'arène Yi He Tuan. À scruter les visages de tous ceux qui entraient et sortaient. Elle cherchait son frère. Les écrans scintillèrent : annulation du prochain combat de Hao Wufan. Merde, quel dommage, se dit-elle. Le Grand Espoir du Ring se conjuguait au passé maintenant que les photos de certaines soirées chaudes entre garçons avaient été diffusées – sans parler des enregistrements audio de ses délires, consécutifs soit à une sévère overdose, soit à une contamination par les failles.

Le dossier transmis par son contact à la Santé n'était pas très épais, elle avait cependant appris deux ou trois choses sur son frère. Il n'allait pas bien, il souffrait de lésions cérébrales – sans autre précision. Elle avait des éléments maintenant. Quelque chose à lui donner. Il pourrait prendre son temps, digérer ces informations. De son côté, elle ne se formaliserait plus de ses hurlements, de ses gémissements, de ses crises de colère. Elle était au courant, à présent.

Il fallait remettre la main sur lui, d'abord. Elle

était certaine que les lutteurs n'avaient pas pour habitude de traîner autour des salles de sport en dehors des combats, mais c'était tout ce dont elle disposait en termes d'indices. Il viendrait peut-être retrouver un manager, un organisateur de combats, se faire payer, s'exercer sur les poutres ou s'entraîner dans une salle secrète, avec d'autres membres d'une société de lutteurs à l'intérieur du bâtiment.

Lorsqu'elle était arrivée sur l'esplanade, le plan lui paraissait raisonnable. À présent, elle était morte de froid et de faim, ses pieds la faisaient souffrir.

Elle chercha une photo de lui sur son écran. Elle la voyait, tout de même, se disait-elle : une ressemblance dans le pourtour des yeux, l'arrondi du contour du visage. Et peut-être avaient-ils eu le même nez, autrefois, avant que celui de Kaev ne soit brisé un très grand nombre de fois.

Elle s'adossa au mur, près d'un tuyau rouge. Vieille astuce de SDF : cela permettait d'absorber la chaleur dégagée par le métal. Au bout d'une heure, cependant, toute la chaleur du monde n'aurait pas suffi à la distraire de la douleur de ses pieds et de la conviction que son attente était parfaitement vaine. Elle se détacha du mur et se dirigea vers l'Échangeur.

Une jeune fille croassa dans les hauteurs. Imiter les corneilles, un truc que les grimpeurs utilisaient depuis des lustres pour affoler les piétons. Ankit croassa en retour, ce qui lui valut un éclat de rire éberlué.

Nous autres adultes n'avons pas toujours eu les pieds sur terre, songea-t-elle, heureuse de n'avoir pas tout perdu du langage des grimpeurs.

Pas complètement.

Une autre révélation de ce dossier qui lui avait coûté si cher et qu'elle n'avait pas encore approfondie. Détail épineux, coupant – elle s'y écorchait les doigts chaque fois qu'elle essayait de s'y plonger : avant d'arriver à Qaanaaq, sa mère était passée par Taastrup. L'endroit auquel les premiers cas de failles ne cessaient de ramener. Cela avait-il une signification spécifique ? Sa mère avait-elle contracté une forme précoce des failles, des dizaines d'années avant l'apparition de l'épidémie elle-même ? Et son frère ? Avait-elle été soumise à des expérimentations médicales, avait-elle survécu à on ne savait quel accident ?

Patient 57/301. Pas de nom, pas de correspondance avec qui que ce soit dans les banques d'identification génétique. Au Placard depuis trente ans. Statut ultra-confidentiel. L'autorisation ne pouvait émaner que d'une seule nation parmi les sponsors de l'établissement, la Chine. Donc n'importe qui dont le portefeuille était assez garni. Les fonctionnaires thaïs étaient beaucoup moins corruptibles.

Aucun diagnostic à contester, aucun médecin à pourchasser, à punir. Plongée jusqu'à la taille dans ses fantasmes sanguinolents (ah, le jour où j'attrape la personne qui a fait cela), elle finit par remarquer quelque chose. Quelqu'un, plutôt, qui la fixait.

Une femme au magnifique teint brun clair, buriné par le vent, à quelques mètres d'elle. Assise – assise ? – dans la mer. Puis elle prit de la hauteur et Ankit se rendit compte qu'elle n'était pas du tout assise dans l'eau mais qu'elle chevauchait… chevauchait une créature aussi noire, aussi mortelle, aussi splendide que la mer elle-même. L'orque tourna la tête et fixa Ankit, la *vrilla* du regard ; la femme en fit autant et Ankit se sentit étripée, poignardée, harponnée…

— Elle se souvient de toi, dit-elle.

La célèbre Femme à l'orque.

Ce n'était pas une illusion. Elle était bien là. Et elle parlait à Ankit.

Au bout d'un temps infini, Ankit ouvrit la bouche :

— Quoi ?

Et sa voix était bien plus ténue qu'en aucune autre occasion dont elle puisse se souvenir.

— Elle a une excellente mémoire. Elle n'oublie pas les odeurs, même après trente ans.

Ankit approcha de la bête et s'accroupit. L'air dans ses poumons ne voulait plus bouger. Il lui collait aux bronches comme du plomb. Elle ferma les yeux, fouilla dans sa mémoire. Alla chercher au plus profond du temps. Elle revit d'étranges pièces, des espaces surpeuplés, une main sur sa bouche qui l'empêchait de hurler. Des bruits de pas. Un rire masculin, tranchant. Des aperçus de cauchemar : rien de nouveau, elle les traînait toujours avec elle, les avait attribués aux orphelinats crasseux et aux barges surchargées de petits enfants – toutes ces images s'inséraient parfaitement à la longue série de scènes sordides, bien plus claires dans son souvenir, que le système de protection de l'enfance à Qaanaaq lui avait fait vivre. Et lorsqu'elle revit d'immenses étendues de neige blanche, lorsqu'elle sentit la fumée, qu'elle entendit hurler les animaux sauvages dans le lointain, puis les détonations, les gémissements, les pleurs des mourants, comment faire la différence entre la mémoire et l'imagination ? On avait écrit tant de choses sur le génocide des nanoliés, c'était le sujet de tant de films, tant de poèmes épiques, tant d'essais détaillés !

Elle rouvrit les yeux, fixa de nouveau le museau de l'impossible créature. Souffla.

— Tu es sa compagne. La compagne de ma mère.

L'orcamancienne hocha la tête.

— Je suis ta mère, moi aussi.

— Bien sûr, bredouilla Ankit, sans trop savoir quelle était la démarche à suivre.

Une accolade ? Une courbette, une poignée de main, des larmes, des lamentations, l'arrachage des vêtements ?

— Nous avons arpenté chaque Bras de cette ville pendant des jours. Des semaines, peut-être. J'ai du mal avec les repères du temps humain. Nous avons du mal. Nous avons flairé l'air. Nous cherchions ton odeur. Dans cette ville et dans des centaines d'autres.

Le visage de la femme – le visage de sa mère – le visage de son autre mère – la terrifiait dans sa nudité. Il ne cachait rien. Il refusait de cacher quoi que ce soit. Il était dépouillé, étranger, opposé aux comportements humains. Plus orque qu'*Homo sapiens*. Les pommettes d'Ankit s'enflammèrent – et ce n'était pas que de joie et d'amour. Il y avait de la peur aussi. Cette femme l'effrayait, qui ne se souciait pas le moins du monde des bonnes manières, de Qaanaaq et de la vie confortable qu'Ankit avait fini par s'y ménager au prix d'une lutte acharnée.

— Je m'appelle Ankit. Mais avant cela ?

La femme secoua la tête.

— Comment m'appelais-je, autrefois ?

— Ça n'a plus d'importance. Un autre jour, peut-être.

Elle descendit de l'orque, se hissa sur la Plaque. Tendit le bras d'un geste raide, comme une étrangère qui n'est pas encore habituée aux usages locaux.

— Je m'appelle Masaaraq.

Elles se serrèrent la main. Ensuite, Masaaraq se rua avec une effrayante vélocité vers Ankit, qu'elle étouffa à demi dans une généreuse et féroce étreinte.

Elles avaient exactement la même taille.

— Et ma mère ? Quel est son nom ? Je ne l'ai jamais su. Elle n'est qu'un numéro pour eux.

Masaaraq regarda alentour, se méfiant peut-être d'oreilles indiscrètes, invisibles. Les nouveaux venus, surtout lorsqu'ils venaient des zones sous-développées du Monde Englouti, entretenaient souvent de folles croyances sur les capacités technologiques de Qaanaaq. Par exemple, ils croyaient que le brouillard pouvait enregistrer vos paroles et les transmettre aux robots diaboliques qui régnaient sur la ville.

— Ora, chuchota-t-elle à l'oreille d'Ankit.

— Tu es venue pour lui rendre la liberté, reprit Ankit. Je ne me trompe pas ?

Masaaraq hocha la tête.

— Je veux t'aider.

Masaaraq s'empara de la main d'Ankit et la serra.

Sans dureté, mais d'une poigne implacable. Sa force était irrésistible. Cette femme ne s'était jamais arrêtée, et ne pouvait l'être, du reste, en dépit de ce qui pouvait lui arriver, à elle ou à qui que ce soit d'autre.

Ankit dut inspirer profondément à plusieurs reprises.

Elle s'était dit déjà qu'elle gagnait la bataille contre la peur. Qu'elle n'était plus cette fillette que la peur paralysait, dont elle ruinait l'existence. Elle avait posté la photo de Taksa sur les réseaux, elle était allée voir sa mère – ces décisions si difficiles, elle les avait considérées un moment puis elle avait sauté le pas. Affronté les obstacles.

Pour se retrouver de nouveau devant ses propres limites. Le gouffre qu'elle hésitait à franchir. Le saut qui mettait tout en danger, qui impliquait d'abandonner tout le confort, toute la douceur de vivre dont elle avait pu jouir. Le saut qui la ferait peut-être atterrir en prison, qui lui coûterait son statut – ou pire encore. *Je veux t'aider*, avait-elle dit : oui, c'était bien ce qu'elle voulait. Mais elle ne le pouvait pas. Pour les détourner, elle et Masaaraq, de la bile qui lui montait à la gorge, de la panique qui devait se lire sur son visage, elle bredouilla :

— Et j'aurai droit à une orque ?

— Une ourse blanche, répondit Masaaraq. C'était ce qui était prévu. Mais elle est morte avant que vous puissiez vous nanolier. Ça s'est produit au moment de l'attaque. Quand ta mère s'est enfuie avec vous deux. Nous étions des nomades. Nous passions l'hiver dans une ville fantôme. J'étais partie sur la piste de ceux qui essayaient de nous exterminer. J'ai échoué. Ils sont arrivés en ville avant moi. Tout le monde y est passé, sauf vous deux. Et elle.

— Et toi, ajouta Ankit.

— Mais tu devrais en être reconnaissante, reprit la Femme à l'orque. Comme ton animal est mort avant que vous ayez pu vous lier, tu as pu vivre une vie normale. Et non pas celle d'un idiot qui ne sait pas ce qu'il dit.

— Comme mon frère. C'est ça, hein ? C'est ce dont il souffre ?

— Tu connais Kaev ? Lui ne te connaît pas.

— Je le connais sans le connaître. Je me suis présentée à lui un jour. Il a… plus ou moins…

— Il s'est effondré. Je comprends. Son esprit a été dévasté. Pendant la plus grande partie de sa vie, il lui a manqué quelque chose. Il l'a retrouvé. Il se remet. Toi aussi, tu n'étais pas complète. Simplement, tu ne le savais pas. Je te guérirai, toi aussi.

— Je ne suis pas incomplète, protesta Ankit.

La Plaque s'effondrait sous ses pieds.

— Je n'ai pas besoin d'être guérie.

— Mais si, répliqua l'orcamancienne. Tu as besoin d'être nanoliée.

— Ou bien ?

Masaaraq resta muette et recula d'un pas.

Ankit ouvrit la bouche :

— Est-ce que… est-ce que tu veux passer un moment chez moi ? Prendre un thé ?

Elle jeta un bref coup d'œil à l'orque, l'imagina, vision ridicule, dans son ascenseur, puis tenant délicatement une tasse dans sa massive nageoire, à la table de la cuisine.

— Vous pouvez… vous séparer ?

— Oui, je le peux. Et je viendrai boire un thé chez toi. Mais pas maintenant. J'ai une course à faire. Avec des amis.

Elle se retourna, détacha une boîte noire du harnais de l'orque.

— Pour l'heure, il nous faut entamer le processus de nanolien.

— Non, répondit Ankit, mais sa voix resta peut-être inaudible.

— Je n'ai pas d'ours blanc sous la main, poursuivit Masaaraq. Il faudrait du reste que ce soit un adulte car tu l'es toi-même. Je ne sais pas ce que cela donnera. Si tu auras mal, si ça marchera bien. Chez nous, jamais quelqu'un n'a eu son premier nanolien si tard. Tu aurais un animal à l'esprit ? Une espèce ou une bête par laquelle tu serais particulièrement attirée ? avec laquelle tu aurais déjà un lien ?

— Non, répondit Ankit d'une voix plus forte.

Grands dieux, elle n'avait même pas d'animal de compagnie, elle n'avait jamais été attirée par quiconque ! L'idée d'être fidèle à quelqu'un lui donnait déjà des boutons – et voilà que cette inconnue dont elle ne connaissait pas le nom cinq minutes plus tôt, cette femme qui était entrée sur son territoire à cheval sur son orque cinq minutes plus tôt, lui proposait une union plus intime, plus effroyable que toutes celles qu'elle avait pu imaginer dans son existence.

Il lui suffit de croiser une fois le regard de Masaaraq pour comprendre que la Femme à l'orque n'était pas tout à fait humaine. Le nanolien avec l'animal métamorphosait l'individu. On n'avait plus du tout le même comportement, les mêmes désirs.

— Tu vas avoir un peu de répit, dit Masaaraq en sortant une série d'étranges ustensiles de la boîte.

Des seringues, des flacons, des compte-gouttes et des outils dont Ankit ne connaissait même pas le nom.

— Pour l'heure, je me contenterai de te prélever quelques nanites pour que nous puissions les mettre en culture.

— Non ! s'écria Ankit, qui fit volte-face pour se mettre à courir, puis se ravisa suffisamment longtemps pour donner à Masaaraq ses deux adresses, maison et bureau, avant de bredouiller d'abondantes excuses et de se remettre à courir.

Kaev

Autrefois Kaev s'était demandé comment les choses se passaient pour les grandes stars des rings. Celles que tout le monde reconnaissait, celles devant lesquelles les foules s'écartaient, celles qui faisaient s'afficher sur les visages d'immenses sourires où se mêlaient l'étonnement et la gratitude. La peur, aussi. Sa copine Ananka, dans le temps, au moment où tous deux débutaient, n'était pas passée loin de cette sorte de gloire. Les passants s'arrêtaient toujours pour la dévisager bouche bée. Mais ce n'était pas grand-chose comparé à l'admiration universelle et craintive qu'inspiraient les plus célèbres des lutteurs de poutre.

Laquelle aurait pâli devant l'attention à laquelle il avait désormais droit. La moitié des habitants de Qaanaaq se fichaient des lutteurs de poutre comme de leur première chemise, mais il n'y avait pas un seul individu dans les huit Bras qu'un ours blanc puisse laisser de marbre.

Et donc, il était là, à se pavaner sur la Plaque, flanqué d'un ours blanc qui se dandinait sur ses talons. Et pas des plus chétifs, l'ours. Suivant la mythique orcamancienne, sa lance en os à la main, et l'enfant des rues, glister désormais petite main d'une reine du crime – enfant dont il était le père.

Tous s'arrêtaient. Tous les regardaient bouche bée. Nombreux étaient ceux qui poussaient des cris. Ou se tapotaient la mâchoire : Allô, la Sécurité ? Les passants prenaient des photos avec leur écran, leur caméra frontale, leur oculaire. Des enfants fondaient en larmes. Il y avait bien un ours blanc aux Zoos flottants, mais il était petit, malingre et malheureux.

Soq avaient émis une proposition : pourquoi ne pas siffler une navette ? Mais l'orcamancienne – *Masaaraq*, se corrigea rapidement Kaev, *elle a un nom, elle est quelqu'un et non cette figure mythique au sujet de laquelle tout le monde raconte des histoires* –, Masaaraq avait refusé.

Elle était d'une humeur massacrante, de retour d'une nébuleuse expédition qui l'avait visiblement bouleversée.

— Il faut qu'ils nous voient, avait-elle tranché.

Ma ville sait enfin qui je suis. Tout le monde me regarde, et ce n'est pas parce que je vais me faire aplatir par une gueule d'ange. Dans trois minutes, les images seront sur tous les réseaux.

Il se retourna une ou deux fois vers Soq, cette autre sublime créature entrée par effraction dans sa vie ; à chaque fois Soq détournèrent vivement le regard.

Au moins, je ne suis pas le seul qui ne sait pas quoi faire dans ce genre de situation, songea Kaev.

Un sourire lui vint. L'ours fit halte devant un

tuyau de chrome rouge et retroussa les babines, percevant l'odeur d'un chien désormais absent.

— C'est fou, dit Kaev. Je le sens. Je sens le désir qu'il a d'attaquer ces gens. Qu'il considère comme de la viande, rien d'autre. La manière dont il les flaire. Et lui aussi, il me sent. Il sait qu'il ne peut pas les attaquer. Donc, il se retient. Comment est-ce possible ? Les gens passent des années à dompter les bêtes sauvages et celui-ci s'est domestiqué...

— Instantanément, poursuivit Masaaraq. Mais il n'est pas domestiqué. Un animal nanolié n'est domestiqué que si son humain l'est. Et certains humains peuvent être très sauvages. Vraiment très sauvages.

— C'est juste.

— Et puis il faut te méfier. Ça marche dans les deux sens. Tu influes sur son comportement, mais l'inverse est vrai. En général, les humains n'ont aucun mal à maintenir leur domination psychologique sur leur animal, mais il faut veiller au grain.

Il posa la main sur l'épaule de l'ours ; ils traversèrent l'Échangeur la tête haute et s'engagèrent dans le Bras Cinq. Un officier de la Sécurité les arrêta à l'entrée. Il se tapotait la mâchoire d'une main visiblement tremblante.

— Il n'y a rien sur mon contrat d'inscription qui mentionne une quelconque interdiction d'avoir un ours blanc comme animal de compagnie, déclara Kaev.

L'argument venait de Masaaraq. Elle s'était renseignée avant de venir à Qaanaaq.

— Je réponds de son comportement. Il ne fera de mal à personne.

— C'est un animal sauvage et vous n'avez pas de permis, marmonna l'officier sans conviction.

Il cherchait du regard une aide qui ne venait pas. Sa main se dirigea vers le taser accroché à sa ceinture, une arme tout juste bonne à mettre un ivrogne un peu corpulent hors d'état de nuire. Et à irriter un ours blanc. Risque que l'officier n'avait sans doute aucune envie de prendre.

— Les permis ne s'appliquent qu'aux résidents inscrits, reprit Kaev, respectant à la lettre les instructions de Masaaraq. Cet animal appartient à mon amie ici présente, et elle n'est que de passage…

— … animal recherché, en relation avec plus d'un incident ayant débouché sur des décès multiples…

— Avez-vous la preuve qu'il s'agissait du même ours blanc ?

Ils poursuivirent leur progression. Dans dix minutes, ils auraient quitté la Plaque : la Sécurité serait impuissante à les en empêcher. Il aurait fallu, pour arrêter la bête, l'effet combiné de vingt tasers ou bien une autorisation émanant du QG pour qu'un agent puisse utiliser une arme létale. Dans les deux cas, cela aurait pris bien plus que dix minutes. Kaev accéléra le rythme – sans excès, cependant.

À tous les coins de rue du Bras Cinq, il y avait de la nourriture. Odeurs de poisson cuit et de sauce soja en voie de caramélisation qui faisaient gronder l'ours de faim. Kaev la sentait également, cette faim de l'ours, distincte de la sienne, et lorsqu'il se concentrait, la sienne justement s'intensifiait. Une boucle. Une chambre d'écho, la faim de l'animal rebondissant sur celle de l'homme et inversement, les deux s'accroissant, se multipliant ; il lui suffisait de fermer les yeux, de laisser faire et l'ours, tendant une seule patte, pourrait sans effort satisfaire leurs deux faims…

Une douleur vive le fit se redresser. Masaaraq l'avait frappé du manche de sa lance.

— Hé !

L'ours la regardait tandis qu'ils avançaient tous ; son hostilité se manifestait par des picotements dans les coudes de Kaev – comme pour dire : *Je m'en souviendrai… et je n'ai toujours pas oublié la manière dont tu m'as encagé la tête pendant toutes ces années.* Soq posèrent la main sur l'autre épaule de l'ours. Ce que Kaev ressentit également : le bonheur brutal, mammalien, de l'animal en réaction à la caresse de quelqu'un qu'il aimait bien. Pas si différent de celui qu'éprouve un chien. Belle sensation au cœur de laquelle habiter.

Ils parvinrent à la passerelle.

— Tu lui as envoyé un message ? demandèrent Soq.

— Crois-moi, répondit Masaaraq, elle sait que nous sommes là. Elle nous a fait surveiller, tous.

Kaev ne s'était intéressé qu'à l'ours. Il avait essayé de ne pas penser. Ni à Soq, ni à leur destination. Ni à ce que représentait le fait pour lui d'avoir un enfant. Ni à cette ultime bagarre après laquelle ils s'étaient séparés, Go et lui – violente, interminable, deux ou trois mois avant la naissance de Soq. Ni à cette étrange réalité : Go et lui, tout ce temps, avaient donc eu un enfant.

Ni à la haine intense qu'il lui vouait. Ni à la coexistence de la haine avec ce curieux sentiment, si bizarrement semblable au bonheur, qui croissait dans sa poitrine à mesure qu'il se rapprochait d'elle.

VILLE SANS PLAN :
LES FAILLES

Personne ne sait où ni comment elles ont acquis ce nom. L'histoire de leur origine est sans doute assez banale – elles causaient des dépressions nerveuses, des effondrements psychiatriques, une rupture irrévocable de l'identité. Le premier usage répertorié du terme remonte à la correspondance d'un camp de transit. Les réfugiés l'utilisaient assez fréquemment pour qu'il ait déjà fait surface à cette époque dans le langage oral. Sa persistance offre une résonance plus profonde ; il se pose, si l'on y songe, une question troublante : pourquoi continue-t-on d'appeler les failles d'un nom aussi informel ? Pourquoi n'a-t-il pas été remplacé par un terme plus scientifique, plus médical, voire par un acronyme aussi terne qu'un drapeau blanc de reddition – syndrome de dissolution de la personnalité (SDP) ou trouble d'affiliation multiple (TAM) ? Les épidémies ont des causes sociales et non médicales.

J'ai voulu ici assembler son histoire, comme un patchwork. Rassembler des fragments d'histoires et de rumeurs. Souvenirs. Malades pris par les vertiges d'étranges visions. Régisseurs de barges-taudis condamnés au chômage, leur navire étant devenu un hôpital flottant pour les locataires malades. Médecins et officiels mystifiés par l'impuissance des logiciels devant la maladie : impossible de trouver un médicament, ni même, plus modestement, de limiter les dégâts, comme si quelqu'un – puissante intelligence pouvant être celle d'une machine ou celle d'un homme – avait décidé de faire obstacle à toute solution.

On parle partout des failles. Fous délirants dans les rues, enfants hurlant des secrets qui ne sont pas les leurs. Qaanaaq est à la dérive, dit-on – elle défaille, elle est impuissante, elle échoue : ses intelligences artificielles naguère si puissantes ne sont plus en mesure de maintenir l'ordre. Les Services de Sécurité croulent sous la tâche. Les prisons débordent. Des barges de quarantaine, surpeuplées, sont encore amarrées aux Bras. S'ils étaient au courant, les gens commenceraient à se faire toutes sortes d'idées absurdes.

Un chef de gang pourrait essayer de s'emparer du pouvoir.

Et une femme qui s'est donné une mission double – venger, secourir –, qui sait depuis des années qu'elle finira par arriver à Qaanaaq, qui sait que ce qu'elle cherche s'y trouve – et qui n'ignore pas que ses ennemis l'y attendent, ceux qui lui ont volé ce qu'elle cherche, et bien plus – gens de pouvoir, qui jouissent de toute la puissance du système municipal –, cette femme, donc, pourrait décider que le moment est venu pour ses adversaires de périr et pour sa quête de prendre fin.

Les failles l'ont conduite jusqu'ici.

Kaev

Pour être attendus, ils étaient attendus. Dao était campé au sommet de la passerelle. Se pressait autour de lui une petite armée de fantassins armés et tremblants. Kaev, sans ralentir, sans hésiter, monta sur la passerelle, l'ours sur ses talons.

— Qu'est-ce qui t'amène ici ? demanda Dao, la paume à quelques millimètres de l'interrupteur qui commandait le verrou hydraulique.

La passerelle repliée, ils se seraient abîmés dans l'océan.

— Tu le sais. Elle.

— Et si elle est occupée ?

— Trop occupée pour ça ?

Soq les rejoignirent.

— Appelle-la, d'accord ? Pose-lui la question.

Derrière eux s'étaient rassemblés quelques officiers de la Sécurité, que l'éloignement de l'ours, désormais hors de la Plaque, avait enhardis. Ils assemblaient une pièce d'artillerie inconnue de Kaev. Une arme de neutralisation, sans doute, mais assez effrayante à voir, peut-être un de ces canons à impulsion sonique, ceux dont les Russes s'étaient faits les pionniers pour contrer les manifestations.

Leurs tirs pouvaient causer des anévrismes. Kaev n'avait pas envie de voir ce canon braqué sur eux. Si Go ne les laissait pas entrer, ils seraient tous en danger, l'ours compris.

Dao détourna la tête. Il parlait dans son implant.

— Hé, comment ça va ? firent Soq à l'une des soldates.

Elle lui répondit d'un sourire nerveux. Tous parmi les fantassins de Go n'avaient d'yeux que pour Soq. Ce que Soq savaient.

Pour impressionner ses nouveaux collègues, il n'y a pas mieux, songea Kaev.

Donc Soq, au moins, y trouvaient leur compte. Et Kaev aussi, d'une certaine façon. Il continuait de ressentir ce parfait bonheur – celui qui l'avait comblé tandis qu'il traversait Qaanaaq au centre de tous les regards. Et cette puissance qui vous vient lorsque vous êtes accompagné par une parfaite machine à tuer, un bloc blanc d'une demi-tonne. Et le simple plaisir d'avoir un cerveau qui n'était plus cette mécanique déréglée, corrosive, bonne pour la casse.

Ce souvenir le fit frissonner. Pas une minute de son existence passée qui n'ait été hideuse. Les phrases les plus simples, les pensées les plus directes, tout s'effritait entre ses mains. Et l'effroi que lui inspiraient les autres humains. La joie des combats, ces moments si rares, ces orgasmes entre lesquels s'étiraient des intervalles de verre pilé. Ombre si piteuse du plaisir qu'il prenait en chaque instant désormais à la proximité de l'ours. Et même cela, les combats, il avait eu de la chance de les vivre. Nombreux étaient les gens qui, le cerveau cassé comme le sien, s'adonnaient à des drogues bien plus dangereuses.

Il se rendit compte que Masaaraq fronçait les sourcils. Mais pas à la manière méfiante de quelqu'un qui se trouve dans une position tactiquement douteuse, non. Elle semblait profondément malheureuse.

— Ça va ?

— C'est une diversion, dit-elle.

— Par rapport à quoi ?

— Par rapport à mon but.

Kaev hocha la tête. Combien de fois lui avait-il demandé ce qui l'avait fait venir ? Et combien de fois avait-elle répondu qu'elle ne répondrait pas ? Il avait renoncé à la questionner.

— Go a du pouvoir. Elle a des relations. Elle est intelligente. Quels que soient tes besoins, elle peut t'aider.

— Si elle ne se contente pas de nous tuer.

— Elle pourrait essayer.

— Tu dis qu'elle a du pouvoir : tu dis vrai ou tu mens ? Si elle en a, elle peut nous détruire. Nous ne sommes pas invincibles. L'orque et l'ours, comme toutes les autres armes, ne peuvent pas tout résoudre. Ils ont leurs limites. Je le sais mieux que quiconque.

Elle s'interrompit.

— Ou presque.

— Suivez-moi, dit Dao.

Il s'écarta de l'interrupteur. Les soldats reculèrent.

— Elle est dans sa cabine, dit-il à Soq. Tu connais le chemin, je crois.

Une autre petite armée occupait le pont du navire

de Go, réparant des filets de pêche. L'empire du crime sur lequel régnait Go était, Kaev s'en rendait compte à chaque fois avec le même étonnement, bien ennuyeux.

Soq avaient l'air de s'amuser. Ils avaient fait halte pour regarder tous ces doigts agiles à l'œuvre.

Le cœur de Kaev s'emballa. Son sang se mit à chanter. Il fit gigoter ses doigts pour ne pas serrer les poings. Il se retrouvait de nouveau sur les poutres.

Et pourtant… non. Il était dans les baraquements de l'orphelinat, tout jeune homme, beau et fort ; il sortait en douce pour retrouver une fille, que son bégaiement et ses jappements ne gênaient pas plus que ses phrases sans queue ni tête. La fille était aussi forte que lui, aussi téméraire – mais bien plus futée. Une fleur de la Plaque, comme lui, mais, contrairement à lui, elle savait ce qu'elle voulait. Elle voulait franchir les échelons, bâtir un empire qui pourrait les protéger tous les deux des périls. Où ils pourraient l'un et l'autre tenir leur rang.

Go avait atteint son but, il le voyait bien. Elle avait dû le laisser tomber (ou était-ce l'inverse ?), mais elle avait atteint son but.

La porte de sa cabine s'ouvrit. Elle parut sur le seuil. Son regard se posa d'abord sur Kaev et ce dernier put voir, avec le calme et la lucidité que lui avait donnés l'ours, les émotions danser sur le visage de Go : la joie, puis la colère. L'amour, puis la haine. Le tout en une fraction de seconde, avant qu'elle ne reprenne son masque de cheffe sans peur.

Mais ce fut alors qu'elle vit Soq. Et qu'elle ouvrit la bouche. Son regard fit l'aller-retour entre Soq et

Kaev et ce dernier aurait pu en jurer : quelque chose s'effondra en Go. Le masque se brisa. Quoi qu'ait pu lui dire Dao, elle n'avait pas fait le lien avant cet instant, avant de voir Soq et Kaev l'un à côté de l'autre. Dao n'avait probablement pas parlé de Soq. Sans doute avait-il insisté sur la présence de l'ours. Ce qui pouvait se comprendre. Mais Go n'avait que faire de l'ours. Go ne semblait pas même l'avoir vu.

Elle avança d'un pas, une main posée sur la poitrine.

— Je…

Mais elle ne finit pas sa phrase.

Kaev, prompt, confiant, sans peur, s'avança et la serra dans ses bras, contre lui.

Il l'aimait. Il l'aimait depuis toujours. Tout le reste se brisa, s'émietta. La colère, la haine, cette lente et empoisonnante amertume d'être son laquais, son pigeon, son Sancho Panza – puis sa brute à tout faire, son bourreau, son noyeur. Et sans doute se joua-t-il en elle quelque chose de semblable, car Kaev sentit le lent dégel et la manière dont l'étreinte de Go, de raide, se fit plus douce et plus timide, puis aussi affamée, aussi ferme que la sienne. Il n'eut pas besoin de lui demander *Mais pourquoi ne m'avais-tu rien dit ?* car tout lui semblait parfaitement évident.

— Je suis absolument navrée, dit-elle.

— Ce n'est pas la peine, répondit-il, et, sans lâcher prise, il poursuivit sa marche, ramena Go dans sa cabine, sachant qu'elle n'avait guère envie que ses troupes entendent ce qu'ils voulaient se dire. Qu'elle regretterait même qu'elles puissent les voir s'embrasser, tous les deux.

— Mais moi aussi.

Les larmes de Go coulèrent. Ses mots se bousculaient entre les sanglots, des phrases si intimement liées les unes aux autres qu'elle devait se les répéter depuis des lustres.

— Je ne voulais pas abandonner Soq. Je ne voulais pas non plus t'abandonner. Mais j'avais déjà fait mes choix. Je m'étais déjà engagée sur ce chemin. J'avais des ennemis qui n'auraient pas hésité à vous tuer tous les deux. Jackal avait commencé à constituer son empire, à rassembler des alliés. Je voulais avorter. J'aurais dû. Mais je t'aimais trop – et j'aimais celle que j'étais avec toi. Je savais que nous ne pouvions pas vivre ensemble, mais que ce que nous avions pouvait… je ne sais pas… poursuivre son existence.

— Chut, dit Kaev.

Soq faisaient semblant de jouer avec l'ours. Évitant, du mieux qu'ils pouvaient, de regarder dans la direction de Kaev et de Go.

— Je l'ai fait pour vous sauver la vie. J'ai rompu avec toi, j'ai fait en sorte que Soq soient perdus à nos yeux.

— Et tu as réussi, constata Kaev. Nous avons survécu ! Tous les trois.

Go secoua la tête. Lorsque les mots lui vinrent aux lèvres, ce fut avec une telle rapidité qu'il comprit que ceux-là aussi avaient passé des années à résonner sous le crâne de Go :

— Je ne suis pas digne de ça. Je ne suis pas digne de vous. Jackal est morte depuis des lustres. Personne ne m'a sérieusement défiée ces dix dernières années. Le chemin était libre. J'aurais pu te récupérer n'importe quand. Mais je ne l'ai pas fait. Parce que… quand je vous ai quittés tous les deux, la douleur a été si grande. Alors j'ai juré que rien ne m'atteindrait plus jamais. J'ai dressé un mur autour de mes émotions. Personne ne pouvait le franchir. Mon horizon n'était pas si vaste que cela, j'étais tellement obnubilée par mes pauvres petits buts. Grimper l'échelle, un échelon après l'autre. Me cramponner un moment à celui que j'avais atteint avant de passer au suivant.

Kaev lui baisa le front.

— Ne t'en fais pas.

— Je sais. Mais je veux que tu comprennes d'où je venais.

— Dis-moi.

— Les chefs de gang ne pensent pas en grand, dit-elle en dégageant l'un de ses bras, tandis que l'autre se refermait plus étroitement sur la taille de Kaev.

Ils se retournèrent tous deux vers le hublot, regardèrent le front de ville, irrégulier et vert.

— Ce sont de braves petits capitalistes que rien ne différencie de n'importe quel directeur général d'une entreprise légale. Ils veulent gagner de l'argent. Et aider leurs amis à gagner de l'argent. Ça ne me suffit pas.

— Qu'est-ce que tu veux ?

Elle ouvrit la bouche. Il connaissait cette expression – celle qu'on a quand on est sur le point d'avouer quelque chose qu'on s'est murmuré des milliers de fois, sans jamais le prononcer à haute voix.

— Je veux une ville où les gens n'ont pas besoin d'en passer par là.

— Mais c'est une excellente raison d'agir. C'est tout ce que tu as dans la tête ? C'est pour ça que tu m'as demandé de jeter ces types à l'eau ?

Elle hocha la tête.

— Des actionnaires ?

Elle opina de nouveau du chef.

— Ce n'est pas sans risque, ça. Ils dirigent la ville. Ils dirigent les intelligences artificielles qui la gèrent.

La ville scintilla. L'ours avait laissé Soq lui monter sur le dos, il avait l'attitude d'un parent patient dans son martyre. À l'extrémité du Bras Cinq, des flammes de méthane hautes comme des immeubles embrasèrent le ciel, arrachant des cris de joie aux spectateurs qui les contemplaient tous les soirs.

— Je te veux, dit Go. Je veux Soq, aussi. Et Qaanaaq. C'est à notre portée. Je veux voir les choses en grand.

Moi aussi, songea Kaev, *je veux voir les choses en grand*.

Inutile pourtant de le dire à haute voix. Si Kaev avait retenu quoi que ce soit de ses années dans la peau d'une brute au cerveau amoché, c'était que les mots sont plus susceptibles de vous faire obstacle que de vous donner un coup de main.

Fill

— Où sommes-nous ? demanda Fill.

Le vent sifflait : une porte, une fenêtre, devant eux, devait être ouverte. Il faisait un froid de loup dans la pièce, et sombre : la seule lumière provenant du dehors, celle, toujours verdâtre, de Qaanaaq la nuit. Fill avait retrouvé Barron devant un immeuble du Bras Trois qui avait dû connaître des jours meilleurs. Il l'avait suivi jusqu'au bout d'un couloir, avait traversé un sas avec lui.

— Qu'est-ce que c'est que cet endroit ?

— Une bulle.

— Tu as de quoi t'offrir une bulle privée ?

— Grands dieux, non ! dit le vieil homme en riant. Elle appartient à un de mes amis.

Dehors, des rires venus de la Plaque, le ressac de la mer. Les deux semblaient si lointains. La bulle de Polyglass donnait une impression de fragilité, d'exiguïté, et cependant, c'était l'une des plus spacieuses et des plus luxueuses qu'ait jamais visitées Fill. Il se frotta la peau du bras. Il avait la chair de poule.

— Je croyais que nous devions nous retrouver chez toi.

— Hélas non, répondit Barron. J'ai bien trop

honte de mon petit nid. Je ne pourrais survivre à la gêne d'y faire entrer ton admirable grand-père.

Des lumières. Les murs, enfin ionisés, prenaient vie. Une foule les entourait. Des portraits, cadrés en si gros plan qu'on ne pouvait distinguer d'arrière-plan. Des vieux, des jeunes. Visages traqués, sans expression. La bulle était de taille moyenne, en fait, et totalement vide. On aurait pu sans mal y faire tenir huit personnes ; pour le moment, cependant, il n'y avait qu'eux deux. Impossible de voir ce qui se passait à l'extérieur, à cause de l'ionisation et des projections photographiques. Fill aurait voulu se concentrer sur les images, mais sa nervosité l'emportait et le troublait – nervosité née de son désir de voir ces deux hommes se rencontrer enfin.

— Bonsoir, fit une voix.

À l'endroit où le mur représentait une petite fille, sourcils froncés de colère, cherchant à fuir les genoux de sa mère, apparut un orifice triangulaire, une porte coulissa.

— Grand-père ! s'exclama Fill, obscurément soulagé de l'arrivée du vieil homme.

Il y avait quelque chose dans ce dispositif qui le troublait. La distance dans la voix de Barron, le décor fantasmatique. La porte se referma ; l'illusion retrouva sa complétude. Froids regards qui les dévisageaient et les jugeaient sévèrement.

— Grand-père, je te présente mon ami Barron. Barron, je te présente mon grand-père.

— Monsieur Podlove, dit Barron, le visage aussi sévère que ceux des portraits projetés. Je ne puis vous dire à quel point je suis heureux de vous être enfin présenté.

— Je vous en prie, dit grand-père. Martin, pas monsieur.

Ils se serrèrent la main. Côte à côte, ils se ressemblaient tant.

Un gémissement de vérin, puis une sensation de mouvement.

— Nous bougeons ?

— Effectivement, dit Barron.

Grand-père éclata de rire.

— Je vous assure que cette mise en scène n'est d'aucune utilité. Mon petit-fils me dit que vous avez besoin d'aide et que vous la méritez. Je venais simplement discuter les détails de cette assistance. Je n'ai nul besoin d'être convaincu. J'apprécie par avance le spectacle que vous avez concocté tous les deux, mais…

— Je ne suis au courant de rien, protesta Fill avec un rire qui lui sembla forcé. Nous n'allons pas sous l'eau, j'espère ? Je déteste les bulles submersibles. Je ne sais pas pourquoi mais… depuis que…

— Ne vous faites pas de souci, dit Barron.

Il se toucha l'intérieur de la joue du bout de la langue, gouvernant ainsi les mouvements de la bulle.

— Vraiment aucun souci.

— Qui sont ces gens ? demanda Martin, main tendue vers les murs.

— Il me semble que ce sont des auditeurs de *Ville sans plan*. C'est ça, non ? Ou des auditeurs potentiels. En tout cas, les auditeurs-cible.

— Pas vraiment, dit Barron.

Un autre mouvement de langue et les portraits révélèrent leur arrière-plan.

New York, comprit Fill. Les voies du métro aérien, le stade aux murs noircis. Ville déclinante, mais toujours en vie.

— Ce sont des victimes, dit Barron. Des gens qui sont morts avec la ville.

— Quel est l'ordre de grandeur de vos besoins ? demanda Martin, les mains dans les poches, parfait modèle du sorcier de la finance. Pour ce projet sur lequel vous travaillez tous deux. Vous parliez d'une actrice, il me semble ? Qui devait lire un texte ?

— Nous n'avons pas besoin de votre argent, dit Barron. Et il n'y a pas de Lectrice.

— Mais si, bien sûr, dit Fill, les sourcils froncés. Choek. Elle disait…

— Ce que je l'ai payée pour qu'elle dise.

— Mais alors…

Les portraits s'évanouirent. Les lumières s'éteignirent. Fill entendit une première porte coulisser, puis une seconde.

Avec une surprenante vélocité, Barron poussa Fill vers l'avant et, quasi simultanément, attira Martin à lui. Les deux portes se refermèrent. Les verrous magnétiques s'enclenchèrent. Les murs se désionisèrent : à présent, l'extérieur était visible. Deux bulles séparées. Fill était seul dans l'une d'elles et les deux vieux messieurs étaient dans l'autre. Sous eux, la ville, d'une indicible beauté.

— Mais qu'est-ce que c'est que ce bazar ? siffla le vieux Podlove en agrippant le bras de Barron.

Les bulles étaient insonorisées mais pourvues de micros, si bien que Fill entendait leurs voix amplifiées par les haut-parleurs logés dans les murs.

— Comme vous le disiez, un spectacle. Vous ne vous souvenez pas de moi, Podlovsky ?

Fill vit son grand-père écarquiller les yeux. Personne ne l'avait plus appelé par son ancien nom depuis son départ de New York. Il lâcha Barron.

— Non, bien sûr, poursuivit ce dernier. Je n'étais pas digne d'attention. Vous ne vous seriez pas donné la peine de me différencier des milliers d'autres locataires que vous aviez pour mission d'éliminer.

— Je n'ai jamais *éliminé* personne. Ce n'est pas comme ça que ça se passait.

Pourtant, la voix du vieil homme manquait de conviction. Avec quelle incroyable rapidité les rôles avaient été inversés ! Fill en était bouleversé. Où était passé le timide, le frêle, le presque sénile Barron ? Et Martin Podlove, le terrifiant géant de la finance ? Naturellement, les deux hommes avaient jusqu'alors joué un rôle. Grand-père vivait depuis des années dans la crainte et la culpabilité, lui qui s'efforçait de paraître invincible. Et Barron était un monstre vengeur nourri par la colère et ne jouant les vieilles folles gâteuses que pour faire expier de la manière la plus dévastatrice possible des crimes commis un demi-siècle plus tôt.

Depuis combien de temps Barron étudiait-il Fill, préparant ses coups, complotant, assemblant les indices, se renseignant sur ses passions et gagnant sa confiance ? Ou était-ce le hasard qui avait fait tomber Fill un jour dans le giron de Barron, ranimant en lui un désir de froide vengeance assoupi depuis des dizaines d'années ?

— *Éliminé*, pouah ! Quel vilain mot. Non, vous n'auriez jamais commis quelque chose d'aussi vulgaire. D'aussi criminel. Vous auriez tiré les ficelles pour que d'autres accomplissent ces méfaits. Vous vous seriez bien installé, vous auriez assisté au spectacle et vous auriez permis à vos clients d'encaisser les bénéfices.

Grand-père sortit son écran, l'alluma, essaya d'envoyer un appel d'urgence. En vain, bien sûr. Il n'était pas bien compliqué de bloquer le signal dans une bulle. C'était leur raison d'être. Les gens riches ont toujours besoin d'un refuge. Un endroit où personne ne peut les importuner et d'où eux-mêmes ne peuvent plus intervenir. Grand-père lança son écran muet sur Barron, qui l'esquiva d'un revers de main. Avant de le piétiner lorsqu'il tomba par terre.

Fill ne fit même pas l'effort de prendre le sien.

— Parfait, dit grand-père. Finis-en avec moi. Accomplis ta vengeance. J'ai la conscience tranquille. Si j'ai commis ce que tu me reproches, c'est pour le bien des miens. J'ai la conscience tranquille. Mais la tienne, après cela ?

— Je n'ai aucune intention d'en finir avec toi, dit Barron.

Qui tourna lentement la tête vers la bulle du petit-fils.

— Non, murmura l'aîné des Podlove.

Et sa résignation l'abandonna. Son inaltérable dignité s'effrita. Pris de désespoir, il fonça vers le mur comme un fou en agitant les bras – et reçut rapidement dans l'estomac un coup de gourdin, arme que ni lui ni Fill n'avaient vu Barron produire. Tandis que Podlove se courbait de douleur, Barron, d'un crochet expert, le frappa au visage. L'autre s'écroula à terre.

À la vue du sang de son grand-père, Fill poussa un cri. Son propre sort ne lui inspirait pas vraiment d'inquiétude.

— C'est moi que vous détestez, dit Podlove, encore à terre. C'est à moi que vous devriez faire du mal. Tuez-moi.

— C'est bien à toi que je m'en prends. La mort n'est pas un châtiment suffisant. Survivre – être hanté par le souvenir, devoir vivre dans le deuil de ceux que tu n'as pas pu sauver –, c'est plus approprié.

Grand-père rampa vers la porte de la bulle. Plaqua sa paume ensanglantée sur le Polyglass.

— Fill, je…

Un mètre vingt les séparait – si peu, et pourtant : un gouffre infranchissable.

Fill frappa sur la porte, une fois, une seule. Il ne sentait aucune résistance en lui. Aucun désir effréné de survivre. Aucune envie de se mettre à genoux, de prier qu'on l'épargne.

— Il manque un ultime détail, annonça Barron.

Des lumières apparurent à l'extérieur des bulles. Des drones espions.

— Quand des gens comme toi nous ont fait disparaître, il n'y a pas eu de témoins. Ces inopportuns qui gênaient les riches, hop, nettoyés. Pour que tu puisses vivre dans le luxe. Pour que tu puisses continuer à faire du mal aux autres, ce qui était le but de ton entreprise. Dans des centaines d'endroits. Où vivaient des centaines de communautés. Quelques-uns parmi nous ont pu capter des images, mais le reste du monde s'en fichait pas mal. Par contre, le reste du monde devrait voir ce que nous allons lui montrer.

Les bulles se séparèrent. Celle où se trouvait Fill monta vers le ciel, accompagnée par trois des six drones. Les autres restèrent près des deux vieillards.

— Que faites-vous ? demanda l'aîné des Podlove.

Fill l'entendait aussi distinctement que lorsque les deux bulles étaient arrimées l'une à l'autre.

Il se posait la même question que son grand-père, mais de la manière la plus détachée du monde. Il était secoué de frissons, les failles entrant dans la danse. Barron allait-il faire descendre la bulle sous les flots, faire coulisser la porte, le noyer ? Allait-il au contraire le faire monter aussi haut que possible, à trente étages, puis provoquer sa chute ?

— Fill ! hurla son grand-père.

— Ça va, dit Fill. Ne t'en fais pas.

Le vieil homme ne cessait de répéter son nom. Mais il ne pouvait pas entendre Fill. Le son n'était transmis que dans un sens.

Des alarmes retentirent. La bulle de Fill frémit, se soumettant momentanément aux ordres du système de sécurité de la ville pour reprendre aussitôt sa progression. Rien d'extraordinaire à cela : il n'était pas difficile de trouver des logiciels permettant de contourner l'infrastructure d'intervention d'urgence. La bulle continua son ascension.

Le but de la manœuvre apparut clairement à Fill. Face à lui, un mur percé d'une ouverture ronde et noire dont la circonférence était plus grande que celle de sa bulle. Quatre flammes y brûlaient à petit feu. La bouche d'évacuation du méthane du Bras Trois. Le spectacle pyrotechnique qu'offrait Qaanaaq tous les soirs.

Fill était là-bas. Il était à New York. Sous ses yeux, un groupe de flics tabassaient un gamin à mort. Une mère extirpait son enfant d'un immeuble en feu.

Des fleurs de cerisier tremblaient dans la pluie qui tombait sur Brooklyn.

Fill buvait un whisky d'exception dans une salle incroyablement spacieuse.

Neige en sang. Un bébé ours blanc. Une buse en piqué.

Le méthane vint nourrir les flammes à l'heure prévue. Une spirale de feu vert vif de trois mètres d'épaisseur. Fill aperçut tous les gens rassemblés sur la Plaque. Ils tendaient les mains vers sa bulle. Ils poussaient des hurlements. Ils prenaient des photos. Il sourit, les salua de la main. Sans doute ne le voyaient-ils pas. Un couple s'embrassait, indifférent à son existence, à sa mort imminente. La bulle s'éleva vers la flamme. Pendant un instant, il vit les volutes de feu lécher la sphère qui le protégeait, s'enrouler autour d'elle, puis y creuser des sillons et s'introduire dans le Polyglass. L'habitacle éclata comme une bulle de savon et Fill se libéra de son corps.

Kaev

Les vidéos en streaming montraient des visages luisants de larmes, des bougies allumées, des mains crispées sur des objets qui avaient appartenu à de chers disparus. Les radios diffusaient des interviews d'individus accablés et en colère. Les unes des chaînes étaient théâtralement, pathétiquement geignardes : rien de surprenant.

TROISIÈME CATASTROPHE SUR UN CHANTIER
DE CONSTRUCTION :
ON CRAINT UNE VAGUE DE TERRORISME

QUI VISE CET ACTE DE VENGEANCE ?

COMBIEN DE TEMPS CELA VA-T-IL DURER ?

[Insérer ici le nom du démagogue-de-la-semaine : ils sont interchangeables]
EXIGE LE TRANSFERT DE TOUS
LES RÉSIDENTS AMÉRICAINS

Kaev était campé sur la Plaque, parcourant les chaînes. Sans y penser, il se cabra dans la position du cavalier. Parfaite attitude. Le vent ne pouvait rien contre lui.

Go lui avait fourni les éléments d'analyse. Quatre jours plus tôt, un actionnaire était devenu complètement fou. Un certain Martin Podlove. L'ennemi juré de Go. Go qui ne pensait pas que le vieil homme avait assez d'étoffe pour aimer quelqu'un à ce point, serait-ce son petit-fils. Go qui ne s'attendait pas à de telles représailles. Elle avait demandé à Kaev de regarder avec elle la vidéo où on le voyait assister à la mort de son petit-fils en hurlant.

— Naturellement, il est persuadé que je suis responsable de l'exécution de son petit-fils, dit Go. Je lui déclare la guerre et cette horreur le frappe ? Il ne croira jamais à la coïncidence.

— Tu y es pour quelque chose ?

— Non, dit Go.

— Si tu l'avais pu, tu l'aurais tué ?

— La ferme, dit Go. Il me traque. Il piste mes possessions. Sans pitié.

Et désormais : la guerre. Cibles visées : les chantiers – clandestins, ceux de Go. Peut-être se fichait-il du gosse assassiné comme de sa première chemise ; ses féroces déchaînements n'étaient peut-être que ceux d'un rat encerclé ou d'un roi qui ne peut laisser les affronts impunis.

La plupart des gens de Qaanaaq ne savaient pas qui était Podlove. Mais ils avaient tous vu la vidéo. Ils l'avaient entendu hurler lorsque son petit-fils était mort carbonisé. Nombre de sites avaient fait le rapport entre cet horrible spectacle, diffusé en boucle sur les chaînes de la ville pour que chacun puisse le voir et le revoir, et le carnage qui avait suivi. Les Qaanaaqiens, en majorité, songeaient à une lutte entre gangs. Les Américains, étant ce qu'ils sont, ne comprennent et ne parlent que le langage de la violence la plus extrême.

Go n'arrêtait pas d'en parler.

Kaev s'en fichait un peu. Il avait le ventre plein. Son ours était heureux, de retour sur le bateau de Masaaraq. Sur les murs, dans les vitrines, des diaporamas égrenaient les images extraites des flux d'infos par des bots qui ne retenaient que celles relatives aux massacres : des veillées de prière, des sites de mémoire, les noms des morts écrits dans quarante alphabets différents. De longues files d'attente constituées d'hommes et de femmes vigoureux aux portes des bureaux des administrations de quartier, des agences d'embauche. Un espoir fou dans le regard. Pas des endeuillés, ceux-là. Non, des gens qui cherchaient du travail. Partout dans la ville, des chantiers avaient fermé. Et d'autres activités liées aux gangs devaient mettre à leur tour la clef sous la porte.

Il faisait froid et il y avait du monde sur la Plaque. Les gens allaient et venaient, l'air hébété. Ou se rassemblaient pour pleurer, s'étreindre. Une vieille femme arrêta Kaev et lui fourra un petit carré de tissu noir dans la main.

— Merci, dit Kaev, sincère.

Pourquoi son visage lui semblait-il familier ?

— Priez pour nous, dit la femme avec un accent américain.

Kaev aurait voulu lui demander : *Priez pour un*

disparu qui vous était cher ou priez pour que vous et ceux que vous aimez soyez préservés lorsque ces idiots feront déferler sur toutes les communautés possibles une vague de violence anti-immigration ?

Au lieu de quoi, il se pencha vers la femme et prit le temps de bien la regarder. Pour la voir réellement. La peau basanée, usée. La lueur dans son regard. Le moignon de son bras couvert de pansements.

Que vous est-il arrivé, grand-mère ? Que vous a réservé la vie ?

La femme lui sourit, un sourire magnifique, et Kaev poursuivit son chemin.

Curieuse coutume que celle des carrés de deuil. Des jours plus tard, on les retrouvait en nettoyant un sac, en vidant ses poches. On commençait par ne pas se souvenir de la manière dont on les avait récupérés, si bien qu'au lieu de se rappeler un mort ou un groupe de morts, on en venait à méditer sur la mort en général et la sienne en particulier. *Dans quelles poches atterriront mes carrés ?* se demandait-on.

Deux grimpeurs descendirent d'un toit tout proche pour retrouver un messager. Kaev s'attendait à un échange de coups, ce qui ne se produisit pas. Ils étaient bons amis, ces trois-là, ils riaient de concert avec la bruyante désinvolture de la jeunesse.

Il avait été jeune, lui aussi, autrefois. Il avait eu des amis. Son mal n'était pas si prononcé dans le temps. Ils cherchaient les ennuis, flirtaient avec des individus dangereux, hommes et femmes, faisaient des trucs absurdes, nouaient sur-le-champ des amitiés qui duraient jusqu'au lever du soleil. Envahissaient un Bras ou une arcade, fuyaient la Sécurité, insultaient mortellement quelqu'un, sans le faire exprès.

— Quelle ville, lui dit le vendeur de *doodh patti* en lui tendant une tasse remplie d'un savoureux breuvage qui sentait la cardamome.

Il tendit la main vers un nid maladroitement confectionné où des fleurs de tissu et des bougies au méthane vacillaient dans le vent. Des nids comme celui-là, il y en avait des centaines dans la ville. Chacun était dédié à la mémoire d'un Qaanaaqien victime de la guerre que Podlove avait déclarée à Go.

Et chaque nid donnait à Kaev un frisson de culpabilité par procuration. Il avait toujours su que Go était un monstre, mais pendant des années, il avait été à l'abri des preuves de sa culpabilité. Avec sa haine en guise de camouflage ? Sans doute.

Sur n'importe quel chantier clandestin, il y avait bien cinquante ouvriers qui travaillaient en simultané. La plupart avaient été engouffrés par la mer lorsque la Plaque s'était fendue, ce qui se produisait automatiquement quand l'intégrité structurelle d'un des Bras était menacée. Il faudrait des semaines aux drones plongeurs pour retrouver les corps, se frayant un chemin parmi les entrelacs de conduits tordus et de failles qui constituaient la pyramide géothermique sous la ville.

— Pas pire qu'une autre, dit Kaev.

— Certes, mais c'est la nôtre.

— Ouais.

Kaev s'approcha de la rambarde, regarda la mer qui clapotait entre les pilotis, sous lui, savoura son thé au lait et sourit à l'étrange et bonne fortune qui lui permettait d'être vivant et plutôt heureux, à l'inverse de tant d'autres.

Soq

Le chiot le plus énorme, le plus méchant, le plus dangereux qui soit sur cette planète. Couché sur le dos, l'ours blanc avait bien voulu offrir son ventre à Soq qui tracèrent dans la douce fourrure des cercles de plus en plus petits puis de plus en plus grands.

Inutile de le dire, Soq n'avaient jamais eu de chien. Ils n'avaient jamais eu de foyer assez stable pour en adopter un, en fait, et même si nombre de gosses de la Plaque possédaient des animaux de compagnie, la vie était en général assez rude. Tant pour les bêtes que pour les gamins, lorsque les animaux – drame inévitable – étaient massacrés ou volés.

Mais celui-là, personne ne le tuerait.

— Il a un nom ? demandèrent Soq à l'orcamancienne.

— C'est à Kaev de voir.

— Liam, reprirent Soq. Il s'appelle Liam.

Masaaraq haussa le sourcil droit.

— C'est comme s'il m'appartenait, en pratique. Si ça pose un problème à mon père, il n'a qu'à m'en parler.

Ils avaient toujours une drôle d'impression à prononcer ces mots, « mon père ». La brute au regard triste. Le lutteur de poutre qui perdait tous ses combats. Soq avaient mis à profit la longue attente sur le pont de la barge de Go pour lire tout ce qu'on avait écrit sur leur père. Kaev était un pro, un lutteur expérimenté assez vigoureux, assez audacieux pour transformer ses combats en vrais spectacles. Nombre de journalistes sportifs se demandaient comment il avait pu perdre autant de combats contre des guerriers qui lui étaient nettement inférieurs et soupçonnaient une implication des gangs.

Et donc de Go ? Le père de Soq avait-il été un pion dans son jeu, un instrument de son accession au pouvoir, un moyen facile de truquer les combats, de remplir les caisses et de se construire une réputation ?

Ils étaient en bas, à présent. Kaev et Go. Non, pas à faire l'amour, avait précisé Masaaraq, sinon l'ours aurait adopté un comportement bien différent de son calme présent, paisible, extatique. Ils rattrapaient le temps perdu. Une denrée dont ils ne manquaient pas. Et Soq, quand les rattraperaient-ils ? Ils se figurèrent un instant un dîner en famille et dans la gêne, des gags idiots, des malentendus hilarants, comme dans ces vieux films dont les gens s'étaient entichés quelques années plus tôt. Soq avaient des tonnes de questions à l'esprit, mais ils n'avaient aucune envie de s'embarquer dans ce genre de conversation.

— Tu étais où, l'autre jour ?

Masaaraq fronça les sourcils.

— Je suis allée voir quelqu'un.

— Qui ?

— Une amie.

— Tu as des amies ici, toi ?

— Ta gueule, répliqua Masaaraq.

— Et qu'est-ce qu'elle t'a dit, ton amie, pour te mettre de si mauvais poil ?

— Je suis ta grand-mère. Quand je te demande de la boucler, boucle-la.

— C'est ça, répondirent Soq, qui, cependant, la bouclèrent effectivement.

Un crissement sec attira l'attention de Soq. Masaaraq, de sa lame en os, déchirait un des filets ravaudés par les petites mains de Go.

— Qu'est-ce que tu fabriques ?

— Rien, répondit Masaaraq.

— Tu parles. Tu es en train de saccager un filet.

— Ta gueule.

— Mais qu'est-ce qui te prend ?

Masaaraq ne répondit pas.

L'ours blanc était une diversion. Soq auraient dû se concentrer sur leurs parents retrouvés, sur leur réunion, sur toutes ces histoires du passé qu'il leur faudrait apprendre. Tout cela, mais aussi Masaaraq, l'orcamancienne, la dernière des nanoliés. Peut-être que ces gens-là allaient continuer à les ignorer, mais Soq étaient trop curieux pour ne pas saisir leur chance.

— Tu es venue exécuter une mission, reprirent-ils. Mais voilà que tu dois rester là comme une nouille pendant que les deux autres jouent à la poupée.

— À la poupée ?

— Papa et maman. Joie dans les foyers. La bête à deux dos.

Masaaraq leva les yeux au ciel.

— Ce qu'ils font ne me regarde pas.

— Mais tu n'es pas venue pour te tourner les pouces, j'imagine. Pourtant, c'est ce que tu fais en ce moment. On est d'accord ? C'est ça qui te fiche les boules.

Elle haussa les épaules, manière de dire, cependant, qu'il y avait du vrai dans les remarques de Soq.

Elle se leva. De l'autre côté du bras de mer, au bout du Bras Trois, des sirènes mugissaient, des gyrophares crachaient des éclairs.

— Tu es venue régler son compte à quelqu'un ? demandèrent Soq.

— Tu en poses des questions.

Ils se renfrognèrent.

— Tu en trouves des raisons pour ne pas y répondre.

— Très bien. J'en ai une à te poser. Le Placard. Tu connais ?

— Bien sûr.

— Si quelqu'un y était interné. Quelqu'un que tu voudrais faire sortir. Comment t'y prendrais-tu ?

— Qui est-ce ? firent Soq, les yeux écarquillés.

Masaaraq souffla comme un cheval furieux et leur tourna le dos.

— Attends ! Excuse-moi, grand-mère. Mais ce n'est pas une question facile. D'après ce que je sais, personne n'a jamais réussi à en faire sortir qui que ce soit. Je connais plein de gens qui y ont atterri, en général contre leur gré, mais personne qui s'en soit tiré. Enfin, personne qui s'en soit vanté en tout cas.

Masaaraq hocha la tête.

— Mais si je ne me trompe, tu en sais plus sur la question que sur moi, non ? Tu as révisé. Je t'ai entendue quand tu faisais un cours à Kaev sur le formulaire d'inscription. Tu le connais par cœur, mieux que moi, mieux qu'aucun Qaanaaqien de naissance. À mon avis, tu as dû te pencher longuement sur la question. Alors ? Tu as trouvé quoi ? J'ai de la ressource. Et Go aussi.

— C'est ce que tout le monde me dit, fit Masaaraq d'un ton aigre.

— On devrait faire un brainstorming ! s'emballèrent Soq. Se balancer des idées, au jugé. Des trucs un peu fous.

Masaaraq éclata de rire.

— La meilleure que j'aie pu trouver est complètement absurde, en effet. Je pensais tout simplement forcer la porte avec un ours blanc et tuer tous ceux qui veulent se mettre en travers de mon chemin.

— C'est un bon début, dirent Soq. Mais je pense que leurs portes sont d'un genre que même Liam ne pourrait forcer.

— Il ne s'appelle pas Liam. C'est un nom débile pour un ours blanc.

— Tu vas avoir besoin d'aide. Et de logiciels, peut-être. Pour prendre le contrôle des systèmes de sécurité. Et pour corrompre, menacer ou faire chanter les gens qui travaillent au Placard.

— J'y ai pensé, dit Masaaraq, qui semblait considérer Soq d'un œil moins dédaigneux à présent.

En tout cas, certaines de leurs idées.

— Continue… à « brainstormer », comme tu dis. Il faut que j'y aille.

— Que tu y ailles ? firent Soq, hilares. Tu as rendez-vous chez le coiffeur ?

— On en reparle demain. Toi, Kaev et moi. Et… comment s'appelle-t-elle, déjà ? Go.

— Ce sont d'autres personnes de ma famille ? Qui est impliqué ?

Masaaraq s'éloigna vers le bord de la barge. Sous le regard de Soq, elle se livra à toute une série d'échauffements avec sa lance. Soq avaient beau essayer de se concentrer sur la manière dont ils caressaient le ventre de Liam – tâche d'importance –, ils ne pouvaient détacher les yeux de l'orcamancienne aux gestes hypnotiques. Ombre noire qui se détachait sur les lumières de la ville, tournoyant, balançant, bondissant. Inexorable. Sans repos. Sans relâche. Bataillant jusqu'au dernier souffle contre toute une armée d'ennemis invisibles.

Ankit

Ankit rendit visite aux boat-people, comme elle aurait pu le faire un jour de travail. Des réfugiés du Cambodge, des centaines : ils vivaient tous dans des abris d'une pièce, amassés sur des péniches remorquées depuis le Tonlé Sap. La montée des océans avait englouti les étendues d'eau douce, forcé les pêcheurs du lac à l'exil. Une poche densément peuplée, zone de première importance pour la chasse aux votes. Lorsque Ankit arriva, des gosses attendaient dans le couloir, leurs visages exprimant le même espoir, la même peur que sur les photographies désormais fameuses de la vie du lac avant et pendant l'exode.

Ankit aimait bien les péniches. Une fois dans les habitacles, on se serait encore cru au Cambodge. Cent ans plus tôt. Ils avaient leur petit village à eux, les péniches toutes amarrées à un seul et rudimentaire quai. Ils avaient aussi leur petite école, leur petite station à essence. Une jeune fille vendait des tickets de loto à gratter par le hublot d'une des péniches. Certains gardaient encore des crocodiles ou des cochons sauvages dans des cages minuscules, chauffées par des extensions illégales branchées sur le système géothermique. La plupart d'entre eux ne s'intéressaient qu'à la vie de la communauté et restaient à l'écart de la politique. Certains pourtant votaient.

Elle avait des bonbons plein les poches. Sur les emballages, le visage et le nom de Fyodorovna. Ankit répugnait toujours à les offrir aux gosses, cependant, les bonbons ne manquaient jamais de les réjouir. Une fillette lui offrit un bout de bois peint de couleurs vives. Devinant la perplexité d'Ankit, la mère désigna un petit tas de figurines représentant des buffles d'eau. Brun éclatant : du pacanier. Ankit sourit. Il y avait quelque chose de réconfortant dans la permanence des problèmes humains, faim, méchanceté. Le commerce du bois se poursuivait quand bien même le nombre d'arbres sur la terre diminuait depuis longtemps et menaçait de tomber à zéro. Le bout de bois sentait la sève.

— Une erreur, dit la mère, ce que traduisit l'écran d'Ankit. Il est cassé.

Ankit empocha l'erreur, s'inclina et s'éclipsa.

Elle envoya une photo à Fyodorovna. La visite, l'assura-t-elle, était un franc succès. En quittant le Bras Sept, direction Bras Cinq, elle eut l'impression de faire l'école buissonnière.

Et, comme lorsque, enfant, elle séchait les cours, elle était morte de peur et n'avait aucune idée de la marche à suivre. Écolière, elle serait allée dans les arcades sous-marines ou les clubs de grimpeurs juniors. Ce jour-là, ce fut vers un cargo qui servait de quartier général à un syndicat du crime que ses pas la guidèrent. Nul doute qu'il se commettait là tous les jours des choses terribles.

Contrairement aux campagnes impeccablement planifiées qu'elle concevait pour Fyodorovna, son plan du moment était bancal et ne reposait que sur des observations superficielles.

Tout d'abord, les quatre chantiers clandestins visés par les attentats appartenaient au même syndicat, le groupe Amonrattanakosin. À l'origine, une entreprise créée de plein droit par la junte militaire thaïe, elle-même illégitime, des amis d'un général auquel on avait fourni, durant le boom de la construction, des contrats de vente de stocks à prix gonflés, les villes flottantes étaient alors en plein essor. Une Qaanaaqienne, métisse thaïe et malaise de la deuxième génération, connue sous le seul surnom de Go, dirigeait à présent le groupe. Quartier général : une barge arrimée au large du Bras Cinq. Devant laquelle Ankit se tenait maintenant, sans l'ombre d'une stratégie d'approche.

Second constat, elle n'avait plus de doutes sur l'identité de l'ennemi invisible de Go, le responsable de cette guerre soudaine, car les attentats avaient immédiatement suivi l'exécution on ne peut plus publique du petit-fils de Martin Podlove, et dont la vidéo retransmise des centaines de milliers de fois montrait Podlove en personne gémir et frapper les murs d'une prison en Polyglass.

Martin Podlove, qui avait fait enfermer la mère d'Ankit. La mère d'Ankit, qui avait maintenant un nom, Ora.

Cette guerre ne datait pas de l'exécution. Elle

avait longtemps couvé, une vraie bombe à retardement. C'était Go qui avait fait plonger l'employé de Podlove, Go qui l'avait fait fuir. Était-elle également responsable de la mort du petit-fils ? Ankit n'aurait su le dire. Podlove, lui, devait en être certain.

Hé, salut, madame la cheffe de gang. On a un ennemi commun, je crois.

L'homme qui cherche à vous faire la peau a fait beaucoup de mal à ma mère et nous devrions allier nos forces pour l'anéantir et sauver ma mère, au passage.

Et je sais qui est ce type qui a brûlé le petit-fils de Martin Podlove dans un embrasement de méthane. Il s'appelle Ishmael Barron. Il se planque. Mais je dois pouvoir lui mettre la main dessus et il nous servira peut-être de monnaie d'échange.

Impossible de présenter la chose d'une manière sensée.

L'immense cargo, antique, mangé par la rouille, ressemblait à des centaines d'autres navires amarrés à Qaanaaq, pour lesquels la haute mer appartenait à une histoire ancienne. Ankit était souvent passée devant celui-ci, sans jamais se demander ce que cachaient ses flancs rongés. Nombreux gardes à bord, bien plus qu'une semaine plus tôt. Preuve supplémentaire de la guerre déclarée à Amonrattanakosin.

— Je veux parler à Go, dit-elle à l'une des soldates plantées en bas de la passerelle.

La femme lui lança un regard perplexe et se tapota la mâchoire.

Mouvement d'approche idiot. Elle aurait dû approfondir ses recherches, inventer quelque chose pour solliciter une entrevue. Les cheffes de gang ne passent pas leurs journées l'éventail à la main, à attendre la visite des représentants de commerce et des fleurs de la Plaque déterminées à arracher leur mère aux griffes de l'internement psychiatrique.

Des voix, sur le pont, à quelques mètres au-dessus d'elle. Des soldates en discussion.

Un homme descendit la passerelle. Élancé, élégant, vêtu d'une salopette grise, l'uniforme, jadis, des ouvriers chinois (pour la plupart) qui avaient construit Qaanaaq, et porté désormais, avec un féroce orgueil, par leurs enfants. L'érection de la plate-forme à ancrages tendus avait été une entreprise titanesque, périlleuse. Des milliers d'hommes étaient morts ou, mutilés du travail, avaient dû rentrer chez eux. L'uniforme gris signifiait clairement : *J'ai beau être un humble, un pauvre, cette ville m'appartient.*

— Je m'appelle Dao, dit l'homme. Marchons un peu, voulez-vous ?

— Nous ne pouvons pas parler ici ?

— Marchons un peu, répéta Dao en s'éloignant de la passerelle.

— Vous m'avez certainement scannée. Vous avez vu que je n'étais pas armée.

— Nous vous avons scannée. Nous avons vu que vous ne transportez aucune des armes qu'identifient nos scans. Ce qui ne signifie pas que vous ne portez pas une arme que n'identifient pas nos scans.

Elle pressa le pas pour le rattraper.

— Ou bien vous pensez que je suis l'avant-garde

d'une embuscade. Qu'il y a des tireurs d'élite, des soldats qui rampent sous la Plaque…

— En ce moment, nous ne prenons aucun risque, dit Dao.

Ils marchèrent en silence, ne s'arrêtant qu'à mi-chemin du Bras. Ils passèrent devant des barges sur lesquelles des gamins roulaient des boulettes de poisson entre leurs paumes ou découpaient au couteau des nouilles dans des blocs de farine de riz congelée.

— Dites-moi ce qui vous amène à Go.

Ils longeaient à présent une rangée de péniches désertes. Le vent mugissait sur la Plaque nue. Ankit gardant le silence, Dao leva les yeux au ciel.

— Qu'est-ce que ça peut bien être ? Ah. Vous vous imaginez sans doute que ce que vous avez à lui dire est si capital qu'il ne peut y avoir d'intermédiaires. Ses subalternes ne comprendraient pas. Ou ils ne lui transmettraient pas le bon message. Ils ne lui diraient pas tout. Vous savez à quel point son temps est précieux, mais vous pensez vraiment qu'elle va vous en consacrer un peu. Je me trompe ? C'est exactement ce que pensent tous les gens qui viennent la voir. Mais tout ce qu'ils veulent lui dire passe précisément par moi. Tout : les secrets d'État, les secrets de fabrication. Croyez-moi, je connais mieux ses affaires qu'elle-même : l'étendue de son empire, la situation au jour le jour de toutes ses entreprises, de tous ses chantiers. Et je suis en mesure de juger bien mieux qu'elle ce qu'elle doit entendre et les suites qu'il faut y donner. Bien mieux qu'elle et certainement bien mieux que vous.

— Très bien, dit Ankit en s'arrêtant.

Elle se retourna et repartit dans l'autre sens.

Il ne la suivit pas. Pas immédiatement. Quand il finit par la rattraper, elle sentit sa colère.

— Stop, dit-il d'une voix douce.

Elle n'en tint pas compte.

— Stop, répéta-t-il d'un ton bien plus rude.

— Je n'ai pas à vous obéir. Je ne suis pas un de vos sous-fifres. Si vous voulez savoir ce que j'ai à vous dire…

— Vous n'avez pas compris, dit-il en lui agrippant l'épaule.

Puis il l'attira à lui d'un geste brutal.

— Je me fiche de ce que vous avez à nous dire. Mon problème, c'est qu'une inconnue vienne en pleine guerre sans être annoncée et me demande de contourner la procédure pour se retrouver le plus vite possible en présence de ma cheffe.

— Lâchez-moi ! hurla-t-elle, tout en sachant qu'il ne servait à rien de crier, que personne ne l'entendrait en ce lieu désert.

— Non.

Elle se débattit et parvint à lui échapper. L'autre, d'un revers de la main, aussi précis qu'un poignard, voulut lui frapper l'arête du nez. Elle leva le bras, déviant le coup, mais s'infligeant une douleur si vive qu'elle poussa un petit cri. Il repartit à l'attaque, de l'autre poing ; elle se baissa, s'accroupit, recula comme elle put. Il fit pivoter ses hanches, s'apprêtant à lui infliger un coup de pied croisé d'une puissance terrifiante : s'il avait atteint Ankit de plein fouet, elle se serait effondrée. Mais elle s'écarta plus vite qu'il ne l'avait anticipé et le coup l'atteignit au mollet, ce qui déséquilibra Dao et le fit trébucher presque imperceptiblement…

Ankit en profita pour détaler vers la barge la plus proche. Son tibia la faisait souffrir, prélude certain à des douleurs plus intenses ; ô souvenirs des si nombreuses blessures de grimpe ! Mais la souffrance, comme une clef, déverrouilla la mémoire de mouvements qu'elle n'avait plus utilisés depuis des années, libéra son esprit, et lui permit de réinvestir son corps, ses membres, son centre de gravité, la physique magnifique de l'ascension et de la chute.

Il courait derrière elle. Il ne haletait pas. Il était de ceux qui se maintiennent en forme, qui s'entraînent en permanence, alors qu'elle s'estimait chanceuse lorsqu'elle pouvait caler deux séances de rameur dans son emploi du temps du mois.

Elle se rua vers le conduit noir. S'empara du joint médian, se hissa jusqu'au suivant. La vigueur de ses biceps n'était plus qu'un souvenir, elle était bien incapable d'effectuer les sauts bras levés de jadis. Mais la grimpe n'est pas une question de gymnastique ni de puissance musculaire. La vraie grimpeuse doit penser à la vitesse de l'éclair à la manière d'obtenir ce dont elle a besoin avec ce dont elle dispose. Composer avec le paysage et le corps.

Donc, pas de saut bras levés. Mais un shimmy, direct.

Dao était à sa hauteur, cramponné au conduit rouge. Bien sûr, le métal était froid. L'entrepôt flottant était muré. Personne n'avait accès au réseau géothermique. Plus rapide qu'elle, il la précéda sur le toit. Elle se laissa glisser plus vite qu'elle ne l'aurait souhaité, s'écorcha le bout des doigts lorsqu'elle voulut se retenir au joint.

Elle redescendit sur la Plaque. Dao surgit devant elle. Il avait sauté du toit, s'était réceptionné par une roulade impeccable, un mouvement complexe qu'elle n'avait maîtrisé qu'au meilleur de sa forme – et encore, ç'avait toujours été une prise de risque. Dao, tout de même, en avait le souffle coupé. Il s'immobilisa sur la Plaque assez longtemps pour qu'elle puisse se précipiter vers la barge la plus proche.

Il la suivit en jurant.

Cette barge était plus accessible – mais elle l'était aussi pour Dao. Un tas de vieilles caisses empilées au hasard contre le mur lui procura une sorte d'escalier. L'une d'elles céda sous son pied – sous le carton, une substance molle, spongieuse, qui libéra un souffle d'une telle puanteur qu'Ankit eut un haut-le-cœur. Elle se cramponna à la gouttière et se hissa sur le toit.

Il l'avait précédée.

— Vous aussi, vous étiez grimpeur, dit-elle.

Dao sourit – hommage le plus sobre, le plus bref possible. Puis il l'attrapa. Une main sur son poignet pour la faire pivoter, l'autre bras se refermant sur sa gorge.

— Qui t'envoie ? demanda-t-il d'une voix au calme impressionnant.

— Personne.

Dao resserra son étreinte.

— Je suis là pour vous aider, fit-elle, le souffle coupé.

— Pourquoi ?

— Parce que nous avons le même ennemi. Martin Podlove.

L'étau se relâcha.

— Est-ce que…

Dao poussa un gémissement. Son corps fut pris d'un terrible et unique tremblement. Il prononça un mot qui n'avait de signification dans aucune langue. Un liquide tiède inonda Ankit jusqu'au bas des reins. Une odeur de fer emplit l'atmosphère. Les bras de Dao retombèrent le long de son corps et il s'affaissa lentement, le crâne transpercé par une lame blanche d'une forme singulière.

Ce fut alors qu'Ankit la vit : Masaaraq, sur le bord de la Plaque.

— Descends, dit la Femme à l'orque. Et ramène-moi ma lame.

Ankit baissa les yeux, goûtant peu la perspective d'avoir à l'extraire du crâne de Dao.

— Comment as-tu…

— J'étais à bord du bateau de Go. Je t'ai vue. Je t'ai suivie.

Ankit s'accroupit. Elle s'empara de la lame à deux mains. Elle tira, sans résultat. Le sang et la matière grise clapotaient. Les ardillons étaient coincés dans la boîte crânienne. Elle tira plus fort.

Comment pouvait-elle demeurer si distante ? si objective ? C'était la grimpeuse en elle qui raisonnait. Sans émotions, ne songeant qu'aux aspects techniques de la tâche en cours. Le reste – son poste, ses atermoiements – sa peur ! – n'avait plus d'importance. Elle poussa, fit pivoter, tira vers le bas, les mains pleines de sang. Enfin la lame fut libérée. Son poids était impressionnant, elle avait du mal à la soulever. Quelle force était donc celle de Masaaraq !

Elle pouvait se montrer aussi forte.

Et tendant la lame à sa propriétaire, Ankit dit :

— Je suis prête, je crois, à être nanoliée.

VILLE SANS PLAN
INTELLIGENCES ALTERNATIVES

L'Hôtel de Ville : ce fut ainsi qu'ils l'appelèrent, les premiers arrivants qui se souvenaient encore des vieux modèles de la gouvernance municipale, des mairies, des conseils locaux, des branches législatives et exécutives, toutes administrées par des êtres humains, fragiles et dévoués. Ils s'engageaient à créer un système informatique qui effectuerait mieux qu'aucun humain le travail du gouvernement. Une entité invincible, incorruptible, incapable de prendre des décisions soit erratiques, soit politiquement ou religieusement orientées, indifférente au calendrier électoral, à la révélation d'un éventuel scandale sexuel ou à l'installation d'un centre de recyclage des ordures dans les quartiers riches de la ville.

L'expression cependant est restée. Exemple : « On ne peut rien contre l'Hôtel de Ville. »

Bien sûr, chacun savait à quoi s'en tenir. Les logiciels sont aussi objectifs que ceux qui les ont codés.

Je les ai rassemblés ici, ceux qui ont créé le réseau, ceux qui l'ont entretenu, modernisé, réparé. Je possède les souvenirs des programmateurs, des mécaniciens des octets, des chirurgiens de l'obsolète. J'ai vu la valse des priorités contradictoires. Sous nos yeux en sont sortis des phénomènes fort étranges.

Elles étaient capables de tout, ces machines. Ces djinns. Ce cerveau. Pour préserver le statu quo. Elles pouvaient aggraver le problème A pour détourner l'attention du problème B. C'était ainsi qu'elles avaient été programmées.

Toute ville est une guerre. Mille combats menés entre cent groupes. Les riches, les pauvres, les vieux, les jeunes, les natifs, les immigrés. Les zélotes du dieu A et les zélotes du dieu B. Ces batailles, quelqu'un finit toujours par les gagner. Et ce quelqu'un ou ces quelques-uns dicteront les règles, qu'elles soient ensuite appliquées par des prêtres, des soldats, des politiciens ou des logiciels. Il n'est pas facile de lutter contre cette tendance. Confier le pouvoir à d'autres gens, édicter de nouvelles lois, gommer les anciennes, bâtir des villes là où il n'y avait rien – mais les guerres subsistent, les conflits sous-jacents demeurent. Seul le pouvoir peut changer les équilibres, mais les gens ne peuvent mettre en place un pouvoir que lorsqu'ils se rassemblent. Lorsqu'ils trouvent dans l'union de leurs forces de quoi mettre fin à la peur.

L'argent est un esprit. La plus ancienne des intelligences artificielles. Ses directives premières sont simples, sa programmation témoigne d'une créativité inépuisable. Les humains lui obéissent sans réfléchir, avec un empressement jovial. L'argent, tel un virus, se soucie peu de tuer son hôte. Il se fraiera un chemin vers l'hôte suivant, dont il prendra le contrôle. L'Hôtel de Ville, ce collectif d'intelligences artificielles, est le cadre d'un certain nombre de programmes élaborés autour d'un seul et unique but, jamais explicité : protéger l'Argent.

Que faudrait-il pour s'opposer efficacement à une telle puissance ? Quelle sorte d'esprit pourrait triompher de ce monstre ? Quel mélange de technologie et de biologie, d'espoir et de maladie ? Comment nous, qui n'avons que l'étincelle immense, superbe, infime, impuissante de nos personnalités, pouvons dompter cette énergie, la faire croître, en tirer une puissance qui tienne tête à ces géants invisibles, ces intelligences artificielles, imposantes formules juridiques transcrites sur parchemin, scintillements de 0 et 1 illustrant quelque code informatique ?

Tu souris. Tu réponds : idée vaine, pure fantaisie. Mais j'ai trouvé un moyen. Moi, dans la solitude de ma prison, la tête rasée, l'échine courbée, j'ai déjà commencé à faire pencher la balance.

Les récits : c'est en eux que nous nous retrouvons, que nous rejoignons ceux qui nous ressemblent. Si tu recueilles des récits en nombre suffisant, tu sortiras bientôt de la solitude – tu es légion.

Ankit

Elle paraissait immense, assise à la table d'Ankit, plus grande qu'aucun humain n'avait besoin de l'être. L'appartement dans sa totalité semblait rétrécir devant Masaaraq, se transformer.

Ce n'était plus un simple appartement, le rectangle protégé, rectiligne, d'une vie civilisée sur ville flottante. C'était un igloo, un temple, une grotte, un endroit à la fois effroyable et sacré. Les lumières étaient éteintes, les fenêtres ionisées. Sur la table, entre elles deux, trois bougies. Parfumées : sauge, lavande et quelque chose qui avait nom « cannelé », les seuls types de bougies qu'avait pu trouver Ankit, à un prix défiant l'imagination. Elle avait fait de son mieux pour respecter les désirs de Masaaraq, mais le résultat était parfois approximatif. Pas d'encens *nag champa*, mais des bâtonnets de santal dont les volutes effleuraient les deux femmes. Pas de graisse de baleine, mais quelques lanières de viande de phoque crue.

— Tu es prête ?

Ankit hocha la tête.

— Autrefois, tout le village assistait à la cérémonie. Au solstice d'hiver, nous liions tous les enfants qui avaient atteint l'âge tisserand.

— L'âge tisserand ?

Masaaraq produisit une seringue et dénuda le bras d'Ankit.

— Quand les enfants apprenaient l'art du tissage. Textiles, osier. Certains l'acquéraient très jeune, à trois ou quatre ans. D'autres devaient attendre huit ou dix ans. Ton frère fut extrêmement précoce.

— Dois-je me soumettre à un test ?

— Sans doute, dit Masaaraq, mais je ne suis pas qualifiée pour te le faire passer. Ni, d'ailleurs, pour faire ce que je suis en train de faire.

Ce qui ne l'empêcha pas de trouver une veine dès le premier essai et d'en extraire assez de sang pour remplir une petite éprouvette.

— J'imagine que les chamanes nanoliées ne sont pas légion, ces temps-ci.

— En effet.

Masaaraq lui montra un tout petit caillou de forme irrégulière.

— Cette pierre est constituée de nanites, simplement, elles sont à l'état initial, pas encore différenciées. Si je les mets en contact avec d'autres nanites, elles en reproduiront les données et les caractéristiques. Elles ont subi une polymérisation qui permet aux autres nanites de s'y agglomérer.

Elle introduisit le caillou dans l'éprouvette qu'elle boucha, avant de la tendre à Ankit.

— Secoue bien. D'habitude, il faut une danse qui dure des heures, mais si tu mélanges bien le tout pendant cinq à dix minutes, techniquement, ça devrait suffire.

Ankit serra l'éprouvette entre ses paumes. Tiède – de sa tiédeur, de son sang, de son corps, cette chose qu'elle avait eue en elle toute sa vie sans le savoir. Ce potentiel inconnu.

— Parle-moi d'elle, demanda-t-elle en se mettant à secouer l'éprouvette. Ma mère. Ora.

Masaaraq chuchota le nom, à sa suite. Puis :

— J'étais celle qui avait les pieds sur terre. Ora, elle a toujours été un peu distante, comme si nos soucis ne pouvaient pas vraiment l'atteindre. Quand nous avions faim, quand nous avions peur, Ora, elle, ne se plaignait jamais. Parfois, il y avait de quoi vous taper sur les nerfs, comme si elle ne voulait rien prendre au sérieux, comme si elle était naïve, immature ou peut-être mal adaptée à ce monde qui était le nôtre. Puis nous avons eu des enfants et j'ai compris que c'était une stratégie de préservation des plus saines. Moi, j'avais toujours peur. J'étais toujours inquiète. Toujours en colère. Kaev et toi, vous avez hérité de ça, vous le reproduisez. Ora vous rendait heureux, elle vous gardait la tête dans les nuages.

— À quoi était-elle nanoliée ?

— À un rapace – une buse à poitrine noire. Une créature haïssable, à dire vrai, mais à l'époque, nous ne reflétions pas automatiquement les qualités et les défauts de nos animaux. Nous avions toute une communauté pour rééquilibrer ces liens. Nos nanites étaient assez proches pour que nous soyons tous intégrés dans une sorte d'empathie de fond. Nous avions la capacité d'atténuer les sautes d'humeur des uns et des autres.

— Alors que maintenant…

— Maintenant nous sommes seules, Atkonartok et moi. Nous n'avons que nous au monde. Ce n'est plus pareil. J'ai du mal à décrire la sensation… je suis ce qu'elle est, elle est ce que je suis. Je suis un animal. Nous sommes un animal. C'est effrayant – et magnifique, en même temps.

Masaaraq reprit l'éprouvette des mains d'Ankit, la déboucha et en versa le contenu sur la viande de phoque. Le caillou, au départ irrégulier et grisâtre, arborait à présent un vernis lisse et bleu. *Mes nanites*, songea Ankit. Masaaraq se saisit de la bille à l'aide de baguettes décorées de motifs infimes et délicats.

— Maintenant, voyons ta nouvelle sœur.

Ankit retira la couverture qui dissimulait la cage. La guenon à rayures bleues cligna des yeux, regarda autour d'elle et bâilla, révélant des canines acérées. Il n'avait guère fallu plus d'une demi-heure pour qu'elle apparaisse, après qu'Ankit eut ouvert la fenêtre et laissé six morceaux de viande de phoque séchée sur le rebord. Lorsque Ankit avait placé les friandises dans la cage, la bestiole avait suivi sans faire d'histoires. N'avait pas piaillé, n'avait pas semblé le moins du monde anxieuse quand la porte de la cage s'était refermée. S'était apparemment endormie sur-le-champ lorsque les barreaux avaient été coiffés d'une couverture. Ne paraissait pas particulièrement troublée par l'attention de ces deux humaines.

— Elle n'a pas dû avoir une vie facile tous les jours, spécula Ankit. Ou peut-être est-ce tout le contraire.

Les traumatismes éventuels de l'animal pouvaient-ils se transmettre à son humain nanolié ? Le terme avait peut-être un sens différent pour les animaux. Le fait de ne pas avoir de conscience les protégeait peut-être des douleurs du passé. Les questions se bousculaient dans son esprit, mais elle redoutait de les poser, car ici, dans ce petit appartement pourtant crasseux que n'éclairaient plus que trois bougies, régnait une atmosphère de sacré si puissante qu'elle ne voulait pas la troubler par de mesquines paroles.

Masaaraq déposa la bille de nanites dans un petit bol de porcelaine puis l'arrosa de quelques gouttes d'un liquide transparent.

— Voici qui va causer une désactivation de l'agent de polymérisation.

Masaaraq sortit une seconde seringue. Lorsqu'elle s'empara du bras de la guenon, la créature sourit – grand rictus affolé découvrant ses canines. Puis, la seringue lui pénétrant la peau, elle poussa un cri mais ne se déroba pas. La rumeur de la Plaque le disait : les labos testaient leurs molécules de synthèse sur les singes de Qaanaaq. Ankit avait toujours pensé à une légende urbaine, propagée par des dealers amateurs de rumeurs, ou par la section Anti-Drogue, pour mettre en garde les utilisateurs de produits non homologués. Elle doutait un peu moins, désormais.

Masaaraq brandit l'éprouvette remplie du sang de la guenon.

— Normalement, dans une communauté nanoliée, tu n'aurais pas eu le choix, dit-elle en glissant la bille dans le tube. On t'aurait attribué un Autre animal en fonction des besoins de la communauté et des espèces disponibles. Chaque bête a un rôle à jouer, exprime un talent, une possibilité. Figure-toi que quelqu'un avait même dû être nanolié à une basse-cour !

Masaaraq éclata d'un rire terrien, chaleureux. Ce qui, songea Ankit, n'avait pas dû lui arriver depuis un moment.

— La vieille Rose. Elle ne s'en est jamais remise. C'était mesquin et déplacé.

Masaaraq récupéra la bille de nanites d'un geste précautionneux. Ankit la vit coincée entre les deux baguettes, puis coulant dans le liquide rouge.

— Elle ne va pas tarder à se dissoudre, maintenant que la polymérisation est pratiquement désactivée.

— Toi, tu as eu une sacrée chance. J'imagine qu'une orque est un Autre… très prisé.

— J'ai bénéficié d'un avantage injuste. J'étais une petite fille têtue comme une mule, que le tissage n'intéressait pas du tout. Je ne l'ai maîtrisé qu'à l'âge de neuf ans. J'étais déjà assez futée pour n'avoir aucune envie de me trouver collée pour la vie à un stupide animal – une chèvre, par exemple. Donc, je n'ai rien dit de mon nouveau talent et j'ai attendu jusqu'à ce qu'une vieille femme du village, qui était nanoliée à une orque, rende l'âme. Et là : Hé, les amis, regardez ! J'ai fabriqué un panier !

Ce qui fit rire Ankit. Et sa mère.

— Cela dit, il y avait encore quelques risques. Cette année-là, trois autres enfants étaient parvenus à l'âge tisserand, et nous devions tous être liés lors de la même cérémonie. Le choix de l'animal revenait à la chamane, mais je ne pouvais pas laisser faire le hasard. Je suis donc descendue dans la crique où vivaient les orques et leurs Autres humains. Dans les communautés nanoliées, il n'y en avait que trois ou quatre, pour une trentaine de chiens-loups, par exemple, ou une vingtaine de chevaux. Et j'ai plongé. Il y avait quelques jeunes orques, qui n'avaient pas encore d'Autres, et elles sont venues jouer avec moi, comme je m'y attendais – sauf qu'elles jouaient à me tuer. Ce qu'elles auraient fait si un humain et son orque ne s'étaient pas interposés. La chamane a décidé que j'avais un lien spirituel profond avec les orques, si bien qu'elle a fini par m'en attribuer une.

Ankit scruta le visage de sa mère pour y retrouver la trace de cette enfant ingénieuse et téméraire qui n'avait pas hésité à risquer la mort pour obtenir ce qu'elle voulait, sans peser le pour et le contre. Oui, il y avait de cela encore chez Masaaraq, enfoui sous tout le reste. Masaaraq secoua l'éprouvette d'un geste bref et vigoureux. Puis, seringue à la main, elle récupéra le liquide dont elle injecta l'essentiel à la guenon, avant de déposer les dernières gouttes sur la viande de phoque.

— Mangez, dit-elle en tendant l'assiette à Ankit et à la guenon.

— Ce n'est pas contraire à l'hygiène ?

— Sûrement, dit Masaaraq. Mais c'est aussi la partie la moins dangereuse du processus.

Ankit avala un morceau, auquel le sang donnait un goût salé. La guenon en prit un dans chaque main et se les fourra dans la bouche.

— Il vous faut du sommeil à toutes les deux maintenant, dit Masaaraq en ouvrant deux flacons d'un breuvage post-opiacé vendu sans ordonnance.

C'était ce qui se rapprochait le plus de l'opium *red tar* qu'exigeait la « recette » à Qaanaaq. Ankit n'avait pas pu trouver mieux. Elle le but au flacon. Masaaraq vida l'autre fiole dans le petit bol et la guenon lapa tout.

— Pourquoi une guenon ? demanda Masaaraq. Tu aurais pu choisir n'importe quelle bête. Ces barges pleines de prédateurs en voie de disparition… j'aurais pu te dénicher un tigre, un sanglier, un serpent de mer…

— Les singes sont des résilients, répondit Ankit qui commençait à sentir sur elle les tentacules de la transe. Ils sont ingénieux, petits… et sans peur.

Elle s'endormit. Des heures passèrent. Elle eut des rêves superbes, intenses, vivants. Plus réels que des souvenirs. Elle grimpa – n'importe où.

— Je sais comment m'y prendre, dit-elle lors d'une de ses brèves remontées entre deux rêves. J'y ai pensé l'autre jour.

Masaaraq lui tenait la main, veillant sur elle et sur la guenon.

— Comment t'y prendre ? De quoi parles-tu ?

— Je sais comment la libérer.

Soq

Soq tenaient des listes à jour. Représentant des masses de documents stockés sur leur écran. Soq enregistraient tout ce qu'ils voyaient. Les infos qui leur venaient à l'esprit. Les données, les photos.

Chaque vague nouvelle d'images, de sons, de souvenirs qui n'étaient pas les leurs déferlait avec une nouvelle sorte de douleur naissant en quelque nouveau recoin de leur cerveau. Mais Soq avaient décidé de se montrer plus forts que les failles.

Soq cataloguaient. Créaient de la structure. S'efforçaient de classer tout cela par catégorie, de trouver les motifs cachés, de les inventer là où il n'y en avait pas. Et lorsqu'ils n'essayaient pas d'ordonner le chaos de nouveautés qui jaillissaient dans leur esprit, ils jouaient avec l'ours polaire, lequel semblait parfaitement satisfait d'avoir été baptisé Liam. Ils tenaient à peine à deux dans la petite cabine que Go avait accordée à Soq, un réduit plein de vieux écrans qui sentait le bois mouillé.

— Salut ! lancèrent-ils à Masaaraq revenue d'ils ne savaient où.

Elle était partie depuis des jours, leur semblait-il. Elle était épuisée, visiblement, mais le visage illuminé d'une expression de parfait bonheur, ce qui n'était pas dans ses habitudes.

— T'étais où ?

— J'ai retrouvé une amie. Une très, très vieille amie.

— Celle qui t'avait mise sur les nerfs l'autre fois ?

Masaaraq lui répondit d'un regard mauvais : ah, finalement, Soq n'étaient pas aussi distraits qu'ils en avaient l'air. Les règles de la conversation chez *Homo sapiens* ne signifiaient pas grand-chose pour Masaaraq, pensèrent Soq.

— J'ai réfléchi à un truc, dirent-ils. Je crois que ce sont des machines spéciales. Que vous avez dans le sang. C'est comme ça que vous vous liez à un animal.

— Les nanites, dit-elle. Oui, c'est ça.

Étalés devant Soq, sur le peu d'espace dont ils disposaient sur le plancher, des plans souples. Des écrans ultra-souples, haute résolution, utilisés en architecture. Ceux-ci avaient en mémoire tous les plans du Placard. Go les avait récupérés à la demande de Soq.

— Pourquoi en as-tu besoin ?

— Pour faire sortir quelqu'un de là, avaient-ils répondu.

Elle avait éclaté de rire.

— Mais je ne les ai pas, ces nanites. C'est bien ça, hein ? Comment je pourrais ? Peut-être que si ma mère était l'une d'entre vous, elle aurait pu me les transmettre quand j'étais dans son ventre. Mais ce n'est pas le cas. Et ça ne passe pas par le sperme, si j'ai bien compris.

Soq caressèrent la fourrure de Liam.

— Alors, pourquoi ne me bouffe-t-il pas tout cru, lui ?

— Tu as raison, dit Masaaraq. Tu n'en as pas. Pas de nanites. Pas encore.

— Pas encore. Tu pourrais m'en filer ?

Elle eut un rire las.

— Rien à faire. Ce sont des petites salopes très malignes et très robustes. Sinon, elles ne donneraient pas ce genre de résultat. Si j'injectais un peu de mon sang dans tes veines, ne serait-ce qu'une goutte, elles commenceraient à se reproduire en toi. Les nanites sont un peu comme des virus. Elles se développent en envahissant des cellules et en les forçant à faire ce qu'elles veulent. Et elles sont programmées pour arrêter de se reproduire lorsqu'elles atteignent une certaine densité dans un corps. Sinon, elles se métastaseraient de manière incontrôlée. Ton corps se mettrait à gonfler en certains endroits, tes organes seraient écrasés, tes os s'allongeraient ou se briseraient. Tu mourrais. Et elles continueraient à se reproduire après ta mort.

— Incroyable. Qui a bien pu concevoir un truc pareil ?

— Des gens horribles. Qui avaient quelque chose de bien pire en tête. Mais ils se sont plantés.

— Si c'est si facile à transmettre, comment se fait-il que tu sois la dernière ? Tu devrais en donner à des tas de gens, non ? Pour les mettre dans ton camp. Monter une armée, massacrer les salauds qui sont venus anéantir ta… tribu.

— Je ne suis pas la dernière, dit Masaaraq, les

yeux rivés sur les plans souples, ses doigts empruntant les couloirs du Placard. Et c'est un péché gravissime d'en donner à ceux qui ne sont pas de la tribu.

— Pourquoi ?

— Parce qu'ils n'en sont pas dignes. Parce qu'ils en feraient un mauvais usage. Et parce que, s'ils en étaient dignes, s'ils en faisaient un bon usage, nous les condamnerions à mort en leur faisant ce don. Ils seraient exterminés comme nous l'avons été.

— Bon. Tu as vu ce qui est arrivé la dernière fois qu'on a essayé de t'emmerder. Les temps changent. Tu n'as peut-être plus besoin d'avoir peur.

Masaaraq ne considéra cette éventualité qu'un bref instant.

— Quoi qu'il en soit, reprirent Soq, tu disais « pas encore ». Ça veut dire que tu vas m'en donner ?

— Tu es des nôtres. Ce n'est pas la même chose. Je suis dans l'obligation de t'en donner.

— Mais nous nous connaissons à peine.

— Peu importe, répondit Masaaraq.

Et pour la première fois de leur vie, Soq eurent une vague idée du terrible entremêlement d'attentes et de contraintes, de bonheur et de souffrance, qui se cachait sous le terme de *famille*.

— Il sent que tu es des nôtres, poursuivit-elle. C'est pour cela qu'il ne te mange pas. Pas encore. Il sent l'odeur de ton père. La moitié de ton ADN et de tes phéromones te viennent de Kaev. Le lien est très loin d'être aussi fort – dans certaines circonstances, l'ours de ton père pourrait t'attaquer, alors qu'il préférerait mourir de faim plutôt que de poser la patte sur Kaev –, mais il y a quelque chose.

— En vrai, dirent Soq, pourquoi es-tu de si bon poil aujourd'hui ? C'est à cause de ta vieille amie ?

Masaaraq opina du chef.

— Grâce à elle, nous avons un plan. Enfin. Du moins, un début de plan. Ces tuyaux, Soq (elle désigna un point précis du plan souple), c'est bien ceux de la géothermie ?

— Les rouges ? Ben oui.

Soq se relevèrent la manche pour montrer les entrelacs de conduits rouges tatoués sur son bras, tissés, spiralés, passant les uns sous les autres pour figurer des veines. Le motif était répandu chez les gosses de la Plaque, mais Soq étaient particulièrement fiers du leur. Il avait été réalisé par un tatoueur de talent, très demandé, auquel Jeong avait arraché un tarif de faveur pour Soq.

— Ils sont larges. Assez larges pour que quelqu'un puisse s'y faufiler ?

— Oui, si ce quelqu'un a envie d'être ébouillanté vivant.

— Ah.

Elle reprit, après un silence :

— Mais on peut couper l'arrivée d'eau ?

— Même si on y parvenait, les conduits sont doublement isolés. Il faudrait des heures avant qu'ils refroidissent assez pour que quelqu'un puisse survivre là-dedans.

Soq hoquetèrent, une nouvelle vague de données leur traversant la tête. Des appartements. Des listes avec des centaines d'appartements. Et une douleur atroce derrière les oreilles. Ils poussèrent un cri, se plaquèrent les paumes sur les tempes. Ils essayèrent de noter quelques données, en laissèrent échapper les neuf dixièmes.

Lorsqu'ils levèrent les yeux, Masaaraq les fixait.

— Ça va, dirent Soq.

Elle ne cilla pas.

— Je te le jure !

— Et que feraient les autorités, reprit Masaaraq, réfléchissant à haute voix, si le chauffage était coupé ? Dans un bâtiment de cette taille ? Rempli de gens qui ont des problèmes de santé ?

— Je ne sais pas, dirent Soq, qui avaient du mal à revenir à la réalité. Ce que le protocole informatique leur dirait de faire, je pense. Les gens ont toujours la trouille de prendre des vraies décisions.

— Ces murs ne sont pas épais. C'est le cas dans la plupart des bâtiments de Qaanaaq. Comme le chauffage ici n'est pas bien cher, grâce à la faille géothermique, les bâtiments ne sont jamais conçus pour conserver la chaleur. Exact ?

— Exact.

— Donc, le froid s'installerait rapidement.

— Exact, firent Soq en inspirant et expirant le plus lentement possible. Et je parie que si le chauffage était coupé dans un endroit comme le Placard, le protocole d'intelligence artificielle donnerait rapidement l'ordre d'évacuer les patients.

— C'est ce que je me dis aussi.

— Ce serait le chaos.

Masaaraq hocha la tête puis se retourna d'un mouvement vif vers Soq. Elle se redressa. Elle détacha sa lance à la lame en os de sa lanière dorsale et la brandit vers Soq.

— Approche.

Soq se figèrent, l'espace d'une seconde. Puis ils se levèrent et firent un pas vers Masaaraq.

— Donne-moi ton bras, dit cette dernière en se faisant une estafilade en arc de cercle entre le coude et le poignet.

Le sourire aux lèvres, sans crainte aucune, Soq s'exécutèrent.

Ankit

Des manifestants, devant les bureaux. Ça arrivait de temps en temps. Ankit leur sourit avant d'entrer.

Imbéciles, se dit-elle. *Vous ne voyez pas que ça ne sert à presque rien ? Que Fyodorovna n'a pas de réel pouvoir ?*

Mais leur tenir ce discours ? Ils n'en croiraient pas un mot. Ils la prendraient pour quelqu'un qui ne veut pas faire face à ses responsabilités. Et s'ils changeaient d'avis, la fragile façade de la démocratie qaanaaqienne ne tiendrait plus longtemps.

Tout dans son corps lui semblait aller de travers. Les bras trop courts, les jambes trop longues, la tête trop lourde. Douleurs et élancements sautaient d'un muscle ou d'un os à l'autre. Elle transportait la guenon assoupie dans sa cage. Des silhouettes rêvées se démenaient dans sa vision périphérique. Des vagues de léthargie la traversaient périodiquement. Ankit observait les manifestants du coin de la fenêtre. Des pancartes et des slogans scandés en anglais. Elle reconnut Maria, la femme qui avait exigé de Fyodorovna qu'elle s'occupe de l'orcamancienne. Sa pancarte portait ces mots : SAUVEZ NOS SŒURS. Elle n'avait plus vraiment l'air d'une folle intégriste.

Mais de quelqu'un qui avait énormément souffert et qui voulait mettre fin à ces souffrances pour d'autres gens. Et ceci : elle avait perdu une main.

— Le monstre est vivant, déclara Fyodorovna sans sourire, lorsque, s'étant retournée, elle vit Ankit à la fenêtre.

Fyodorovna était sortie de son bureau, ce qui n'était jamais bon signe. Elle discutait avec le planificateur près de la machine à alghe. Ce qui voulait dire qu'elle était complètement sur les nerfs.

— Toujours vivante ? Nous espérions le contraire. Ça t'aurait fourni une excuse.

— Que se passe-t-il ?

— Suis-moi.

Ankit suivit Fyodorovna dans son bureau et s'installa dans un fauteuil. Le visage de la régisseuse était sévère, figé, tendu. Elle s'expliqua. Ankit était déjà au courant. Fyodorovna avait demandé qu'on rédige un communiqué, avec les banalités d'usage, pour présenter aux proches des défunts les condoléances attristées de ses services et pour réclamer l'intervention de la Sécurité afin que les violences prennent fin. Mais Ankit ne l'avait jamais diffusé, ce communiqué. Aux yeux des électeurs de la Plaque, Fyodorovna était insensible à leurs souffrances, sourde à leur chagrin. Et cela ne leur plaisait pas.

Une bouteille s'écrasa sur la fenêtre du bureau. La bouteille était en Polyglass, le carreau aussi : il n'y eut pas de casse matérielle, simplement l'effet escompté.

— Appelle la Sécurité, ordonna Fyodorovna.

— C'est en cours.

— Ils ont incendié la barge d'un marchand de tapis, dit le planificateur, un petit être elfique et timide que cette bouffée de violence semblait exciter.

— Les sites prévoient des émeutes, reprit Fyodorovna. Et quand je vois ces gens, je me dis qu'ils sont prêts à se soulever.

— Il n'y a pas d'émeutes, dit Ankit, qui ajouta, en insistant sur les deux dernières syllabes : Pas *encore*.

— Ce sont des pré-émeutes.

— Ça n'existe pas.

Fyodorovna renifla. Ankit ressentait sa peur sans cause, la suivait sur la pente descendante du chemin où elle l'entraînait. C'était là exactement qu'Ankit voulait qu'elle aille.

Des slogans, maintenant scandés dans la rue, lui donnèrent un sentiment de vertige. *C'est le résultat de mon travail. J'arrive à peser sur les événements.*

— Que veux-tu qu'on fasse ? demanda-t-elle à sa cheffe.

— Appeler la Sécurité

— C'est fait. Ils arrivent.

Fyodorovna serrait si fort sa tasse que ses phalanges avaient blanchi. *Mieux vaut que ça vienne d'elle*, songea Ankit. *Si c'est moi qui lui propose, elle ne voudra pas.*

— Fyodorovna, tu te sens en sécurité ici ? Ou plus généralement, dans le Bras ?

— Bien sûr que je me sens en sécurité ici !

— Il ne vaudrait pas mieux évacuer ?

Fyodorovna exhala longuement puis s'assit.

— Si.

Ce petit mot sembla lui ôter un fardeau des épaules. Il lui avait échappé : comme si la décision n'avait pas été prise par elle.

— Je pense qu'on devrait déclencher une procédure de placement de sécurité.

— Tu en es sûre ?

Fyodorovna hocha la tête. C'était la première fois qu'Ankit lui voyait ce regard écarquillé, impuissant, effaré. Elle se sentit honteuse d'avoir poussé cette fragile et infortunée créature dans de tels retranchements. Plus que cela, elle était pleine d'une joie telle qu'elle n'en avait pas ressenti depuis l'époque où, après une nuit de grimpe, elle vidait son petit verre de gnôle de pomme et de sève de pin.

— Je vais appeler le Placard, dit-elle. Ça va prendre un moment. Ils peuvent être prêts ce soir, ou demain, ou après-demain. À voir.

Nouveau hochement de tête de Fyodorovna. Muette de peur, sans doute, à la pensée de ce qui l'attendait.

C'est bon, griffonna Ankit, bref message qu'elle envoya à Masaaraq, via l'écran bon marché qu'elle lui avait prêté. *Viens me chercher*.

Soq

Soq faisaient semblant de se concentrer sur le cône. Ils avaient bourré leur écran de tous les articles jamais publiés sur la pyramide géothermique au-dessus de laquelle Qaanaaq était érigée, toutes les photos, tous les documents confidentiels que l'armée désordonnée des logiciels-séides de Go avaient pu dénicher, quelle que soit leur méthode, enquête, hasard ou travail de sape. Ils avaient tout assimilé : les cinq bulles de contrôle qui tournaient autour du cône et leurs équipes humaines, les bots dépanneurs qui patinaient constamment sur son périmètre, traquant la saleté, les algues, injectant des polymères dans les fissures, les fentes, les trous, les joints vieillissants. Les algorithmes évolutifs commandant l'essaim de dix mille aquadrones tant loué qui surveillait la pyramide, prévenant tout sabotage, humain ou mécanique.

Les yeux de Soq cependant, toutes les huit ou dix secondes, jetaient un bref regard à la cabine de Go. Elle ne s'était toujours pas montrée. Des employés entraient et sortaient, répondant aux appels, Go elle-même restait invisible. Bouclée dans sa cabine. Occupée à d'autres tâches. Situation qui perdurait depuis le retour de Soq – Soq qui n'ignoraient plus que Go était leur mère.

Soq avaient réclamé une entrevue. Avaient frappé à la porte, essayé de sonner Go sur son implant, lui avaient envoyé des messages par tous les canaux possibles. S'étaient même abaissés à passer par Dao, qui n'avait pas répondu, mobilisé par l'une de ses éternelles missions.

Soq étaient encore pris de frissons toutes les demi-heures. Vagues de visions dues aux failles, dont ils ressentaient physiquement la venue, tremblant des pieds à la tête. Mais ce n'était plus exactement la même chose. Depuis que Masaaraq avait versé son sang sur leur plaie. Moins douloureux. Moins d'affolement, de confusion.

Était-ce aussi simple que cela ? Le sang d'une nanoliée pouvait-il guérir les failles ?

Vingt gros conduits reliaient chaque Bras au cône. Dix-huit pour le chauffage, espacés régulièrement d'une extrémité à l'autre. Deux pour les générateurs électriques : ceux-là étaient branchés à deux stations, l'une à mi-chemin et l'autre à l'extrémité des conduits, côté Bras. Les gros édifices tels que le Placard possédaient des conduits dédiés dont la jonction avec l'alimentation principale s'effectuait non loin de la surface de l'eau.

Où était passée Masaaraq ? Soq auraient voulu lui montrer ce qu'ils avaient trouvé, préparer avec elle un plan d'attaque et lui poser dix mille questions sur les nanites qui, au moment même, se multipliaient dans leur corps, se faisaient millions. Mais elle aussi était ailleurs. En mission.

Soq déployèrent des armées de drones achetés sur le marché parallèle et les envoyèrent percuter la pyramide en des centaines de points d'impact. Les plus petits étaient neutralisés par des tirs de surpression sonique, les plus gros interceptés par des drones-kamikazes. D'autres s'empêtraient dans des nuages de gelée de myxine synthétique ou des câbles à impulsions, lorsqu'ils n'étaient pas abattus par balle – à l'ancienne.

Donc. Nombreuses techniques défensives. Soq ne les avaient certainement pas toutes répertoriées. Plus on approchait du cône, plus brutales, sans doute, étaient les représailles.

Des cris du côté du bastingage. Soq s'y ruèrent.

Masaaraq. À cheval sur l'orque – sur Atkonartok. Avec, derrière elle, l'étreignant à la taille, une femme qui paraissait morte de peur et sans doute surprise par la température de l'océan, dans lequel les deux cavalières étaient à moitié immergées. Elles descendirent de l'orque et commencèrent à escalader le navire-amiral de Go. L'inconnue s'immobilisa un moment, se retourna, et l'orque leva une de ses nageoires, massive, tranchante.

— Va me chercher Go, lança Masaaraq au premier subalterne qu'elle croisa sur le pont. Et Kaev.

La cheffe de gang apparut presque immédiatement. *Ah, donc, si je veux obtenir une entrevue avec ma mère, il faut que je me fende d'une entrée plus dramatique. D'accord*, songèrent Soq. Mais c'était une idée absurde. Go ne voulait pas leur parler, quelle que soit la manière dont ils présentaient la chose.

Pourquoi ? Avait-elle honte ? Niait-elle l'évidence ? Enrageait-elle d'être mère ?

— Tiens, dit Masaaraq en lançant un gros paquet aux pieds de Go.

— Qu'est-ce que…

Go blêmit.

L'uniforme de Dao. Ensanglanté, gorgé d'eau de mer. Un murmure effaré monta dans la foule. Soq se rendirent compte que Dao était invisible depuis un jour ou deux, ce qu'ils s'étaient expliqué par : *Oh, Dao est allé emmerder des gens que je ne connais pas.*

Si je dois faire carrière dans le crime, se dirent-ils, *il va falloir que je trouve un moyen plus efficace de rester branché sur les rumeurs.*

— Il était sur le point de la tuer, dit Masaaraq.

— C'est sans doute qu'elle l'avait mérité, répliqua Go, les yeux injectés de rage, le regard dansant d'une femme ruisselante à l'autre.

— Je suis venue ici l'autre jour vous transmettre un message, dit l'inconnue.

Elle avait sous le bras une cage où grelottait un singe aussi trempé qu'elle.

— Il a cru que… je ne sais pas, que je travaillais pour le compte de vos ennemis ? Il m'a poursuivie. Il a essayé de m'étrangler.

Soq eurent l'impression qu'elle voulait en dire plus – elle se tut cependant. Quelqu'un alla chercher une couverture et la femme, transie, s'en enveloppa. Elle était superbe, la peau sombre, les épaules puissantes et fières.

— C'est tout ce qu'il reste de lui ? demanda Go.

Masaaraq désigna l'orque, dont la nageoire dorsale, tel un couteau d'onyx, tranchait les flots.

Go cracha par terre. Sa main effleura le manche de sa machette avant de se raviser.

— Bien. Et quel était donc le message qui a valu cette mort à mon plus fidèle compagnon ?

— C'est de sa faute, répliqua Masaaraq. Quelle idée, aussi, de vouloir étrangler une femme. C'est une des meilleures façons de finir avec la tête fendue en deux.

— Toi, tu vas…

Go s'avança d'un pas puis, se mordant les lèvres, préféra se tourner vers l'inconnue.

— Je t'écoute.

Une porte s'ouvrit. Soq levèrent les yeux : Kaev venait de sortir de la cabine de Go. Et le déclic se produisit. Soq virent Go en prendre conscience, de même que la troupe de ses sbires rassemblés sur le pont. Les épaules, la couleur de la peau, les yeux constamment écarquillés. Tout pareil. Kaev et la femme grelottante étaient frère et sœur. C'était une certitude. Dao n'avait pas dû s'en rendre compte, car il ne voyait pas les gens, il les lisait. Il comprenait les émotions, jaugeait l'honnêteté, la tromperie, mais il ne percevait pas les visages sous les sentiments.

— Kaev, dit Masaaraq, je te présente Ankit, ta sœur.

Soq ne se souvenaient pas d'avoir vu sourire aussi beau que celui qui illumina le visage de leur père. L'ours aussi sourit, même si Soq n'auraient jamais imaginé les ours polaires capables d'une telle démonstration. L'animal, que n'inhibait aucune réserve humaine, se précipita vers Ankit au milieu des cris et des soupirs d'horreur de l'assistance, mais Ankit ne broncha pas et, lorsqu'il fut devant elle, il s'arrêta, pressa la tête contre son front et se rassit sur ses pattes postérieures.

Rires et applaudissements dans l'assistance. Kaev suivit son Autre et étreignit la sœur qu'il venait de retrouver. L'expression du visage de Go hésitait entre la colère et l'indifférence blasée.

— Ça fait un moment que je sais que tu existes, dit Ankit. Depuis que je travaille pour la régie du Bras Sept. Une fois, je suis venue te voir. J'ai essayé de me présenter. Tu n'étais pas très cohérent et tu t'es mis dans un état… Tu… Je ne sais pas, tu hurlais à la mort. J'ai eu peur. Je suis navrée.

Kaev secoua la tête, le visage ravagé.

— Je suis… je n'étais pas…

— Je sais.

Soq avaient une famille, une famille qui ne cessait de croître. Et ça allait continuer. Ils étaient sur le point d'arracher une autre de leurs parentes à son imprenable prison psychiatrique.

— Je sais comment entrer dans le Placard, dit Ankit à Kaev. Je vais d'ici peu y conduire quelqu'un en placement de sécurité. Si nous nous coordonnons, je serai dans la place lorsque vous passerez à l'attaque. Je pourrai vous aider.

Go ricana. Ankit se retourna vers elle.

— Et je suis venue vous dire, Go, que nous avons, je crois, un ennemi commun, Martin Podlove.

Ankit sortit son écran pour lui montrer la vidéo que tout le monde avait pu voir.

— Et je sais qui a tué le petit-fils de Podlove.

— Et alors ? dit Go. Tu n'es pas la seule, loin de là. On l'entend qui donne son nom.

— Mais il se cache, dit Ankit. Il se cache depuis cette histoire. Et je sais comment le contacter.

Soq ne l'avaient pas vue, cette vidéo. Ces deux ou trois dernières semaines, ils avaient été trop occupés pour traîner sur la boucle des traqueurs de nouvelles. Ils en avaient entendu parler – ce jeune type brûlé vif par une flamme de méthane. Ils regardèrent la vidéo sur l'écran d'Ankit, d'abord avec une curiosité un peu indifférente, puis, le souffle court, horrifiés, reconnurent le jeune type avant que les flammes ne le dévorent.

Fill.

— J'ai baisé avec ce mec, dirent Soq, mais personne ne les entendit.

Kaev

— Qu'est-ce qui se passe ?

Go ne répondit pas, ne se retourna pas vers lui. Du pont venaient des cris, des bruits d'objets traînés. Le hublot près du lit ne montrait pourtant qu'une mer apaisée et qu'un ciel qui tournait lentement au gris-noir profond de Qaanaaq avant l'aube.

— Je sais que tu ne dors pas. Tu te réveillais toujours aux petites heures du matin. Même à l'époque. Tu pleures ?

— Non, dit Go en s'essuyant les yeux.

Kaev se redressa sur son séant. Les draps du lit de Go étaient luxueux. Il aimait la sensation que procurait leur contact. Il serait volontiers resté couché toute la journée. Ou jusqu'à la fin des temps.

— Et si c'était la dernière fois ? dit Go.

Il comprit que cela lui coûtait de parler ainsi, de se montrer à ce point vulnérable.

— Je t'ai perdu pendant de si longues années. Et si l'un de nous mourait avant la nuit ?

— Tu ne m'as pas perdu, répondit Kaev d'une voix douce, sans colère ni amertume. Pas vraiment. Tu as fait ce que tu avais à faire parce que tu y avais été contrainte par quelqu'un d'autre. On m'a arraché à ton affection, en fait.

— C'est vrai. Mais je ne veux pas que ça se reproduise.

— Il te resterait Soq. Enfin, à moins qu'eux aussi ne meurent. Ce qui est du domaine du possible, je pense.

— Ils me détestent, répondit Go en riant. Ou plutôt, s'ils avaient la tête à l'endroit, ils me détesteraient.

— Non, ils ne te détestent pas.

— Tiens, te voilà expert en psychologie humaine, tout à coup ?

— Tout juste, dit-il.

Il aimait rester nu. Ça aussi, c'était nouveau.

— Oui, ça m'est venu, brusquement.

— Grâces en soient rendues à l'ours.

— Amen.

Go se retourna et ce qu'elle découvrit la fit sourire.

— Tu es superbe.

Sa main remonta le long de la jambe de Kaev, si velue, et passa sur son ventre avant de se loger dans la forêt de sa poitrine.

— Tu n'es pas vilaine non plus.

Les bruits au-dehors se firent moins trépidants, les hurlements se turent. Les préparatifs étaient presque achevés : l'opération allait débuter.

— Je peux te poser une question, Go ?

Elle haussa les épaules.

— Pourquoi avoir choisi ce moment ? Tu t'es contentée pendant tout ce temps de ta position. Tu ne t'étais jamais mêlée de ces questions de pouvoir jusqu'à maintenant. Tu n'avais jamais voulu sortir de ton monde mafieux.

— Je n'en ai jamais été satisfaite, dit Go. J'ai toujours réfléchi. Et posé les jalons pour ce qui se passe aujourd'hui.

— Et donc… pourquoi aujourd'hui ?

— Pour tout un tas de raisons. Le moment était venu. Il y avait de nouvelles faiblesses dans le système. De nouvelles… opportunités.

— Continue.

Go ferma les yeux.

— Je vais te sembler très bête.

— Ça, ce n'est pas nouveau.

— Ta gueule, dit-elle d'une voix douce.

Avait-elle déjà baissé la garde à ce point devant lui ?

— C'est complètement idiot. Mais c'est en écoutant *Ville sans plan* que ça m'est venu. Tu connais ?

Il hocha la tête.

— Je ne peux pas dire pourquoi, mais il y a quelque chose dans ces émissions qui m'a parlé. Ce n'était pas que le contenu, c'était aussi la forme. Ça m'a fait réfléchir. J'ai attendu le bon moment… mais quoi, en fait ? Nous sommes si nombreux ici, si seuls, si dépourvus de forces. Nous gardons la tête basse. Nous restons isolés. Mais nous ne sommes pas séparés. Nous sommes une seule et même entité et cela nous donne du pouvoir.

Kaev se retint d'éclater de rire.

— On parle bien de la même chose, Go ? Dans ce que j'ai entendu de *Ville sans plan*, il n'a jamais été question de gangs criminels qui déclaraient la guerre aux actionnaires de Qaanaaq.

— Kaev, c'est ce qu'on appelle le message implicite. Tu as peut-être appris ce mot en récupérant ton ours blanc et ton QI de génie, non ?

— C'est ça.

Ils restèrent couchés un long moment sans rien dire.

— C'est vraiment con, reprit enfin Go en se dressant sur son séant.

Et Kaev l'entendait presque, la sentait presque cliqueter dans les airs, l'armure que Go revêtait, sa protection psychique, le bouclier magique qui la protégeait du danger. Le mur dressé contre les émotions, contre tout ce qui était humain.

— Pourquoi nous embarquer là-dedans ? Ce n'est pas notre combat.

— C'est ma mère, murmura-t-il, surpris de la difficulté qu'il avait à prononcer ce mot, de sa douceur pourtant entre ses lèvres.

— C'est une femme que tu n'as jamais rencontrée et qui est depuis si longtemps au Placard que son esprit est certainement dévasté, sans espoir de guérison.

— Go, même si ma mère n'était qu'une coquille vide… ou n'était pas ma mère…, je le ferais pour Masaaraq. Masaaraq m'a sauvé la vie. Elle m'a tiré de… comment peut-on dire ? Une mort vivante ? Une vie de torture permanente ? C'est de l'amour de sa vie que nous parlons. D'une femme dont elle remonte la piste depuis trente ans. Quel genre d'homme serais-je si je prenais le cadeau qu'elle m'a fait sans l'aider en retour ?

— Un homme qui saisit sa chance. Avec moi. Pour une vie pleinement vécue.

— Mais nous l'avons, cela, répondit-il en s'extrayant du lit.

Il faisait froid dans la cabine. Go ne chauffait jamais ses quartiers. Évitait le confort. Ce qui désamorçait toute torpeur, l'incitait au mouvement perpétuel. Kaev cependant aimait le contact du béton nu sous ses pieds, la fraîcheur qui lui crispait la peau. Il s'habilla en prenant tout son temps, regrettant à chaque épaisseur de tissu cette nouvelle distance entre leurs corps.

— Je t'aime, dit-il.

Elle posa les mains sur ses cuisses puissantes et l'attira à elle.

— Il faut que j'y aille, dit-il en riant, puis il s'éloigna en sautillant.

— Bien, bien, répondit-elle, riant elle aussi, mais la joie s'effaça rapidement de sa voix et, lorsqu'elle eut prononcé la phrase suivante, « Fais comme tu l'entends », elle était redevenue au plus profond de sa chair cet être de granit qui, pendant des années, avait été la cheffe impitoyable de Kaev.

Maasaraq attendait son fils sur le pont, en compagnie de l'ours, le regard fixé sur la porte de la cabine de Go. Furieuse, d'abord, d'avoir dû attendre si longtemps, puis sa colère s'atténua ; il sembla à Kaev qu'elle était sur le point de pleurer. De bonheur, devina-t-il, expert désormais en psychologie humaine – et comprenant à quel point était proche ce sentiment d'unité familiale, majestueux, extatique, que l'orcamancienne sans doute avait passé de si longues années à reconstituer. Comme elle aimait Kaev, il s'en rendait bien compte. Comme il lui était familier, même s'ils ne s'étaient plus revus depuis l'époque où il était si petit qu'elle pouvait le prendre dans ses bras.

— Hé, Liam, dit-il en enlaçant la bête.

— Quel nom débile, dit-elle.

— Je commence à m'y faire.

Ils longèrent ensemble le bastingage et montèrent dans le monte-charge, qui les conduisit jusqu'à une petite embarcation, celle qui avait fait voguer la Femme à l'orque jusqu'à Qaanaaq. Un second voyage du monte-charge et Liam les rejoignit, trop grand, trop lourd pour tenir avec eux dans l'habitacle.

— Atkonartok, dit-elle.

Quelques secondes plus tard, l'orque surgit des flots.

— Mes aïeux ! chuchota Kaev, qui comprit en cet instant pourquoi, dans certains campements post-nomadiques de la côte Ouest de l'Amérique du Nord, les orques étaient considérées comme des dieux.

— C'est incroyable. Je peux la toucher ?

Masaaraq hocha la tête. Kaev tendit lentement la main, avec plus de crainte qu'il n'avait pensé en éprouver. Il s'attendait à un contact caoutchouteux et humide, ou bien vaguement plastique, mais le toucher de l'orque ne ressemblait à rien que Kaev connaisse. On aurait dit une sorte de peau supérieure, plus perfectionnée que celle de l'homme. Et étonnamment tiède. Masaaraq détacha l'esquif et ils se mirent à ramer.

— Hier, dit Kaev, je suis allé me promener. Le long du Bras. Je voulais des nouilles. Plus je m'éloignais de Liam, plus la sensation était forte. Une douleur à la fois physique et psychologique. Comme si je souffrais en même temps d'un chagrin d'amour et d'un empoisonnement alimentaire.

— Oui, acquiesça Masaaraq. Et plus le temps passe, plus ça s'aggrave. Au bout d'une semaine, l'esprit devient confus.

— Et combien de temps avant… avant que je redevienne ce que j'étais ?

— Un mois, si Liam est encore vivant. Six semaines, au plus.

— Et s'il meurt ?

— Bien moins.

Ils ramèrent en silence pendant le reste de la traversée. Il ne restait qu'une heure avant le lever du soleil.

— Les bots de Go nous donnent deux heures, dit Kaev, entre la coupure du chauffage et la probabilité d'un ordre d'évacuation par les protocoles d'intelligence artificielle.

Masaaraq hocha la tête. Elle se leva, ôta son épais manteau de peau de phoque. Elle portait une combinaison taillée dans une peau glabre et plus mince. Elle rassembla sa chevelure sur le sommet de son crâne en une structure complexe mi-nid d'hirondelle, mi-spirale. Puis elle sauta par-dessus bord.

— Tu ne vas pas la chevaucher, dit Kaev lorsque Masaaraq remonta à la surface, l'orque à son côté.

— Trop profond, dit-elle. Mais ce qu'elle doit faire, ce n'est pas simple. Identifier la bonne faille géothermique, le bon conduit qui s'y alimente et trouver le moyen de le percer. Je vais devoir me concentrer complètement sur cette affaire et c'est plus facile si je suis dans l'eau. Si je vois ce qu'elle voit. Et si je n'entends pas par nos oreilles humaines.

Les aquadrones devaient protéger la pyramide d'attaques humaines et mécaniques, mais aussi d'accidents occasionnés par des débris remontant du fond de la mer ou provenant d'embarcations naufragées. Les animaux, c'était autre chose. Leurs mouvements ne ressemblaient à rien de cela. Les programmateurs sans doute n'avaient pas tenu compte des destructions volontaires dont les animaux pouvaient se rendre coupables. Ils n'avaient donc pas programmé leurs drones pour réagir à de telles intrusions. Masaaraq avait déjà envoyé Atkonartok près des drones les plus excentrés : ils n'avaient pas réagi.

Elle ferma les yeux. L'orque surgit et du museau toucha le nez de Masaaraq. Elles restèrent dans cette position, les yeux clos, pendant un temps que Kaev trouva bien trop long pour sa tranquillité d'esprit. Puis l'orque plongea.

VILLE SANS PLAN :
ÉCHANGE DE TIRS

Ça, c'est arrivé plus tard. Ajouté à l'album illustré de mon histoire par un garçon que j'ai rencontré il y a quelques mois. S'il était venu me voir, comme tant d'autres à cette époque, c'était parce qu'on lui avait parlé de l'aide que je pouvais lui apporter. Zarif, un travailleur du sexe, bel Ouzbek au visage buriné. Il avait vu Ishmael Barron traverser le bruyant chaos du Bras Huit au crépuscule, visiblement perdu, affolé, et l'avait appelé papa.

— J'ai besoin d'une planque, lui dit Barron. Je suis recherché.

— Chez moi, dans ce cas.

Zarif a fait une requête rapide pendant que l'ascenseur montait, avec le nom et la photo du bonhomme, et il a compris qui en voulait à Barron. Il était sur le point d'appeler pour récupérer la récompense et basta. Puis il s'est dit que le pauvre vieux allait devoir affronter un monde de douleurs et que le moins qu'il pouvait lui accorder, c'était une dernière offrande, un peu de beauté.

— Je suis bien trop croulant pour pouvoir faire autre chose que de regarder, a dit Barron.

Zarif s'est déshabillé et s'est assis près de la fenêtre. À la lumière du lampadaire, son corps était d'argent.

— Ça doit souvent t'arriver. Quelqu'un qui n'a qu'un désir, se confesser. Raconter son histoire.

— Bien sûr. Moi et les prêtres, on fait presque le même job.

— J'ai l'impression que j'ai passé ma vie à fuir Podlovsky. Il a beau avoir perdu sa dernière syllabe, il est toujours aussi riche, aussi puissant qu'autrefois. Peut-être même plus. Dans l'intervalle, moi, qu'est-ce que j'ai pu faire ? Qu'est-ce que j'ai accompli pour peser dans la balance ? J'ai fait du mal à Podlove. Beaucoup de mal. Mais à qui ça a servi, à part à moi ? Ce sont toujours les Podlove de ce monde qui gouvernent. Cette ville, notre planète. Et les gens comme moi continuent de souffrir, de suer sang et eau et de raquer, jusqu'à ce que leurs poches soient vides. Lui et moi, on ne va pas tarder à mourir. Ça devrait me consoler mais ce n'est pas le cas.

Zarif s'est branlé jusqu'à parvenir à une tumescence complète – et des plus stupéfiantes – sans que Barron paraisse le remarquer.

— Je l'ai croisé par hasard. Ça fait cinquante ans. Même âge que moi, et beau, de la beauté cruelle qu'ont souvent les hommes de pouvoir ; ce regard sans peur, sans gêne aucune, de celui qui peut te faire subir exactement ce qu'il veut. Une auto, coûteuse, sans signes distinctifs, qui se gare par une fin d'après-midi tranquille dans une rue du South Bronx. Une manifestation va commencer. Il est sorti de la voiture, avec trois autres hommes et une femme. Il a balayé la foule du regard. N'a identifié personne. Aucun de nous n'avait de visage pour lui. Mais je l'ai vu.

» Quinze secondes. Je les ai comptées en retenant mon souffle. Les envahisseurs sont remontés dans leur véhicule. Le temps s'est écoulé, aussi implacable qu'un glacier. La foule grossissait peu à peu. La manifestation a commencé. Les contre-manifestants sont arrivés : des locataires encore plus pauvres venus de deux autres quartiers voisins. Ils nous ont accusés, mes compagnons et moi, de les avoir expulsés, ce qui hélas était vrai. Mais je les connaissais, j'avais frappé à leur porte, j'avais essayé pendant des semaines de les convaincre d'assister à nos réunions, de nous aider à lutter contre la dernière version de la « réhabilitation » de notre ville.

» Il y avait une volonté précise derrière leur apparition. Quelqu'un avait cherché à nous dresser les uns contre les autres avec une diabolique acuité.

Zarif a fermé les yeux et s'est imaginé en train de baiser son lutteur de poutre préféré, à en perdre connaissance. Il savait exactement, grâce à des amis d'amis particulièrement chanceux, ce qu'appréciait Hao Wufan.

— Ça a mal tourné. Il y a eu des morts. Des immeubles ont brûlé. Quand je suis sorti de l'hôpital, j'ai passé une semaine sur mon écran. Je voulais savoir qui était ce type. Qui étaient ces gens qui avaient fait cette apparition silencieuse avant le massacre. Il m'a fallu un moment avant de les retrouver. Ils faisaient partie d'un tout nouveau département intermédiaire créé au sein d'une agence de sécurité des plus quelconques. Ils avaient inventé une nouvelle espèce de relations publiques. Bel engin, prestation sur mesure pour la Multifurcation, laquelle évidemment ne portait pas encore ce nom. Micro-audiences. Messages hyper ciblés. Poussant les gens non pas à la consommation ni au vote, mais à l'action. Des meutes taillées sur mesure pour le XXIe siècle.

» J'ai filé Podlovsky pendant les quelques mois que New York avait encore à vivre. Je me suis rendu dans ses bureaux. J'ai acheté des billets de soirées mondaines pour le voir sourire. J'ai repéré sa maison. Son club de gym. Je connaissais ses habitudes. Son emploi du temps. Peut-être voulais-je l'assassiner. Je n'ai jamais planifié mes actes à ce point. Tout ce que je savais, c'est que ce type était mon ennemi et qu'un jour ou l'autre j'aurais la possibilité de le lui faire payer.

» Et puis. La chute. La cassure. L'effondrement. Je n'ai plus pensé qu'à survivre. Il est venu d'autres ennemis – des hommes en armes, des hommes qui demandaient de terribles sacrifices en échange d'un peu de nourriture, d'un passage sur un ferry ou simplement d'un meurtre non commis. Mais dès que je me suis retrouvé en sécurité dans un des camps de la FEMA – enfin, moins en danger –, j'ai eu le temps de repenser à Podlovsky. Et j'ai eu la possibilité de le traquer. On le mentionnait dans quelques-uns des médias locaux. Il s'installait à Qaanaaq. Sa boîte continuait à faire les gros titres. À déclencher les controverses. Il s'était passé quelque chose dans le Nord, chez les néo-Inuits. Un de ses clients des groupes pharmaceutiques avait des choses à cacher, des crimes si atroces qu'on ne pouvait les faire oublier que par des actes plus répréhensibles encore. J'ai eu une vraie chance de cocu d'avoir lancé ma petite enquête à ce moment-là. Deux semaines plus tard, Martin Podlovsky n'existait plus. Ce qui ne signifiait qu'une chose : privilège d'invisibilité de l'actionnaire.

» J'ai passé des années à accumuler assez d'argent pour pouvoir m'installer à Qaanaaq. Une fois sur place, la ville a vite eu raison de ma faim de vengeance. Les autres faims, les autres douleurs étaient trop nombreuses. La beauté trop écrasante. Il est difficile de porter indéfiniment une armure de colère ; la mienne aurait fini par me détruire.

» Et donc : j'ai vécu. Le feu de ma haine s'est éteint. Je suis tombé amoureux, j'ai rompu, une ou deux fois. J'ai trouvé du boulot. J'ai fait carrière. Je suis tombé malade. J'ai découvert de mystérieuses émissions radio qui parlaient sans filtre à mon âme. De ma fureur ne subsistaient plus que des braises grises lorsque le flamboyant petit-fils de Martin Podlovsky a atterri dans mon giron par une coïncidence scandaleuse, inimaginable – il souffrait de la même maladie incurable que moi et il m'a, tandis que nous prenions le café, bredouillé son nom de famille. Comme si le destin. Comme si les dieux ne m'avaient pas oublié. Comme si l'univers dans sa froideur, dans son hostilité, avait conservé un peu de bonté.

» Ces derniers jours je me suis lamenté sur mon infortune : hélas, je me suis retrouvé sur un champ de bataille bien plus vaste que celui de ma petite vendetta. Quel malheureux hasard ! Être pris dans les feux croisés d'une cheffe de gang, d'un magnat de l'immobilier et de Dieu sait qui d'autre. Mais je sais maintenant que ce n'est pas un hasard. Podlove est un monstre et ces gens-là ont des monceaux d'ennemis, qui essaieront de l'abattre, chacun à son tour, sans y parvenir. Puis viendra le jour où ils attaqueront tous en même temps. Et ce jour-là, ils gagneront.

Zarif conclut. Il en résulta de colossales éclaboussures.

— Splendide, murmura Barron, pâle, comme si son récit, ou le spectacle qu'il avait sous les yeux, menaçait de le briser.

— C'est cadeau, dit Zarif, tout sourire, tandis que le vieil homme se dirigeait vers la porte. C'est bon, souffla-t-il dans son implant.

Barron retourna sur la Plaque où l'attendait une femme, mains croisées sur sa poitrine, si bien qu'il put voir ses épaisses bagues de laiton tressé.

— Monsieur Barron ?

La neige tourbillonnait dans l'espace qui les séparait. Invisibles derrière elle, les lumières et la chaleur du Bras.

— Vous voulez bien nous suivre ?

Soq

Soq la voyaient qui faisait les cent pas. Seule dans sa chambre, immense nuage d'inquiétude logé de force dans un corps minuscule. Le regard jamais tourné vers les hublots. Toujours vers les écrans. Quinze, vingt écrans répartis sur les tables et Go ne cessait d'en extraire de tiroirs et de caisses, elle lançait de nouveaux logiciels, captait les images envoyées par quelque drone nouvellement repéré. Impressionnant, sa maîtrise de ces machines. Le travail n'était pas confié à des subalternes. Si Dao n'avait pas succombé, s'en serait-il chargé ? Du reste, si tel avait été le cas, la prouesse de Go n'en aurait été que plus remarquable. La plupart des chefs de bande auraient été impuissants devant une telle tâche sans les gens qui, d'ordinaire, effectuaient ce travail pour eux.

Du plus loin que remontait la mémoire de Soq, Go avait toujours été présente. Une idole dont ils suivaient les succès et les défaites comme d'autres gosses de la Plaque se passionnaient pour les lutteurs de poutre. La carrière convoitée par Soq, leurs rêves de sauvage vengeance contre cette ville de merde, c'était Go qui leur avait servi de modèle.

Go était formidable, Go était superbe. Sage, rusée, féroce, brillante. Ça, il n'y avait aucun doute sur la question. À présent Soq se posaient une tout autre question : Go conservait-elle tout de même quelques bribes d'humanité ?

Mais pas seulement cela. D'autres questions tourmentaient Soq depuis leur apparition intermittente dans leur fertile cervelle. Quel était l'intérêt de viser les sommets ? La conquête avait toujours semblé fournir son propre but, alors, que faisait-on une fois arrivé ?

Depuis pratiquement une heure, Soq en étaient certains, Go avait fait de son mieux pour ne pas regarder par les hublots. Parce qu'elle savait qu'elle les apercevrait.

Et pendant pratiquement une heure, Soq avaient essayé de frapper à la porte. Pourquoi n'y étaient-ils pas parvenus ? La peur en général ne les arrêtait pas. Soq se rappelaient la première fois qu'ils avaient enfilé leurs glisters, la témérité avec laquelle ils arpentaient la Plaque, l'agilité avec laquelle ils montaient et descendaient la gliste. Allant de l'avant sans s'arrêter une seconde. Tous les jours, il y avait des accidents sur la gliste, des fractures, des blessures fatales. Mais ni la douleur ni la mort ne les avaient jamais effrayés. Soq n'avaient rien. On ne pouvait rien leur prendre. Rien ne les attachait à cette terre.

Et maintenant ? Pourquoi ne pas frapper à la porte ? Était-ce d'avoir retrouvé une mère ? un père ? un fantasme kitsch de vie de famille avant la chute ? Soq étaient-ils donc si fragiles que le fait de n'être plus orphelins les avaient, en quelques jours, métamorphosés en l'un de ces frêles têtards aux grands yeux du Bras Un qu'ils méprisaient pourtant depuis l'enfance ?

Soq frappèrent. Avec violence.

— Quoi ?

La voix de Go lui parvenait par haut-parleur. Soq la virent dans l'encadrement du hublot. Dos à la porte.

— Tu as besoin d'aide, dirent Soq.

— Pas du tout.

Soq frappèrent de nouveau. Ils attendirent. Soixante, quatre-vingt-dix secondes plus tard, choc doux du verrou poussé. Soq entrèrent.

— De quelle aide ai-je besoin ? demanda Go.

— Voyons, par où commencer ?

Soq s'affalèrent dans une vieille chaise longue malpropre. Ce qui, dans la cabine, se rapprochait le plus d'un trône.

— Fais attention à toi, dit Go, qui ne s'était pas retournée. Ne t'imagine pas que tu disposes d'une autorisation spéciale pour me manquer de respect.

— C'est le cas, pourtant, non ?

Go fit volte-face, les yeux grands ouverts. Soq frémirent à la colère que ce regard exprimait : mais ils ne s'étaient attendus à rien d'autre. De la colère, de la brutalité, quelque chose. Le signe que leur existence avait eu un vague effet sur Go. Ils se levèrent et se dirigèrent vers la table. Regardèrent dix écrans sur lesquels défilaient les vidéos en direct transmises par dix drones distincts. Cinq d'entre eux filmaient la même personne. Un vieil homme blanc dans un bureau spacieux. Maigre comme un clou. Faisant les cent pas. Le double désincarné de Go.

— Le vieux de la vidéo, dirent Soq. Celui dont le petit-fils est mort.

— Martin Podlove.

— Quel gang ?

— Aucun, fit Go en riant. Ou alors le plus colossal d'entre eux – ça dépend de tes convictions politiques. C'est un actionnaire.

Soq émirent un sifflement et s'accroupirent pour mieux suivre les flots d'images. Un actionnaire. Autant dire une licorne. Quand vous étiez une fleur de la Plaque, comme Soq, vous vous posiez la question à chaque nouveau visage. Ce gros monsieur, cette femme en haillons, ce n'étaient pas des actionnaires par hasard ? Bien sûr, nombre d'entre eux devaient porter des costumes de prix, mais Soq étaient persuadés que la plupart préféraient les fringues de merde pour se fondre dans la foule et avoir l'air de n'importe quel fétu ballotté par la houle qaanaaqienne. Après tout, qui auraient-ils voulu impressionner ? Ils étaient déjà maîtres de l'univers.

— Pourquoi tous ces flux ?

— Ce sont des microdrones, pour la plupart. Autour de ses fenêtres.

— Il ne connaît pas le sens du mot rideau ? Les vitres ionisées, ça ne lui dit rien ?

— Il se fiche de savoir qui le voit. Il se croit invincible.

Trop bizarre. Putain, trop bizarre. Trop de chemins qui conduisaient à ce garçon, celui qui avait contaminé Soq. *Dans une ville aussi vaste que Qaanaaq*, pensèrent-ils, *ce n'est pas comme ça que ça marche la vie. Ces fils si tordus, si différents, qui finissent par se rassembler. Et par former un motif, une grille. Un filet.* Dans lequel Soq s'étaient pris. Et le filet avait été hissé hors de la mer où Soq avaient passé l'essentiel de leur existence ; et Soq avaient quitté ce milieu où ils se sentaient en sécurité, où ils parvenaient à respirer, pour être exposés à la lumière âpre et fatale du dehors.

Leur vision se brouilla. De nouveau ils furent traversés par des flots d'images. L'appartement vide où ils s'étaient retrouvés.

Cette fois-ci pourtant, Soq étaient prêts. Ils ne se laisseraient pas submerger, noyer, tel un poisson exposé à l'air. Soq avaient désormais ce que leur avait donné Masaaraq. Les nanites. Le pouvoir. La maîtrise.

Pièces vacantes. Si spacieuses. Une longue file de garçons superbes. Faim. Foule de gens qui avaient faim.

Logiciels.

Mots de passe.

Soq rapprochèrent le fauteuil de la table.

— Dis-moi ce qui te met dans une telle rage, dirent-ils, presque surpris du ton d'autorité de leur voix, de l'assurance qu'ils avaient d'être obéis, comme s'ils savaient ce qu'ils faisaient.

Constat plus étrange encore : ils le savaient effectivement.

— Il faut que je me pince pour croire à ce qui m'arrive en ce moment, dit Go en s'approchant de Soq pour voir ce qu'ils fabriquaient avec l'écran.

Et c'était la peur qui faisait vibrer sa voix, non l'irritation.

— Ce qui t'arrive ? La mission Placard ?

— J'ai déclaré la guerre. Je n'ai pas de temps à perdre pour aller récupérer des mamans en détresse.

— Pourquoi ne pas lui balancer un missile, à ce vieux machin ? Tu as l'artillerie pour, non ?

— Lui aussi, il l'a, cette artillerie. Ou du moins, il file suffisamment de fric à je ne sais quelle compagnie de sécurité pour pouvoir répondre à toutes sortes d'attaques. Les mecs comme lui considèrent l'argent, la richesse, le pouvoir, d'un point de vue abstrait. Ils n'ont pas la moindre idée de ce qu'il faut faire dans une vraie situation de combat. Ils paient des gens qui traitent les problèmes à leur place. La guerre a ses règles. Il y a des coups qu'on ne porte pas. Si je le tue, ses gens me tuent.

Quelque chose scintilla dans les flots marins. Quelque chose de brillant dans le flux des images ternes. Soq émirent un cri étranglé et s'emparèrent d'un des écrans de Go.

— Qu'est-ce que tu fiches ?

— Je ne sais pas, répondirent Soq. Je rentre dans un truc, je crois. Un programme.

— Quel programme ?

— Je n'en sais rien. Pour ne pas te mentir, je

ne sais même pas s'il existe. Et s'il existe, je ne sais pas quoi faire avec. Et si j'y arrive, quel résultat j'obtiendrai.

— Super, lâcha Go.

Elle se retourna, alla consulter les autres écrans.

— C'est venu dans une vision, dirent Soq, ce à quoi Go ne répondit pas, car elle ne l'écoutait pas. Ce n'est pas la mission Placard qui te gonfle, poursuivirent Soq. S'ils y arrivent, très bien. S'ils se plantent, tant pis.

Go resta muette.

— C'est la mort de Dao qui te fout les boules.

— Oui, fit Go, désinvolte.

— Elle te met en rogne. Tu la détestes. Masaaraq.

— Effectivement.

Soq réfléchirent un quart de seconde. Surfèrent sur une longue vague déferlante d'images, de souvenirs étroitement mêlés à l'encodage des failles. Soq cherchèrent Go et la trouvèrent. Une centaine d'articles, un million de photos merdiques. Une figure de légende, dont on ne parlait qu'à voix basse. Surhumaine. Inexorable. Dépourvue d'émotions. C'était le ciment essentiel de sa façade, l'idée que Go n'avait pas d'affects.

— Et c'est lui. Tu te fais du souci pour lui.

— Il est assez grand pour prendre soin de lui. Et puis, il a ce putain d'ours blanc.

— Les ours meurent aussi. Tu n'as pas idée de l'arsenal qu'il y a dans ce machin. La force de frappe, la variété.

Go fixait ses mains.

— Ce n'est pas seulement lui, finit-elle par dire.

Il fallut quelques secondes à Soq pour se rendre compte qu'ils retenaient leur respiration. Ils ne se relâchèrent pas.

— Tu n'as pas idée, Soq, dit-elle en riant.

Elle avait mis à prononcer ce nom une tendresse que Soq n'avaient jamais entendue dans aucune bouche.

— Tout était planifié. Tout était sous contrôle. J'étais sur les rails. Personne ne pouvait m'atteindre. Personne ne pouvait me retenir. Maintenant, il y a lui – et il y a toi…

Elle ne finit pas sa phrase.

Soq fermèrent les yeux. Ça les submergeait d'entendre Go s'exprimer avec tant de chaleur, d'humanité, ça les effrayait aussi, car ils comprenaient bien la manière dont cela la brisait, dont cela la rendait furieuse envers elle-même, cette guerre qu'elle menait à ses émotions.

— Ça va, se hasardèrent-ils à dire. Ce n'est pas absurde de s'inquiéter d'autre chose que de l'équilibre du budget. Et des effusions de sang.

Go et Soq évitèrent de se regarder dans les yeux. Ils contemplèrent les écrans qu'arpentait Podlove et où des fortunes et des empires secrets se faisaient et se défaisaient sur le marché hautement spéculatif de la viande de houle, les profits et les pertes dûment répertoriés sous forme de tableaux informatiques. Soq inspirèrent brusquement et s'emparèrent de la main de Go.

La cheffe de gang recula en sursaut.

— Tu ne me connais pas.

Voix sévère, se durcissant à la vitesse de l'éclair.

— Tu ne me connais absolument pas.

— Vraiment ?

Et elle jaillit, la colère que Soq avaient réprimée depuis leur enfance, la fureur qui n'avait jamais trouvé de cible auparavant, la rage aveugle qui avait engendré des milliers de rêves où ils brûlaient Qaanaaq, brisaient ses fondations et regardaient un million d'habitants mourir de froid dans les eaux glaciales de l'Arctique. La ville n'était pas un être humain, la ville s'était toujours contentée d'exister. Go, en revanche, avait agi. Avait pris des décisions. Certaines peut-être par bonté. Mais peut-être pas. Et quelle importance, si des actions qui se voulaient bienveillantes rendaient leurs bénéficiaires malheureux ? Soq se redressèrent.

— Dis-moi que j'ai tort. Je sais comment tu fonctionnes. Comment tu es parvenue à ce que tu es. Comment tu traites tes subalternes. Je sais que tu me viderais comme un vulgaire poisson, sans hésitation, car qui suis-je, bordel de merde ? Un fruit de tes entrailles abandonné depuis des siècles, banni de ton existence, même si tu avais gardé sa trace, même si tu lui avais trouvé un vague toit, un boulot, mais seulement s'il était à la hauteur, seulement s'il passait d'une manière ou d'une autre ton vilain petit test de personnalité, seulement s'il était aussi féroce, aussi criminel que dans tes souhaits. Et si j'avais pris un autre chemin, tu aurais continué à m'ignorer jusqu'à la fin de tes jours.

— C'est faux, dit Go d'une voix dure, mais

cette dureté était à bout de souffle, sans profondeur. Je me suis bien plus impliquée que tu ne crois dans ton sort. J'ai été bien plus présente dans ta vie que tu ne l'imagines. J'ai secrètement encouragé ta progression, j'ai sculpté ton être. J'ai pris soin de toi pendant tout ce temps. Et de Kaev aussi, que tu le croies ou non. Ç'a été facile, tu penses, de l'empêcher de se tuer, volontairement ou pas, ces dix, ces vingt dernières années ? Il y avait toujours quelqu'un de chez moi près de lui – un de ses amis que j'avais pu mettre dans ma poche, un gosse de la Plaque qui gardait les yeux sur lui ou qui le sortait d'une situation qui pouvait mal tourner. Il y en a eu des dizaines. De même que je t'ai procuré ce job sur la gliste. Que j'ai graissé la patte de l'Enregistrement quatre ou cinq fois par an, pour qu'ils ne posent pas trop de questions à ton agence.

— Je te crois, dirent Soq en réprimant sa colère, parce qu'il se passait trop de choses, que les enjeux étaient trop sérieux, que le temps était compté – et ils comprirent qu'ils pouvaient bien tenir cela de Go. Mais je ne parle pas comme ça parce que je crois que tu hésiterais à me tuer sous prétexte que tu es ma mère.

Go haussa l'un de ses ravissants sourcils.

Sur le pont, un hurlement. Le cargo était en position au pied du Placard.

Soq écrivirent une dernière ligne de code sur leur écran avant de le tendre à Go.

— Non, je te parle comme ça car je détiens

quelque chose que tu es infiniment désireuse de te procurer, je le sais. Et je pourrais éventuellement t'en faire cadeau, dans certaines conditions.

Ankit

Le pavillon de placement de sécurité ne ressemblait en rien au reste du Placard. Les murs incurvés donnaient à Ankit une impression de chaleur, de confort, de protection. Des panneaux lumineux palpitaient de couleurs douces à l'œil. Des écrans immenses montraient des cascades, des chevaux, des vagues déferlant au ralenti sur des plages superbes.

Fyodorovna, en revanche, était nerveuse. Ses paupières clignaient, tressautaient ; elle serrait trop fort la main d'Ankit. Elle s'attendait aux horreurs des asiles de fous victoriens, les patients hurlant et riant, les malades en délire peignant sur les murs, de leurs doigts, des chefs-d'œuvre à la merde, les instruments de torture rouillés déguisés en dispositifs thérapeutiques.

— Elles sont sur place, maintenant, fit la voix de Soq dans l'implant d'Ankit. Masaaraq ne va pas tarder à plonger. Ça peut prendre cinq minutes comme soixante. Ou plus.

Ankit se tapota le palais de la langue pour signifier la bonne réception du message. Une flèche bleu ciel rampait sur le sol, au même rythme que les deux femmes, avec juste quelques centimètres d'avance. Elle vacillait et se trémoussait, minuscule et soigneuse petite animation destinée à lui donner de la vie et une fiabilité ; Ankit leva les yeux au ciel – mais deux ou trois secondes plus tard, elle vit Fyodorovna esquisser un sourire, baisser les yeux vers la flèche, ce qui renforça la sensation admirative et confiante qu'avait Ankit aux mains de ces douces et sages machines qui dirigeaient le Placard. Et l'ensemble de la ville, en vérité.

Une brusque secousse la fit s'arrêter, une main sur la poitrine.

— Tout va bien ? demanda Fyodorovna.

— Oui, tout à fait. Désolée. Simplement…

Rien de grave, pensa-t-elle. *La guenon à laquelle je suis nanoliée est en train d'escalader la tour, c'est tout. Alors j'ai l'impression de me balancer dans les airs. Le centre de gravité bouge dans tous les sens.*

Une porte s'ouvrit sur un infirmier qui sourit en reconnaissant Fyodorovna, qu'il salua. Elle lui répondit d'un hochement de tête d'une impressionnante lenteur : une reine, des pieds à la tête. Pompeuse jusque dans la détresse. Ankit aperçut fugitivement la pièce d'où l'homme était sorti : l'étagère, la fenêtre, le rideau qui flottait dans le courant d'air provoqué par la bouche de chaleur.

Martin Podlove était-il dans les murs ? Non, pensa-t-elle, c'était peu probable. Il était passé à l'attaque, en mode assassin, ne serait-ce que temporairement. Il avait sûrement envie d'être au centre de l'action. Il devait avoir son propre service de protection, des gens dont il payait les services à l'année sans avoir jamais eu besoin d'eux et en lesquels il avait sûrement plus confiance.

Et il ne voulait certainement pas risquer de croiser la femme qu'il avait fait enfermer des années plus tôt.

La flèche bleue s'incurva sur elle-même, se transforma en cercle, tournoyant à toute vitesse. Le signal universel qui signifie : *Attendez un moment*. Le mur soudain se perça d'une porte ouverte.

— Bonjour, dit une employée rondelette qui portait deux badges, des Services de Sécurité et de Santé. Scans corporels.

Ankit leva les bras – gestuelle coutumière et instinctive de la scannée ou de la crucifiée – mais Fyodorovna ne broncha pas.

— Je ne vois pas en quoi cela est nécessaire, dit-elle.

— Règles du pavillon, dit la femme de la Sécurité. Tout le monde est scanné. Pas d'écran, pas de puce, implants désactivés.

Implants désactivés ? Ankit sentit la panique l'envahir.

— Je…, bredouilla-t-elle, mais la femme avait déjà touché sa mâchoire d'une fine baguette de métal.

Le picotement fit comprendre à Ankit que la manœuvre avait réussi et que l'implant resterait inactif jusqu'à ce qu'on le déverrouille.

— Bienvenue, dit la femme en faisant signe à Ankit d'entrer.

Le blocage de l'implant posait problème. Soq désormais ne pourraient plus la localiser ni lui parler. Ne pourraient plus transmettre sa position à Kaev et à Masaaraq avant que le Placard ne coupe les communications internes. Soudain ses paumes devinrent moites. La peur revenait.

Leur plan était foutu. Ils étaient foutus.

L'infirmier attendait sans rien dire. Il fallut moins d'une minute à Fyodorovna pour se plier sans esclandre à la procédure. Le cercle redevint flèche et les accompagna jusqu'à leur destination.

La chambre de Fyodorovna était fabuleuse. Un parquet en bois flotté, lustré par le temps et l'usage : il avait peut-être passé un siècle autrefois dans un bistrot parisien. Une cruche en faïence posée sur une commode trapue de bois sombre, sous la fenêtre.

— Nous y sommes, dit Ankit, et Fyodorovna la fit sursauter en l'étreignant avec ardeur.

— Merci, murmura-t-elle.

Jamais Ankit ne l'avait entendue parler d'un ton aussi humain.

— Hé, répondit-elle, hésitant. Hé.

— J'ai tellement peur, Ankit.

Moi aussi, Fyodorovna.

— Il n'y a pas de quoi. C'est l'endroit le plus sûr de la ville.

Fyodorovna ne relâcha pas son étreinte.

— Je vais rester avec toi. D'accord ? Un petit moment.

Fyodorovna opina du chef avec reconnaissance.

Ankit se pencha à la fenêtre. Elles étaient au dix-septième étage. Sur la Plaque, tout en bas, la vie semblait se dérouler de manière ordinaire. Fyodorovna remplit deux verres avec l'eau de la cruche. Il fallait appeler telle personne, rappela-t-elle à Ankit, remplir tel document, toutes choses qu'Ankit avait prévu de faire sans atteindre à la concentration nécessaire. Elle ne pouvait plus penser qu'au chaos en branle, à l'implant désactivé et à l'impuissance qui en résultait, aux cent millions de scénarios dans lesquels leur entreprise échouait.

Elle ferma les yeux et se retrouva seule dans le vent. Titubante. Joyeuse. Une minuscule guenon, impuissante, impériale. Rien de ce qui l'avait navrée ou affolée la seconde d'avant n'avait plus de sens pour elle.

— Qu'est-ce qui se passe ? demanda soudain sa patronne.

Ankit ouvrit les yeux et revint s'écraser dans son propre corps, sa propre vie. La liberté folle et joyeuse de sa guenon avait disparu. Oh, la retrouver ! Le désir lui faisait mal. Elle dut lutter contre son envie de fermer de nouveau les yeux.

— Quoi donc ?

Ankit tendit l'oreille, n'entendit rien. Puis elle comprit : là était le problème. Le silence. Quelque chose qui, à Qaanaaq, n'existait pratiquement pas.

— Le chauffage, dit Fyodorovna.

Elle s'était levée, avait posé la main sur les bouches d'aération.

— Il n'y en a plus.

Depuis toujours, où qu'elle aille, Ankit avait toujours entendu les conduits géothermiques gronder, siffler, ronronner. Ce qui n'était plus le cas.

— C'est tout à fait normal, répondit-elle, mais Fyodorovna visiblement n'était pas convaincue.

Le temps passa. Une heure, deux heures ? Pas de voix dans l'oreille d'Ankit pour lui rappeler le temps.

Quel plan absurde. Et qu'ils étaient donc idiots. Tous autant les uns que les autres. Comment avaient-ils pu ne pas prévoir que le Placard exigeait la désactivation des implants, qu'ils seraient donc dans l'incapacité de communiquer ?

Un hurlement dans le couloir. D'autres cris, plus lointains.

Les gens paniquent. Les programmes de la Santé vont recueillir les infos, élaborer des scénarios et prendre une décision.

— Tu disais que je serais en sécurité ici, dit Fyodorovna en reniflant.

— C'est le cas.

— Sauf que je vais mourir de froid.

— Chut, dit Ankit en s'asseyant à côté d'elle sur le lit.

Elle tira la couverture et la disposa sur les épaules de sa patronne. Laquelle en serra les pans contre elle, reconnaissante.

Mon mépris pour elle, se rendit-elle compte, *est devenu un mépris pour la fonction. J'en suis venue à partager l'idée absurde et fausse qu'elle se faisait d'une régisseuse de Bras.*

Pourtant, il y avait eu une époque, maintenant presque oubliée, à laquelle elle avait aimé ce qu'elle faisait. Ce que son travail signifiait pour elle. Ce qu'il lui avait apporté. Quelque chose de positif : pas l'énergie, la tension, la pression, le sentiment d'être indispensable, émotions négatives devenues peu à peu drogues indispensables. Non, le fait de pouvoir résoudre des problèmes. D'aider les gens à surmonter de mauvaises passes.

Ça, j'en étais capable, se dit Ankit. Avant de suffoquer en comprenant, brutalement, en visualisant cette évidence : *Je pourrais gérer un Bras. Moi-même.* Chose qu'elle s'était toujours juré de ne jamais faire.

Quelqu'un passa en courant devant la porte. Un petit troupeau suivit.

— Nous vous remercions de votre patience, prononça une voix venue du plafond. Nous vous prions d'accepter nos excuses pour les désagréments causés.

Fyodorovna lui prit la main.

La voix poursuivit :

— Les Services de Santé ont décidé de procéder à l'évacuation des pavillons. Les étages inférieurs ont déjà été vidés. Veuillez sortir de votre chambre et suivre les flèches rouges : elles vous conduiront à la sortie la plus proche.

La porte s'ouvrit. Quelqu'un poussa un long hurlement. Qui trouva bientôt un écho.

— Je ne mets pas les pieds dans le couloir, s'entêta Fyodorovna.

— Allons, dit Ankit en se levant, pas plus rassurée que sa patronne.

— Il peut nous arriver n'importe quoi avec ces fous qui courent dans tous les sens. Je préfère tenter ma chance en restant dans la chambre. Ils finiront bien par venir nous chercher.

— Ne fais pas l'idiote, dit Ankit en lui tirant la main. Nous allons mourir de froid ici. Les murs sont si minces. Ils ne gardent pas la chaleur. D'ici moins d'une heure, la température sera arctique. Et je ne sais pas le temps qu'il leur faudra pour nous retrouver. Dans les couloirs, nous ne risquons strictement rien.

Fyodorovna leva des yeux apeurés mais confiants avant de hocher la tête.

Si j'arrive à quoi que ce soit avec cette malheureuse, alors je peux aider n'importe qui.

— Tu ne crois pas que je devrais laisser la couverture ?

— Garde-la. On risque d'avoir un peu froid dans les minutes qui viennent.

La porte se referma derrière elles. Une explosion fit trembler le sol sous leurs pieds. Elles rejoignirent la troupe affolée qui errait dans les couloirs.

Kaev

La gestuelle de Masaaraq était semblable à celle d'une artiste surnaturelle, une terrifiante ballerine qui massacrait ses partenaires dans la lenteur et la beauté. La lame se balançait et tournoyait, se rabattait. Masaaraq, peintre, projetait sur la toile verte et nue du Placard d'élégants jets de sang. Kaev souriait, extatique.

Masaaraq le gifla doucement.

— Il faut que tu te concentres, dit-elle. L'ours sent l'odeur du sang, il voit ces déplacements affolés. Il n'est pas loin de s'embarquer dans un massacre total où il confondra les patients et les agents de sécurité. Concentre-toi sur les bonnes personnes.

Ils se frayaient un chemin dans la foule. Les gens couraient, trébuchaient. Certains rampaient. Nombreux furent ceux qui virent l'ours et s'immobilisèrent, tombèrent à la renverse, se retournèrent, décampèrent dans l'autre direction.

— Il ne vous fera pas de mal, criait Kaev.

Pour de multiples raisons, cela ne servait à rien. Ils étaient presque arrivés au pied de l'escalier. Les patients devaient tous passer par là. Ora serait du nombre.

Forcément.

Masaaraq arriverait-elle à la reconnaître ? Pouvait-elle seulement se figurer ce que le temps avait pu lui faire ?

Une porte claqua devant eux. Kaev tira deux fois sur le battant de verre, qui ne se fissura que sur quelques millimètres.

— Passe-moi une des grenades de Go, Masaaraq.

— Non. L'ours peut s'en charger. Pose les deux mains sur la vitre.

Ce que fit Kaev, qui attendit que l'ours l'imite.

C'est de la glace. Il y a un phoque de l'autre côté.

Casse. Casse la glace.

Liam se redressa, puis se courba, les pattes tendues, se laissa tomber sur la porte. Une fois, deux fois, dix fois.

Aucun résultat.

Prends la poignée, pensa Kaev en lui montrant l'exemple. *Tire.*

L'ours tira.

Plus fort.

Liam rugit. Le verrou magnétique grinça et se brisa. De l'autre côté, une pièce vide, hormis deux ou trois personnes recroquevillées dans un coin.

Ils parcoururent le couloir incurvé avant de tourner. Courant dans la direction opposée à celle qu'indiquaient les flèches rouges. Sourds aux admonestations suaves et insistantes de la voix que diffusaient les haut-parleurs des plafonds. Le couloir central traversait l'étage circulaire. La cage d'escalier devait se trouver au milieu.

— Ils savent que nous sommes dans la place, dit

Kaev en montrant son écran, que Soq avaient synchronisé au fil public de la Santé.

— Bien sûr qu'ils sont au courant, dit Masaaraq.

— Non, je parle d'eux. Du logiciel. Ils en sont déjà aux protocoles d'alerte intrusion. Il y a tout un régiment de la Sécurité en route pour ici. Et j'imagine que les lieux sont truffés de systèmes de neutralisation des menaces. Ils vont nous repérer et nous mettre hors de combat. Gaz divers, explosifs… Qui sait ?

Masaaraq eut un sourire de mauvais augure.

— C'est une idée aberrante.

— Peut-être, répondirent Soq.

— Tu t'imagines que, sous prétexte que je suis ta mère, tu peux venir ici me donner des ordres ?

Go se croisa les bras sur la poitrine.

— Tu m'appartiens, Soq. Comme tous les autres gosses de la Plaque que je rétribue. Tu as un logiciel magique dans tes poches ? Tu me le refiles.

Soq se levèrent lentement.

— Tu n'es pas ma mère.

Go sursauta. Oh, ce fut bref, mais Soq ne ratèrent pas l'opportunité qui leur était clairement offerte.

— Si c'était le cas, tu n'aurais pas passé des années à me le cacher. Si c'était le cas, tu serais au moins fichue de me regarder dans les yeux. Et tu n'éviterais pas le sujet de notre filiation comme la peste.

— Arrête de me harceler, chuchota Go.

Son visage était à quelques centimètres de celui de Soq.

— Mes écorcheurs peuvent faire parler n'importe qui. Je n'ai pas besoin de ta permission pour mettre la main sur ton fameux logiciel.

Aucun ne céda.

Soq n'avaient pas peur. C'était peut-être une erreur de leur part. Mais ils n'avaient en tête que le carrousel de phrases joyeuses qui leur tournait dans la tête depuis plus d'une heure : *Cette ville, je peux la conquérir. Je connais tous ses secrets. J'ai le crâne bourré de ce qu'ont accumulé des milliers de cerveaux. J'en sais plus que* Go *n'en apprendra jamais.*

— Go, tu as tout intérêt à traiter avec moi, finirent-ils par dire. C'est bien ce que tu veux, non ? C'est pour ça que tu recueilles toutes les infos que tu peux sur les AppVides ? Pour mettre la main dessus et les louer, c'est bien ça ? Je t'offre le paquet. Tous les AppVides de Qaanaaq sur un seul listing. Tu peux aussi, si tu préfères, payer une armée de petites mains de la Plaque qui passeront des mois ou des années, qui sait, à faire le travail. C'est une fortune que je te propose, Go. Ça te mettra en concurrence directe avec tous les actionnaires de Qaanaaq. Tu pourras leur faire comprendre que leurs jours sont comptés. Je n'essaie pas de te provoquer, Go. J'essaie simplement de te faire comprendre les termes du marché.

Un brouhaha sur le pont : huit soldats étaient montés à bord. Ils encadraient un homme – leur prisonnier, de toute évidence. Si âgé, si frêle que Soq un moment crurent reconnaître Podlove mais, non, l'homme avait le teint plus sombre et ses vêtements étaient de moins bonne qualité. Go leva la main avec impatience, histoire de mettre provisoirement fin à leur conversation, avant d'ouvrir la porte de sa cabine.

— On l'a chopé, hurla la soldate qui dirigeait l'escadron en tendant sa main aux phalanges bardées de laiton, le visage fendu d'un sourire aussi large que l'horizon.

Depuis la mort de Dao, les lieutenants de Go louchaient sur la place vacante : la fille aux doigts de métal venait de marquer un point peut-être décisif. Soq se souvinrent des luttes incessantes à l'agence de messagerie, du brouhaha et de l'excitation à peine contenue qui saluaient les accidents survenus à l'un ou l'autre des messagers les plus cotés. Soq avaient joué à ce jeu-là, s'étaient frottés aux meilleurs. Ce n'était plus le cas.

— Qu'on me l'amène, fit Go d'une voix forte.

L'homme traversa lentement le pont et gravit les marches qui conduisaient à la cabine. Il clignait des yeux comme s'il était sur le point d'éternuer. C'était le vieux, réalisèrent Soq. Le vieux de la vidéo. Celui qui avait tué le petit-fils de l'actionnaire. Bien sûr.

— C'est Ankit qui t'a aidée à le trouver ? demandèrent-ils.

— Non, dit Go. J'ai de nombreux moyens de récupérer ce dont j'ai besoin.

La lieutenante entra, poussant le vieil homme devant elle. Dont le visage – Soq s'en rendirent compte avec étonnement – ne trahissait aucune crainte. Il avait joint les mains, comme un bouddha. Comme un saint en route vers le martyre.

— Fais appeler Podlove, ordonna Go.

La lieutenante se tapota la mâchoire une seule fois – l'appel avait déjà été programmé. La capacité à anticiper les demandes de la générale constituait une des qualités principales pour occuper le poste de bras droit.

Sur les écrans, Podlove leva brusquement la tête, les yeux dirigés vers la fenêtre, comme s'il se savait observé, comme s'il voulait croiser le regard de Go par le biais de ses drones. Puis il sourit. Et les vitres de son bureau s'ionisèrent.

— Bien joué, dit le prisonnier. Il avait lancé toute une meute de drones à mes trousses. Des logiciels opportunistes qui avaient contaminé toutes les caméras de Qaanaaq.

— Il n'a foi qu'en les machines, dit Go. Moi, je pense que les gens sont tout aussi… utiles. Et qui t'a donné la permission de parler ?

— Pas de réponse, dit la lieutenante.

Go détacha sa machette et la brandit en direction du vieil homme.

— Envoie-lui une photo de nous deux.

Soq se mirent à compter. La soldate ouvrit la bouche onze secondes plus tard.

— Appel en cours.

— Bonsoir, monsieur Podlove, dit Go dès que le sifflement émis par les haut-parleurs de la cabine l'eut informée que la ligne était active.

— Il ne vous a pas été utile bien longtemps.

— Il ne travaille pas pour moi, dit Go. Il n'a jamais travaillé pour moi.

— Je m'attendais à cette réponse, fit Podlove. Moi aussi, je nierais, si j'avais, comme vous, dépassé les limites.

Go éclata de rire.

— Pour que ce scénario ait la moindre consistance, il faudrait que vous me fassiez peur, Podlove. Ce n'est pas le cas.

— Et pourtant. Nous y voilà. Si vous m'avez appelé, c'est que vous avez une bonne raison, j'imagine. Vous venez peut-être d'apprendre ce qui est arrivé à votre cargaison de tourteaux de lombrics ? Ah, c'est malheureux, toute cette bonne nourriture gâchée. Mais je crains que ce ne soit que le premier d'une longue liste de… désagréments similaires.

Go était toujours hilare.

— Podlove, vous croyez vraiment que ma situation est désespérée à ce point ? Que je vais me rouler à vos pieds parce que vous avez coulé un de mes chargements de lombrics déshydratés ? Un peu de sérieux. Je n'ai rien à voir avec la mort de votre petit-fils. Nous sommes en guerre, c'est un fait, mais cela ne fait pas de nous des monstres.

Ce à quoi Podlove ne répondit pas. Il y avait de l'incrédulité dans son silence, songèrent Soq.

— J'ai traqué l'homme qui a commis ce crime, dit Go. Je l'ai trouvé, vous n'en avez pas été capable.

— J'aurais fini par l'intercepter. Je n'aurais eu de relâche avant d'avoir mis la main sur lui.

— Il allait embarquer sur un ferry pour rejoindre le continent.

Le vieil homme ouvrit la bouche comme pour protester – puis se ravisa en un sourire.

— Vous avez certainement les moyens de le faire rechercher partout sur la terre, mais en avez-vous le temps ? La mort vous guette, tous les deux. Mais… le voilà. Il est à vous.

Un silence. Avide.

— Que voulez-vous en échange ?

— Rien. Il est à vous.

— Sauf qu'il va bien falloir que j'en prenne livraison. Chez vous, ou dans un endroit où vous autres m'aurez tendu une embuscade.

— Ce n'est pas un piège. C'est un geste de bonne volonté. Je veux vous convaincre que nous avons un terrain d'entente. Je n'ai pas tué votre petit-fils. Nous sommes sur la même longueur d'onde, vous et moi. Je ne pratique pas la politique de la terre brûlée dans cette affaire. Mon prisonnier vous en veut pour des horreurs que vous avez commises il y a des années. Ce n'est pas mon problème et je ne veux pas en faire une histoire personnelle.

— Même si vous n'êtes pour rien dans ce qui est arrivé à mon petit-fils, vous m'avez envoyé un exécuteur ; deux de mes meilleurs directeurs ont été jetés à la mer. Je ne suis pas chef de gang, ma chérie.

Les narines de Soq se froncèrent à cette conclusion qui fleurait bon la vulgaire misogynie d'antan.

— Vous ne pouvez pas nous traiter comme ça et vous attendre ensuite à ce que je gobe vos protestations de candeur. Sur la même longueur d'onde, dites-vous… Ces deux attentats ont représenté une intensification insupportable du conflit.

Go soupira.

— Vous avez raison. Je n'ai pas tous les codes.

— C'est sûr, vous n'êtes pas prête à jouer en première ligue.

Soq et Go échangèrent des regards perplexes. La soldate aux phalanges de laiton esquissa le geste du batteur qui renvoie la balle.

— Ah, vous autres New-Yorkais, votre base-ball et vos métaphores adorées. Tant pis si personne d'autre que vous sur cette planète ne les comprend. Enfin, quoi qu'il en soit, c'est une offre de paix que je vous fais. Dites-moi comment vous souhaitez récupérer mon prisonnier. Je vous le livrerai de la manière qui vous rassure le plus. Histoire que vous vous sentiez en confiance. Je peux lui fourrer la tête dans une cagoule, l'attacher à un canoë et le laisser dériver vers chez vous. Je peux lui faire sauter la cervelle ici et maintenant, sous vos yeux, si c'est ce qui vous fait plaisir. Me salir les mains de son sang, que vous n'ayez pas à vous compromettre. C'est assez votre genre, ça.

— Venez chez moi, dit Podlove au bout d'un moment durant lequel, en dirigeant accompli, il eut le temps d'évaluer des milliers de scénarios. À la réception de la Grotte de sel. Évitez d'amener toute une armée.

— D'accord.

Podlove eut un petit rire.

— Eh bien ! Vous ne perdez pas de temps. Vous n'avez pas peur d'entrer en territoire ennemi sans aucune préparation ?

— Ce sont de vrais pourparlers, oui ou non ? Des négociations que j'espère de bonne foi ?

— Vous pensez que je vous considère comme une adversaire honorable. Et cependant, vous avez déjà rompu les termes du contrat. Comment pouvez-vous savoir que je n'en ferai pas autant ?

— Je n'ai aucune certitude, dit Go. J'ai décidé de vous faire confiance. Je veux que vous sachiez que je n'ai rien à voir avec ce qui est arrivé à votre petit-fils.

Les haut-parleurs cessèrent brusquement de siffler.

— Le salaud, dit Go. Il a raccroché.

— C'est quoi, maintenant, le plan ? demandèrent Soq.

— Il n'y a pas de plan. Je vais lui livrer ce vieux fou, qui sera certainement torturé jusqu'à ce que mort s'ensuive. C'est tout. Et demain, nous nous occuperons des termes du traité de paix.

— Et mon logiciel ?

— Ça attendra. Au moment où je te parle, Podlove et les autres actionnaires sont en train d'en rajouter une louche sur la surveillance de leurs biens immobiliers. On va laisser passer l'orage. Quand le calme sera revenu, on verra si ça vaut le coup de le lancer.

— C'est facile d'être patient quand tu ne dors pas toutes les nuits dans une saloperie de boîte à chaussures.

— Tu pourrais au moins ne pas me manquer de respect en face de mes soldats, répliqua Go en se dirigeant vers la porte.

— Et tout le reste ? insistèrent Soq, envahis par la colère, le désespoir, la pure insolence. Ça, tu ne peux pas attendre de voir. C'est du maintenant ou jamais. Nous ne savons même pas ce qui se passe dans le Placard en ce moment. Quelle sorte de…

— J'y réfléchis. Laisse-moi passer.

— Tu parles ! Tu sais très bien ce que tu vas faire. Il n'y a qu'une seule chose qui compte pour toi : toi. Si tu avais la moindre considération pour les autres, tu ne te poserais même pas la question.

Go ne flancha pas sous le regard de Soq, mais que virent ces derniers dans ses yeux, réellement ? Quelque chose… d'une hésitation. Et cette hésitation signifiait « peut-être ».

Go fit signe à la lieutenante de s'emparer du prisonnier et de la suivre. Après son départ, sa voix continua à résonner aux oreilles de Soq.

Nous sommes sur la même longueur d'onde.

À la grande surprise de Soq, Go avait dit vrai. Et cela les troublait profondément.

Ils se serrèrent l'un contre l'autre sans dire un mot, sans même y penser, offrant d'instinct à l'ennemi une cible plus réduite et se donnant plus d'espace pour contourner les obstacles ou les armes qui pouvaient à tout moment surgir des parois. Dans ces hauteurs, l'architecture se transformait. Le couloir bientôt s'élargit ; de chaque côté apparut un jardin luxuriant.

— L'espace fumeur, dit Kaev, l'œil sur l'écran de Soq. Zones de plein air. Pour prendre le soleil, faire un peu d'exercice. Très utile pour les fous.

— De quel côté se trouve la Plaque ? demanda Maasaraq. Et la mer ?

Kaev lui répondit.

Ma mère approche, songea-t-il. *Je vais la revoir pour la première fois depuis notre enfance.*

Je vais la trouver. Je vais lui rendre la liberté.

Ils pénétrèrent dans le puits central : un chaos de hurlements, de gémissements. Des patients dans tous les sens, des employés des Services de Santé. Personne ne savait que faire.

— Le protocole de réponse à l'intrusion a stoppé le protocole d'évacuation, dit Kaev. Théoriquement, les agents de la Sécurité ne devraient pas tarder. Dans trois minutes, quatre peut-être, il y en aura partout.

— Ils sont déjà là, remarqua Masaaraq.

Ou plutôt elle : une responsable solitaire qui, de toute évidence, n'était pas armée. Ou bien ? Elle arborait un sourire peut-être trop confiant. Oh, elle cachait quelque chose. Les patients s'écartaient d'eux. Affolés par l'ours, par l'arme de Masaaraq, par les volutes que leurs respirations dessinaient dans l'air glacial.

La femme de la Sécurité leva le bras et remonta sa manche. Des subdermaux tressautaient et luisaient sous sa peau. Elle ne faisait qu'un avec la salle, avec le système, avec le Placard. Se fondait sans solution de continuité à travers ses innombrables moyens de défense.

Kaev et Masaaraq s'éloignèrent de la femme. Kaev balaya la foule du regard, à la recherche d'un groupe de patients dont les visages seraient moins hagards, les mises moins débraillées. Ah : effectivement, là, contre le mur, en vêtements de ville. L'un d'entre eux avait même un verre de vin à la main.

La femme de la Sécurité approchait. Kaev serra les poings. Comment Masaaraq allait-elle réagir à l'approche de l'agente, en savait-elle assez sur Qaanaaq pour comprendre à quel point la menace était réelle ? Mais Masaaraq avait l'esprit complètement ailleurs.

— Ora, dit-elle.

Ora : à trois ou quatre mètres, emmitouflée dans

des couvertures, chauve, splendide, le teint d'un brun éclatant.

— Kaev ! appela une voix.

Ankit, surgie de la foule, courait vers eux. Une femme au visage renfrogné l'appelait mais la foule l'emporta.

— Serrez les rangs ! cria Ankit.

Kaev bascula en mode combat, désactivant son cerveau supérieur pour n'être plus qu'un animal – pur instinct, action rapide et brutale. Il vit ce qu'Ankit avait vu : la femme de la Sécurité pianotant sur ses subdermaux. Et il comprit ce que le geste signifiait, même s'il n'avait jamais assisté à ce genre de spectacle. Il attira Masaaraq à lui.

Seule Ora semblait encore capable d'agir à sa guise. Et seule Ora sembla faire halte – non par hésitation, non par crainte, mais parce qu'elle s'apprêtait à prendre une décision d'une immense importance. Quel monde choisir ?

— Allez ! cria Kaev.

Mais comment peut-elle même hésiter ? songea-t-il, pensée des plus éphémères.

L'ours rugit et les patients reculèrent. Le vide se fit autour du petit groupe tandis qu'ils reculaient vers le mur. Ankit les rejoignit et prit Kaev par la main.

Une vague de Polyglass s'éleva du sol, en éventail. À cette vue, Ora, enfin, se décida à les rejoindre. Elle se mit à courir : le mur montait trop vite. Elle plongea, finalement, ne parvint pas à échapper complètement à la paroi mouvante, s'y cogna la jambe avant de retomber de leur côté.

Le nouveau mur se souda à la paroi. Ils étaient prisonniers : Masaaraq, Kaev, Liam, Ankit, Ora. La femme de la Sécurité s'approcha, un sourire aux lèvres.

L'ours rugit et se précipita contre le mur de verre comme s'il s'était agi d'une paroi de glace. Rien à faire : le Polyglass tenait bon. L'ours avait déjà lutté contre un obstacle du même ordre, sans pouvoir le vaincre. Il y avait aussi une porte de leur côté : impossible, hélas, de l'ouvrir. Ora se tâta la jambe, hocha la tête. Rien de cassé, aucune plaie ouverte.

Kaev s'empourpra. Ses muscles se tendirent. Il s'accroupit en lutteur qu'il était, attendant que sonne le gong pour laisser libre cours à sa violence. Mais qui combattre ? Dans une minute, les conduits qui irriguaient le plancher se reconfigureraient et projetteraient dans les airs quelque gaz inconnu ; ils perdraient connaissance. Ils se réveilleraient dans des prisons dont on ne sort pas. Il vit Ankit respirer profondément, se préparant sans doute à retenir son souffle le plus longtemps possible.

Masaaraq, en revanche, semblait ne pas être consciente du piège. Elle sourit. Elle tendit la main.

D'un geste lent et douloureux, comme une marcheuse dans un épais brouillard, comme une patiente émergeant de la paralysie, Ora lui prit la main, souriante elle aussi.

Ankit

— Maman, murmura Ankit, émerveillée.

Cette femme ne ressemblait en rien à la créature qu'elle avait gardée en mémoire. Être pitoyable, elle le comprenait maintenant, que ses peurs d'enfant avaient modelé. Cette femme se tenait plus droite, ses épaules étaient plus larges, son sourire invincible. Elle portait l'uniforme impeccable, élégant, du pavillon des placements de sécurité. On avait donc dû la tirer de l'enfer des sections ordinaires où elle croupissait encore lors de la dernière visite d'Ankit.

L'éclairage du sol passa du rouge au bleu. Les murs cessèrent de se métamorphoser. La femme de la Sécurité se tapota sur la mâchoire : elle prévenait ses supérieurs que le problème était résolu. Le logiciel de défense contre les intrusions avait rendu la main à la procédure d'évacuation.

Les flèches réapparurent : rouges de nouveau, mais bien ordonnées, accompagnées par un flux serein de bleus et de verts froids, pixels et motifs variés enjoignant tranquillement à la foule de poursuivre l'évacuation dans la direction appropriée.

Kaev et l'ours rugissaient, hurlaient, se débattaient, luttaient. Masaaraq affichait un sourire béat.

Comment se fait-il que nous soyons encore conscients ? Tous les quatre ? Pourquoi n'avons-nous pas été gazés ? Les protocoles d'enquête étaient peut-être sur le point de se déclencher ; il faudrait bien alors qu'ils soient en mesure de répondre… ou peut-être était-ce plus facile de transporter des individus conscients ? Détail remarquable : hormis les sauts que son estomac accomplissait chaque fois que la guenon bondissait d'une saillie à l'autre du bâtiment, Ankit se sentait curieusement objective quant au déroulement des événements.

Les patients les regardaient, les montraient du doigt. Approchaient, apeurés, subjugués. Le personnel du Placard essayait bien de les faire avancer, mais la plupart préféraient rester face aux prisonniers. Grelottants. Les yeux grands ouverts.

— Salut, dit Masaaraq à Ora.

— Eh oui, répondit Ora, tout sourire. Je suis contente de te voir. Tu en as mis du temps.

Voilà. Voilà pourquoi Ankit n'éprouvait aucune inquiétude. Aucune crainte. Les membres de la famille étaient réunis. Sa mère était libre. En un sens. Même si cette liberté n'était que provisoire, même s'ils étaient prisonniers d'un mur en Polyglass, même s'ils allaient être incarcérés, désinscrits, renvoyés au Placard ou répartis, à l'isolement, sur des navires-éboueurs, même s'ils devaient ne jamais se revoir par la suite – ils étaient là tous les quatre. Pour l'heure.

— On peut attendre avant de se faire des mamours ? aboya Kaev, dont les rudes instincts de lutteur ne s'étaient pas atténués – *Quelle chance*, songea Ankit. Ils vont nous gazer fissa. Il faudrait peut-être songer à sortir de ce trou.

D'une main, presque machinalement et sans même quitter Ora du regard, Masaaraq sortit un petit disque de sa veste en peau de phoque. Elle appuya sur deux boutons, ôta la pellicule qui protégeait l'adhésif double face et l'appliqua sur la porte.

— Et maintenant, reculez le plus loin possible…

L'explosion fut bien plus rude que ce qu'avait promis Go : « Tu verras, ça te fend une paroi de manière quasi chirurgicale. » Pas d'ouverture élégante et magique du mur, non, mais une retentissante onde de choc accompagnée d'un tourbillon de flammes qui se ruait vers eux. Kaev, les paumes sur les oreilles, fit la grimace. Ankit lutta de toutes ses forces contre une colossale envie de vomir. L'ours avait fait de son corps un bouclier, les protégeant de l'essentiel de la déflagration. Il poussa un long cri. Une floraison de flammes lui noircit le bout des poils avant de s'éteindre.

— On y va, s'écria Kaev.

Ils s'engouffrèrent à sa suite dans le couloir désert.

Derrière eux, le vacarme de la foule s'amplifia : la femme de la Sécurité avait rabattu le mur de Polyglass et les prenait en chasse.

Ankit se mit à courir, submergée par la joie d'avoir retrouvé des camarades, une bande, une équipe, comme en ces années où elle bondissait de façade en façade, la mort sur les talons, la mort devant elle, mais peu importait, à présent, car ils l'affronteraient ensemble. Elle était là et elle était dehors, elle était humaine et elle était animale, elle se pliait à la gravité et elle la défiait.

— Pas si vite, souffla Masaaraq. Il ne faut pas épuiser toutes nos forces. S'il faut en venir au combat rapproché, nous aurons besoin de quelques réserves d'énergie.

Devant eux, un nouveau mur de verre surgit. Premier d'une longue série, leurs ennemis avaient sûrement de nombreux pièges en réserve, cela jusqu'à épuisement, sans doute, des explosifs de Masaaraq.

Derrière eux, le martèlement régulier des godillots de la femme de la Sécurité.

Elle va rester assez prudente, à cause d'Ora, songea Ankit. *Elle ne veut pas la mettre en péril.*

Les patients en placement de sécurité constituaient sans doute la priorité dans le chaos d'une évacuation de cette ampleur. S'ils avaient cherché la protection du Placard, c'était pour ne pas tomber dans les griffes de leurs ennemis, quels qu'ils soient. Ou ne pas être assassinés, ce qui devait être le cas de quelques clients premium, pour lesquels le séjour au Placard n'était qu'une incarcération améliorée, ainsi, les lamas, les enfants rois, les héritiers malencontreux dont les droits sur tel ou tel trône pouvaient menacer des régimes lointains.

— Où sommes-nous ? demanda Masaaraq à Kaev.

— Dix-septième étage, couloir extérieur, répondit-il, l'œil sur son écran.

— Ankit, appelle le navire de Go, reprit Masaaraq. Donne-lui notre position. Qu'elle prépare les échelles.

— Impossible. On a désactivé mon implant à l'entrée du Placard. Je ne peux pas les joindre.

— Les nôtres aussi sont bloqués, dit Kaev. Protection interne.

— Bon, mais Go et ses gens sont au pied de l'immeuble, non ? fit Masaaraq.

— Exact. Enfin… pas loin.

— Tu vas me couvrir, dit l'orcamancienne.

Elle accéléra le pas jusqu'à ce que la courbure du couloir la dissimule aux regards de la femme de la Sécurité.

— Maintiens-la à distance. Il ne faut pas qu'elle comprenne ce que nous allons tenter.

Kaev et Liam se dirigèrent d'un pas lent vers la femme, l'air le plus féroce possible. Ce qui n'était pas peu dire. Masaaraq traça alors un cercle irrégulier sur le mur extérieur, à l'aide de cinq de ses disques-grenades. Ce mur : seul obstacle entre eux et le monde extérieur, soit un plongeon de dix-huit étages dans l'océan.

— Et l'orque ? demanda Ankit. Peux-tu communiquer avec elle, peut-elle faire comprendre où nous sommes aux gens de Go ?

— Nous sommes trop loin. Il faudrait que je médite une quinzaine ou une vingtaine de minutes. Nous n'avons pas de temps à perdre. D'ailleurs, même si je pouvais entrer en communication avec Atkonartok, personne chez Go ne parle sa langue. Je crains que personne ne parvienne à la comprendre.

— Et l'écran de Kaev ?

— Il n'a pas d'accès au réseau. Il a été bourré de plans et de logiciels prédictifs par Soq. Maintenant, les amis, restez groupés !

Elle activa les disques.

Ils reculèrent comme un seul homme du mur, non sans prudence : il fallait se garder de la déflagration tout en évitant de donner à l'agente de la Sécurité quelque indication que ce soit sur leur position, afin qu'elle ne puisse les enfermer derrière l'un de ces murs de verre.

— À terre ! hurla Masaaraq.

Ils obtempérèrent. Et de nouveau la déflagration nauséeuse, le rugissement des flammes. Puis l'orcamancienne les poussa vers la plaie au fer rouge qu'elle venait d'ouvrir dans le mur du Placard, traversée, déjà, par la bise glaciale du dehors. Et Ankit comprit – comprit pourquoi Masaaraq avait ouvert cette fente vertigineuse.

— *Non, non, non*, bredouilla-t-elle, avant même que Masaaraq ne prenne la parole :

— Ankit, tu vas descendre.

— Non, dit Ankit.

Dehors, le ciel était d'un noir de nuit. La lumière verte de Qaanaaq y dessinait les contours de la ville. C'était une chose d'éprouver, dans la sécurité d'un couloir du Placard, ce que ressentait la guenon. Mais s'aventurer sur la façade dans cette dense enveloppe humaine…

— Je ne peux pas.

— Il faudra bien. Ou nous allons tous crever.

— Je ne peux pas, répéta-t-elle.

— Mais si. Maintenant que tu es plus qu'humaine.

— Même si j'en étais capable, bredouilla Ankit, à la recherche d'une bonne excuse, n'importe laquelle – simultanément la sentant, elle, la guenon, en pleine escalade, sentant le vent qui tiraillait et repoussait le petit torse de la bête –, ça me prendrait des heures pour descendre. Plus le temps qu'il leur faudrait pour installer l'échelle… Cette femme, elle ne va pas se contenter d'attendre que ça se passe.

Kaev et l'ours reculèrent une nouvelle fois pour éviter le couperet du mur de verre puis rejoignirent la pitoyable équipe agglutinée près de l'ouverture. Claquant des dents. Faute d'une décision d'Ankit, ils étaient condamnés. Kaev se tourna vers elle : il y avait de la peur dans ses yeux, en dépit du sourire censé la dissimuler. Du courage qu'il voulait lui démontrer.

— Descends, dit Ora, dont la main pesait chaude sur le visage d'Ankit. La femme, je m'en charge.

Tous les regards se dirigèrent vers elle. Elle sourit, elle aussi, elle hocha la tête.

— Descends.

Ankit palpa le mur dévasté qui refroidissait à toute allure.

Ora s'avança vers la femme de la Sécurité, dont les doigts manipulaient, agiles, ses subdermaux.

— Ton père, dit Ora.

Les doigts s'immobilisèrent.

— Toute sa vie, il a essayé de te retrouver.

Les lèvres s'entrouvrirent. Sans qu'aucun son en sorte.

— Il avait donné tout ce qu'il avait pour vous faire sortir de Port-au-Prince, ta mère et toi. Et pendant des années, il a économisé, économisé, pour vous rejoindre. Même s'il avait entendu dire que votre armada de *balseros* avait été dispersée par des pirates. Tous les dimanches, il allait aux nouvelles. Dépensait des fortunes pour appeler le recensement. Écoutait ces voix qui égrenaient les noms. Et puis, il a fini par partir. Il est allé jusqu'à Gibraltar. Il y a passé des années. À attendre.

Ankit ferma les yeux. Inspira. Convoqua la guenon, Chim, qui n'était plus si loin. Lorsqu'elle était arrivée au Placard avec Fyodorovna, elle l'avait relâchée au pied de la façade : elle devait escalader l'immeuble et l'attendre patiemment, conformément aux instructions de Masaaraq.

Chim répondit. Ankit ouvrit les yeux sans soulever les paupières, voyant ce que la guenon avait sous les yeux, les murs abrupts, les vitres chantournées. Elle s'engagea dans l'ouverture, se retourna pour entamer sa descente, s'immobilisa au dernier moment. Pour embrasser du regard cette scène, cette famille, ces êtres humains auxquels elle était liée de si étrange, de si splendide manière. Elle ne les reverrait peut-être jamais – ne verrait peut-être jamais plus rien.

Un mot s'échappa de la gorge de la femme de la Sécurité – un croassement, une unique syllabe qui contenait des milliers de questions :

— Vous… ?

— Je m'en suis souvenue en te voyant, dit Ora d'une voix douce. Je me suis souvenue de ce dont il se souvenait. Je peux te montrer, si tu veux. Tout ce qu'il a vu. Tout ce qu'il a vécu. Jusqu'au dernier moment.

La minute d'avant, elle avait semblé colossale, cette femme, caparaçonnée, invincible. Mais sa voix maintenant la faisait minuscule, à la fois très âgée et très jeune.

— Ce sont les failles ?

— Exactement.

Il fallait y aller, Ankit le savait bien. Elle resta cramponnée au mur déchiqueté une seconde de plus, l'oreille tendue. Toutes les excuses étaient bonnes pour retarder la descente.

— Mon amie les avait, dit la femme, en larmes à présent. Elle disait certaines choses… j'avais l'impression qu'elle avait les souvenirs de quelqu'un d'autre. Mais elle ne pouvait pas…

— Maîtriser le flux, dit Ora. Les failles ne sont pas vraiment une maladie. Il leur manque juste un élément pour devenir un don. Quand cet élément est en place, les failles deviennent un outil merveilleux. Je peux te les transmettre. Répondre à toutes les questions que tu te poses sur ton père. Et sur les circonstances de votre départ. Je vois ce qui s'est passé. Je vois tout.

Ankit se faufila hors du trou.

Une étroite corniche, sur laquelle elle avait tout juste la place de poser les pieds. Le vent la bousculait – mais le vent n'était pas un ennemi, les grimpeurs le savent bien. Le vent, la gravité, les murs, les toits, les grillages – ce sont des faits matériels. Que l'on accepte, que l'on étreint. Des outils. Des ustensiles.

Elle se déplaça vers l'ouest, au fil du vent.

Viens, appela-t-elle.

Et Chim répondit.

Les grimpeurs expérimentés évitent l'escalade. Ils recherchent l'aventure, le frisson, la progression véloce, bondissante, agile, d'un bâtiment à l'autre. Descendre ou monter tout droit, c'est difficile – et ça ne fait pas honneur à la discipline.

Difficile, oui, mais possible. Et c'était en fait la qualité primordiale d'Ankit : elle compensait son peu de courage par la détermination, la persistance et la discipline.

Elle se mit à descendre. Lentement, les mains cramponnées sur les prises, regrettant amèrement de ne pas avoir emporté ses gants gecko, ses cordes, ses pitons, mais ses amis ne méprisaient-ils pas ces accessoires ? N'étaient-ils pas les avocats d'une grimpe à mains nues, dont le corps humain, l'esprit humain, seuls contre les éléments, sont les uniques vecteurs ?

À la corniche suivante, elle se retourna pour regarder la mer en contrebas. Ils n'étaient pas loin de la Plaque : elle ne put entrevoir qu'une étroite bande de mer. Et aucune trace du navire de Go. Elle se remit en route.

Son cœur battait fort. Elle chantait pour s'encourager, et elle se rendit soudain compte que, quelle que soit la chanson, elle ne se souvenait jamais que de la première phrase.

Concentre-toi. Concentre-toi.

Deux étages plus bas, elle arriva au niveau de l'espace fumeur d'un jardin. Lequel aurait dû être tropical, mais la géothermie n'avait pas été rétablie. Dans chacun des verres sur les tables, un cylindre de glace. Ankit en laissa tomber un vers la Plaque : elle le regarda tomber et voler en éclats.

Geste idiot. C'était son propre corps, maintenant, qu'elle voyait s'écraser sur la Plaque.

Elle remonta sur le garde-fou. Le plus gros était fait, mais le sage agencement de murs, de fenêtres et de rebords qui l'avait jusqu'ici guidée se brisait. Il allait falloir passer à la grimpe : courir, sauter, exécuter d'impeccables réceptions en roulade.

Ce fut alors que la peur s'empara d'elle.

Lui gela subitement les pieds, les colla à la corniche. Coula du plomb dans ses os.

Elle ferma les yeux. *Je n'ai pas peur*, se dit-elle, ce qui était un mensonge. Puis lui vint cette autre pensée : *Je suis plus forte que ma peur*. Ça, oui, c'était un peu plus vrai. Elle inspira.

Un cri retentit près d'elle. Chim, accroupie sur le garde-fou.

— Salut, la môme, dit Ankit.

Chim répondit par un piaillement affable. Puis s'élança.

Ankit suivit le mouvement.

Et s'empara d'une poutre horizontale, celle sur laquelle Chim avait atterri. L'élan déporta son corps vers l'avant ; une seconde avant de repartir en arrière, elle se cabra pour prolonger le basculement et sauta, jambes tremblantes, sur le joint qui reliait trois entretoises. Chim la rejoignit d'un bond.

Elles basculèrent, elles roulèrent sur elles-mêmes. Elles ne faisaient qu'une. Quoi qu'il advienne, désormais, Ankit n'était plus seule.

Un mur surgit devant elle. Elle accéléra le mouvement. Sauta. Sur le mur, avança d'un pas, puis d'un autre, empoigna une poutre, effectua un saut de grenouille pour atterrir sur la suivante. Entre deux escaliers extérieurs, elle progressa en zigzag, d'un palier à l'autre, franchit quatre étages en quelques secondes. Elle se surprit à accomplir des figures superflues – passement arrière, saut de singe, saut du chat, saut tournant – pour le simple et extatique plaisir de les exécuter.

À deux étages du niveau de la mer, enfin, Ankit bondit sur le dernier palier sans même y réfléchir. Pour la première fois de sa vie, elle réussit une roulade parfaite. Puis elle dut attendre, hilare, le souffle coupé, l'arrivée de la guenon qui, pour la rejoindre, eut recours à des moyens moins spectaculaires.

Elle ne se sentit pas soulagée, lorsque avec Chim, elle atteignit les entretoises et se mit à courir au pied de l'énorme Placard, lorsqu'elle vit enfin le navire de Go, sur la proue duquel les guettaient Soq, lorsqu'elle donna à l'équipage les instructions nécessaires – où poser l'échelle, comment récupérer les autres –, lorsqu'elle monta à bord, qu'on l'emmitoufla dans des couvertures bien chaudes et qu'on lui offrit un breuvage fumant et sans doute alcoolisé. Non, ce qu'elle ressentit alors, ce fut la tristesse d'être de nouveau clouée à terre.

VILLE SANS PLAN : REVUE DE PRESSE

Extrait du *Brooklyn Expat* (en anglais) :

Parfois Qaanaaq a des allures de Saturne, un monstre qui dévore sans relâche ses enfants et qui, ce faisant, provoque sa propre chute. En un clin d'œil, ce que vous avez adoré a disparu. Votre étal de nouilles favori, le karaoké-boat, lieu de votre premier rendez-vous amoureux, le cinéma mongol où vous avez découvert les films d'Erdenechimeg ou de Batbayar. Les prix insensés de l'immobilier et le refus obstiné de la part du conseil de la nation garante d'adopter l'encadrement des loyers commerciaux – mesure pourtant soutenue par une écrasante majorité des citoyens inscrits – contribuent à faire de Qaanaaq une ville où rien de ce qui est bon ne dure.

Et cependant, certains lieux semblent... indestructibles. Immuables. Essentiels à l'intégrité structurelle de l'âme de la ville. Aussi cruciaux que la Plaque qui la soutient. Des lieux, des bâtiments que nous avons depuis si longtemps sous les yeux que leur absence nous semble tout simplement inconcevable.

Ce matin, les gens de Qaanaaq ont découvert au réveil deux changements de ce type.

Tout d'abord, le vieux cargo qui rouillait depuis presque trente ans au large du Bras Cinq a disparu, d'après les riverains. La rumeur veut qu'il soit le navire-amiral et le siège du gang Amonrattanakosin. Quoi qu'il en soit, il a largué les amarres dans la nuit.

Second traumatisme ? Un trou. Dans le Placard. Une blessure béante d'où s'échappent flammes et volutes de fumée dans le flanc de ce bâtiment que tout le monde considérait comme inattaquable.

Et, selon de nombreux témoins, ces deux événements auraient partie liée.

Extrait du Keskisuomalainen (en finnois) :

Le drame qui s'est joué entre les murs du Placard a atteint son apogée peu après trois heures du matin. Nos reporters étaient sur place depuis le début, au moment où l'alimentation géothermique du plus grand centre d'accueil psychiatrique de la ville a été coupée. Nous sommes restés sur place pendant toute la durée de l'incident, ce qui nous a permis de diffuser en temps réel les communiqués des Services de Santé et de recueillir les témoignages des évacués, qui contredisaient la version officielle d'une simple panne de chauffage ; nous avons même été en mesure de retransmettre les images que nous a confiées sous couvert d'anonymat un employé de l'agence, montrant ce qui semble être une troupe d'individus faisant irruption dans les lieux et s'attaquant violemment aux agents de sécurité présents dans l'immeuble. Individus accompagnés, hâtons-nous de le préciser, par un ours blanc. Nous étions encore sur les lieux il y a quarante-cinq minutes lorsqu'une détonation assourdissante a résonné dans l'Échangeur et qu'une boule de feu est apparue sur la façade du Placard.

L'affaire avait déjà pris des proportions impressionnantes, avant même que les intrus ne fassent exploser un mur et aident de très nombreux patients de l'établissement à s'évader. Nous sommes encore en attente d'une réponse officielle à la question que nous avons adressée aux Services de Géothermie par le biais de leur logiciel d'analyse, mais il nous semble d'ores et déjà qu'il s'agit de la panne géothermique la plus massive de l'histoire de la ville. Si des criminels déterminés peuvent percer les valves de la pyramide et détourner la chaleur, ne devons-nous pas craindre pour notre sécurité ? Depuis des années, nous sommes tenus de nous fier aux aquadrones, aux multiples systèmes de défense du cône, dont certains sont bien inutiles, et à la prouesse technique que constitue ledit cône, mais si quelques voyous peuvent avoir aussi facilement raison de ces systèmes, ne faut-il pas en conclure que notre système de chauffage, qui rend possible la vie dans Qaanaaq, est chose bien fragile ? L'incident de ce jour peut enhardir nos ennemis et les inciter à lancer une offensive plus massive encore, laquelle pourrait bien provoquer un exode massif – ou nous obliger, dès demain matin, à saluer le drapeau russe.

Extrait du *Post-New York Post* (en anglais) :

Les Services de Sécurité nous affirment qu'ils attendent les dernières analyses de leurs logiciels pour mettre un point final à leur communiqué officiel. Lorsqu'il apparaîtra sur nos écrans, il ne nous apprendra sans doute rien de bien utile, ni de bien éclairant. C'est souvent le cas avec les communiqués émis par les logiciels. Raison pour laquelle ils sont encore plus prisés que ceux que les petites mains des services de presse tapaient autrefois de leurs doigts fébriles.

Un élément cependant ne fait guère de doute, c'est l'implication du groupe Amonrattanakosin. Leur navire-amiral se trouvait sous les fenêtres du Placard à l'heure même où la façade a été endommagée par un engin explosif actionné par l'un des individus qui s'étaient introduits dans les lieux. De nombreuses captations vidéo montrent, sous tous les angles, la manière dont les intrus ont fait monter à bord du navire sans doute plus de trois cents patients. Amonrattanakosin est-il le seul commanditaire de cet attentat ? N'est-il que l'instrument d'une offensive plus vaste, qui impliquerait d'autres gangs, d'autres puissances locales ou étrangères ? Nous ne le savons pas. Si les incidents de la journée ne sont qu'un épisode dans quelque malsaine guerre de territoire entre les factions criminelles de la ville, combien de résidents légaux et innocents devront encore perdre la liberté – ou la vie ?

Qaanaaq est réputée pour son laissez-faire* *en termes de maintien de l'ordre, de lutte contre les commerces clandestins et le grand banditisme. La plupart de ses habitants semblent apprécier ce mode de gouvernement pour le moins minimaliste, encadré par des machines laxistes dont la principale préoccupation est d'assurer notre bien-être. Pour nombre d'entre nous, originaires de pays ou de villes plus stricts, la question est bien plus délicate : nous savons ce qu'engendre l'absence ou le laxisme du système judiciaire.*

Les gangs s'estiment au-dessus des lois. Nous le demandons solennellement à Qaanaaq : est-ce bien vrai ?

Kaev

La vapeur du thé s'élevait dans les airs. Kaev le versait avec lenteur et concentration. Puis il lui tendit la tasse par-dessus la table. Ils se trouvaient sur le pont du navire de l'Amonrattanakosin, au large, loin des failles géothermiques – amarres larguées, loin de la Plaque –, et il y avait dans la scène des détails encore plus incongrus.

— Merci, dit-elle.

Elle était bien réelle. Une vraie personne. Elle prit la tasse puis la reposa, plaqua ses paumes sur la porcelaine. Regarda Kaev. Lui sourit comme personne ne l'avait fait avant elle, pas même Go.

— Tu m'as oubliée.

Kaev secoua la tête.

— Et toi ?

Ankit secoua la tête.

— Vous étiez si petits, dit Ora d'une voix qui se cassa légèrement.

Masaaraq lui prit la main. Sous le pont, on entendait résonner des rires, des pleurs, des cris de rage, des hurlements de joie. Les réfugiés du Placard étaient nourris, réchauffés, réhydratés, cependant que les sbires de Go devaient se demander ce qu'ils allaient bien pouvoir faire de ces trois cents fous.

Ils étaient assis, eux quatre. Autour d'une table, sur le pont d'un navire, en pleine mer. Dans la cabine de Go, on entendait grésiller cinq ou six radios et s'engueuler une dizaine de soldates. Et la voix de Go, nette et limpide comme celle d'une clochette – Kaev sans doute était le seul à y percevoir de la peur. Liam était couché par terre, à quelques mètres : il ne dormait pas, il les surveillait du coin de l'œil, nerveux. Aussi hésitant, aussi gêné que Kaev lui-même. Qaanaaq n'était plus qu'une forme noire, indistincte, à l'horizon. Tout ce que Kaev connaissait semblait derrière lui. Il n'ignorait pas la raison de ses craintes : rien ne serait plus jamais comme avant. Seul mystère : pourquoi n'avait-il pas deux fois, trois fois plus peur ?

— C'est tellement étrange, dit Ankit. Excusez-moi, mais c'est vraiment le mot. En quelques jours, nous avons trouvé nos deux parents, orphelins que nous étions. J'étais un drone d'officine politicienne, un zéro ambulant, et voilà que je fais évader les patients d'un hôpital psychiatrique tout en passant du temps en famille – avec des gens que tous pensaient disparus de la surface de la terre.

— Oui, dit Masaaraq, c'est étrange, bien sûr. Nous ne devrions pas exister. Notre famille ne devrait pas être. Mais nous sommes bien là. En dépit de toutes les horreurs qu'ils ont voulu nous faire subir.

Tous se retournèrent vers Ora. Qui ne disait pas grand-chose. Elle regarda au loin, puis baissa les yeux vers sa tasse, puis les fixa un moment, avant de considérer la cabine, dans laquelle Go s'était mise à bombarder les murs de divers objets. Quand on lui serrait la main, elle réagissait. Quand on lui souriait, elle répondait de la même manière. Elle semblait présente. Semblait heureuse. Mais que restait-il exactement de son esprit après tout ce qu'elle avait enduré ?

— Et maintenant ? demanda Kaev.

— Si je te dis que je n'en sais rien, répondit Masaaraq avec un rire, tu me croiras ? J'ai préparé cette expédition pendant trente ans, j'ai vécu tout ce temps en fonction de ce moment – et je ne me suis jamais accordé ne serait-ce que cinq minutes pour penser à ce que j'allais faire quand j'y serais.

— Quand nous y serions, dit Ora d'une voix douce.

Ce qui n'échappa à personne.

Ils burent du thé, tous les quatre. Se frôlèrent, se touchèrent de gestes hésitants. Une fois, deux fois, dix fois. Nerveux. Comme si ce n'était peut-être qu'une blague, un tour de magie, un rêve. L'effroi de Kaev lentement diminua. Une mouette tournoya dans le ciel puis plongea pour venir picorer des entrailles de poisson près du bastingage. À son apparition Ora écarquilla les yeux et elle la suivit ensuite du regard, quoi qu'elle fasse.

— Quelle horreur, ces mouettes, dit Ankit.

— Je n'ai jamais vu si belles créatures, dit Ora.

— L'Autre d'Ora était un oiseau, expliqua Masaaraq.

Puis ensemble, Ora et elle :

— Une buse à poitrine noire, une femelle.

— Je crois que je m'en souviens, dit Kaev. Très vaguement, mais j'ai l'impression de l'avoir vue tournoyer au-dessus du Placard. Il y a longtemps. Elle logeait sur le toit.

— Elle m'a accompagnée jusqu'à son dernier souffle, reprit Ora. Quinze ans.

— Et ensuite ? demanda Masaaraq. Que s'est-il passé ?

Ora ne répondit pas.

Des cris dans la cabine de Go. Le hurlement strident d'une sirène. Un navire, qui venait de Qaanaaq.

— Ce n'est pas bon signe, dit Kaev en se levant.

Soq surgirent sur le seuil de la cabine. Surprenant, ce sentiment d'affection qui saisissait Kaev à la vue de Soq. De l'affection pour un être dont il avait ignoré l'existence des années. *C'est ça, la famille. C'est l'effet que ça fait.* Effet magique, reconnaissance surnaturelle entre brins d'ADN ? Ou, simplement, les gens passaient-ils leur vie à ce point immergés dans le mythe de ce groupement primordial qu'était la famille que l'émotion était toujours présente – relation vacante encore, à sens unique, n'attendant que l'arrivée de la personne idoine pour se réaliser ?

— C'est la Sécurité ? demanda Kaev.

— Non, c'est une navette pour Go, répondirent Soq. Elle doit rendre visite à un certain Martin Podlove.

Kaev se rassit et, d'une main maladroite, servit un peu de thé à Soq.

— Merci, dirent Soq. Bon, j'ai manqué quoi ?

— Une invasion téméraire, des explosions, une sublime démonstration de grimpe dont la responsable a flirté avec la mort. Et je te présente Ora, ta grand-mère. Ora, voici Soq. Soq, voici Ora.

Ils se serrèrent la main. Non sans gêne. Soq scrutèrent le visage de la vieille femme, les sourcils froncés.

— On se connaît ?

— Pas directement, répondit-elle, souriante. Je suis une amie d'amie, peut-on dire.

— Ah, oui, super, je vois, firent Soq avec cette amabilité excessive que l'on réserve aux gens dont on pense qu'ils ont très certainement perdu la tête.

— C'est à toi ? demanda Ora à Ankit.

— Non, à moi, s'interposa Kaev avant d'éclater de rire. Enfin, si je peux dire. Soq n'appartiennent qu'à Soq ! Mais je suis leur père.

— Il va nous falloir un certain temps avant de nous habituer à tout cela, dit Ankit. Pour en revenir à Martin Podlove. Je connais le type. Le type qui a tué son petit-fils. J'ai travaillé avec lui sur les failles. Un esprit fascinant. Incroyablement cultivé. Mais bourré de colère et de chagrin.

Rire de Soq.

— Ah, si ce type est ton ami, tu vas avoir un choc. Du genre désagréable.

La porte de la cabine s'ouvrit. Go en sortit la première, suivie de quelques soldates, entre lesquelles avançait, à petits pas, un homme. Deux explications possibles à la lenteur de sa démarche : son âge, fort avancé, ou le fait que ses chevilles, de même que ses poignets, étaient entravées. Ah, les deux, sans doute.

— Voilà pour la mauvaise nouvelle, commentèrent Soq.

— Elle va le livrer à Podlove ? demanda Ankit.

— Peut-être, dirent Soq. Sans doute. Je continue à nourrir l'espoir que c'est une ruse pour se rapprocher du bonhomme et le vider de ses entrailles comme une vulgaire truite, mais c'est peu probable. Je les accompagne.

Kaev regardait leurs lèvres se mouvoir, entendait les mots prononcés, ne les écoutait pas. Rien de tout cela n'avait d'importance. Il avait Liam à l'esprit, un roc apaisant de sagesse mammifère, d'objectivité animale, qui lui faisait contourner les écueils. Les mots étaient choses dangereuses, inutiles, malhonnêtes. Il aimait ces gens, il ferait en sorte de les protéger du mal. Il se leva de table et alla se coucher sur le pont, près de l'ours.

— On dirait que tu es un peu ours toi-même, dit Ankit en leur souriant.

— Ce qui signifierait que tu l'es un peu aussi.

— Ah, moi, mon chéri, je suis capucin à cent pour cent.

Elle éclata de rire, de même que la guenon qui pointa sa vilaine petite tête au-dessus de son épaule.

Et lorsque Liam retroussa les babines, menaçant la guenon, Kaev en fit autant. Tout le monde s'esclaffa. Sauf Masaaraq.

— Ne faites pas attention à cette bonne femme,

dit Ora, hilare, radieuse – comment pouvait-elle être aussi saine d'esprit, aussi cohérente, aussi heureuse après tout ce qu'elle avait subi ?

Kaev aurait voulu poser la tête sur ses genoux et scruter son visage jusqu'à la fin des temps.

— Elle a toujours eu mauvais caractère. C'est une chasseuse. Elle était tout le temps sur les pistes. À tuer des bêtes. Même lorsqu'elle revenait parmi nous, elle était ailleurs. Elle s'inquiétait toujours des lendemains. Comme les prédateurs, vous savez.

— Non, dit Ankit, en fait, je ne sais pas.

— Moi si, murmura Kaev.

Masaaraq se baissa, recueillit de l'eau de mer dans un seau à ses pieds et la jeta au visage d'Ora. Alors, et seulement alors, elle se mit à rire.

— Elle vous adore, les enfants, reprit Ora. Depuis toujours. Même si elle craint de le montrer. Même si elle pense que les esprits mauvais, la voyant si heureuse, pourraient lui voler son bonheur.

— Sur ce point-là, je ne m'étais pas trompée, dit Masaaraq.

— Ça oui, dit Ora. Elle n'a pas fait tout ce chemin pour mes beaux yeux.

— Le Grand Nord américain, dit brusquement Masaaraq, qui n'était, de même que Kaev, pas très à l'aise avec les mots, est plein de villages abandonnés, de villes désertes. Nos ennemis sont partis. Les seigneurs de guerre restent au sud. Nous pouvons nous installer où nous voulons. Grandes demeures, humbles cabanes, le choix ne manque pas…

Elle leva les yeux, croisa les regards effarés de Kaev et d'Ankit.

— Ce n'est pas le désert complet, là-bas. Les biens circulent. Vous ne renonceriez pas complètement à la civilisation.

Pour autant, ils restèrent bouche bée.

Oui, songeait Kaev. *Oui*. Liam releva la tête, partageant la vision imaginée par son Autre, les étendues sans limites de neige et de glace, la solitude, la chasse. La joie de Kaev redoubla, tripla, accrue par celle de l'ours. *Éloignons-nous de toute cette humaine laideur*.

Ankit finit par refermer la bouche puis la rouvrit. Qu'allait-elle dire ? Que faire si l'idée la rebutait ? Qui était-elle, au fond ? Qu'aimait-elle, que craignait-elle, que détestait-elle, que désiraït-elle plus que tout ? Kaev eut l'impression que son avenir ne tenait qu'au mot qu'allait prononcer Ankit.

— Je…

— Nous ne partirons pas, l'interrompit Ora.

Silence.

— Je n'ai pas fini ce que j'avais à faire ici.

— Ce que tu avais à faire ? demanda Masaaraq en lâchant la main d'Ora. C'est-à-dire ?

Ora, sourire aux lèvres, montra son avant-bras à Masaaraq. Kaev aperçut une cicatrice en forme de croissant, répétée à l'infini.

Masaaraq écarquilla les yeux. Elle se leva, recula d'un pas.

— Tu t'es nanoliée à des gens ! souffla-t-elle d'une voix qui n'était guère plus qu'un murmure.

Elle se plaqua la main sur les lèvres.

— Je t'interdis de me juger, répliqua Ora. Et ne me fais pas croire que tu es si faible maintenant que tu as besoin des béquilles que te procurent ces superstitions obsolètes.

Masaaraq ne sut que répondre.

— Tu t'es nanoliée à moi, lui dirent Soq. Alors que tu me connaissais à peine.

— À moi de même, chuchota Ankit.

— Ce n'est pas la même chose, dit Masaaraq d'une voix qui n'était plus celle de la terrifiante et intrépide orcamancienne. Vous êtes de ma famille, tous les deux. Nous sommes du même sang.

— Comment crois-tu que j'aie tenu jusqu'ici ? reprit Ora d'une voix de vipère – sifflement menaçant, douloureux, rageur. Comment crois-tu que j'aie pu survivre si longtemps ? Les dizaines d'années qu'il t'a fallu pour me retrouver ?

Masaaraq sursauta.

— Je n'ai jamais…

— Exactement, dit Ora en se levant. Tu n'as *jamais*. Jamais subi ce qui m'a été infligé. Jamais vu ton Autre mourir de vieillesse, de chagrin, tenu à distance de toi par vingt mètres de Polyglass. Tu n'as jamais dû le sentir si proche et si loin, tournoyant sans fin, te cherchant, ne te trouvant jamais. Me nanolier à d'autres humains, c'était la seule manière de ne pas devenir folle. De ne pas me retrouver avec un cerveau détruit et les capacités mentales d'un enfant.

Kaev se leva, l'enlaça. Comme un ours. Songeant : *Je ferais n'importe quoi pour ne pas revenir à cette sensation-là.*

— Je suis désolée, dit Masaaraq. Navrée. Je n'ai aucun droit de te juger, bien sûr.

— J'ai rencontré un grand nombre de malades en ce lieu, dit Ora. Leurs maux étaient si variés. Certains cas défiaient l'intelligence artificielle en place. Et je me suis rendu compte de quelque chose d'assez drôle. Lorsque je me nanoliais avec des malades des failles, eh bien… ils n'étaient plus malades. Ils avaient encore les failles, mais ils n'en souffraient plus.

Masaaraq lança un bref coup d'œil à Soq, accompagné d'un hochement de tête.

— Mais qu'est-ce que c'est, en fait, les failles ? demanda Ankit. Comment ça marche ? On sait maintenant que le vecteur est viral, mais est-ce réellement un virus ? Mystère. Ce pourrait être une bactérie, ou une nanite, ou des éléments détraqués de la flore intestinale, ou une combinaison de deux de ces facteurs ou des trois à la fois – ou quelque chose qui n'a rien à voir avec tout ça.

— Quoi qu'il en soit, quand on les attrape, on attrape aussi des souvenirs. Des informations. La maladie contredit tout ce que nous pensions savoir sur le fonctionnement de la mémoire. La maladie encode, quelque part dans son génome, un nombre colossal de données extraites de la personne qui vous a infecté, et de celle qui l'a infectée, elle, et ainsi de suite jusqu'au bout de la chaîne. Comme le cerveau humain normalement constitué ne sait comment utiliser cette nouvelle information, il se désagrège lentement. Mais les nanites qui nous permettent de nous lier à nos Autres nous permettent aussi d'utiliser leurs émotions, leur imagination. Si bien que lorsqu'un malade des failles se nanolie à l'un d'entre nous, les nanites l'aident à survivre. Elles gèrent les souvenirs, elles les contrôlent comme on contrôle n'importe quel souvenir à soi.

— C'est cela, ton travail, dit Masaaraq. Tu veux sauver ces gens.

— Je *vais* sauver ces gens, dit Ora.

— Ce n'est pas prudent, dit Masaaraq. La ville te traquera jusqu'à ce que tu sois de retour au Placard.

— Ils peuvent toujours essayer.

— Nos ennemis ont d'énormes moyens. Nous avons bien failli ne pas leur résister, au cours de notre assaut. Nous aurions été repris si ce n'était…

— Si ce n'était le fait que j'ai donné à cette femme ce dont elle avait besoin. Quelque chose qui me vient du fait d'aider les gens. Ceux que j'ai aidés nous aideront en retour. Ma vision est globale. J'ai dessiné le plan d'une ville qui n'en a pas. Je me le suis récité toutes les nuits. Je sais comment nous pouvons tous nous rassembler, à quel résultat nous parviendrons.

Masaaraq la considéra avec une curiosité peut-être teintée de crainte. Du regard qu'on réserve à une personne que l'on aime et dont on se demande soudain si elle n'est pas devenue un peu plus ou un peu moins qu'un être humain.

— Oh, c'est donc vous, l'Auteur, dirent Soq. L'Auteur de *Ville sans plan*. D'une certaine façon, vous le semez. C'est ça, hein ? Dans l'esprit des gens ? Vous… vous le composez et vous le leur transmettez, en même temps que les nanites.

— Oui, dit Ora.

— Une petite barque, dit Kaev, soucieux, tandis

que la navette de Go touchait au navire. On n'y fera pas monter des masses de soldats.

— Nous ne serons que deux ou trois à l'accompagner.

— Pour se frotter à quelqu'un qui veut sa mort ?

Soq hochèrent la tête. Kaev fronça les sourcils puis se leva.

— Il faut qu'on y aille, nous aussi.

Mais personne ne l'entendit.

— Puisqu'on parle de Martin Podlove, reprit Ankit en se tournant vers sa mère, tu sais qui il est ?

Ora ferma les yeux. Puis se mit à réciter des faits. Des rumeurs. Des détails qu'elle glanait, sans se forcer, sur la montagne de souvenirs héritée de tous les malades des failles avec lesquels elle était nanoliée.

— Non, dit Ankit.

Ils entendirent des cris de l'autre côté du navire, des chaînes que l'on tirait, des cloches qui sonnaient, tandis que la navette de Go se préparait à repartir.

— Sais-tu pourquoi il t'a fait boucler au Placard ?

— Quoi ? s'exclama Kaev.

Qui ne fut pas le seul à poser cette question.

Soq

— Bienvenue, dit Martin Podlove, parfait hybride d'un concierge d'hôtel et d'un capitaine de vaisseau à l'esprit dérangé.

Il y avait une sorte d'hésitation dans son regard qui n'échappa pas à Soq. Go n'avait pas tort : ce type était un banquier, pas un guerrier.

— Ohé, fit Go.

Ils échangèrent un regard de part et d'autre du luxueux vestibule des bureaux de l'entreprise Podlove. Intégralement tapissé de cristaux de sel. Acérés, scintillants. Il fallait impressionner, intimider. Au-delà des baies vitrées, derrière eux, la circulation du Bras Un avait la densité des débuts de matinée.

Les lieux naturellement devaient regorger de systèmes de défense bien cachés. Podlove semblait fort confiant, campé qu'il était au cœur de son univers, pour autant, il n'avait rien d'un idiot. Il y avait sans doute dans son coin du ring des ressources effroyables. Drones, bots, tourelles autonomes.

Soq fermèrent les yeux, pour les voir. Ils se souvenaient des plans. Avaient sur la langue le goût de la morsure de la mèche qui avait creusé les trous dans lesquels on avait glissé les ampoules de toxine. Retrouvèrent le nom de la femme qui avait supervisé l'installation, six ans plus tôt. Elle était morte, ils le savaient aussi.

Derrière Podlove, deux subalternes. Deux, comme l'escorte de Go : Soq et la soldate aux phalanges de laiton, dont ils n'arrivaient jamais à retenir le nom.

Entre ces deux trios, l'homme dont la tête était recouverte d'un sac.

Soq déglutirent et se rendirent compte qu'ils avaient la bouche si sèche que cela leur était presque impossible. La situation était grave. Au moindre faux pas, ils se retrouveraient dans la ligne de mire. De quelles balles, de quelles lames, de quels lasers, de quels projectiles étaient-ils en cet instant même les cibles potentielles ? Podlove leur décocha un sourire reptilien et glacial, féroce et cynique à la fois. Et pourtant, il avait peur maintenant, Soq le sentaient. Et cela n'avait rien de rassurant. C'est quand on a peur qu'on devient dangereux. Soq croisèrent le regard de l'un des sbires de Podlove, un maigrichon qui semblait pétrifié de trouille – comme Soq, du reste. Au petit sourire de Soq, il répondit par un rictus mauvais.

Soq redressèrent les épaules.

Lorsqu'ils avaient appris que Go était leur mère, ils avaient eu peur. Peur de devenir partiaux, peur que leurs sentiments, et le lien particulier qui les unissait à Go, ne confèrent à cette dernière une aura de perfection, de singularité, d'irréprochabilité. Et si Soq étaient ravis de jouer les exécuteurs, ils savaient aussi que les employés qui donnent toujours raison à leur patron sont particulièrement susceptibles de prendre de mauvaises décisions.

Mais c'était l'inverse qui s'était produit. Les sentiments de Soq pour Go étaient bien plus entachés de colère que d'amour. Cette bonne femme les avait abandonnés. Ils pouvaient lui reprocher toutes les horreurs qu'ils avaient subies.

Et cela aussi altérait leur objectivité. Ce qui leur posait problème.

Et si, malgré tout, l'objectivité n'était qu'un détail ? Ou même une illusion ? La tête de Soq résonnait de centaines de versions différentes de la réalité objective ; ils pouvaient, en toute sérénité et sans efforts, comparer les souvenirs que les gens avaient d'un même événement. Souvenirs que ces personnes tenaient toutes pour incontestables. Soq voyaient Go par les yeux d'une dizaine de ces témoins : persécutrice sans pitié, patronne au grand cœur, fille de la Plaque et parvenue sans culture.

Il y avait un détail qu'ignorait Go : Ora, Masaaraq, Ankit et Kaev étaient en route pour la grotte de Podlove. Pour compliquer la donne. Soq avaient eu l'intention de la prévenir. À présent, ils se félicitaient de s'en être abstenus.

— Alors, dit Podlove, est-ce conforme à vos rêves ? Le sommet de la pyramide ?

— Ce n'est pas le sommet, dit Go.

— Non. Effectivement, ce n'est pas le sommet. Mais vous, vous n'irez pas plus haut. Votre ascension prend fin aujourd'hui.

— Je vous l'ai dit, Podlove, nous sommes sur la même longueur d'onde.

— C'est lui ? demanda Podlove en approchant de l'homme dont la tête était cachée sous un sac. Si je lui ôte son couvre-chef, ne vais-je pas découvrir une grenade dégoupillée ?

Go tendit la main pour ôter le sac. Podlove l'arrêta d'un geste tranquille.

— Drôle de petit jeu, au Placard, dit-il. Faire évader tous ces gens… Je me demande bien quels sont vos plans pour tout ce monde, gamine.

— J'ai peut-être envie de créer ma propre ville, répondit Go.

Lorsque Go avait finalement accepté leur plan, Soq avaient retrouvé un peu d'espoir. Il s'agissait de libérer non seulement Ora, mais tous ceux des patients qui voulaient sortir du Placard. Et leur nombre avait été bien plus élevé que ce à quoi Soq s'attendaient. Troquer le confort et la sécurité de leur prison pour le cargo rouillé d'un syndicat du crime, cela aurait dû, selon Soq, rebuter la plupart. Les patients étaient encore sur le vieux rafiot, dans la cale. Apeurés, mais libres.

La deuxième partie du plan de Soq était encore dans les limbes, attendant le feu vert de leur mère. Qu'elle ne donnerait peut-être jamais. Lancer le logiciel de Podlove – celui que Soq tenaient du petit-fils. Le logiciel qui fournissait toutes les adresses et tous les codes d'accès aux AppVides que les actionnaires avaient sortis du marché – et installer dans ces logements les gens du Placard. Puis foncer au Bras Huit et offrir à tous les gosses de la Plaque, à tous les occupants des boîtes-lits, à tous les illégaux des taudis un vrai toit. Qu'ils passent de ces abris sordides et précaires au luxe incroyable des AppVides. Rétablir l'équilibre.

Fonder une ville dans la ville.

Ma propre ville.

Une ville dont Go serait la seule actionnaire.

Go bien sûr n'avait rien d'une altruiste, Soq s'en rendaient bien compte maintenant. Elle réclamerait des loyers. Peut-être pas grand-chose au début, mais ça augmenterait. Et elle disposait d'une invincible armée d'hommes et de femmes qui expulserait les mauvais payeurs. Après quoi, elle louerait à prix d'or ces jolis AppVides à des gens qui auraient les moyens… et, lorsqu'elle aurait pris goût à la chose, les pauvres ne tarderaient pas à réintégrer leurs boîtes-lits. Une nouvelle vague de réfugiés argentés envahirait alors les AppVides. Louer des maisons, des appartements, c'était la meilleure façon de s'enrichir à Qaanaaq. Ou dans n'importe quelle ville. À n'importe quelle époque. En lançant ce programme, Soq offriraient à leur mère un gigantesque empire.

Nous sommes sur la même longueur d'onde.

En quoi Go se distinguait-elle de Podlove ou de n'importe quel puissant de cette ville qui pompait le sang des pauvres et les pressurait jusqu'à ce qu'ils ne puissent plus payer – après quoi, hop, à la mer ? En rien, sans doute, songeaient Soq.

Mais qu'y pouvaient-ils ?

Podlove ôta le sac qui recouvrait la tête de Barron.

— Plaisir des retrouvailles, dit-il.

— Vous n'avez pas l'air en grande forme, mon

ami, fit Barron avec un sourire. Vous semblez… déstabilisé.

— C'est moi qui vais vous déstabiliser, gronda Podlove.

De nouveau, dans sa voix, de la crainte, une hésitation. Podlove n'était pas Go. Ce langage brutal n'était pas le sien. Il semblait effaré par sa propre colère.

— Vous déstabiliser, vous démonter, vous mettre en pièces. Il n'y aura plus qu'à vous coller dans une boîte.

— Je sais.

Et le sourire de Barron se fit plus éclatant encore.

— Oh, vous pouvez sourire, tant que vous avez des lèvres. Bientôt, ce ne sera plus le cas. Lèvres, langue, la peau que vous avez sur les os… On arrachera tout ça.

— Ça n'a pas été bien difficile de te transformer en barbare moyenâgeux, répondit Barron. Toi, qui t'es toujours pris pour le fruit de la plus haute civilisation. C'est une autre manière de te vaincre, tu sais.

Podlove lui remit le sac sur la tête avant de s'adresser à Go :

— Vous aviez autre chose ?

— Non, monsieur, répondit Go en se fendant d'une courbette exagérément respectueuse.

Vaguement ironique, mais bien réelle. Go avait une admiration sincère pour Podlove. Elle convoitait vraiment sa place.

— Restons en relation. Je vous contacterai dès

que je l'aurai fait parler un peu plus et que j'aurai réfléchi à la marche à suivre.

— Bien sûr. J'attendrai votre message. Si je peux vous être utile en quoi que ce soit, dites-le-moi.

Ils ne se serrèrent pas la main. Mais ils échangèrent un sourire et Soq virent, dans cette mimique, déferler des océans d'informations. Go et Podlove, c'était la même chose. Go ne mettrait le feu nulle part. Le jour où elle supprimerait Podlove, ce ne serait pas par haine mais pour lui prendre sa couronne.

Soq y étaient allés. Chez Podlove. Chez Fill. Physiquement, bien sûr, mais, détail plus important, psychologiquement. Grâce aux failles. Ils savaient à quoi rimait cette sécurité – à rien. Ils savaient qu'elle ne servait pas à grand-chose quand il fallait tenir les ténèbres à l'écart.

Jadis Soq avaient désiré devenir semblables à Go. Ils avaient rêvé de pouvoir, de richesse, et tant pis s'il fallait tuer pour y parvenir. Tant pis s'il fallait précipiter tout Qaanaaq dans la mer, foules en feu, hurlantes. Le jeu semblait en valoir la chandelle. Plus maintenant.

Quelle bêtise. Soq en étaient bien conscients, ce qui ne les empêcha pas de passer à l'action. Il y avait un plan, lequel dépendait des rouages délicats qu'un grain de sable pouvait gripper. Cet équilibre exigeait qu'ils attendent pour lancer le logiciel. Tels étaient les ordres de Go. Elle avait été extrêmement claire sur les questions du comment et du quand.

J'emmerde Go, se dirent Soq.

Six petits coups rapides de la langue sur le palais et contre la joue : il n'en fallut pas davantage.

Tout alors se déroula bien plus vite que ce à quoi ils s'étaient attendus. Ils s'étaient figuré que si le logiciel fonctionnait encore – il était en sommeil depuis des dizaines d'années –, il lui faudrait un bon moment pour se réveiller et déclencher d'éventuels garde-fous et autres systèmes d'alarme, sans parler de la manière dont Podlove serait prévenu. En fait, il ne fallut que huit petites secondes après que Soq eurent déclenché le logiciel d'intrusion que Podlove avait offert à son petit-fils et que ce dernier avait involontairement transmis à Soq avec les failles.

Le vieil homme tourna brusquement la tête, comme s'il avait entendu son nom murmuré dans le lointain. Il ferma les yeux, écouta une communication transmise par son implant. Ses paupières se soulevèrent.

— Espèce de conne, siffla-t-il à l'intention de Go.

— Pardon ?

Et ce sursaut de vanité fut certainement fatal à sa cote déjà mauvaise auprès de Podlove.

Les lumières du plafond se mirent à clignoter. Les sirènes à beugler. Le logiciel égrenait des mises à jour dans l'oreille de Soq. Il avait été détecté par un bot de contrôle, un de ces antiques systèmes de défense qui traînaient encore, par millions, dans l'infrastructure de Qaanaaq – la machine que les actionnaires s'étaient offerte pour contrôler leur petit monstre, parce qu'il avait engendré un clone.

Un, c'était déjà mauvais. Mais deux d'entre eux,

sur le champ d'une bataille déclarée, cela pouvait causer la désagrégation de la ville.

On entendit un bruit de verre brisé. Soq se laissèrent tomber à genoux, persuadés que ça y était, que Podlove avait déclenché les batteries défensives – armes à feu, explosifs, peu importe –, qui les tenaient sans doute en joue depuis le début de l'entretien. Podlove avait peut-être appuyé sur le bouton, mais le système n'avait pas réagi. Comme un bon paquet de systèmes dans la ville. Dehors, sur la Plaque, les passants hurlaient.

— Podlove, je vous jure que…, commença Go, les yeux écarquillés par l'effroi.

Et rien ni personne n'essaya de s'opposer à l'assaut qui suivit – Masaaraq, Ora, Kaev et Liam achevant de briser les baies vitrées et s'introduisant au cœur de la Grotte de sel, armés, rageurs. Ils fondirent sur Martin Podlove.

Ankit

Lorsque Kaev, Ora, Masaaraq et l'ours débarquèrent du petit bateau, Ankit resta à bord. Elle arrima l'esquif à un emplacement où elle pouvait rester deux heures. Des bureaux de Podlove, il suffisait de traverser le Bras Un pour la retrouver.

Je suis leur chauffeur de secours, se dit-elle, sachant bien cependant que son rôle dans le hold-up était bien moins reluisant que cela. Et mille fois plus crucial.

Un flot de données apparut sur son écran, un fleuve bientôt – une mer. Le logiciel fonctionnait à merveille. Formidable merveille.

— Lancement par Soq, dit-elle pour son implant. Sans tarder.

— Ça leur ressemble, dit une voix, celle de l'employé de l'agence de glisters où Soq travaillaient.

— Et c'est aussi énorme que ce qu'ils nous avaient dit.

— Putain, c'est dingue, dit Jeong. Il doit bien y avoir cinq cents AppVides là-dedans. Facilement. Et ils sont restés sans personne, vraiment ? Pendant tout ce temps ?

— D'après Soq. Go était bien placée pour en

choper quelques-uns. Elle avait dépensé des fortunes pour les dénicher. Mais là…

— Quels gros fils de pute, dit Jeong.

Il y avait de la peur dans sa voix. Et de l'excitation. Derrière lui, Ankit entendait le fracas métallique et les beuglements du navire de Go.

— Et dire que pendant que des foules de gens vivent comme des rats, il y a tous ces endroits qui ne servent à rien…

— Faux, ils servent. Ils rapportent : c'est du business.

— La frontière est plus que floue entre les affaires et les crimes de guerre.

— C'est ce qu'on gravera sur la tombe du capitalisme.

Jeong pouffa de rire.

— Tu sais que je dors à l'agence de courses ? Dans une capsule installée dans mon bureau. Ça m'arrive de passer une semaine sans mettre le nez dans la rue. Tiens, je n'avais pas quitté mon Bras depuis un mois. Et maintenant, me voilà au milieu de cette foule…

La facette politico-empathique d'Ankit reprenant le dessus, elle émit un rire aimable.

— C'est l'effet de Qaanaaq, ça. Moi aussi, j'ai des crises d'agoraphobie. Ça va quand même, là-bas ?

— Ce navire est complètement fou.

— Complètement fou, ça, c'est en temps normal. Là, tu es en mode guerre des gangs à cent pour cent, avec, en prime, une cale pleine de cas psychiatriques.

Jeong rigola. Il semblait reconnaissant.

— Oh, il se passe quelque chose avec les données. Ça bouge.

— Systèmes de défense. On a anticipé. On effectue des sauvegardes multiples et encodées ; certaines, sur des disques durs extérieurs, sont coupées du réseau dès qu'il y a suffisamment de matière. Si les bots d'assaut commencent à corrompre les données, on passe à la sauvegarde suivante.

— Ça, c'est du gâteau, dit Jeong d'une voix plus forte, plus affirmée. Je préfère affronter un bot espion psychopathe au service du capital que des bébés en larmes. On va bientôt en avoir assez pour commencer à donner aux gens les adresses et les mots de passe, dans à peu près trois minutes. Assez pour loger tous les évadés du Placard et une bonne partie des *Misérables*[1] du Bras Huit…

— Génial.

— On a des appels de partout, des gens qui offrent des espaces pour ces malheureux. On a même une folle de Dieu, une vieille dame manchote, qui nous a proposé de loger cinquante personnes dans son temple.

Ankit se leva et regarda vers le Bras, là où Masaaraq, Ora, Kaev et Liam défiaient Go et Podlove, devant Soq au visage inquiet. Un bras de fer. Des échanges rageurs. Elle aurait tant aimé être avec eux. Avec les siens : ses deux mères, la lugubre massacreuse et la poète au cœur paisible – toutes deux semblables dans l'impitoyable et stupéfiante effica-

1. En français dans le texte. En référence au roman de Victor Hugo.

cité de leur amour –, son frère, si doux, si triste ; et l'enfant de son frère, être de colère et de fierté. Oui, avec eux, même s'ils devaient tous mourir.

Surtout s'ils devaient tous mourir.

— Bon, très bien. On se met tous à la queue leu leu, fit la voix de Jeong, là-bas, sur le navire de Go.

Elle étouffa un petit rire à l'idée du malheureux Jeong, transi de peur, canalisant soudain la foule.

Un remous dans la mer, près d'elle. Ankit tourna la tête – et ne put s'empêcher de sursauter, même si elle s'attendait bien sûr à l'apparition de l'orque. Peut-être était-il possible de s'habituer à une créature aussi gigantesque, aussi impressionnante, noire comme la mer, et tout aussi affamée, mais cela lui prendrait sans doute des années.

— Salut, la belle, dit-elle.

L'énorme tête d'Atkonartok s'inclina lentement, majestueusement. Elle répondait ! se rendit compte Ankit. Étrange, cette intelligence qui émanait d'elle. Non pas une intelligence équivalente à celle des humains. Non : elle semblait bien plus intelligente. Elle semblait faire des efforts pour comprendre et se faire comprendre de ces bestioles puantes au cerveau plus petit que le sien. Exemple à l'instant même. L'orque avait l'air de savoir, rien qu'en la regardant, comment leur plan pourtant complexe était en train de se dérouler.

Que voit-elle ? De quoi se souvient-elle ? Que ressent-elle ? Que pense-t-elle des gens qui ont massacré sa tribu, sa bande ? Et les amis qu'elle a perdus ? Que lui inspire la solitude ? Le fait d'être égarée ?

Comme elle, Ankit, l'avait été toute sa vie. Et Kaev, et Soq. Et Masaaraq et Ora, qui du moins avaient su, elles, ce que cela voulait dire de ne pas être seul, d'aimer, d'être aimées, avant de replonger dans leur puits de solitude. Tous ces gens qui progressaient seuls dans l'existence et qui soudain sortaient de leur isolement et se retrouvaient membres d'une même famille… pour de nouveau tout risquer et peut-être la perdre.

— Excellent, dit Jeong, tandis que le brouhaha derrière lui s'apaisait. Il y en aura pour tout le monde. On commence par vous.

Applaudissements d'enfants. Jeong éclata de rire. Ankit l'imita.

D'autres rires, venus cette fois-ci du monde réel – deux bateaux plus loin.

— Les horloges ! s'écria une forte dame qui parlait avec l'accent d'Addis Abeba. Les parcmètres ! Il n'y en a plus un seul qui fonctionne.

Ankit constata qu'elle disait vrai. Le parcmètre du bateau, qui avait atteint les 8 minutes la dernière fois qu'elle l'avait regardé, restait désormais collé au zéro.

— Parking gratuit ! s'exclama une voix.

Merde, songea Ankit.

Les parcmètres à zéro, c'était encore plus impensable que la panne géothermique. Merde, qu'est-ce qu'on a fait à cette ville ?

Un cri retentit devant la Grotte de sel et elle tourna la tête. À temps pour voir Go tirer une machette de l'étui qu'elle avait à la ceinture – étui dont tous pensaient qu'il était vide –, et décapiter d'un mouvement du bras, unique et sans efforts, Barron, l'ami d'Ankit.

VILLE SANS PLAN :
MONSTRES FÉROCES ET ASSOIFFÉS DE SANG

Nous voulons des méchants. Nous les cherchons en tous lieux. Des affreux auxquels nous allons attribuer nos malheurs et dont les vices et les défauts sont responsables de toutes les souffrances dont nous sommes témoins. Nous voulons un monde où la vraie monstruosité réside dans des individus mauvais, plutôt que de constituer une facette essentielle de la société et du cœur des hommes.

Les contes nous le susurrent à l'oreille : Cherche les méchants ! Car les méchants peuvent être punis. Les méchants peuvent être mis hors d'état de nuire.

Les méchants ne sont pourtant que le fruit d'une simplification excessive.

Soq

— Je suis diablement impressionné, dit Podlove d'une voix qui chevrotait très légèrement, tandis que les intrus approchaient de lui.

Il est mort de trouille, songèrent Soq. *Prêt au pire*.

— Je m'attendais à vous voir essayer de débarquer ici, poursuivit-il. Mais je ne vous croyais pas capables de bloquer les systèmes de défense de l'immeuble.

— Moi, je ne m'attendais à rien, dit Go, en furie, l'esprit confus, apeurée aussi. Je vous avais ordonné de rester à bord, vous autres.

Podlove pinça les lèvres.

— Bien sûr. Ce n'est pas vous qui avez fait tuer mon petit-fils. Ce n'est pas vous qui leur avez dit de venir. Il ne m'arrive que des horreurs quand vous êtes dans les parages, mais ce n'est jamais de votre faute.

Le regard de Soq alla de Go à Podlove, et inversement. Ils comparèrent. Ils se posèrent des questions : lequel des deux est le plus apte à régner ? Lequel fait le pire scélérat ? Go et Podlove étaient aussi affolés l'un que l'autre. Ils étaient en nage. Barron, lui, au moins, ne paraissait pas nerveux. Difficile à dire, avec ce sac qui lui couvrait la tête. Sa posture, son aura de sérénité : cela semblait pourtant démontrer une totale absence de peur.

Sur un sloop amarré en face de la Grotte de sel, quelqu'un avait tagué LA CITÉ DE L'ORQUE.

— On n'a pas bloqué vos systèmes de défense, dirent Soq, ce qui leur valut un regard assassin de Go. C'est vous. Vous avez retourné ce logiciel barbare contre lui-même et c'est ça qui vous a foutus dedans. Vous et une bonne partie de la ville, je pense.

— Je me demande comment vous le lui avez soutiré, gronda Podlove. Mon pauvre cher petit-fils. Par la torture ? Non. Il vous l'a sans doute donné bien volontiers. Vous êtes exactement son type, avec votre tête de sauvage, et cette crasse, et ce monstr…

— Ne faites pas l'enfant, l'interrompirent Soq en riant.

La réplique eut l'effet escompté. Une des meilleures façons de faire taire les octogénaires est de leur faire remarquer qu'ils se conduisent comme des gosses.

La tendre glaise du visage de Go s'était mise à durcir. Soq la virent accepter peu à peu le fait qu'elle avait perdu le contrôle de la situation. Une souffrance, visiblement, pour elle, mais pour eux, un sentiment… de libération. Des portes s'ouvraient. Terrifiant, mais aussi lourd de magnifiques potentialités. Soq comprenaient ce que les miséreux de Mexico ou de Pretoria avaient peut-être ressenti lorsque les armées rebelles traversaient leurs villes.

Ou les gens de Lisbonne, de Copenhague, lorsque les eaux les avaient envahis. *Pour une fois, le statu quo est fragile. Les choses peuvent changer.*

— Et nos nouveaux amis ? demanda Podlove en se retournant vers l'armée minuscule et furieuse. Vous n'avez pas fait tout ce chemin pour rester plantés là à me fusiller du regard.

Ora s'avança.

— Savez-vous qui je suis ?

— Je ne crois pas avoir eu le plaisir de faire votre connaissance, chère madame.

Elle déclina son nom. Podlove ne cilla pas. Aucun sursaut trahissant la reconnaissance, aucune lueur de duplicité dans le regard. *Il ne sait vraiment pas qui est Ora*, songèrent Soq.

Un gémissement sous leurs pieds. L'immeuble était en pleine guerre contre lui-même. Une maladie auto-immune du système informatique.

— Je crois qu'on devrait continuer la conversation dehors, dirent Soq d'une voix douce.

Cette fois-ci, remarquèrent-ils, Go ne parut pas fâchée de leur intervention intempestive.

— À tout moment ses systèmes de défense peuvent se remettre d'aplomb. On y passerait en un dixième de seconde.

— Venez, dit Masaaraq en tordant le bras pour braquer sa lance vers Podlove.

— J'aimerais mieux m'en abstenir, si ça ne vous dérange pas.

Il croit qu'il sera épargné en raison de son âge, songèrent Soq. *Il n'est peut-être pas aussi malin que je le croyais.*

Masaaraq haussa légèrement les épaules ; les deux sbires de Podlove s'affalèrent sur le sol, serrant à deux mains leur gorge tranchée. L'assaut avait nécessité deux mouvements de la lame, calculèrent Soq, vu la distance qui séparait les deux employés. Ils n'avaient même pas vu l'arme bouger.

Non, trois mouvements. Une unique et fine ligne rouge était apparue sur le front de Podlove. Quelques gouttes de sang se formèrent tout au long de l'estafilade, enflèrent, coulèrent.

— Ce n'est plus vous qui décidez, dit Go à Podlove avec un sourire bien incertain.

— Et ce n'est pas toi non plus, dit Masaaraq en maniant de nouveau sa lance, lentement cette fois-ci, car elle voulait que Go puisse voir le mouvement.

La soldate aux phalanges de laiton s'écroula à son tour, le souffle coupé, refusant de crier.

Le visage de Masaaraq n'exprimait rien ; Soq cependant savaient ce qui lui traversait l'esprit. Depuis qu'ils étaient nanoliés, Soq avaient récupéré une grande partie des souvenirs de Masaaraq, ses peurs, ses cauchemars, les souffrances qui l'encombraient, les atrocités qu'elle avait dû subir. On aurait pu penser qu'après des années au Placard, Ora serait la femme brisée, mais c'étaient les ravages infligés à Masaaraq qui menaçaient de les anéantir, tous. Et Soq en cet instant aimaient tant Masaaraq – leur grand-mère, superbe, formidable, mutilée – qu'ils en avaient mal au cœur.

Quand on connaît quelqu'un – qu'on le connaît de

A à Z, complètement –, cela signifie-t-il automatiquement qu'on l'aime ?

— Il fait si beau aujourd'hui, dit Podlove en enjambant la soldate qui se tordait de douleur.

Ce que virent Soq : politesse, bonnes manières – Podlove n'avait que ces talents-là. Ces oripeaux de la richesse, c'était la cotte de mailles que l'on enfilait lorsque le monde menaçait de vous jeter à la mer.

— Pourquoi ne pas poursuivre cette conversation dehors ?

Dans le ciel, le pare-vent oscillait d'avant en arrière avec des mouvements lents et gracieux, sans but précis. La neige tombait. Des gens montraient du doigt, téléphonaient, prenaient des photos avec leur écran ou leur oculaire. S'écartèrent quand ils sortirent. S'écartèrent considérablement. Il fallait cet effondrement complet et temporaire de l'infrastructure informatique de Qaanaaq pour qu'ils aient cette liberté d'action – en temps normal, les hommes de la Sécurité se seraient préparés à une intervention à grande échelle. Une action convergente. Le déploiement par voie maritime de ces énormes et terrifiants navires de guerre aux cales bourrées d'armes monstrueuses – ça n'arrivait qu'une fois tous les cinq ans.

— Vous l'avez condamnée au Placard, dit Masaaraq.

— Ah, fit Podlove avec le hochement de tête de celui à qui l'on vient de faire remarquer qu'il a oublié d'éteindre le four. Je comprends mieux.

Go avait posé la main sur le manche de sa machette. Calculs de Soq : *Son seul espoir est de se réconcilier de manière explicite avec Podlove. Sinon, il l'écrasera, d'une manière ou d'une autre. S'il meurt, la réaction de la ville sera impitoyable. Qaanaaq a laissé les gangs prospérer sans leur donner de règles de savoir-vivre, reste qu'elle les a tous plus ou moins brisés. La survie de Go est liée à celle de Podlove. Et même dans ce cas-là, ce n'est pas acquis.*

Et allait-il vivre encore longtemps, Podlove ? songèrent Soq. Peu probable. Même si tout était possible. Dans un monde regorgeant d'individus qu'il avait blessés à mort, il avait, par la grâce d'on ne sait quelle magie démoniaque, vécu jusqu'à cet âge avancé. Il restait peut-être un peu de ce sortilège.

— Tu comprends mieux ? Tu crois vraiment ? dit Ora.

L'ours sursauta, une contraction de fureur qu'il eut du mal à contenir.

— On en a mis du monde au Placard, dit Podlove. Il le fallait bien. C'était le Placard ou la mort. Vous auriez préféré la mort ? Nous n'avions rien contre vous. Nos employés s'étaient attiré de nombreuses inimitiés et ils s'étaient liés avec nombre de gens qui n'étaient guère appréciés. Il faut comprendre que pendant la Multifurcation, nous avons reçu des multitudes de gens qui nous soumettaient leurs problèmes. Dans vingt villes différentes, il y avait des communautés minoritaires qui organisaient ce qu'il faut bien appeler des émeutes, parce que les policiers avaient assassiné des civils non armés. Et des partis qui allaient perdre des élections cruciales. Tout ce monde-là avait besoin d'un peu de…

— D'effusions de sang, de faux coupables et de boucs émissaires, compléta Barron, la tête sous le sac.

— Nous n'étions pas responsables du manuel de l'utilisateur, dit Podlove. *Divide et impera*… Diviser pour mieux régner, c'est un des fondements des jeux de pouvoir des sociétés humaines depuis qu'elles existent.

— Les couteaux ont dû être inventés à la même époque, dit Kaev. Mais celui qui poignarde son ennemi à mort est quand même coupable.

— Combien de personnes concernées ? demanda Masaaraq.

— Par le Placard ? Quinze, au moins. Dans d'autres villes flottantes…

Il ne finit pas sa phrase. C'était inutile.

— Et chacune de ces personnes n'était-elle pas la seule survivante d'un génocide, grand ou petit ? demanda Ora. Oh, vous n'aurez sans doute pas la réponse. Vous ne vouliez sans doute rien savoir.

Pas de réponse de Podlove. Il se tenait face à eux, qui savaient tous à quoi s'en tenir sur l'expression de vague repentance de son visage.

— Je n'ai rien fait de mon propre chef. Nous étions une dizaine, tous cadres dirigeants. Je n'étais même pas le plus haut placé. Je sais que vous voudriez faire de moi un monstre féroce assoiffé de sang, qui, par sa seule volonté, vous a infligé toutes ces souffrances. Mais ce n'est pas le cas. Il se trouve simplement que je suis le dernier de ces responsables à être en vie.

— Savez-vous ce que je pourrais faire, là, maintenant ? dit Masaaraq en dirigeant sa lame sanglante vers Podlove. Je pourrais vous ouvrir l'abdomen, me servir de ce croc pour vous tirer les intestins du ventre et vous les enrouler autour du cou pour vous étrangler, ou vous les faire bouffer, ou les balancer à mon orque, qui vous traînerait dans la mer par les tripes, précisément, et prendrait tout son temps pour finir de vous tuer.

Podlove haussa les épaules.

— J'aurais du mal à vous en empêcher. Et je ne pourrais pas vous le reprocher.

Une explosion au lointain. Des sirènes qui beuglent, puis se taisent, puis beuglent, puis se taisent.

Le bras de fer s'éternisa. Les deux camps échangeaient des regards assassins – sauf Podlove, qui gardait les yeux obstinément baissés. Sur ses pieds. Sur la Plaque, sur la ville qu'il avait contribué à bâtir, sur la planque que son argent sale lui avait procurée. Et sous la Plaque, la mer. Toute cette eau qui serait encore là, longtemps après que le dernier humain aurait coulé dans ses profondeurs.

Il était si vieux. Sa peau était si fine. Si ridée. Une, deux, trois couches de rides en croisillons. Il n'avait jamais fait de mal à une mouche, lui. Pas de sang sur ses mains. Il s'était contenté d'inciter certaines personnes à en attaquer d'autres et il avait tiré profit du résultat. Mais n'était-ce pas pire encore ? Son crime ne s'en trouvait-il pas multiplié ? Il avait poussé les autres à mal faire. Que dire des souffrances endurées par ceux qui avaient massacré des innocents sur ses ordres ? Quels traumatismes les tourmentaient, quelle fureur, quels cauchemars leur étaient échus ? Quels impurs karmas ?

Même s'ils le ligotaient à une chaise dans les sous-sols de son immeuble et le torturaient jusqu'à la fin de ses jours, jusqu'à ce qu'il s'évanouisse de douleur, jusqu'à ce qu'ils le raniment, et recommencent, et ainsi de suite, il n'y aurait jamais moyen de rétablir l'équilibre de la douleur. Rien de ce qu'ils pourraient lui prendre n'approcherait en ampleur le dixième du quart des deuils qu'il avait causés. Il était, à ses yeux, innocent, il n'avait mal agi que par nécessité. Rien de ce qu'ils pourraient lui infliger ne lui ferait comprendre sa culpabilité.

Soq ne l'avaient pas quitté des yeux. Ce fut sous leur regard que la situation se désintégra.

Masaaraq hurla un mot inintelligible et se contorsionna pour s'interposer, mais elle était trop loin de Go pour l'empêcher de décapiter Barron.

— Filez, cria Go à Podlove en brandissant sa machette ensanglantée.

Puis elle se précipita sur Masaaraq.

Après quoi, tout s'enchaîna en un éclair.

Kaev

Il faut rester concentré, lui avait dit Masaaraq au Placard. Il comprenait maintenant le sens de ce conseil.

Il perçoit l'odeur du sang, il voit ces gens qui bougent dans tous les sens : il n'aurait aucun mal à se livrer au pire des massacres.

Kaev en était conscient. La fureur de l'ours chantait en lui. Une musique douce, sans férocité, si belle. Aucun rapport avec ce hideux sentiment humain qui saisissait Kaev avant un combat – chaos éclaboussé d'émotions lamentables, haine, peur, avidité. La rage de l'ours était pure, simple et limpide.

Concentre-toi sur les bonnes personnes.

Mais quelles personnes ? Il ne le savait pas. La femme qu'il aimait combattait l'une de ses mères. Celle qui lui avait ramené Liam, celle qui avait réparé son esprit, qui lui avait rendu son intégrité.

Masaaraq frappa Go du manche de sa lance. Go trébucha vers l'arrière.

— Non ! Pas ça, ne put-il s'empêcher de crier.

Masaaraq releva la tête, un quart de seconde. Go en profita pour lui frapper la jambe de sa machette. Le sang coula. Oh, pas en abondance – les bandes de cuir que portait l'orcamancienne avaient paré l'essentiel du coup. Mais cela suffit à la faire trembler, à la déséquilibrer.

Il y eut dans les eaux sombres, sous les pieds de Kaev, un remous furieux. Il baissa les yeux vers la Plaque. Il croisa le regard d'Atkonartok et ce qu'il y aperçut lui glaça les sangs.

Il se mit à courir vers elles. Il ne savait pas vraiment ce qu'il allait faire, laquelle de ces deux femmes il aiderait. Il voulait s'interposer : il les aimait tant toutes les deux. Il voulait les empêcher de se battre. L'ours n'était pas du même avis. Kaev était partagé, bouleversé, confus – et l'ours se fraya un chemin dans cette faille.

Il rugit – et Kaev avec lui. Cet écho fit sursauter Masaaraq.

— Kaev ! hurla-t-elle. Arrête !

Impossible. L'ours s'était emparé des commandes.

Et il n'aimait pas beaucoup Masaaraq.

Kaev sentit les douleurs causées par la cage qui lui avait si longtemps enserré la tête, par les chaînes dont la femme l'avait couvert. Pendant des années – interminables. Ces visites au moindre village, au moindre camp, à la moindre ville flottante, au moindre et lugubre navire-éboueur des zones nord. Quelques moments glorieux, sans entraves, lorsque Masaaraq était en danger ou lorsqu'elle avait réussi à retrouver des gens particulièrement dangereux. Mais ce n'était que pour être la cible d'un tir de fléchette tranquillisante, à la fin de l'épisode. Et l'ours toujours se réveillait dans ses chaînes.

Elle ne te voulait pas de mal, voulut lui dire Kaev.

Elle essayait de nous réunir, toi et moi. De nous aider tous les deux. Nous n'étions pas entiers. Elle nous a rendus tels. Le seul moyen, c'était de te priver de liberté.

Cette femme est notre mère.

Il parlait dans le vide, il le savait. Il aurait pu faire comprendre tout cela à l'ours en un moment serein. À présent il n'y avait plus place dans l'esprit de l'animal pour les mots. Ni pour les émotions. Il n'était plus question que de tuer. Pour eux deux. S'il y avait en Kaev une part d'humanité, quelle qu'elle soit, qui se souciait de détourner la fureur meurtrière de Liam, elle fut rapidement engloutie par la folie de l'ours.

Masaaraq se mit à courir vers le bord de la Plaque. L'ours la suivit. Ora hurla, leur emboîta le pas, et Soq s'emparèrent d'une arme attachée dans leur dos – l'orcamancienne et l'ours étaient déjà trop loin.

Si elle arrive jusqu'au bord, elle pourra sauter sur l'orque et s'enfuir, se dit Kaev.

Mais ces pensées lui appartenaient-elles vraiment ? Ce n'était pas le dénouement qu'il souhaitait. Elle était si proche et lui – *lui ? quel lui ?* – l'aurait bientôt rattrapée ; il lui suffisait de quelques bonds pour cela ; oh, qu'elle trébuche, qu'elle tombe…

Elle tomba, en effet.

Il n'entendit la détonation qu'un quart de seconde plus tard. La lieutenante de Go aux phalanges de laiton s'était redressée, avait braqué son revolver sur Masaaraq d'un bras tremblant – et elle avait tiré. Masaaraq s'était contentée de la blesser et ce n'était pas par maladresse, elle avait sans doute fait montre de miséricorde. Quelle ironie. Elle était elle-même à terre. Inconsciente, pas morte. C'était ce que son odeur disait à l'ours.

Une seconde détonation. Cette fois-ci, le tir provenait de Soq. Kaev le perçut du coin de l'œil et, comme la balle ne l'atteignit pas, ni lui, ni son Autre, il ne fut pas distrait par cette péripétie.

Go émit un horrible gargouillis. Mais Kaev n'était plus vraiment là pour l'entendre.

Liam, à un pas de Masaaraq étendue, inerte, sur la Plaque. Il rugit. Il se dressa sur ses pattes arrière. La pure extase de ce geste fit rire Kaev. La vague de bonheur en lui, la divine perfection de ce moment, la fin de la chasse, ce pour quoi il était fait. Liam leva les pattes avant. Kaev leva les bras. Il regarda ses mains : elles étaient immenses, couvertes d'une épaisse fourrure blanche, prolongées par de longues griffes noires et tranchantes.

La douleur le coupa en deux. Pulvérisa son cerveau. Il tomba à genoux puis de tout son long à terre, hurlant.

Sous ses yeux, un brouillard noir et blanc. Puis rouge. Si rouge, si profondément rouge.

L'orque avait surgi des flots, sauté dans les airs et refermé ses terribles mâchoires sur le torse de l'ours blanc. Qui rugit et planta ses griffes dans le flanc de l'orque, versant le sang à grosses gouttes, creusant, creusant la peau noir et blanc, mais pas assez profondément pour atteindre les chairs à travers la couche de graisse qui protégeait Atkonartok, douce et molle, et cependant, l'armure la plus efficace de tout le règne animal. L'orque ouvrit les mâchoires puis les referma. Sectionna la colonne vertébrale de l'ours. Le fit tomber à la mer.

Les yeux fermés, Kaev vit l'eau noire. Les lèvres de la mer qui l'engloutissaient. Les yeux ouverts, il vit le ciel blanc. La neige, blanche, la neige qui tombait. À chaque souffle haletant, des aliments à demi digérés lui remontaient à la gorge. Pourquoi ne pouvait-il pas tout simplement mourir avec l'ours ? Son corps souffrant ne désirait plus que l'inconscience. Couché sur le dos, il implora sa venue – en vain.

Ankit

Ankit était à la barre du bateau de secours. Chim grelottait au creux de son épaule.

Par la force de l'habitude, elle avait démarré lentement, craignant d'être mise à l'amende par les aquadrones de la circulation. Puis elle accéléra : bien sûr, tous les joujoux de la Sécurité devaient, à cette heure, être en panne ou mobilisés sur des tâches plus sérieuses…, puis elle ralentit de nouveau. Où allaient-ils ? Et que trouveraient-ils au bout de leur route ?

L'orque nageait le long du bateau, chantant sans relâche la même note plaintive. Donnant du museau des petites caresses à la coque – affectueusement, d'une certaine manière. Façon de demander pardon.

— Elle le pleure, dit Ora. C'était son frère.

— Mais pourquoi l'a-t-elle tué ?

— Elle n'a pas pu s'en empêcher. Elle n'avait pas le choix, avec Masaaraq sans connaissance. Atkonartok était enfermée dans sa fureur, tout comme Kaev, tout comme Liam. Et même si ce n'avait pas été le cas, elle n'aurait sans doute pas pu faire autrement. La vie de Masaaraq était en jeu. L'ours allait la tuer.

— Atkonartok n'avait pas besoin de le tuer pour l'empêcher de nuire.

— Peut-être.

Masaaraq se taisait. Elle s'était installée aussi loin que possible des autres, les genoux serrés contre la poitrine. Le regard tourné vers la mer. Ne pensant plus à la balle qui lui avait traversé l'épaule, à la lame qui lui avait entamé la jambe, au sang qu'elle avait perdu. Évitant la vision de la ville, ou celle de Kaev marmonnant, haletant, couché sur le fond du bateau. Ignorant de même les deux mains coupées logées entre son ventre et ses cuisses.

— On aurait dû le faire prisonnier, dirent Soq.

— Il nous a donné ce dont on avait besoin, dit Ora.

— Ce n'est pas prudent de le laisser vivant.

— Je sais. Mais il a besoin de comprendre ce qu'est la vie dans ces conditions.

Lorsque Ora avait coupé sa main gauche, Podlove avait hurlé, supplié. Promis des fortunes. Fait montre d'une stupéfiante contrition. Elle avait pris son temps pour la main droite, manié la scie avec lenteur, tandis que Soq tenaient le vieil homme à terre. Puis ils lui avaient arraché la langue, avant de saupoudrer ses plaies d'agents cicatrisants et de les bander. Après quoi, ils étaient partis. Tout simplement. Portant Kaev inerte sur le bateau d'Ankit.

— Où allons-nous ? leur avait-elle demandé.

Aucun d'eux n'avait répondu.

Elle reposa la question.

— Chez Go, au navire, dirent Soq.

— C'est osé, dit Ankit. Juste après l'avoir abattue d'une balle dans la tête, au beau milieu de la Plaque ? Son armée ne va peut-être pas apprécier, non ?

— Go est ma mère, dirent Soq. Tout le monde est au courant. Les trois heures qui viennent vont être cruciales. La bataille des logiciels touche à sa fin, mais il faudra ces trois heures à l'infrastructure de la ville pour reprendre le dessus. Entre les drones, les caméras de surveillance et les témoins oculaires, mon crime ne fera pas l'objet d'un rapport immédiat sur le navire. Le temps que la nouvelle se répande, je serai en mesure de mettre les gens qu'il faut de mon côté. J'ai l'avantage – personne d'autre que moi ne sait que le moment de la succession est venu ; et avec la mort de Dao, il n'y a personne qui puisse me contester légitimement le trône.

— Ça fait beaucoup d'hypothèses.

— Oui. Et quelqu'un peut très bien me tuer.

Ils haussèrent les épaules.

— Voyons comment nous pouvons faire en sorte d'éviter cette éventualité.

Cette expression qu'avait revêtue le visage de Soq, Ankit la connaissait. Une témérité qui n'était pas exactement le mépris de la peur, mais plutôt une exaltation si forte qu'elle surmontait la peur. Les espérances de résultats surpassaient les doutes. Elle ne partageait pas cette sensation, qui pour autant ne lui était pas étrangère. Ankit l'avait vue animer ses amis grimpeurs, ceux dont l'enfance avait été pire que la sienne, orphelins sans famille ou gosses martyrisés par leurs parents. Des compagnons de grimpe qui, une fois au sommet de l'immeuble, regardaient

Qaanaaq sans avoir de nausées au creux du ventre, sans craindre de tomber ou de finir en prison. Et ceux-là n'avaient comme avenir que l'étreinte généreuse de la nuit et les surprises – terrifiantes ou magnifiques – qu'elle leur réservait.

Soq s'accroupirent près de Kaev. Qui les regarda, ou regarda à travers eux.

— Chut, murmurèrent Soq en posant les mains sur les épaules de leur père.

Il y avait tant de muscles, tant de force dans ce corps. Impuissant, désormais. De ses lèvres s'échappa un mot qui ressemblait à *Dieu*. Chim descendit de l'épaule d'Ankit pour se pelotonner contre Kaev, lui enfonçant tendrement le doigt dans les côtes de temps en temps, se réchauffant à la tiédeur de sa peau.

Au bout du Bras, des flammes vertes s'élevaient sporadiquement – ventilation non programmée des circuits de méthane –, moins spectaculaires à la lumière du jour. La neige tombait plus vite.

— Elle n'aurait pas hésité à nous tuer, tous autant que nous sommes, dirent Soq.

Ankit vit les larmes couler sur leurs joues.

— Moi, peut-être pas. Elle se disait peut-être qu'elle pouvait me faire taire par la menace. Mais vous deux…

Soq tendirent la main vers Ora et Masaaraq, le chagrin noyant la moindre de ses paroles.

— Elle aurait commis n'importe quelle horreur pour faire porter la faute à quelqu'un d'autre. Et ç'aurait été bien plus facile avec l'orcamancienne et son amante échappée du Placard réduites à l'état de cadavres. Ça ne cause pas, les morts.

— Il s'en fiche, dit Ora, la main sur le front en sueur de Kaev. Tout ce qu'il sait, c'est qu'il l'aimait.

Soq hochèrent la tête. Visage convulsé, marqué par la culpabilité, la tristesse, la fureur.

— Est-ce… peut-on… faire quelque chose ?

— Ses souffrances vont être longues et atroces. Lorsque j'étais au Placard et que mon oiseau était malade, j'avais cette chance : je comprenais ce qui se passait. J'avais du temps, j'ai pu préparer la transition. En me nanoliant avec des gens, j'ai pu construire des relations qui ont atténué ma douleur. Mais ça a pris du temps. Après ce qu'il a vécu, Kaev ne pourra peut-être pas tenir le temps qu'il faut.

— Tenir ?

— Il pourrait choisir de… ne pas résister, dit-elle d'une voix triste. De ne pas *être*. Ce qui a bien failli m'arriver, une dizaine de fois, davantage peut-être.

— Mais nous avons besoin de lui, dit Ankit. Tous ces gens qui ont les failles. Si malades… Il peut les aider. Ils l'aideront en retour.

— On va s'y mettre, dirent Soq, leur main froide sur le front brûlant de Kaev. Dès notre retour. Il y a des cas de failles dans l'armée de Go. Après, on ira Bras Huit, là aussi, les malades sont nombreux.

Soq se redressèrent et le cœur d'Ankit lui remonta à la gorge : Soq dégageaient un tel pouvoir ! Et pas que cela. Le pouvoir, c'est chose commune, Fyodorovna en avait sa part, Go aussi. Soq possédaient autre chose. Du pouvoir, certainement, plus autre chose : la force d'engager les combats nécessaires, les combats difficiles. La sagesse de savoir à quoi s'en tenir.

— On va le guérir.

Ankit lança un regard à son écran avant de revenir vers Soq.

— Ils ont fini. Ton ami Jeong a réparti tous les évadés. Il a profité du chaos. Il a mobilisé la moitié de l'armée de Go pour les emmener dans les AppVides. Apparemment, il sait se faire respecter.

— Ça oui, dirent Soq. Et c'est bon de savoir qu'ils lui obéissent déjà.

— Vous avez peut-être une chance, tous les deux.

— Mais nous n'allons pas pouvoir rester ici, dit Masaaraq.

Elle n'avait pas prononcé un mot depuis qu'elle avait repris connaissance.

— Nous ne pouvons pas partir, lui répondit Ora. Nous avons beaucoup à faire ici. Soigner des gens. Avant tout Kaev.

— Ensuite, nous partirons, dit Masaaraq.

— Pourquoi ?

Masaaraq ouvrit la bouche, comme si ce « pourquoi ? » était la question la plus simple qu'elle ait jamais entendue et qu'y répondre était l'évidence même. Puis elle se ravisa et se retourna vers le large.

Sans doute sa nostalgie est aussi forte que celle de l'orque, se dit Ankit.

Enfin Masaaraq parla :

— Nous sommes des nomades. Notre maison, c'est là où nous nous posons. Lorsque nous sommes ensemble.

— C'est vrai, dit Ora. C'est cela qui est beau lorsqu'on est nomade. On ne s'attache pas aux choses. On ne se croit pas en sécurité lorsqu'on a un toit sur la tête, ne serait-ce que pour la journée. Quand on emporte sa maison avec soi, on ne se fie pas aux espaces matériels. Mais être nomade signifie aussi que l'on accepte ce que le sort propose. Tirer le meilleur profit des escales. Et pour l'heure, nous sommes ici. À Qaanaaq. Ça ne va peut-être pas durer. Mais ça peut devenir notre vraie patrie.

Ce à quoi Masaaraq ne répondit pas. Savait-elle déjà, se demanda Ankit, que le débat était clos, la bataille gagnée – et non par elle ? Elle aimait Ora. C'était cela qui comptait le plus. Le reste était secondaire.

— Excuse-moi si la question te paraît choquante, demanda Ankit à Masaaraq, cette femme qui était aussi l'une de ses mères. Mais tu ne t'es vraiment jamais arrêtée en chemin ? En vingt ans, en trente ans, il n'y a pas un seul moment où tu t'es dit, merde, j'arrête, et où tu t'es arrêtée quelques années, à vivre sur la plage ou à travailler en usine, par exemple ?

— Oh, j'ai fait des petits boulots par-ci, par-là, répondit Masaaraq. Pour laisser passer l'hiver ou mettre de l'argent de côté quand je n'avais pas de cargaisons à arraisonner. Je n'ai pas gardé les mains propres, vois-tu.

— Les ours blancs, ça coûte cher à nourrir, déclara Ora, solennelle.

Le gloussement joyeux de Masaaraq prit ses compagnons par surprise.

— Et toi, Ora ? demanda Ankit, le cœur gonflé de joie, pleine d'un indicible bonheur. Tu as toujours pensé qu'elle viendrait ?

— J'ai cessé de l'attendre, répondit Ora. Pendant de très longues années, j'étais certaine qu'elle viendrait. Puis j'ai perdu cette certitude. J'ai arrêté de penser, *Si ce n'est pas aujourd'hui, ce sera demain*. Mais ma première pensée, le matin, c'était toujours ce vague souhait, *Ce sera peut-être aujourd'hui*. Première pensée de la journée, invariablement.

— Au début, dirent Soq, je trouvais ça horrible, *Ville sans plan*. Je ne voyais pas où tu voulais en venir. Maintenant, je trouve ça génial. Est-ce la maturité qui approche ou… ou parce que celui qui m'a transmis les failles adorait ça ? Parfois, je sens sa présence. Je l'entends. Ce n'est pas seulement un souvenir, c'est comme s'il était encore vivant. C'est possible ?

— Ils vivent en nous, dit Ora. Nous les gardons dans notre cœur, même après leur mort. Nos ancêtres ne nous quittent pas. Notre peuple le savait bien avant les failles.

— Je peux te poser une question sur les émissions ?

Ora sourit, la main de Soq sur elle.

— Bien sûr.

— À qui parles-tu ? Quel est ton auditoire ? Au début je… lui… nous… nous pensions que c'était un truc pour les nouveaux venus. Les immigrants. Puis j'ai pensé, non, ça s'adresse aux malades des failles. Mais maintenant…

— Je ne sais pas vraiment, dit Ora en haussant

les épaules. Au tout début, je parlais aux autres patients du Placard. Les gens qui se battaient… Les malades, les accablés, les affamés. Puis j'ai compris que… c'était plus que cela.

Soq attendirent de plus amples explications. Le sourire d'Ora était profond, lointain. La neige faisait de Qaanaaq une ombre, une silhouette montagneuse dans la nuit cloutée de lumière. Les quatre se serrèrent autour de Kaev, une paume plaquée sur son corps. Ces quatre : un carré, un cercle, une assemblée, une brigade, et Ankit fut certaine alors que rien au monde ne pourrait leur résister.

— Raconte-moi une histoire, dirent Soq

Et ils se penchèrent en arrière pour se blottir entre les jambes d'Ora.

— Tu dois en connaître des tonnes.

— C'est certain, dit Ora.

Elle avait les yeux fixés sur Qaanaaq, et elle y voyait tellement plus de choses qu'Ankit. Ora posait sur la ville le regard de cent personnes, migrants du crépuscule, fuyards du matin, rois en exil, prisonniers politiques, enfants aux yeux écarquillés. Elle ferma les yeux et commença à raconter :

« *Ce qui se disait : elle était venue à Qaanaaq dans une embarcation que tirait une orque harnachée à la manière d'un cheval…* »

REMERCIEMENTS

Les livres sont dotés de grandes familles. Voici celle qui a aidé *La Cité de l'orque* à venir au monde :

Seth Fishman, encore et toujours, le plus somptueux agent, écrivain, être humain – trois en un.

L'équipe chez Gernert Company – Will Roberts, Rebecca Gardner, Ellen Coughtrey et Jack Gernert.

Zachary Wagman, qui a adoré ce livre que son œil et son oreille d'éditeur ont rendu encore plus digne d'amour.

Et tant qu'on est dans les sentiments, toute mon amitié aux camarades d'Ecco – Meghan Deans, Emma Janaskie, Miriam Parker et Martin Wilson.

Neil Gaiman, qui sait pourquoi.

Bradley Teitelbaum de White Rabbit Tattoo qui, pour commémorer ce roman, m'a tatoué une merveilleuse orque sur le bras. Allez voir ce qu'il fait, avant de choisir le salon où vous vous offrirez votre prochain – ou votre premier – tatouage.

Kalyani-Aindri Sanchez, photographe génial, pour les sublimes portraits qu'il a faits de moi.

James Tracy – modèle d'écrivain, modèle de militant, et sacré modèle d'Américain.

Sheila Williams, la très sage et très magnifique éditrice de la revue *Asimov's Science Fiction*, qui a bien voulu publier la nouvelle « Calved », ma première incursion dans la ville flottante de Qaanaaq.

Et Gardner Dozois, Neil Clarke et Jonathan Strahan, qui ont repris « Calved » dans leur anthologie annuelle.

Lisa Bolekaja, qui a eu la bonté de me faire réfléchir à deux fois, alors que tous les autres voulaient que je garde pour cette fameuse nouvelle le titre « Ice is the Truth of Water » (« La glace est la vérité de l'eau ») (non seulement le titre est moins bien que « Calved », il faut le reconnaître, mais j'aurais peut-être eu des ennuis avec les avocats de Ted Chiang pour m'être un peu trop inspiré de ses « The Truth of Fact, the Truth of Feeling » et « Hell is the Absence of God »).

La Wyrd Words Writing Retreat, résidence d'écrivains qui m'a donné la possibilité de corriger les nombreux défauts de ce terrible fatras dans un climat de fraternité enchantée, en compagnie d'auteurs et de lecteurs incroyablement doués – Eric San Juan, Craig Laurence Gidney, Mary Anne Mohanraj, Stephen Segal, Valya Lupescu, Scott Woods et K. Tempest Bradford – lesquels m'ont tous prodigué des conseils, des critiques (« Surtout, ne jamais faire ça ! ») et un soutien précieux.

Mes chers amis d'Israël qui, en plus d'être fantastiques depuis toujours, m'ont accueilli pendant que ce manuscrit était proposé aux éditeurs – douloureux moment – et m'ont changé les idées avec des tonnes de plats délicieux, de cafés serrés, de tourisme et d'amour : Lynne, Avshalom, Oded, Shmuela, Leah, Miri, Liat, Amit, Gal, Dror, Mia, Yonatan, Roy, Daniel, Noam, Tamir, Romi, Ori et Shira !

Ma sœur Sarah, son mari Eric – et mon neveu Hudson :

je me battrai comme un tigre pour leur éviter le futur que le roman décrit.

Ma mère, Deborah Miller, survivante, inspiratrice.

Pour finir, et pour l'éternité : mon mari, Juancy – maître du feu, cristal de roche, homme à tout faire –, qui, je le sais, contraindrait le ciel à se ployer, la mer et les lois de la physique à se briser pour me venir en aide, même si cela devait lui prendre trente ans, même s'il lui fallait massacrer des bataillons de malfaisants. Je t'aime plus que la terre qui nous porte.

Le Livre de Poche s'engage pour l'environnement en réduisant l'empreinte carbone de ses livres.
Celle de cet exemplaire est de :
550 g éq. CO_2
Rendez-vous sur
www.livredepoche-durable.fr

PAPIER À BASE DE FIBRES CERTIFIÉES

Composition réalisée par NORD COMPO

Achevé d'imprimer en septembre 2021 en Espagne par
LIBERDUPLEX
Dépôt légal 1re publication : octobre 2021
LIBRAIRIE GÉNÉRALE FRANÇAISE
21, rue du Montparnasse – 75298 Paris Cedex 06

43/4350/9